墨染江山 下

李燕 / 著

重庆出版集团 重庆出版社

目 录

第26章　苏幻儿上门 / 1
第27章　他终是信她 / 12
第28章　冰蚊针发作 / 24
第29章　约定分房日 / 36
第30章　烧死在殿中 / 48
第31章　求你我和离 / 61
第32章　怜悯和报恩 / 73
第33章　那夜的真相 / 85
第34章　夜探永王府 / 97
第35章　原来爱错人 / 108
第36章　四爷请自重 / 120
第37章　山兰谷之行 / 131
第38章　怎舍得杀你 / 144
第39章　冰火两重天 / 156
第40章　原是飞鹰门 / 168

第41章 被掳藏凤山 / 183
第42章 孩子没有了 / 194
第43章 自行拟休书 / 206
第44章 山贼有人性 / 218
第45章 掌掴莫逸风 / 229
第46章 谁在算计谁 / 241
第47章 罚写一百遍 / 254
第48章 其心可诛之 / 266
第49章 当初杀错人 / 277
第50章 无心爱良夜 / 290
番外 / 304

第26章 苏幻儿上门

莫逸风顿时抬眸朝她看去,却见她立刻移开了视线。而他那置于腿上的指尖也缓缓收紧,指关节森森泛白。

"后悔了?"玄帝不由得疑惑,"影儿,当初朕可是问过你的,你是否愿意嫁给老三,而且是你自己承认喜欢老三的不是吗?旁人可都没有入你的眼啊。"

莫逸风一惊,原本的郁气在玄帝的这句话后顿时烟消云散。

她亲口说喜欢他?还说愿意嫁给他?怎么会?

若是当真如玄帝所言,她就没有理由趁着洞房花烛夜离开了不是吗?若是昨夜柳毓璃不去新房之中,她岂不是也不能离开了?可是最后她的确是背着包袱走了不是吗?这一切的一切又是怎么回事?

若影被玄帝问得心痛如绞。

"那是因为……儿臣没有想到自己是给三爷做侧室,若早知要做侧室,儿臣宁愿孤独终老也不愿嫁给他。"这句话虽然是刚才寻了半天的理由才寻到的最合适的答案,可是也是她的心底话,当初答应嫁给他时也因为知道他没有妻妾,谁知一个旨意竟然让她成了侧王妃。当初想着只要与他在一起便不计较这些虚有的名分,可是经过这次的事情,她失望了。

明明是柳毓璃的计谋,可是他却对柳毓璃深信不疑,而她如今却又无能为力。

玄帝听了若影的解释,倒也觉得合理,若影的性子虽然像个孩子一样单纯善真,可是也正因为是孩子心性,难免会做出一些类似因为后悔而逃婚的举动。

若是换作旁人,想必早已被赐罪,可因为是若影,玄帝一时有些为难。

静默片刻,终是低声一叹:"罢了!你们这两个孩子还真是任性,以后可不许再闹出这些事情了,下不为例听到了吗?"

若影心底暗暗松了一口气，看了看玄帝后乖巧地点了点头，而后转身落座。

莫逸风也着实为她捏了一把汗，若是方才玄帝当真追究起来，一顿杖责是难免的。他受罚也就罢了，若是她接受杖责，可就要去了半条命了。当初在三王府，因为她闯了毓璃阁而被他赏了一顿家法，可是还没几棍子她便已经昏了过去，而宫中施杖刑之人可不是他的人，根本没有个轻重。

好在一切都是虚惊一场。

可是想到她刚才所言，莫逸风心头难免百味杂陈，不是他不愿意让她当正王妃，而是……

"老三。"玄帝见莫逸风失神，突然唤了他一声。

"父皇。"莫逸风敛回思绪看向玄帝。

玄帝吩咐道："影儿可是真心实意对你，你要好生待人家，若是影儿受了委屈，朕可不会饶你。"

莫逸风垂眸一笑："是，儿臣绝对不会委屈了影儿。"

若影闻言暗暗冷哼，这父子俩是在唱双簧吗？说什么不能委屈了她，若果真如此疼惜她，当初去往江雁镇途中为何玄帝会派人杀莫逸风的同时还要杀她？而莫逸风又怎会像昨夜那般对她？

不过一想起江雁镇的那次事件，若影还有些心有余悸，当初的黑衣人几乎是从四面八方而来，莫逸风几人双拳难敌四手，根本无暇顾及她，所以若不是她懂武功，恐怕早已丧命于江雁镇了。

转眸看向莫逸风，也不知他是忘了那日之事还是当真有太深的城府，他竟然在玄帝面前只字不提，甚至还能与他谈笑风生。

可是他们是父子不是吗？亲生父子却各自揣度着彼此的心思，该是多么可悲呢？

与玄帝闲聊了片刻后，玄帝原本要让若影和莫逸风陪同去游林，可是冯德却在玄帝跟前耳语了几句，玄帝转眸看向若影，不由得低声笑起，还说自己糊涂了，之后便没有再挽留，而是让他们回去了。

若影一直在猜想着冯德究竟在玄帝跟前说了些什么，可是当她结合着当时玄帝的神色和他的言语进行揣测过后，顿时面色烧红了起来，看来她的艰难行走是表现得太明显了，以后怕是没脸再来宫中了。

回去的时候莫逸风又是一副心事重重的模样，仿佛每一次见过玄帝之后他都会如此，若影只道是他在想上次江雁镇遇刺一事，但是她也已经无心去理会，马车内虽然铺上了软软的棉毯，可是随着马车的颠簸，她的身子还是像散架一般疼痛。望了望窗外，似乎到三王府还有一段路程，她忍不住捏了一把汗。

"还疼吗？"就在若影心头烦躁之时，莫逸风突然开了口。

　　若影没好气地应了一声，却在话音落下之际恨不得咬掉自己的舌头，那一刻，她连头都不敢回一下，只是满面赤红地望向窗外，可是心里却依旧满是愤懑。

　　"别吹风，小心着凉。"莫逸风伸手揽住她的肩朝自己怀中一带，顺手将窗帘放了下去。

　　若影眉心一蹙，挣脱了他的束缚。

　　莫逸风看她如此抗拒，亦是蹙了眉心，却在她垂眸之际舒展了浓眉。

　　"父皇说的……是真的吗？"莫逸风望着垂眸不语的若影试探地问道。

　　若影一怔，微蹙着娥眉望了他一眼，不知道他所指何事，可很快又收回了眸光，一语不发。

　　莫逸风抿了抿唇，也不再追问下去，他宁愿玄帝说的是真的，她当初是心甘情愿嫁给他想要与他共度一生的。可是……若果真如此，昨夜又是怎么回事？

　　思及此，他不由得苦涩一笑，看来他也学会自欺欺人了。

　　两人再次沉默良久，若影心头也不停挣扎，原以为睿智如莫逸风必定会想明白昨夜的事情，可是她却没想到他到现在都没有怀疑柳毓璃。

　　马车在三王府门口停了下来，莫逸风正要扶若影下车，而她却只是坐着没动，他以为她是因为身子的关系无法起身，正要准备将她打横抱起，她却突然开了口："究竟是我高估了自己在你心里的位置，还是低估了她在你心里的位置？"

　　莫逸风一瞬不瞬地望着她，想要开口问清楚，却不知道该如何问起。

　　看着他一脸的茫然，若影发现自己心里更是不适，想要将话收回，却已经来不及，干脆将埋藏在心底的话问出了口："为什么你就不能怀疑是柳毓璃做的这一切？为什么你就没有怀疑过她？"

　　莫逸风怔了怔，而后却道："我昨夜回房的时候毓璃被点了穴，那夜只有你和她在一起，也只有你懂武。"

　　若影紧紧握了一下拳，满腔的愤怒："你错了，不是只有我会武功，柳毓璃也会，昨天晚上根本就是她……"

　　"不可能！"若影的话尚未说完，莫逸风便出言打断了她，"我与毓璃相识十年之久，我很清楚她不会武功。"

　　"你……"若影心口一滞，不知道是不是因为动了气的关系，她感觉头疾又开始发作了，眼前的俊颜有一瞬间朦胧不堪。

　　"好了，我已经说了，昨夜的事情我就当没发生，以后谁都不要再提了。"莫逸风见她如此，语气渐渐软了下来，他知道她的头疾又犯了，心里的愧疚感也隐隐升起。

　　若影气愤地挥掉了他的手，感觉到自己的头疾再一次发作，不由得想起了那一夜他为了柳毓璃将她推开造成她患上头疾之事,心中的气恼越发强烈起来,转眸冲着莫逸风便道:"她不仅会武功,她还会水性。"

莫逸风闻言剑眉更蹙得紧:"若是毓璃会水性,当初也不会差点溺死在荷塘中了,影儿,你究竟要胡闹到什么时候?昨夜是我同意了毓璃给你亲自送贺礼,是我没有顾虑周全,但是你也不能这般信口雌黄,一会儿说毓璃会武功,一会儿又说毓璃会水性,这些都是不可能的。"

若影闻言再也没有大吵大闹,反而噤了声,却是在垂眸之际自嘲一笑。

看来她又傻了一次,明知道他不会相信这一切,可是她还是想要与他说清楚,明明柳毓璃的城府那般深,可是在莫逸风的眼里却是那般单纯无害。

她刚才不该说出真相的,不该抱着一丝他会信她的侥幸,更不该以为他们现在已经是夫妻他便会相信她多一点。

起身撩开帘子下了马车,莫逸风正要扶她,她却没有将手给他,而是顾自朝自己的房间走去,整个人已经没了气力。头还在隐隐作痛,可是更痛的是那颗心。

刚才他若是对柳毓璃有一点点的怀疑,她也会心里好受一些,至少她的话他还是会作考虑的,可是他却坚定地说着相信柳毓璃的话,她还能说什么?

其实她还想跟他说,她根本就不会点穴,又怎么可能点了柳毓璃的穴道?恐怕昨夜是柳毓璃自己趁机封了自己的穴道吧?

她还想告诉他,柳毓璃将冰蚊针送入了她的心口,说每月十五都会让她痛不欲生。

可是听了莫逸风的那些话,她知道她说再多也不过是自取其辱罢了。他不会信她,他从始至终都只信柳毓璃一人。

这单方面的努力,她究竟还能坚持多久?心若死,她便不用再坚守,可是她知道,此时她的心很痛。

莫逸风走在若影的身后,看着她踉跄的脚步,心里也跟着不适起来。可是,她说柳毓璃会武功又会水性,这怎么可能?他们相识了毕竟有十年之久,她从未说过自己会武功又会水性。

记得有一次宫中请了宫外的戏班子唱戏,他和柳毓璃都出席了,谁知戏演到一半时有个刺客假扮戏子要刺杀玄帝,也殃及了一旁的宫人,包括柳毓璃在内。当时他很清楚地记得柳毓璃根本不会武功,还惊慌失措地躲到了他身后,而玄帝则站在他们二人身后,当暗剑刺来的那一刻,柳毓璃整个人都慌了神,竟是呆呆地站在原地,那把剑差点就刺入她身子,幸亏在千钧一发之际他及时将剑给踢飞了,否则后果不堪设想。

还有便是若影将她推下荷花池的那一次,柳毓璃惊慌地在水中扑腾着,若不是他及时去将她救起,恐怕她早已溺死在荷花池中了。

然而若影的神色又不像是在撒谎……

跟着她来到月影阁门口，就在他要随她踏入房门之际，若影突然砰的一声将门给关上了，他的鼻尖也狠狠地被门给砸了一下。

伸手抚了抚鼻子，忍不住发出了"嘶"的一声，却听到一旁传来窃喜声，蹙眉转眸瞪去，却见秦铭和周福立刻朝另一处的天际望了过去，全然一副事不关己高高挂起的模样。

莫逸风以拳抵唇轻咳一声，经过他们二人身旁时狠狠瞪了他们一眼，秦铭和周福背脊一凉，慌忙地垂了头。

若影回到房中后心依旧难以平静，脑海中全是莫逸风断然否定她所说时的神色，甩了甩头坐在床畔，紫秋担心地送上了一杯热茶。

"侧王妃，究竟发生了何事？"紫秋接过若影喝完的茶杯问道。

若影摇了摇头："没什么，只是有些不舒服。"

"不舒服？"紫秋闻言顿时红着脸气恼，"咱们王爷也真是的，居然这般没个轻重，明知道侧王妃您未经人事，居然还……"

"紫秋！你胡说什么呢？"若影的脸顿时涨红，没想到她一句不舒服竟然会让这丫头想到了那事。

紫秋见状只道是她害羞难以启齿，便也笑着没有说下去，转身将茶杯放到桌上之后对若影说道："侧王妃，再过三日便是十五了，想必那天集市上一定很热闹，到时候我们要不要出去逛逛，晚上比白天可热闹多了。"

若影闻言脸色一白，没想到这么快就要到十五了。伸手抚了抚心口，也不知柳毓璃所言是否属实，若果真如她所说，也不知到时候又是怎样的一个景况，难道她当真会痛不欲生？

只是这般想着，她便忍不住倒抽了一口凉气，看来她要抓紧时间取出这根冰蚊针才是。不过柳毓璃这般明确地告诉她究竟中了什么，想必是十分笃定她中了此针后当真再难取出了。

虽然如此，她还是要想办法才行。

莫逸风那里看来是不能说了，他从来都不会信她，更何况她若再说是柳毓璃将针刺入她心口，想必他会更加厌恶她了吧？以为她是故意要中伤柳毓璃才这么说的。虽然她此时对莫逸风是极其失望，可是她也不想他对她误会更深。而对于柳毓璃，她迟早会拆穿她的谎言。

那么现在难道要去找莫逸谨吗？莫逸谨见多识广，或许会知道取针之法。

似乎好久都没有看见莫逸谨了，即使在她与莫逸风的成亲之日，隔着红盖头时她细听过，也没有听到莫逸谨的声音，若不是收到了他的贺礼，她定是以为他根本就没来。

长叹一声掀开被子，本准备先睡一会儿，谁知刚推了推枕头便看见了她昨夜放在枕头下的同心结，伸手从枕下取出，顿时觉得一阵讽刺。

她独自前来，不由得诧异。

"我找三爷有事。"紫秋看了看莫逸风后对秦铭说道。

秦铭朝莫逸风看了一眼，见他点了点头，他便示意紫秋进去，而后自己走了出去并关上了书房门。

"侧王妃叫你来的？"莫逸风抬眸问道。

紫秋走到他跟前摇了摇头："是奴婢自己要来找爷的。"

莫逸风眸色一黯，垂眸继续看着桌上的信笺问道："何事？"

紫秋咬了咬唇，静默片刻后上前将手中的同心结呈了上去："奴婢是想要把这个东西给爷。"

莫逸风抬眸看向紫秋手中的东西问道："什么？"

紫秋又上前一步将同心结给了莫逸风："这是侧王妃亲自编织的同心结。"

"同心结？"莫逸风从未听说过这个玩意儿，也不知用来做什么，接过手后放在眼前端倪着。

紫秋见他不明，便解释道："这个同心结是侧王妃亲自用红绳编织的，寓意'与君同心白首不离'。"

"与君同心……白首不离？"莫逸风暗自呢喃，可是当他看清楚眼前的一对同心结上还绣着一个"风"字和一个"影"字之时，顿时心口一滞。

"你说这是侧王妃亲自编织的？"莫逸风一惊，见紫秋点了点头，这才想起几天前她似乎和紫秋在学做什么，后来见到他时便立刻让紫秋藏了起来，难道就是这个？

紫秋拧了拧眉暗自神伤："侧王妃昨夜便将这对同心结放在新房的枕头下，因为听说洞房花烛夜若是能将同心结放在枕下而眠就能与君同心白首不离，可是方才侧王妃回到房间后便取出了同心结，还让奴婢扔了或烧了。"

莫逸风指尖一紧，却听紫秋又道："侧王妃当初在做好同心结后还特地用金丝线绣了三爷和自己的名字，侧王妃说不想让爷拿错了别人的，不想让爷和别人同心了，可是刚才侧王妃在睡下之后却自语了一句'若是对方的心不在你身上，你又如何与他同心'，奴婢不知道爷和侧王妃究竟发生了何事，可是想必侧王妃是伤心了。"

见莫逸风一直看着手中的同心结沉默不语，紫秋试探地问道："三爷也希望奴婢把这对同心结烧了吗？"

莫逸风抿唇指尖一紧，起身便立即出了书房门，步履匆匆。

紫秋转身走出书房，看着莫逸风朝月影阁而去，欣慰地浅浅勾唇。

秦铭见莫逸风急急地往外走去，又见紫秋站在书房门口，上前问道："爷这是怎么了？"

紫秋淡淡笑言："去找侧王妃了呗，真希望侧王妃有一天能变成三王妃。"

同心结……

她想要与他同心，可是他的心却在别人身上。

"侧王妃，若是王爷看见了这个同心结一定会很高兴的。"紫秋笑言。

若影却是暗自苦笑，看着手中的两枚同心结，抬手在上面的字上抚了抚，随后缓缓收紧了指尖。

"拿去扔了吧。"她将手中的同心结递给了紫秋。

紫秋接过手后微微一怔："扔了？侧王妃可是花了好几天才做好的，上面还有侧王妃用金丝线绣成的王爷和侧王妃的名字呢。"

"别说了，拿去扔了或者拿去烧了随你。"若影无力地和衣躺在床上，踢掉了鞋子之后钻入了被子蒙上头，而后喃喃道，"若是对方的心不在你身上，你又如何与他同心？"

紫秋站在床边尚未反应过来，不知道她和莫逸风之间究竟发生了何事，见她不愿再多提，便拿着同心结转身走了出去。

红玉和绿翠两个丫头见紫秋从房里走了出来，忙上前道："紫秋姐，侧王妃睡下了吗？"

"嗯，睡下了。"紫秋心事重重地回了一句。

红玉和绿翠二人面面相觑，挣扎了片刻，红玉咬了咬唇终是上前对紫秋说道："紫秋姐，咱们侧王妃好像跟三爷在闹别扭。"

"哦？"紫秋一怔，"你怎么知道？你看见了什么？"

绿翠忙道："是我看见的，刚才我刚从外面帮周叔采办回府，就看见侧王妃和三爷从宫里回来，侧王妃在马车里的时候好像很生气，还跟三爷争执了起来，最后侧王妃下马车时也没让三爷扶，看来吵得挺厉害的。"

紫秋低眸思了片刻，转眸看向她二人提醒道："我知道了，但是你们不要对旁人多嘴。"

两人点了点头，红玉轻叹了一声有些担忧："其实我们也不是想要说什么是非，只是在替侧王妃担心，侧王妃再这么下去就要让柳小姐有可趁之机了，三爷原本就与柳小姐青梅竹马，这次皇上下旨让三爷先娶了咱们侧王妃，柳小姐心里一定不舒坦，若是侧王妃不想办法留住三爷的心的话，恐怕柳小姐很快就会嫁入三王府了，到时候不仅咱们做奴才的没好日子过，侧王妃的日子也定然不好过。"

紫秋心知她们也的确是喜欢侧王妃这个主子才与她说这些，可是……

看了看手中的同心结，她的担忧不比她们二人少。

房间内，若影站在窗口将红玉的话听得一清二楚，她知道她们是为了她好，可是她又能如何？他的心从来都不在她身上，她根本就连挽回的资格都没有。

紫秋在书房前徘徊了好一阵子，终是鼓起勇气在门口唤了几声，秦铭为其开门后见是

"嗯，我也希望。"秦铭点头若有所思。

紫秋转眸看向秦铭，扬了扬眉："哦？你也喜欢侧王妃吗？"

秦铭沉思着点了点头，就在紫秋扑哧笑起之际，急忙摇手解释："我说的喜欢不是那个喜欢，我说的是……我说的是……"原本不想让紫秋误会，可是突然发现他又越描越黑了。

紫秋却是笑意更浓，看着他急得额头都沁出了冷汗，也不与她闹了，笑着对他摆了摆手："好啦！瞧你急成这样，我能误会这种事吗？侧王妃性子率真对下人又平易近人，这整个三王府的人可都喜欢侧王妃呢，又不是你一个。"

秦铭闻言长舒了一口气，方才还真是被她给吓到了。

紫秋深深看了秦铭一眼，脸颊绯红低声一声："那……秦护卫有……心仪之人了吗？"

秦铭心头一颤，以为她知道了些什么，惊得倒抽一口凉气，转眸看向紫秋，见她垂眸浅笑，他突然心头一缩，也不知自己是不是想多了。

就在这时，周福找了过来，上前便站在秦铭面前上下打量着，秦铭正要开口问他，周福先开了口："秦护卫，外面有人找你。"

原本还以为发生了何事，却原来只是有人找秦铭，紫秋上前就没好气地对周福道："周叔，有人找就有人找呗，你刚才那是什么眼神啊？"

秦铭正要往门口而去，却在刚踏出两步之时顿住了脚步，转眸看向周福问："周叔，是什么人找我？"

周福睨着他这愣头愣脑的样子哼哼："是个漂亮姑娘。"转眸却是自言自语道，"也不知道你这小子修了几辈子福，那么一个年轻漂亮的姑娘居然找上门了，怎么就没人来找我呢？"

紫秋不由得扯了扯唇："只听过老牛吃嫩草，没听过小牛吃老草的。"

"你这丫头把话说清楚，谁老了？"周福正气不过想要出言教训，谁知紫秋却拧眉跟上了秦铭的脚步，看起来心情不是太好。

三王府门口

当秦铭看见果然是苏幻儿找上门时，顿时变了脸色，回头打量了一下四周，见没有旁人发现，立刻冲出去拉着苏幻儿便往一旁跑去，直到跑到角落里才放开了她。

苏幻儿在秦铭拉着她躲开三王府之人时脸色微微一白，却又在他放开手之际巧笑倩兮："秦公子，多日不见怎这般热情了？不过……倒是与那日一样啊。"

秦铭脸色一变，急忙捂住她的口，再次确认周围没有人，这才开口道："幻儿姑娘，你今日来找我何事？"

苏幻儿微嗔道："何事？你都好几天没来找我了，人家想你了呗。"

"什、什么？"秦铭简直急得焦头烂额，那日他根本就不知道发生了何事，难道他醉得

连一点感觉都失去了？可是看苏幻儿的样子又不像是在说谎，这让他一时间不知道该如何是好。

"秦公子是不是觉得我是青楼女子，所以才不愿娶我？"苏幻儿扬眸望着他，尽是楚楚可怜之态。

秦铭急忙解释道："我、我没有这个意思，只是……"

"只是不喜欢我是吗？"苏幻儿垂眸苦笑，果然还是如她来时所料。

见苏幻儿暗自伤神，秦铭突然觉得心里也不好受，可是对于苏幻儿，他并非嫌弃她是青楼女子，而是与她才不过几面之缘，又如何谈得上喜欢不喜欢，更何况以她的条件就算配王孙公子都绰绰有余，他又怎可能会嫌弃她的出身。

就在两人静默之时，一个人影突然出现在了他们身后不远处。

当苏幻儿看见紫秋看过来的那一刻，唇角冉起一抹苦笑："原来如此，是我打扰了。"

秦铭顺着苏幻儿方才的视线望去，顿时心头一惊。

苏幻儿看了看秦铭后故作轻松道："以后我不会再来打扰秦公子了，请秦公子放心。另外，我虽然出身青楼，可是从未让任何男人碰过自己，所以秦公子不必因为碰了青楼姑娘而觉得脏了。"

"我没有……"秦铭正要解释，苏幻儿却又立即说道："此次冒昧前来我也思虑了许久，毕竟是姑娘家，这般找上门实为不妥，但是我是真心喜欢秦公子，从来没有遇到过一个像秦公子这般能让我心动的男子，所以我这才不顾一切地找上了门，既然秦公子不喜欢我，我也不会强人所难，还请秦公子见谅今日的冒昧登门，我们后会无期。"

说完，苏幻儿转身离开。

秦铭望着苏幻儿的身影，脑海中全是她方才的话。

她居然这般大方地承认喜欢他，又是这般干脆地退身而出，即使是江湖儿女恐怕也没有像她这般拿得起放得下，而且活到今日从来没有一个女子像她这样对他说这些话。看着她渐渐远去的背影，秦铭的心似乎也跟着她而去。

苏幻儿一边走着一边揪着手中的帕子，眼珠子不停朝后看去，紧咬着唇心中忐忑不安。她都已经说到这份上了，这呆子居然还不追上来拉住她，难不成她估算错误了？

"幻儿姑娘。"一声急速的低唤使得苏幻儿脚步一顿，唇角也不由得上扬，却在转身之际整理了表情一脸的受伤："何事？"

秦铭站在她面前手足无措，脸也在对上苏幻儿的视线之时骤然一红："那个……我……"

"是要让我帮忙做人证吗？"苏幻儿试探地问。

秦铭闻言急忙摇了摇手："不是不是，我不是说那事，是我唐突了才对，那种事情太危险了，幻儿姑娘还是别去了。"

苏幻儿闻言一怔又一喜，弯了弯眉眼道："你这是在心疼我吗？"

秦铭微微愣忡，这才发现自己竟然不知不觉开始担心起她的安危来，支吾着想要说"不是"，却又说不出口，想要说"是"，更是说不出口，就在他局促不安之时，苏幻儿扑哧一笑："瞧你这傻样，我怎么就喜欢上你了呢。"

明明说着男女之事，可是从苏幻儿口中说出却又是这般自然。

秦铭定睛望着她，发现她今日的穿衣打扮并不像在长春院那般浓妆艳抹，今日她穿着一袭水绿色衣裙，衬托得她的脸颊更是粉嫩了几分，而脸上只是淡施了脂粉，半点朱唇柳叶齐眉，全然一副小家碧玉的模样。

"秦公子是不认得幻儿了吗？"苏幻儿掩嘴一笑柔声低问。

秦铭顿时尴尬地轻咳一声，抬手挠了挠后脑却不知该说些什么。忽然想到若影刚来三王府的那一日，是莫逸风将她背了回来，那个时候莫逸风说是捡来的，他当时还暗暗嘀咕自己没有这么好的运气，却没想到今日当真轮到他了。

可是当好事当真降临到他的头上时，他突然又开始恍然如梦。

两人静立片刻，苏幻儿知道他并不善言辞，便也没有再为难他，低笑了一声道："若是秦公子不嫌弃，哪天想要找我了就到长春院来，若是秦公子不愿来长春院，尽管托人带书信给我，无论何时，我都会去赴约，只为秦公子一人。"

话音落下，苏幻儿巧笑着离开朝长春院而去，而秦铭却发现自己的心再也难以安定了。

就在秦铭心神不定之际，紫秋来到他身边问道："那位姑娘是谁啊？"

秦铭骤然回过神之后讪讪一笑："那是……那是……"可是在下一刻，秦铭却不知道该如何介绍苏幻儿。

紫秋笑问："莫非是你的心上人？"

秦铭愣了愣，瞬间脸色涨红，转身嘀咕了一句："算、算是吧。"

望着秦铭落荒而逃的样子，紫秋的笑容僵在嘴角，眸光渐渐黯淡下来，在刚才问出那句话时，她的手心沁满了冷汗。

月影阁，申时

莫逸风来到若影的床前，见她还在睡着，便坐在床畔静静地看着她，伸手看了看掌心的两个同心结，浅浅勾唇，将绣着"风"字的同心结放在了她的枕边，而他的腰际已经系上了绣着"影"字的同心结。

她睡着的时候还是紧蹙着眉，也不知在想些什么，他猜想可能因为先前两人的争执所致。

抬手抚了抚她的眉心，她深吸了一口气后换了个睡姿，双眉却缓缓舒展了。

　　当若影醒来之时已经是酉时，伸手揉了揉太阳穴，感觉头已经不疼了。掀开被子正要下床，目光却被枕边的一物吸引了，定睛看去，发现竟然是她让紫秋拿去毁掉的同心结。

　　伸手将它拿起放到眼前细看，又发觉和她之前的略有不同，同心结和流苏的中间竟然多了一块小巧的玉佩，玉佩虽小却十分玲珑剔透，毫无任何瑕疵。

　　"紫秋。"她开口朝门口唤了一声。

　　紫秋听得若影在唤她，立刻跑了进来："侧王妃何事？"

　　若影伸手将手心中的同心结呈到紫秋面前问道："这是怎么回事？"

　　紫秋上前看了看，咬了咬唇道："这个……"原本想要说出实情之时，她突然话锋一转道，"请侧王妃恕罪，奴婢正要拿去烧毁之时正巧被王爷看到了，看着上面绣的两个字，就知道这个同心结是侧王妃为了王爷而编制的，所以说什么都不允许奴婢去烧毁了，竟是从奴婢手中夺了过去。"

　　见若影若有所思，紫秋又上前说道："侧王妃，其实王爷还是很在意您的，要不然也不会这般紧张这同心结了。"

　　若影垂眸沉思，倒是不知道莫逸风会如此。想了想，她抬眸道："那这个玉佩是怎么回事？我当时做的时候根本就没有这个玉佩。"这般价值不菲的玉佩，她当然不会相信是紫秋后来做上去的。

　　紫秋从若影手中取过同心结看了看，拧眉摇了摇头："这个……奴婢也没有见过，会不会是王爷拿去让人做上去的？"

　　若影又接过紫秋送到她手中的同心结微微一怔，而后又冷哼道："他又怎会有这心思，若是当真有，也不会用在我身上。"

　　虽然是一句毫不在意的话，可是心里却是酸酸的。明明是自己的选择，明明知道她不会这般容易替代柳毓璃的位置，可是心里依旧还是止不住的失落。

　　就在这时，门吱呀一声被打开了，两人同时回眸望去，紫秋一喜，若影一哼，随手将同心结置于床上。

　　"好看吗？"莫逸风走上前，脸上带着若有似无的笑意。

　　紫秋上前行了个礼之后退了出去，而若影却没有理会，自顾梳洗后穿上衣服，却独独留下了那个同心结。

　　"影儿！"莫逸风见若影出了房门，立刻拿起同心结便追了上去。

　　可是一出房门，却发现早已没了她的踪影，早知道她动作快，却没想到她的速度会快到如斯地步。

　　"三爷，侧王妃往厨房的方向去了。"紫秋见莫逸风左右看不到若影的人影，便上前通风报信。

　　莫逸风闻言立刻朝厨房而去。

第26章 苏幻儿上门 | 11

第27章 他终是信她

到了厨房，果真看见她正在问厨子金师傅有什么吃的，金师傅便说莫逸风给她留了饭菜，热一下就能吃了。若影也没打算离开厨房，径直走到桌边就坐了下来，等着金师傅热好饭菜。

莫逸风走进厨房时，金师傅吓了一跳，转身便来行礼。莫逸风抬手示意他继续给若影热饭菜，而他则坐到了若影身旁的位置上，伸手将同心结送到了她面前。

若影转眸移开视线没有理会，莫逸风伸手推了推她道："戴上。"

这哪里是恳求的语气，分明就是命令，气得若影干脆趴在桌上没好气地丢出两个字："不戴。"

"戴上。"莫逸风见状终于放柔了语气，可是那架势就似好似她不戴他就誓不罢休一般。

"说了不戴。"若影用手肘顶开他的手满是气愤。

"不喜欢吗？这不我都戴上了，若是你不戴，又怎么叫同心结呢？"莫逸风开始用上了怀柔政策。

若影虽然是吃这一套，可是这一次她被他伤得不轻，又哪里会这么容易原谅他。身子又朝另一处挪了挪之后一声低喃："同心？哼！"

莫逸风看着她始终不肯面对他，也不愿将同心结收下，轻叹一声后闷闷地收回了手，却发现一道目光朝他直直射来。骤然转眸望去，果真看见金师傅正用难以置信的神色望着他，莫逸风回头一瞪，吓得他急忙垂下了头继续烧火，可是那目光却总是忍不住朝他们看去。

莫逸风看了看腰间的同心结，而后又看了看手中的同心结，最后看了看她的腰际，目光一转，微微俯身伸手过去……

"啊！你干吗！"若影感觉到腰间一痒，顿时惊叫起来，却发现莫逸风竟然在试图将同

心结系到她的腰上，惊愕的同时也看见金师傅正张大着嘴看得目瞪口呆的模样，以他的角度看过来，难免会以为刚才莫逸风正要做什么。

她顿时恼羞成怒地对着莫逸风大吼："你闹够了没有？"

莫逸风一怔，这句话有些耳熟，好像是白天他说她的，没想到才半天工夫，她就把话还给他了。

抿了抿唇，他却又伸手将同心结递了过去："把它戴上。"

"不戴不戴！你烦不烦！"若影气得大吼，凭什么每一次她都要迁就他，可是他却从来没有替她着想过？难道就因为她喜欢他，就要活得那般没有尊严吗？

看着莫逸风满脸的无辜，她真是越想越气，转眸就冲着金师傅大喊："金师傅！只不过热个饭菜，又不是让你做宴席，怎么还没好？"

金师傅一怔，立刻站起身道："好了好了，侧王妃稍等，奴才这就把饭菜端来。"

当一道道菜端到若影面前时，她不由得朝莫逸风睨了一眼，倒是果真如金师傅所言，他早已给她留了饭菜。

金师傅看了看莫逸风后退身走出了厨房，还"好心"地帮他们关上了厨房门。

若影以为像莫逸风这样的性子看见她冲他发了这么大的火之后一定会转身离开，可是没有想到他竟然坐在厨房看着她吃起饭来，原本饥肠辘辘的若影在被人注视着吃饭时立刻没了兴致，没吃几口放下筷子就转身欲往外走。

"影儿！"莫逸风突然拽住她手臂将她压在门上。

若影一惊："放手。"

莫逸风却将手中的同心结系到了她的腰间，也不管她如何杏眼圆瞪地警告，顾自系好后提醒道："记得每天戴上。"

"我不戴又怎样？"若影不服气地抬眸瞪着他反驳。

谁知就在下一刻，莫逸风突然噙住了她的唇，带着警告性地咬了一口，痛得若影一声尖叫，而他却在缓缓放开她的同时扬了扬眉："那我只能想办法不让你出门了。"

若影抬手抚了抚唇，这个禽兽居然将她咬出了血，这要让她怎么出门见人啊！

不过而后一想，他的目的不就是让她乖乖待在三王府吗？

天色晴好，若影正在园子内低头沉思着，紫秋拿了一件披风走过来，随手帮她给系上了，虽然紫秋年纪比她小，却将她照顾得妥妥当当的。

"谢谢。"她冲紫秋淡淡一笑。

紫秋亦是笑了笑："侧王妃怎对奴婢这般客气，这是奴婢应该做的，侧王妃最近身子可好些了？"

若影点了点头："好多了。"

突然，紫秋忍不住扑哧一笑，若影疑惑地回眸望去，紫秋再也忍不住地笑出了声，随后凑到若影耳边低声道："侧王妃，在您还在睡觉的时候王爷突然让人去请了大夫前来，而且不是在前厅，是在三爷的书房。"

"他身子不舒服吗？"若影一时也只能想到这个可能，却见紫秋笑得更欢了，一边摆手一边摇头，好不容易止住了笑后又道："奴婢也以为是，就帮侧王妃跟去瞧瞧，可是当奴婢听到王爷问大夫的话之后奴婢差点就忍不住笑出声被王爷发现了，幸亏奴婢走得及时。"

说了半天这丫头还是没有说到重点，若影忍不住催促："到底听到了什么？"

紫秋擦了擦笑出的眼泪后才道出了实情："三爷请大夫前来并非是自己身子不舒服，而是问大夫，用过那药之后多久能好，多久能……"

若影闻言顿时脸色一僵，不由得抽了抽唇角满心不安："能什么？他说多久能做什么？他到底说了些什么？"

说到最后，若影感觉自己近乎抓狂，看了看紫秋一下子愣掉的神色，忽然发现自己的反应太过激烈。

紫秋见她终于发现了自己的失态，顿时又觉好笑，看来她不必说得太过明白她也已经猜到了莫逸风问大夫什么了。

"侧王妃，奴婢觉得三爷对侧王妃是越发好了，说不定不久之后三爷就让侧王妃做正王妃，这样的话奴婢也不用整日提心吊胆了。"紫秋双手合十满是憧憬。

若影扯了扯唇睨向她："你现在需要提心吊胆吗？"

紫秋鼓了鼓嘴道："当然了，若是将来别人做了三王妃，还不知道怎么样对待咱们这些奴才呢，还是侧王妃好，所以大家都希望三爷早些忘掉那个柳毓璃，然后将侧王妃扶正！啊！"

说到最后，紫秋突然捂住了口，发现自己失言了。

好端端的提柳毓璃做什么，还说什么让三爷早些忘记柳毓璃，分明是在影射着某些事实。

一时间紫秋手足无措又懊恼地捶了下自己的头，抬眸瑟瑟地望向若影，而若影却是眼眸涣散地望向天际，也不知道在想些什么。

"侧王妃……"紫秋担心地唤了她一声。

若影渐渐敛回思绪，回眸冲她莞尔一笑，转身之际淡声道："就算要忘也需要时间。"

看着若影缓缓离开的背影，紫秋一瞬间有些茫然。

就算要忘也需要时间？她是在给他时间是吗？

紫秋抿了抿唇跟上了若影的脚步，心却是替她沉重起来，莫逸风和柳毓璃毕竟十年的感情，也不知道需要多久他才能将她放下，只希望不要等一个人心死的时候才幡然醒悟才好。

"侧王妃。"紫秋故作轻松地跑了上去,笑言,"明日就是十五了,侧王妃和三爷晚上出去逛逛吧,每月十五集市真的可热闹了。"

若影闻言骤然顿住脚步,脸色瞬间苍白。

十五?明天就到了十五?

抬手抚了抚自己的胸口,感觉心一下子沉重不堪。

究竟柳毓璃说的是真是假,明天就要见分晓了,而她所谓的痛不欲生又会是如何?她无从得知,可是不安感却越来越强。

"怎么了?"紫秋见她神色异常,不由得担心起来。

若影回过神后笑了笑道:"没什么,若是你想出去就让秦铭陪你去,我就不去了。"

紫秋听她提及秦铭,垂眸不悦地哼了哼:"他才不会陪我去。"

"哦?为何?"若影有些惊讶。

在她看来紫秋对秦铭极好,就连看他的眼神都带着情愫,而秦铭虽然是憨憨的模样,却也没见他抗拒紫秋,难道是她想错了?

见若影转眸沉思着打量着她,紫秋笑着话锋一转:"侧王妃饿不饿?听说今天金师傅又做了一道新点心,我去看看好了没。"

若影顿了顿,而后笑着点了点头,既然她不愿再提,她便不再问下去,感情的事情从来都无法勉强,只希望她还没有伤到心才好。

可是没一会儿紫秋又匆匆跑了过来,在若影跟前站定后面色有些不悦道:"侧王妃,文硕郡主来找三爷了,还直接去了咱们三爷的书房。"

若影心口一滞,闷闷道:"他又不是鲜花,怎么总在招惹花蝴蝶?"

紫秋拧了拧眉补上了一句:"奴婢看就是只苍蝇。"

若影扬了扬眉看她:"那咱们的王爷岂不成了米田共?"

紫秋一怔。米田共?粪?

明白过来后紫秋吓得连忙摆手,她可没有这个意思,可是见若影扑哧一笑,这才知道她并没有责备的意思,便也跟着笑了起来,而后却又催促着若影去书房。

来到书房,秦铭突然出现在她面前,看了看书房门口后对若影道:"侧王妃,爷正在商议要事。"

商议要事?和阙静柔商议要事?难道这里的女子还能从政?分明是另有内情。

意识到这个问题,若影抬眼目光一寒。

秦铭从未见过这样的若影,惊得脸色一僵,一时间竟是杵在原地不得动弹。

若影伸手推开秦铭径直来到书房门口正要推开门,余光见秦铭想要开口通报,而秦铭在下一刻再次被她的一个眼神吓得噤了声。

门被推开的那一瞬间,莫逸风和阙静柔都为之一怔,莫逸风更是目光一敛,浓眉深拧，却在看见若影的那一刻缓了神色，眼中带着诧异。

"影儿？发生了什么事？"莫逸风起身来到若影跟前，若不是有事，她从来不会踏入他的书房他的房间，自从她重拾记忆后，就从未有没规矩的时候，也让他有些不适应。

若影闻言也是微微愣忡，这才发现她在看见秦铭因为莫逸风和阚静柔单独相处的情况下拦住她去路之时冲动了，竟然没有敲门就冲了进来，可是进来后又不知道自己为了什么。

转眸看了看满眼难以置信地站在案几边望着他们的阚静柔，若影微拧了眉，收回视线转过身丢下一句话："没事。"

见她正要离开书房，莫逸风心头一急，立刻拽住她的手臂，而后转身看向阚静柔："你先回去，你说的我会去查。"

阚静柔呼吸一滞，脸色微微苍白了几分，看着莫逸风紧紧地拽住若影手臂不让她走的模样，她苦涩一笑："好，若是有需要帮忙的地方就尽管来找我。"

说完，她提步走出了书房，却在经过若影身侧只是转眸看了看她，而后莞尔一笑离开了。

直到阚静柔离开，若影这才用力甩开莫逸风的拉扯。转身正要走出书房的门，却被莫逸风突然朝怀中一带，而后砰地一声关上了书房门。

"就这么走了？"莫逸风垂眸问她。

若影报了报唇抬眸对上他的视线："三爷是想要换个人继续吗？"

这句话虽然有些尖酸，可是若影心里就是不舒服，特别是推开房门看见当真是阚静柔和他单独相处的那一刻，她的心里就堵得慌。原来不是看见他和柳毓璃在一起时她才会心里添堵，无论他和哪个女人在一起她都极其不适。

"你在吃醋？"莫逸风原是微微一怔，而后却是淡淡勾起一抹笑略带玩味地望着她。

若影一愣，而后却是带着一抹自嘲的笑意看向他淡声道："我有这个资格吗？"话音落，她垂眸轻轻推开他的身子之后打开书房门走了出去。

走出书房门的那一刻，她感觉自己的心又沉了几分。刚才的那句话并非是气话，而是她心头所想，如今的莫逸风对她的情到底能有多深？她又有何资格去吃醋？对于他而言或许她只不过是他将来众多女人中的一个而已，而对于她来说，他就是她的唯一。

从莫逸风的书房出来后，她感觉脑海有些纷乱，看了看三王府的大门，犹豫片刻之后终是走了出去。

紫秋见她一直心事重重，也没有立即上去询问，只是默默地跟在她身后。

三王府门口，莫逸风看着若影朝集市走去，负于身后的手也渐渐收紧。

她究竟把自己想得有多不重要？

若影一直在大街上走着，也不知走了多久，竟是已经穿过了集市，不知不觉来到了清禄书院，里面不断传来琅琅读书声。虽是她失忆中的事情，她却依旧感觉仿若昨日。

正要抬步走进去，余光却看见了一个许久未见的人。

"二哥？"她惊讶地唤了他一声。

莫逸谨走上前依旧满身的痞气："嗯，三弟妹。"

若影微微一窘，没料到他会如此称呼她，当下冷哼道："二爷又来书院溜达？"

莫逸谨一怔，知她是在气他方才对她的称呼，忙上前一脸讨好："影儿，二哥是在跟你闹着玩呢，别当真啊。"

若影眯眯挤出一抹假笑："呵呵，我也是跟你闹着玩的。"

一把年纪还这么没个正经，也不知道玄帝为何不给他找个王妃管管他，可是被他这么一闹腾，她原本的阴郁情绪倒是一扫而空了，转眸望向他问："二哥还在这里念书？"

莫逸谨看了看里面的学子，暗自嘀咕了一声："你都不在，念什么书。"

"二哥？你说什么？"若影微微凑近狐疑地看着他。

莫逸谨突然哈哈一笑："没什么，像我这么聪明睿智，哪里用得着来念书啊，当初不过是看你可怜没人陪你才过来当你的陪读罢了。"

若影扯了扯唇，有这么自夸的吗？

"二爷，三王妃。"刘文远看见他二人站在门口，便立即迎了上来。

"老师。"两人异口同声地唤了一声。

刘文远躬身回礼："老夫愧不敢当，不知道二爷和三王妃今日前来所为何事？莫非……想要继续念书？"

若影和莫逸谨面面相觑，而后同时笑起，若影问道："就今天一天可以吗？"

刘文远愣了愣，而后会意地笑言："自是可以，只要二爷和三王妃有空，随时可以过来。"

莫逸谨却是一声轻叹："好久都没回来了，也不知道影儿有没有长进，可别一日不见刮目也看不见。"

若影哼了哼，对他的小瞧很是不屑："那肯定是你眼神开始不好了，及早去治治。"

莫逸谨忙道："我眼神好得很，就怕有些人依旧是连大字都不识几个。"

"你才大字都不识几个！"若影气得伸手就要去打他，而莫逸谨却巧妙地躲避了她的攻击。

看着他们依旧吵吵闹闹的模样，刘文远无奈摇了摇头，他们依旧像当初的一般，毫不顾忌身份，也毫不顾忌场合，更是毫不顾忌言行举止是否有欠妥当。不过像他们这样的身份能像他们这般实属难得，只是……

突然脑海中闪过莫逸风的沉静面容，刘文远还是为他们担忧，毕竟人言可畏。

若影回到三王府后整个人都欢愉了，顺着游廊去了荷塘边逛了逛，见里面养的几条鱼几天不见又大了些许，伸手从下人手中取了些鱼食撒了下去，见荷塘内的鱼吃得欢快，她也不禁笑了起来，见时辰不早，这才转身朝月影阁而去。

当若影离开荷塘之后一个身影渐渐清晰，莫逸风蹙眉看向若影欢快离开的背影，微启薄唇呢喃道："她好像心情变好了。"

秦铭看了看一蹦一跳回月影阁的若影，又转眸看向一脸沉静的莫逸风，不知道该如何是好。

这一次他并没有让任何人跟着她，秦铭也不知道是何原因，他想可能是因为他想要给她更多的自由。可是若影却是闷闷不乐地出门，高高兴兴地回府，回来后也没有去找莫逸风，而是哼着小曲儿一路回了月影阁，根本没有要见莫逸风的意思，也难怪他会有这样的反应了。

莫逸风说了那句话后就再也没有说什么，只是一直目送着若影蹦了回去。

晚膳的时候若影也没有和莫逸风多说些什么，更没有提及白天遇到莫逸谨，而后两人一起去清禄书院之事。就在她用好晚膳准备回房之时，竟是莫逸风先按捺不住地开了口："就没有要跟我说的？"

若影动作一滞，回头看了看他，而后拧了拧眉道："没有。"

见他没有再说什么，她疑惑地转身回了房，也不知道他今夜是怎么了，一顿饭下来总是欲言又止，最后竟是问她要对他说什么。

回到房间沐浴过后，她一身轻松地躺在床上，望了望帐顶之后准备翻身睡去，谁知这时门被人从外推开，她蹙了蹙眉转过身，却听到一阵窸窸窣窣的声响，下一刻，她正准备打开帐幔的手渐渐收了回来。

当身侧一陷，她心头不由得一紧，一只手臂已经将她揽住迫使她面对自己。她拧眉没有睁开眼，谁料他的唇却从她的额头一路落到她的唇上。

终是没办法再装睡下去，睁开眼侧过脸伸手将他推拒后与他保持了一定距离。

可是这一次他并没有像之前那般顺了她的意，竟是拥得她更紧了几分。

今夜的他与以往不同，就好似带着一抹急切，带着一抹渴望，又带着一抹神伤。她知道急切是因为他们已是夫妻，而他们却只有成亲之日的那一次，渴望是因为她的伤终于已经好了，他也不用再忍得难受，可是神伤又从何而来？

从始至终他们二人都没有说过一句话，就好像是与生俱来的默契。

更楼开始敲响，不知不觉已经一更了，转眸看向已经沉睡的若影，莫逸风却躺在她身侧难以入眠。她心里始终装着事，他很清楚，从她方才的表现他就知道。

她今天想必是碰到了莫逸谨吧，否则她回来的时候不会这般神采奕奕，似乎每一次她

在看见莫逸谨后心情都极好。

翌日清晨，若影梳妆后来到前院，发现莫逸风竟然坐在前院饮茶，可是捧着茶杯的手却一直停留在半空，目光涣散不知道在想些什么。

若影原本想要出门找莫逸谨，昨日许久不见他竟是忘了问他关于冰蚊针的事情，却没想到莫逸风今日竟然没有去上朝，又或者今日提前下朝了。可是若要出门必定会经过前院，见他似乎在想事情，她朝紫秋睇了一眼后悄悄地想要避过他往外走去。

"又要出去？"莫逸风的声音突然低沉响起，仿若她的一举一动都在他眼中。

若影尴尬地清了清嗓子，站在原地没有回头地应了一声："嗯。"

"没用早膳就要出门，这么急要去哪儿？"他的语调极为平静，却让若影听得心中没底。

紫秋终是害怕的，缩了缩脖子退至一旁，却也不敢离开。

若影垂眸咬了咬唇，有些不太情愿地转身坐在他对面。在他面前，她感觉自己永远是被管束的那一方，而且并没有做错什么，却总是被他的语调惹得一阵心虚。

莫逸风隐隐低叹一声，转眸让下人拿来了早膳。他倒是越发清楚她的喜好，看着眼前的食物，若影的胃口也开了。

"以后无论有多急的事情，早膳也不能忘了。"他将清粥微微吹凉了几分后连同汤匙递到了若影面前。

若影接过汤匙后微微一愣，难得他还记得她喝粥喜用汤匙不喜用筷。有时候人若是没有比较，似乎烦恼也会少些。若是她能自欺欺人，或许就会安于现状了。

垂头顾自喝着清粥，莫逸风会时不时地给她夹些菜，她也十分自然地吃了，因为平日里他也是这般对她，所以她也没有太过惊讶。

用过早膳后正准备起身，莫逸风却突然开了口："你的武功是从哪里学来的？"

若影回头看向他，指尖骤然一紧，视线落在天际，声音仿佛飘向了远方："以后都不会再用了。"

她很清楚，只要冰蚊针不取出，她此生都无法用武功了，而若是冰蚊针不取出，她也不知道自己能活多久。

莫逸风见她不再说下去，眸色渐渐黯淡："影儿，你我已是夫妻，难道到现在你也不愿对我坦诚吗？你宁愿将心里的事情告诉别人也不愿与我说吗？"

若影回眸看向他，略有错愕却稍纵即逝，并没有解释，转而垂眸低笑："你又何尝与我坦诚过？你的秘密我又知道多少？你不也是宁愿与别人商议也不愿对我透露只字片语吗？"越是这般说着，心底越是苦涩起来，"既然你自己也做不到坦诚相对，又何必让我尽数告知呢？"

莫逸风沉默不语，若影也没再说下去，起身便要往外走。

第27章 他终是信她 | 19

"影儿！"莫逸风急忙上前拉住了她，站在她面前不让她离开。

紫秋微微沉思，不动声色地退身下去了。

若影没有开口，只等着莫逸风接下去的话。

"文硕郡主来找我，是因为她查出了那日我们去江雁镇时遇到的刺客是谁所派，我一直以为是父皇，没想到其中杀我的人是四弟所派。"莫逸风坦诚相告，只希望她能相信。

若影却只是淡淡一笑，而后道："那么那些杀我的人呢？"

莫逸风一怔，垂眸猜测："应该也是四弟的人，只是为了阻止我们去江雁镇调查当年的真相。"

若影扬眸看他，似要将他看穿，虽然看不出他有一丝一毫包庇柳毓璃的神色，可是他终是没有怀疑过她不是吗？

"若是你死了，就自然失去了主线，莫逸萧又何必多此一举来杀我？他有这么恨我吗？不希望我存在的人难道是他吗？"若影一瞬不瞬地睨着莫逸风，不放过他的一丝神色变化。

莫逸风的神色果然微微一僵，抿了抿唇道："你在怀疑毓璃？"

不是怀疑，是肯定。自从她知道柳毓璃隐瞒了会水性会武功的真相，她就知道这个女人不像表面上看起来那么简单，而那日有一些杀手分明就是冲着她来的，远处射来的暗箭也是对着她的，只是莫逸风帮她挡了而已。

她觉得再说下去也没有任何意义，挥开了他的手后想要绕过他往外走，可是莫逸风却突然扣住她的双肩转过她的身子，微微俯首一瞬不瞬地凝着她："我会派人去查。"

若影一愣："你去查……柳毓璃？你信我？"也不知为何，仅仅是他这般平淡的一句话，她的双眼却已经蒙上了一层雾气。

莫逸风望着她微微猩红的眼眸，心头一紧，伸手将她揽进怀中，低低应了一声："嗯。"

若影最终还是出了门，而莫逸风也没有拦她，可是在莫逸风说相信她的那一刻，她出门找莫逸谨的原因也变得不同。一开始是因为莫逸风不相信她，所以她才询问莫逸谨关于冰蚊针一事，而现在却是因为莫逸风相信了她，她便更不想让他知道她中了冰蚊针，只因为怕他担忧。

来到二王府，莫逸谨也正要出门，见若影前来很是诧异，愣忡过后却是笑弯了眉眼："影儿！你怎么来了？还真是稀客。"

若影笑言："来看看二哥的王府啊，许久没来都快忘了。"

莫逸谨的笑容一敛，转瞬间泄了气："看王府……不是来看我的吗？"

若影掩嘴莞尔笑起，转头对紫秋道："你回去吧，我已经到了二爷这里，不会有什么

事了。"

紫秋一怔,若影分明就是想要支开她,她岂会不知?

莫逸谨带着若影进了王府,两人并肩在园中走着,垂眸看向一旁的若影,莫逸谨淡淡勾唇,也同时敛去了平日里的桀骜不驯,如今他们的身份都变了,可是她却依旧如往常一样唤他二哥,与他的相处也同往常一样自然无顾忌,仅仅这般就够了。

"二哥刚才是要去哪儿?"若影转眸问他。

莫逸谨目光一闪,讪讪一笑:"今日父皇也没安排什么差事,就想出去晃悠一下,没想到你过来了,若是你再晚点过来或者我早点出门就碰不到面了,所以说我们还是有缘的不是吗?"

他当然不会告诉她,他出门是要去清禄书院,目的不过是为了能遇到她而已。毕竟她已经嫁给莫逸风了,若是他再常去三王府找她,莫逸风的眼神都能将他杀死。

记得上一次他去三王府,与莫逸风谈完事情后不过是开口想问问为何不见影儿,可谁知"影儿"两个字刚出口,莫逸风突然说:"还在睡,有事可以与我说,我帮二哥转达。"隐约带着丝丝警告和挑衅。

想起来还真是郁闷,在莫逸风的话音落下之后他就整个人都泄了气,低低地回了一句"没事"。不过今日若影来找他,莫逸风难道不知道?若是他知道的话又怎会允许?还是他已经全然放心了?

若影闻言却是扯了扯唇,她不过是问他去哪儿,用得着说这么一大通吗?

不过想来也的确是缘分,当初失忆之时他并没有因此而对她别样看待,反而对她十分照顾。思及此,她弯唇一笑:"是啊,无缘又怎会相识?"

沉思中的莫逸谨因为若影的话而骤然敛回思绪,转眸朝她看去,见她若有所思地看着自己的脚尖,分明就是心里藏着事。

"找我有事?"莫逸谨本想与她静静地再处一会儿,毕竟这样的机会不多,可是见她如此,他终究还是不忍心的。

若影微微错愕地抬眸看向他,而后却是了然,他毕竟也是皇族中人,是莫逸风的兄长,又岂会没有洞察力,而她在他面前也甚少隐藏心中之事,他自然是一眼明了。

缓缓顿住了脚步,她抬眸看向莫逸谨:"二哥知不知道有一种暗器叫冰蚊针?"

莫逸谨拧眉想了想:"好像曾经听说过,那种针纤细如丝,却能刺透身体,平日里缠在腕处也不会被人发现,可是刺入身体却再难取出,而且因为针体上染了毒,所以每月到了十五针体就会通体冰凉慢慢刺激每一根经脉,中针之人便会因此痛不欲生。"

若影听得面色苍白,原来柳毓璃说的都是真的。

"真的再难取出吗?"她试探着问。

莫逸谨摇了摇头:"至今未曾听到过中了冰蚊针的人能将针从体内取出的。"

"二哥知不知道冰蚊针是何人所制？"若是知道了谁制作了这种冰蚊针，便可能为她取出冰蚊针，或者帮她解毒。

莫逸谨突然目光一闪："我记起来了，冰蚊针是四弟从他师父那里得到的，可是自从四弟得到了冰蚊针之后就回了宫，而且再没有去找过他师父，我们也不知道发生了何事。"

"那四爷的师父身在何处？"若影急着追问。

莫逸谨再次为难了："这还真是不清楚，听说四弟也是在一个机缘巧合之下认识了他师父，而他师父性子极其怪异，除收了四弟为徒之外便再也没有收别人为徒，也没有人知道他如今身在何处，仿若自人间消失了一般。也听说四弟的师父就是他的舅舅，可是究竟是谁，无人得知。"

原本还怀有希望的若影在听到莫逸谨的这句话后顿时眼前一暗，仿若失去了一切希望，望着天际低低呢喃："真的无人得知了吗？真的找不到了吗？"

"若是能找到，当初四弟也不会气得几日未上朝了，父皇一向疼爱四弟，听说也派了不少大内高手，却是空手而归。"莫逸谨低低一叹，若是能找到那样的世外高人，他也想要去学上几招。

若影长长叹息，或许这就是命，她终究逃不开生死两隔的宿命。

莫逸谨敛回思绪后微微一惊："你怎么突然问起这事？"

若影回过神后挤出一抹笑："只是听旁人提起便好奇一问，只是觉得可惜，若是能找到这样的世外高人收我为徒，我也不至于被人欺负了。"

"被人欺负？谁敢欺负你，你如今可是三弟的侧王妃，而且三弟如今又无王妃，谁又能欺负到你？"莫逸谨扬眉一笑，可是突然笑容一敛，蹙眉问道，"三弟欺负你？"

若影原是没将他的话放在心上，可是听了后面的话猛然一怔，忙道："没有没有，他对我挺好的。"

莫逸谨见她如此紧张，不由得哼了哼："这么紧张做什么？想来也是，你都嫁给他了，他要是再不对你好我可不会饶他。"

他说得像是玩笑话，可是若影知道他是出于真心，若是莫逸风对她不好，他定然不会袖手旁观。

抬眸冲着他莞尔笑起，糯糯地道了一句："谢谢二哥。"

莫逸谨看得微微失了神，见她伸手在他面前晃了晃，他目光一闪，为了掩去方才回过神时的尴尬，他突然痞气一笑张开双臂："既然这般感谢，不如让二哥抱一个。"

若影汗颜，这个人果然是没个正经。见他正要抱住她，她突然身子一矮从他臂弯中钻过后丢出一句："我回去了，二哥也该找个王妃管管你了。"

"影儿，这么快就回去了？"莫逸谨在身后喊了一声。

若影却是不理会，背着他摇了摇手："我帮二哥去长春院物色二嫂去。"

"影儿,你小声点,别坏了二哥的名声。"莫逸谨无奈地上前想要跟上她,谁知她突然加快脚步跑了起来,跑了一段路后转身双手叉腰毫无形象地大笑道:"放心,我不会告诉别人二哥喜欢长春院的花魁的。"

"你、你给我站住!看我不收拾你!"莫逸谨气得急忙追了上去,而若影却极快地奔出了王府。

看着她离去的背影,莫逸谨缓缓顿住脚步也敛了笑容,苦笑之际从衣襟中取出了一物,那是若影与他初识之时赠予他的纸鹤,想来她早已忘了,可是他却此生难以忘却。

伸手将纸鹤对上日头,眯眸望去,纸鹤栩栩如生,仿若当真会翱翔一般,哪怕只是一个假象,他也心满意足了。

第28章　冰蚊针发作

若影回到三王府之时紫秋立刻迎了上来，神色有些异常。

"侧王妃，您可回来了，三爷他……"紫秋担忧地朝月影阁的方向望去。

若影顺着她的视线看了一眼，蹙了蹙眉问道："三爷怎么了？"

紫秋道："听周叔说，从侧王妃出府之后爷就一直呆在侧王妃的房间没有出来过。"

"什么？"若影闻言脸色一变，心头竟是突突一跳，方想起她出门之时余光看见一道宝蓝色身影，可是因为走得急她也没细看，莫非是他？除了他之外这整个王府中又有谁敢穿这颜色？

抿了抿唇，她顺着抄手游廊去往月影阁，脚步不经意间略急了几分。紫秋原本想要跟上去，却被上前的周福突然制止，回眸看了看若影，她方知周福的用意。

站在房门口，若影原本想要推门进去，可终是顿了顿，抬手敲了敲门，半天未见里面传出动静，她心头一紧，急忙推门而入，却见莫逸风坐在桌前手中把玩着什么，她定睛看去，竟是他送给她的夜光发簪。当初若不是它，恐怕她就会死在那片密林之中。

"方才怎么不应声？我还以为你出了什么事？"她转身关上房门后走上前问道。

莫逸风面色沉静却带着难以掩饰的哀痛，转眸一瞬不瞬地望着她，声音低沉："进自己房间也要敲门？"

若影怔了怔，一脸的迷茫，不知道他今日是怎么了。

"只是听周叔说你在我房间，所以我就……"曾经不是他让她进门前一定要敲门吗？怎么现在倒是在怪她有礼了？若影有些纳闷。

"你的房间……"莫逸风望向发簪喃喃自语。

若影一噎，看着他的神色，她心里也极为担忧，缓步上前扯了扯他的衣袖侧眸试探地问道："你怎么了？今天你也没有去上朝，是不是出了什么事？"

莫逸风转眸又是深深凝视着她，半响都未开口。

若影缓缓落座，看着他惨淡的俊颜，她忽然感觉自己的呼吸微微一滞，抬手便将他的手握住："到底怎么了？你这个样子我很担心。"

莫逸风在她的话音落下之际神色渐缓，反手将她的手握于掌心，抬手看向发簪问道："这几日都未见你戴上。"

若影张了张嘴有些惊愕，难不成就因为这个所以他才不高兴了？若是她再解下腰间的同心结，他岂不是要几天闭门不出与她怄气？

"只是想要换个发簪戴戴，总不能一直戴这一个吧？"她抬手摸了摸头上的发簪道。

莫逸风缓缓将发簪握在掌心，半真半假地笑道："还真不会从一而终。"

若影又是一愣，只不过戴个发簪而已，怎么与感情扯上关系了？难不成她换个发簪戴一戴就不专一了？

垂眸之际无意间看见了他腰间的同心结，没想到他当真天天戴着，咬了咬唇终是做了妥协："那我现在戴上还不行吗？"

抬手将头上的发簪取下放在桌上，而后准备去接莫逸风手中的发簪戴上，谁知莫逸风却抬手亲自将发簪插入了她发间。

"你在我房中一整天，就因为这个发簪？"若影有些哭笑不得，他何时这般孩子气了？

莫逸风看着她，沉默良久，就在若影开口之际，他先开口问她："想知道毓璃阁的秘密吗？"

若影眸色一惊，未料他会主动提及，而此时这也是她的心结之一，他愿意将阙静柔找他的目的告诉她，可是他从未将柳毓璃知道的秘密对她说过，更别说柳毓璃不知道的事情。

她静静地垂眸未作声，而莫逸风却一直等着她的回应，见她久久没有回答，他眼底带着一抹黯然。

"难道我想知道的你都会说吗？"她抬眸的同时开口反问。

莫逸风眸中的黯然顿时转为错愕之色，须臾，他紧了紧她的手点了点头："是。"

若影感觉今天的莫逸风真的与往日不同。但是她没有立即应声，而是问道："为什么突然想要告诉我了？"

莫逸风拉着她的手起身，唇角勾起一抹淡笑："只是你一直没问。"

因为她一直没问所以他一直没说？

走出房门之际，她轻哼了一声："之前无意间闯进去都被你打得半死，哪里还敢问。"

莫逸风脚步一顿，看着她记仇的小模样，紧了紧掌心中的小手道："那是以前。"

"原来是欺负我以前什么都不懂啊……"若影睨了他一眼，却见他的笑意浓了几分。

不远处，周福和紫秋看着莫逸风牵着若影的手出房门来，两人相视一笑。

毓璃阁

若影站在门口仰头望着这个匾额，心里总是不舒服的，无意间嘀咕了一句："都没娶回来就准备好了新房，还真是专情。"

看着她推门走了进去，莫逸风抬头望了眼匾额，再看向她时，她已在打量着房间。

"这里没什么好看的。"莫逸风关上房门后拉着她走向床边，在她的恐慌之中伸手打开了机关。

当梳妆台向旁边移动的那一刻，若影身子一僵，转眸望去，眼前的景象再熟悉不过了。

"机关就在此处。"莫逸风指了指床边的一个隐形机关道，"只要转动这个就可以出现隐藏在梳妆台后的密道。"

若影错愕地伸手转动了一下，果真梳妆台又合上了，再转动一下，梳妆台往旁边移开后出现了密道。

"那里面究竟是什么？"她抬眸问他。

莫逸风淡然一笑："你进去看了就知道了。"

若影跟随着莫逸风来到密道口，却迟迟都没有进去。

"怎么了？"莫逸风转眸看她。

若影打量着他甩开他的手怀疑道："你是不是也想把我推进去后就把密道给封上？"

如今她虽然寻回了记忆，可是她却已经不能用武，若是被禁在这个密道之中怕是只能等死了，而且那里有她的噩梦在，她根本不敢再尝试着进去。

莫逸风闻言却是变了脸色，见她慌乱地往后退去满眼恐惧，他眸色一痛。

若影转身便要逃出去，莫逸风却突然拦住了她的去路，就在她错愕之时，他突然伸臂将她拥入怀中。

她的情绪久久都没有平复，甚至还带着颤抖。

"那里有我母妃在，我想带你去看看她，让她知道你的存在。"莫逸风顺着她的背脊安抚着她的情绪。

若影闻言身子一僵，抬眸看向他，深不见底的黑瞳中看不出一丝说谎的痕迹。

"你说的是真的？"若影凝眸问他，脑海中却不停思索着那一次被柳毓璃推下去时看到的影像。当时的确是有个白衣女子渐渐向她靠近，仿若想要碰触她，而她却吓得昏了过去。

莫逸风抿唇点头，抚了抚她略显苍白的脸颊道："若是你不信，我先进去，你跟在我身后。"

原本也不想勉强她进去，可是他知道她在介意他没有向她坦陈一切，所以今日他才会这般执意地带她去见自己的母亲。

再次来到密道口，莫逸风回头看了她一眼，见她没有逃离，这才吹亮了火折子朝密道内走去。

"等一下。"若影急急喊了一声，见他回头，她犹豫地挣扎了一番，再次抬眸之际跟上去牵住了他的手。莫逸风看了看她紧握着自己的小手，淡淡勾唇，反手将她握得更紧了几分道："小心脚下。"

若影点了点头，却见莫逸风点亮了一旁的烛台后又旋动了烛台，密道口缓缓被封住。

见里面渐渐暗了下去，若影原本是极其害怕的，可是莫逸风已经一路点亮了周遭的烛火，密道内瞬间亮堂了起来。

当莫逸风带着若影来到阶梯下的灵堂前时，若影整个人都僵在原地。

"这是……"若影迟疑地看向莫逸风，却见莫逸风取来了六支清香并将其中三支递给她道："这是我母妃，父皇不但没有允许母妃入皇陵还要将母妃进行火化并将骨灰命人送回江雁镇，我曾请求皇上允许我将母妃的骨灰带到府中设灵位祭拜，他居然不许。"

"所以你就偷偷将你母妃的骨灰带了回来，又怕父皇发现，故而设了此密室？"若影猜测。

莫逸风点了点头，却又深深凝视着她。

"怎么了？"若影疑惑地望着他。

莫逸风纠正道："不仅仅是我母妃。"

若影抬眸望着他眨了眨眼，不明所以。

他苦涩地勾了勾唇，转身面向容妃的牌位沉声言道："母妃，儿臣带您的儿媳来看您了。"

若影呼吸一滞，方知他刚才的话是何意，转身学着他举起清香面向容妃的牌位缓声道："母妃，儿媳来看您了。"

莫逸风错愕地转眸望向她，却见她对他莞尔一笑。他没有开口，只是弯了眉眼，带着若影深深三鞠躬后将清香插入了香炉之中。

"以后还会再怕黑吗？"莫逸风轻轻将她的手牵起问她。

他知道她之所以怕黑都是在那日之后，所以他更是下定了决心让她知晓这里的一切，这样的话她或许就会忘记那个让她恐惧的夜。

若影低眸沉思不知该如何回答，须臾，抬眸淡然一笑："可能不会了吧。"

莫逸风也不再说什么，心底不知为何沉沉的，从看到她的神色变化之时便沉重万分。

走出毓璃阁的时候，若影几度想要开口问他是不是柳毓璃也见过这个密道内容妃的灵位，而后一想，却又觉得自己痴傻，若是柳毓璃不知道，又怎会打开密道推她下去？

如今计较这些也无济于事，毕竟他与柳毓璃认识在先，她也无从计较。至少他今天能带她过来也算是表明他心里已经慢慢有她的存在了，而且从他选择相信她去查柳毓璃的那

第28章 冰蚊针发作 | 27

一刻起，她心里已足矣。

抬头望了望天空，想不到黑夜来得这般快，月光洒下笼罩了一层淡淡的忧伤。

"走吧，该用晚膳了。"他依旧紧紧地拉着她，也不避讳旁人。

若影笑着点了点头。

可就在那一刻，她的脸色骤然一变，心脏在方才一瞬间像是被针尖刺破，痛得她脸色惨白冷汗淋漓。

"怎么了？"莫逸风见她神色有异，不由得跟着变了脸色。

若影强忍着心头的刺痛抬眸扯出一抹笑意："下午的时候点心吃得太多了，现在很饱而且好困，我想回去睡了。"

莫逸风无奈："二哥府上的点心就这般好吃？就算好吃也该有个节制，下次不许了。"

若影淡笑着点头，可是身侧的手却紧紧地握着拳，指甲深深嵌入掌心。

"那我先陪你回房。"他说。

若影目光一闪，强忍着剧痛附笑道："不用了，难道我在三王府还会走丢吗？还有……"她感觉自己再也撑不下去了，那根冰蚕针越来越凉，刺激得她的心脏急剧收缩，痛得她几乎要扯裂了自己的衣角。

"还有什么？"见她低眸不语，莫逸风沉声问道。

若影抬眸弯了弯唇，月光下，她的脸色更是白了几分，若不是在黑夜之中，他一定能看出她的脸上已经血色全无。

"我今夜想一个人睡。"她低低开口，带着几分柔弱几分恳求几分怜意，实则上她已痛得难以呼吸。

莫逸风不知实情，蹙了蹙眉道："为何？"

若影伸手抓住他的手臂紧了紧："就连这么一个简单的要求都不能答应吗？是不是我说的你就什么都不能答应？为什么你什么都能答应她……却从来都不能如我愿？"

莫逸风不知道她为何会突然与柳毓璃比较起来，可是听她这般说，他心里还是隐隐难受的。原来在她眼里只要是柳毓璃说的他都能答应，而她说的他却从来都没有如她愿。

可是她从来都没有对他提过任何要求，例如她想要吃什么穿什么戴什么，她从未对他有过要求不是吗？可是她今夜却提出了分房睡，这又是何缘由？

见莫逸风不答应，若影目光微闪，痛急之下她发现自己根本无法思考，好不容易定了定神，她忙道："就今夜，行吗？我想……静一静。"

"下不为例。"莫逸风回头看了看毓璃阁，轻叹一声总算是妥协了。

不过他还是坚持将她送到了房门口，未等他进门，她突然砰地一声把门给关上还上了门闩。莫逸风站在门口有些愣怔，不知道她今夜是怎么了，低眸沉思，猜测可能是因为他带她去了毓璃阁。

抬头又看了月影阁一眼，这才转身朝自己房间走去。

可是躺到床上之后他发现自己竟是辗转难眠，从何时起他变得如此患得患失了？

翻身阖上双眸，抬手提了提被子，总感觉一颗心隐隐不安。

若影强忍到莫逸风离开后这才慌忙从桌上倒了杯热水，可是喝下之后也不管用，抬手便将茶杯砸在墙上。茶杯四分五裂的同时她的整颗心都像被撕碎一般。

果然是痛不欲生！

这几天因为没有用到武功，身子也没有任何不适，她以为柳毓璃也不过是吓吓她罢了，所以后来也就没有放在心上，可是没想到竟是痛到这般地步……

柳毓璃究竟要多恨她才会如此对她？而她究竟做错了什么？她爱他难道错了吗？

她知道她不应该开始，因为他们认识在先，而且他们是青梅竹马，可是她做不到……

她究竟要怎么做才能让他的心里只有她一人？她将他视如自己的命，而他又将她视作什么？

跟跄着爬到床上落下帐幔，她却依旧难以脱离如万箭穿心的刺痛，她恨不得将这颗心挖出来丢出去。

可当疼痛稍微减弱之时，她又发觉自己方才的想法根本就是被这冰蚊针控制着。她现在根本不计较他的心里全部都是她一人，只要比柳毓璃多一点，哪怕只是一点点她就满意了。而且他今日不但说相信她，还将她带去了毓璃阁，让她知道了毓璃阁的秘密，这就足够了。

然而冰蚊针的疼痛却在每一次减弱之后再次袭来之时会比方才的那次更痛，每一次皆如此反复，越演越烈。

她在床上痛得几乎要撕碎帐幔撕碎被褥，却又怕被莫逸风看见之后会有所怀疑，所以她只能紧咬着牙咬住被角不让自己发出丝毫声响。

每一次疼痛加深，她就恨不得杀了他们，是莫逸风让她如此这般痛苦，是柳毓璃让她生不如死，都是他们！

可每一次疼痛减弱，她又会恢复意识。她不会让莫逸风死，哪怕是付出自己的生命，她也不要让莫逸风受丝毫伤害。

苍白的容颜因为疼痛而几乎扭曲，泪水早已布满了整个面容，也浸湿了被角和软枕，因为长时间咬着被角，她的牙齿也渗着骇人的鲜血。衣服已经被汗水浸湿，即使外衣都满是因剧烈疼痛而渗出的冷汗。

"莫逸风……"她艰难地低唤着他的名字，眼泪也顺势而下。

她突然发觉自己有些贪心，这一刻她一直想着，若是在死之前看到他能像她爱他一样深爱着她，她死也安心了。

第28章 冰蚊针发作 | 29

可是她没有一丝把握，一丝都没有。

他的心她根本抓不住，他的人她也抓不住，而她的整个人和心却只在他身上。

越是这般想着，心越是加剧疼痛起来。就在自己差点要哭出声之际，她急忙埋首在被褥内，剩下的只有低低的呜咽。

翌日清晨，紫秋端着盥洗水来到房间，刚要打开帐幔看看若影是否醒了，却见墙脚下有茶杯的碎片。心头一怔之际试探地打开帐幔，见若影竟是和衣而睡，此时满头是汗地躺在床上脸色苍白毫无血色。

"侧王妃，侧王妃。"紫秋低唤了她一声，见她没有回应也不敢将她吵醒，可是她的样子却极为吓人，思虑片刻，她立刻转身出了房门。

到了医馆之后紫秋拉着大夫就一路往王府跑，眼前全是若影骇人的模样。谁知跑到三王府门口之时，正巧碰到莫逸风下朝回府，紫秋慌乱之下竟是撞在了莫逸风身上，整个人都摔在地上。正要冲对方怒斥一句，却见是莫逸风，急忙跪倒在地："三爷。"

大夫见状也立刻跟着跪了下去。

莫逸风见紫秋匆忙地找大夫往王府奔去，下意识地心头一紧，忙问："发生何事了？"

紫秋急道："侧王妃身子抱恙，奴婢唤了几声都没有答应。"

紫秋话音刚落，只见眼前人影一闪，待紫秋回过神来之时莫逸风已经没了踪影，转眸看向王府内的游廊，他正疾步朝月影阁走去。

"姑娘……"大夫低声轻唤，也不知现在自己是该进去还是不该进去。

紫秋转眸看向他，忙道："快随我来。"

莫逸风来到月影阁，却见帐幔依旧垂落，床边的鞋子被凌乱地踢在地上。他紧走了两步上前，伸手打开帐幔，眼前的景象使得他呼吸一滞。

昨夜还是好好的，可是现在的若影脸色却是苍白如纸，被汗水浸湿的头发凌乱地遮挡了半张脸。

"影儿。"他坐到床头转过她侧躺的身子，见她依旧没有醒来，他有些慌了神。

"三爷，大夫来了。"紫秋及时地将大夫带了进来，莫逸风急忙吩咐他快些给她探脉医治。

在大夫给若影探脉之时，他在房中来回踱着步子，转眸却见墙角处四分五裂的茶杯，忙问紫秋："昨夜究竟发生了何事？"

紫秋扑通一声跪倒在地深深自责："三爷，奴婢昨夜听到响声时以为是侧王妃不小心打破了茶杯，本在门外候着，可是后来再未听到任何声响也未听到侧王妃吩咐就没有进来查看，是奴婢失职，请三爷责罚。"

莫逸风闻言再次走向床边，看着若影昏睡的模样，哪里像是没有发生，可是她为何不

让人来找他或者找大夫？

"大夫，侧王妃究竟如何？"莫逸风的脸部十分僵硬，就连手臂都暴起了青筋。

大夫取回置于若影手腕处的锦帕之后满脸的迷茫，抬眸看向莫逸风道："王爷，侧王妃她……身子没有任何问题。"

"没有任何问题？"莫逸风骤然提高了嗓音，指着若影沉声质问，"这也叫没有问题？"

大夫也冤枉极了，行医多年从未碰到过这样的情况。脉象平和毫无病兆，可是看她的面容却是一副病态，而且病得不轻。

"王爷，草民……草民当真……"

"庸医！滚！"莫逸风伸手替若影盖上了被子，伸手从袖中取出一块锦帕给若影擦拭着额头的汗水，转头朝紫秋吩咐道，"立即让秦铭进宫请太医。"

紫秋慌忙地应声后急忙退了出去。

大夫吓得颤抖着双手立刻收拾起医药箱，而后背起药箱便夺门而出。

莫逸风吩咐下人取来了热水，他拿着锦帕打湿后拧干，而后帮她擦拭着脸上和身上的汗迹，也帮她换了一身干净的寝衣。当换下的衣衫几乎毫无干燥之处时，莫逸风惊得呼吸一滞。

昨夜她究竟经历了什么？他简直难以想象。

秦铭很快从宫里请来了刘太医，紫秋急忙跟着刘太医走了进去。当踏入房门的那一刻，太医见到莫逸风一直不停地唤着若影，脸上的惧意显露无遗，这样的莫逸风让刘太医有些难以置信。

就在他的愣怔中，莫逸风沉声一喝："还杵在那里做什么？"

刘太医吓得身子一颤，忙上前放下医药箱后给若影探脉。紫秋也慌忙地上前收拾起地上换下的衣衫，随后又端着盥洗后的水走了出去。

莫逸风那双负于身后的手始终都紧握着拳，眼眸一瞬不瞬地望着若影。

可是，刘太医探完脉之后竟然也是同样一句话："侧王妃身子无恙，下官实在难以查出侧王妃因何会如此。"

"什么？连你都查不出？"莫逸风惊愕地望着太医。

这位刘太医的医术是宫中数一数二的，是太医中的佼佼者，莫逸风自儿时起若有病痛都是由这位刘太医医治，若是连他都难以查出，那岂不是……

就在莫逸风慌乱之时，若影缓缓睁开了眼眸，当她看见莫逸风出现在眼前之际，她神色微微一怔。昨夜的折磨让她还以为她快要死了，谁知道在睁开眼的那一刻还能再看见他，真好。

可是，当她正要开口时，余光却见一旁还有人，她不由得用疑惑的眼神看向莫逸风。

莫逸风见她醒来，立即上前将她扶起，并且及时用被子裹住了她的身子。

"影儿，到底怎么回事？昨夜你究竟怎么了？"莫逸风抚上她的面颊满是担忧。才一夜不见竟像是去了半条命，以后他又怎能放心放她一个人睡？

若影深吸了一口气，发现现在除了没有体力之外心口已经不再疼痛了，而且就像是昨夜的一切只是一个噩梦而已。

"我没事啊。"见他神色慌乱，她佯装昨夜什么事情都没有发生。

可是莫逸风又岂会相信，见她不说实话，薄怒道："你这样子像是没事发生吗？我都让刘太医来给你诊治了。"

若影的笑容一僵，视线立刻落在一旁的刘太医身上。可是刘太医的眼神并不像知道她身中冰蚊针一事，否则也不会仅仅像现在这样局促站在他们面前。

"那太医查到我得了什么病吗？"若影理了理思绪扯出一抹淡笑问。

刘太医慌忙垂了眼眸惶恐道："回侧王妃，微臣……微臣……"

"难不成连一个胃疾都难倒医术高明的刘太医了？"若影淡笑而语。她昨夜曾想过要将实情告知他，可是她真的无法确定他会信她的话，就算是信了，他也不会去怀疑柳毓璃不是吗？

至少现在肯定不会。

与其说明了让自己失望，说明了徒添他的烦忧，不如等到时机成熟了再说。

刘太医一怔，抬眸错愕地望向若影，却见她浅浅勾唇，看不清她说的是真是假。

"胃疾？"莫逸风满眼质疑，"若只是胃痛，太医怎会无法查明病因？"

"这……"刘太医不知该如何解释。

若影忙道："我的胃疾刘太医自然是瞧不出的。"在刘太医和莫逸风错愕的目光中，若影继续说道，"胃痛也是昨夜之事，现在都不痛了，而且我从小就有胃疾，但是无论哪个大夫都无法在我痛过之后查出是何病因。"

见莫逸风不信，她又道："都好几年没有犯了，以后我只要注意饮食，一定不会再痛的。"

"真的是这样吗？"莫逸风拧眉问。

若影点了点头："不信你再让刘太医给我探脉，看是不是我说的那样。"

杵在一旁的刘太医闻言身子一僵，刚才他已经十分清楚若影的病症根本就是他能力范围之外，可是抬眸朝若影看去，却见她对他使了个眼色，分明就是在隐藏着什么，又或者在帮他找台阶下。

也罢，若是他无法查出病因，不妨就陪她演这出戏，回去再去翻看医书，找机会再找她问明实情。

当刘太医陪着若影演完这出戏后莫逸风当下震怒："以后再敢这样试试。"

"什么？"见他发怒，若影疑惑地抬眸看他，不知道他所指何事，而刘太医则是吓得一

个趔趄,见莫逸风眼中分明就是担忧和心疼,可是那神色却是气极了。

莫逸风将若影放倒在床上,起身让太医开了方子,可是细想之下又觉得哪里不妥,与刘太医走到门外之后还再次向他确认是否当真是因为吃坏了肚子,刘太医自是不敢说不是,硬着头皮应声说确实如此,莫逸风这才准他回宫,并且让人去按药方抓药。可是在房门关上的一刹那,若影感觉莫逸风身上笼罩着一层阴云。

"别人的点心真这般好吃?都能把自己吃成这般模样。"莫逸风来到她床前气恼道。

若影咬了咬唇道:"不是说好吃就多吃点吗?"

"谁跟你说的?是二哥吗?"莫逸风闻言更是气恼了几分,"平日里在府中也没见你吃成这样。"

若影见莫逸风将矛头指向了无辜的莫逸谨,急忙解释道:"这跟二哥没关系,是我自己要吃的。"

原本也就没吃任何点心,可是见他这般说,她也只能顺着说了下去。

莫逸风抿唇坐在床畔望着她,虽是恼怒着,可是看着她苍白的容颜终是不忍心的。

"二哥也不知道劝劝,若是有下一次,就算是二哥我也不饶他。"莫逸风冷哼道。

若影弯眸笑起,虽是冤枉了莫逸谨,可是她终于看到了莫逸风因她而紧张的神色,他的心里终是有她的。

"都这样了还笑。"莫逸风见她如此,实在是无奈之至。

若影坐起身后伸手抱住他,将自己整个人都埋在他胸口,他宽厚的胸膛将她整个人都罩在怀中,仿若一体。

自从她恢复记忆后,莫逸风从未看见过若影会如此,伸手将她紧紧拥在怀中,又提高了被子将她裹住。

"还疼吗?"他的下颚抵着她的发顶,淡淡清香环绕在鼻尖。他深深地吸了一口,感觉到了从未有过的温暖与熟悉。

若影摇了摇头:"不疼了。"

"以后就算再好吃的东西也要节制知道吗?那些点心吃多了伤胃,若是你当真喜欢,我请二哥派人每日带些过来给你,也免得你以为吃不到了就一次吃个够,结果吃坏了肚子。"方才虽然对于若影贪恋莫逸谨府中的吃食而气恼,可是此刻见她这般模样,又一时心软起来。

若影动了动身子静心听着他的心跳声,良久,缓声言道:"还是金师傅做得好吃,以后还是吃金师傅做的点心。"

莫逸风一怔,须臾,终是明白了她的意思。

"这可是你的承诺,承诺之事不可违。"他笑言。

可是,当若影听到他的这句话后笑容就僵在嘴角了。

第28章 冰蚊针发作 | 33

承诺之事不可违？他曾经承诺了要娶柳毓璃，所以他最终还是要娶柳毓璃的对吗？

她缓缓放开手，不知道自己该如何继续说下去，只知道心里难受得紧。虽然是已知的事实，可是每每听到或想起，她都会心口绞痛。

莫逸风似乎看穿了她的心思，一瞬间也止住了笑意，就在她要放开他之时，他突然扣住她后脑将她拉近，而后俯首封上了她的唇。若影错愕地睁大了水眸看着他，而他却吻得极其认真，仿若在证明着什么。

她看不懂，她从来都看不懂他，可是她却越发贪恋他的温度。

就在两人情迷之时，门吱呀一声被从外打开，只听一声低呼后门又立即被关上，两人分开之际便听到紫秋慌乱地开口："三爷、侧王妃恕罪，奴婢是来送药和清粥的，药刚刚煎好，奴婢这就去热着，待侧王妃需要的时候再端来。"

紫秋不过是担心若影的伤势，这才煎好了药之后急忙送了进来，哪里会想到会有这样的景况。

"进来吧。"若影面红耳赤地整理了一下衣服后对外唤了一声。

紫秋应声后耷拉着脑袋走了进来将盘子放在桌上，而待她将盘中的一碗清粥送过去想要喂给若影之时却是莫逸风接了手，也就在紫秋微愣地看向莫逸风时，也看到了莫逸风眼中的警告之色。

"奴婢该死。"紫秋吓得急忙退至一旁，满脸的恐慌。

若影看了看紫秋吓得瑟瑟发抖的模样，又看向莫逸风那一脸被扫兴的样子，突然觉得好笑至极，低笑一声后转眸对紫秋道："你下去吧。"

紫秋闻言如同大赦，忙福身谢过若影便走了出去。

"紫秋这丫头自从跟了你之后越发没规矩了。"莫逸风舀了一汤匙清粥后凉凉道。

若影淡笑着看他："可她却是最贴心的丫头，可比那些守规矩的强多了。"

莫逸风手上一顿，抬眼朝她看去，她哪里是在说紫秋，分明是在拿紫秋比喻自己。

"是！强多了！"莫逸风没好气地应了一声，随后将清粥喂入了她口中。

门外的紫秋原本还在惶恐不安，生怕莫逸风会责罚她，毕竟是她搅了他们的好事，可是听到方才莫逸风和若影的对话，她算是真正完全放了心，这才长舒了一口气之后转身离开了月影阁。

房间内，若影静静地将粥喝完后又喝了药，但是此时此刻她心里藏着许多话想要跟他说，只是一直都没有恰当的机会，更何况在她看来以前的莫逸风也不知想不想知道她的这些秘密。此时见他目光灼灼，仿若已经期待已久，她方道出了实情。

"其实我的武功是自小就学成的，只是我还没想起来究竟是谁教我的武功，只知道从有记忆开始，有个人就一直叫我若影，他说我身手敏捷快如影，能极快躲避敌人的追踪和挟持，故而取此名字。那个人不知道是我的父亲还是我的师父，记忆还是那般模糊。"

莫逸风静静地听着，当时在去往江雁镇的途中遭袭击之时他已见识过她的身手，她的攻击和抵御的力道虽然不强，可是速度的确是快如影。

可是说到这时，若影眸色一黯，苦涩地笑了笑抬眸看向他："但是从今以后我便不会再使用武功了。"

"为何？"莫逸风有些不理解。

第29章 约定分房日

若影目光一闪，转眼却是调皮一笑："难道我有了你这位王爷相公之后还要靠自我保护吗？"

莫逸风微微愣忡过后终是沉声笑起："好，以后不需要你自己动武，我会护你周全。"

"真的？你真的会护我周全？"若影再三确认。

莫逸风伸手捏了捏她的鼻子："怎么连我都不信了？"

若影摸了摸鼻子哼哼道："你要保护的人太多，我都不知道自己排在第几个，等你来救我，估计我早就翘辫子了。"

"不许胡言乱语。"莫逸风笑容一敛，转而淡淡又一笑，"只要我活着，你就死不了。"

若影一瞬不瞬地望着他，缓缓将自己的手放入他手心："如果有一天……我是说如果……"想了想，她终是没有勇气问出那句话，因为她心里早已有了答案。问一个已知的答案不是自寻烦恼徒添伤悲么？

"如果什么？"莫逸风却将她的喃喃自语尽数倾听了进去。

"如果有一天你喜欢的两个人在同一时间遇难，你会先救谁？"若影一咬牙，干脆问出了口，随他说什么她也有了心理准备。

说完之后她便垂了眼眸，长长的睫毛投下一片阴影，却不难看出她心底早做准备的失落之色。

莫逸风却是在看见她这般神色之后心口一痛："相公不是该救娘子的吗？"

若影难以置信地抬眸望向他，愣忡片刻之后又垂眸拨弄着手指道："你以后的娘子多了去了，救得过来吗？"

莫逸风面不改色地淡然一笑，伸手将盛满药的汤匙递到她面前道："有你在，谁还敢唤我相公？你不是早就下了禁令只准你这么唤我，也只准我唤你娘子吗？"

这一次，若影当真是难以相信自己的双耳，她在他面前再怎么蠢钝，也不至于听不出他言下之意。

以后只有她能叫他相公，而他只唤她一人娘子，他又说该救娘子，不就是在说是要救她吗？

若影看着满眼溺爱的莫逸风，心头却是越发清明，这一次算是躲过去了，可是下一次呢？

低眸深思间莫逸风已经命人端来了热水，他将锦帕拧干之后再一次帮她擦拭着脸，她抬眸按住他的手，在他的疑惑之中她试探地说道："不如我们以后每月十五都不要同房了吧？"

莫逸风闻言果然是面有不悦之色，但未发怒，只是转身将锦帕置入盆中之后问她："为何？难不成你的腹痛这般准时地会在每月十五前来？还是指你的月信？我记得你的月信是在每月二十左右。"

若影微微窘迫，她的月信连她自己都记不住，可是他却记得比她还要清楚。

"谁与你说这些了。"若影没好气地睨了他一眼，"我是觉得即使成亲了也没必要夜夜都住在一起，小别胜新婚嘛。"

"似乎你我还处于新婚之期。"莫逸风微眯了眸看她，似要将她看透。

若影一怔，而后又挤出一抹笑故作轻松道："那么是分开一日其他二十九日在一起，还是分开二十九日只有一日在一起，你自己选。"

谁料莫逸风冷哼道："本王一个都不会选。"

见她还要说些什么，莫逸风又道："别没事想些乱七八糟的事情，今日天气晴好，倒不如去园子内走走，若是还想去书院，我就提前让人去对刘夫子说一声，别冒冒失失前去。在清禄书院求学的都是将来的国之栋梁，可容不得你胡闹。我还有些事情要办，有什么需要就对丫头们说。"

若影愣忡地点了点头，就在他踏出房门之际，她心头一惊。

她去书院他也知道？那她中冰蚊针之事他又是否知晓？

而后一想，却又松了口气。若是他知道的话一定不会像现在这般从容，更不会请宫中太医前来为她诊治，也不会在她说是胃疾之后深信不疑了。

她深吸了一口气，起身穿戴好之后走出了房门。应着莫逸风的提议趁着今日阳光明媚就出去晒晒太阳，或是在园子中蜷在躺椅内拿着一本书翻阅着。

兵书她自然是不喜看的，所以她前几日命紫秋去外面买了几本比较轻松的书，三王府的奴才虽然不少，可是大家都极有规矩，平日里都鲜少有声响，所以当她看到逗趣之处时整个园子内都是她的笑声。

就在她看得尽兴之时，周福突然来禀报说柳毓璃要见她，一瞬间她原有的兴致全被一扫而空。

"侧王妃若是不愿见，老奴这就去打发了。"周福瞧瞧睨了若影一眼后道。

若影深拧了眉心，正要点头应声，可是脑海中突然闪过什么，立即道："让她过来。"

一旁的紫秋微微一怔："侧王妃……"

若影转眸轻笑："她既然特意等到三爷出去了才来找我，固然是有事要说，不如听听她要说什么。"

周福闻言点头道："奴才这就去带柳小姐前来见侧王妃。"

"嗯。"若影低低应声，而后便又继续翻阅着，可是书中的故事却似乎变了味，再看方才的逗趣之处她亦感觉不过尔尔。

不多时周福便带着柳毓璃到了跟前："侧王妃，柳小姐来了。"

"嗯。"若影头也不抬地淡淡应了一声。

周福在若影和柳毓璃之间看了一个来回，柳毓璃的脸色显然透着不悦，可是见若影没什么吩咐，周福便躬身退了下去。

"紫秋，你也下去。"若影缓声对紫秋吩咐道。

"侧王妃……"紫秋始终是不放心的。

"那你在凉亭内等着。"若影自是知道她的心意，也就让她在能看到她们的一举一动却无法听到她们交谈的凉亭等着。

紫秋虽仍是不放心，可是若影已经这般迁就她，她便也没有再坚持，转身朝凉亭走去。

柳毓璃看了看离开的紫秋，转眸朝若影轻笑道："连贴身婢女都要支开，看来你连她都瞒着了，怎么没有跟众人说我对你做了什么？"话音落，她在未经若影允许下便坐到了一旁的凳子上。

若影蹙了蹙眉，却也没有阻止，只是淡笑道："难道柳小姐是想让我告诉别人？特别是谁呢？"

柳毓璃一怔，转瞬恢复如常地笑起："这还真是让我意外了，我还以为你会哭着告诉三爷说一切都是我做的。可是照目前的情况来看，你似乎只字未提，莫非是想到了即使你说是我做的，三爷也不会相信？"

她一边说着一边观察着若影的神色变化，可是让她更加意外的是，若影却异常平静，不再像以前那样闻此言便变了脸色。

"柳小姐今日大驾光临莫非只是为了探听虚实？"若影放下书转眸看她，剪水双眸未起一丝波澜，见柳毓璃仍是一副高高在上的姿态，她缓声道，"那么我便如了柳小姐的意，告诉你事实究竟如何。"

两人视线相撞，各怀着心思，却有种不输男儿的气势。

一旁的春兰一直以为只有自家小姐柳毓璃才会如此,没想到往常她并未放在眼里的若影也毫不逊色,甚至有种更胜一筹之感。

若影微微坐起身换了个舒服的姿势,望着柳毓璃时嘴角的笑意更是浓了几分:"我的确没有将我中冰蚊针之事告诉莫逸风,不是因为怕他不相信,而是怕他担心。若是我将真相告诉他,想必你的安稳日子也到头了。"

她就这般目光灼灼地望着柳毓璃,直看得她不敢再与她对视。原本信心满满的模样在若影说出此话之后脸色越发黑沉,就连指尖也缓缓收紧,指甲深深嵌入掌心。

她竟然直呼莫逸风的名讳,就连她都从未敢这般放肆过。

柳毓璃深吸了一口气定了定思绪后哼笑道:"好大的口气!我只知道就算你去说,三爷也不会信,就算三爷信了是我所为,他也不会伤我半分,也不知你哪儿来的自信。"

若影淡然一笑,对她的猜测不为所动,只是继续翻阅着书轻启朱唇:"哪儿来的自信?"她轻笑一声,"就凭我现在是莫逸风的侧王妃,是现在三王府唯一的女主人,而你不过是尚书千金。就凭你穿上了我的嫁衣坐在喜床之上他都没有动你半分,就凭他那日连碰都没有碰你……"

"你……"柳毓璃再难控制住自己的情愫,气得脸色煞白。

若影却是继续道:"另外,你方才见到我未曾行礼,没有我的允许便自己入座,柳小姐觉得我应当如何处置你才好呢?"

柳毓璃知道自己不该害怕的,可是听了她这席话之后竟是不由自主地站起了身。她的神色她的语气都让人有种不寒而栗之感。柳毓璃想按捺住自己的情绪,可是不知为何在她面前竟是骤然决堤。

"你敢!"她气得咬牙切齿。

若影淡淡扫了她一眼:"柳小姐是觉得我身为三王爷的侧王妃连教训一个不懂规矩的尚书千金都没有这个胆量?还是你把我看成了永王妃,把莫逸风看成了莫逸萧?"

柳毓璃不承想她会如此一说,当下便愣住了,而在回神之际脸色青白交加。深吸了一口气,紧了紧粉拳,她勾唇一阵讥笑,俯身到若影跟前低声道:"呵!无论是你还是那个胆小如鼠之辈,你们都不会是我的对手,我想要的你们都别想夺走。"

若影依旧面不改色地翻阅着手中的书,淡淡勾起了唇角。

见她再没有回应,柳毓璃起身睨着她笑言:"那侧王妃多保重,下月十六我会再来看望侧王妃。"

看着柳毓璃转身离去,若影这才敛住了笑容,骤然合上书本,目光顺着柳毓璃离开的方向望去。

她的确有得意的资本,无论是莫逸风还是莫逸萧,他们都深爱着她,而莫逸萧对她的爱不比莫逸风少,只是柳毓璃的心更倾向于莫逸风而已。而让若影唏嘘的是,莫逸萧的心里清如明镜，可是他依旧不顾一切地爱着她，哪怕自己已经有了和亲公主萧贝月，他的心依旧只装着柳毓璃。

思及此，若影不由得心头一紧，莫逸萧即使娶了萧贝月还是只爱柳毓璃，那么莫逸风呢？

在阳光下晒了一会儿，她感觉隐隐有些头痛，翻身便在摇椅上阖眸睡了过去，娥眉却紧紧蹙着。

也不知过了多久，待若影醒来之时太阳竟是快要落山了，紫秋见她睡得朦胧的模样，不由得笑言："侧王妃可真能睡，奴婢先前叫了好几声侧王妃都没醒，便也不敢再惊扰，不过侧王妃这般嗜睡，不知道的还以为您有了呢。"

若影揉了揉眼睛坐起身哑着嗓子问道："有了？有什么？"

紫秋掩嘴乐了："还能有什么，自然是有喜的呗。"

原本要撑着扶手站起身的若影闻言动作一顿，惊愕地看向紫秋，好半晌都没有回过神来。

"侧王妃这是怎么了？奴婢是说笑的，您与三爷才成亲几日，怎可能这般快就有身孕。"紫秋笑言，见她终于回过神来，却是若有所思的模样，她又道，"不过侧王妃不必担忧，三爷对侧王妃的好奴婢们可都看在眼里，侧王妃有小王爷也是迟早的事情，等侧王妃有了小王爷之后看那个柳毓璃还敢不敢这般猖狂。"

书房内，若影拿着书站在书架前失了神，紫秋的话仍环绕在耳际。

怀有身孕？怀有他的孩子？似乎她没有想过这样的事情，毕竟在他们之间横陈的东西太多，若是在这个时候有了孩子，他们的感情又是否纯粹？他又会不会因为他们将来的那个孩子而选择她放弃柳毓璃？

或许她要的感情太过纯净，所以容不得一丝一毫可能的因素存在。

伸手将今日看的那本书置于书架，正准备转身，突然发现在紫秋买的书籍中竟然还有一本如何孕育子嗣的书。

这丫头，买什么书不好竟是买了这些，虽然这个架子是莫逸风腾出给她的，但毕竟是莫逸风的书房，也不知他发现了没有，若是被他看见了岂不是丢脸丢大了？他定然是以为她急着想要个孩子。

可是她手指停留在书籍之上片刻之后，却仍是将它取了下来。也不知书中所写是何内容，若是她反其道而行之又是否是另一番效果？

或许是她面对书架看得太入神，竟然没有发现书房门被轻轻地推开又被轻轻合上，一个高大的身躯渐渐向她靠近。

因为被突然挡住了光线，若影蓦地转过身去，这才看见莫逸风不知何时走进了书房，此时竟是出现在她身后，而他的双臂在她转身之际撑在了她两侧的书架上，她整个人都被

他笼罩在胸口仿若即将被吞噬。

"还以为你让丫头买了这些书是摆着装装样子，没想到你还当真思进取了，方才在看什么书？"莫逸风低哑的声音在静逸的房中缓缓响起，伴着近距离的呼吸，整个房中都透着一股暧昧的气息。

"我……"若影垂眸看了手中的书本一眼，骤然回过神，急忙将书藏到了身后，"没、没什么，只是随便看看。"

"哦？"莫逸风看着她拖长了语调，眼眸中带着深不可测的笑意，仿若将她已然看透。

"是不是该用晚膳了？我马上过去。"若影试着想要支开他，谁料他仍是一动不动地站在她面前凝视着她。

良久，他俯首在她唇上轻啄了一口后道："嗯。"

莫逸风转身之际余光淡扫那一排书架，看着上面被取走的书，唇角若有似无地扬起。

见他终于离开了书房，若影长舒了一口气这才将书放回了书架上。可是刚要转身，一想又不对，急忙又将书从书架上取了下来。走出书房门，见紫秋站在门口，急忙将书塞进她怀中。

"臭丫头，谁让你买这书的？竟然还放在三爷的书房，还不快拿到我房中去。"若影一边望着周围看莫逸风是否会折回，一边急急地对紫秋说道。

紫秋望着手中的书掩嘴一笑："侧王妃要放回房中还不是会被王爷看见？"

若影一想也是，忙说道："那就快些毁了。"

有了方才的前车之鉴，她可不敢再去看这书了。见紫秋有些犹豫，若影冷哼道："若是再被我知道你又偷偷交给三爷，我就让其他丫头做你的差事。"

紫秋闻言连忙道："是是是，奴婢这就去把书拿去自己房中，明日便拿去送给别人。"

若影哼哼了一声后转身朝用膳房走去。

来到用膳房，莫逸风已经端坐在餐桌前，桌面上摆的菜都是她的所爱，可是他却一筷子都没动。

"怎么不吃？"若影坐下后转眸问他。

莫逸风这才拿起筷子给她布了菜后道："等你。"

若影刚将他给她的菜夹到嘴边，听他这么一说竟是手中一顿，转眸怔怔地望着他，而后目光一闪将菜放入口中慢慢咀嚼着，却并未说什么。

"她今天来府中找你了？"就在她默默地用膳之际，莫逸风突然开了口。

若影的动作又是一顿，却是头也不抬地应了一声，也没多说旁的话。

莫逸风抿了抿唇，吃了几口饭之后又道："下次若是不想见就不用勉强。"

这一次若影转眸望着他有些难以置信，他的意思是她有权将柳毓璃挡在门外？他终是顾虑到了她的感受是吗？

第29章 约定分房日 | 41

心头蓦地怦动，却又有些不知所措。

理了理思绪，她弯起眉眼看向他笑言："我这不是怕你心疼嘛？若是她一直站在门口不肯走，等到你回来之后我岂不是要遭殃了？"

原本只是一句半真半假的戏言，可是说出口后发现自己的心口突然极其不适，像是被什么堵着，笑容渐渐僵在嘴角。再看莫逸风，她发现他的脸色也是骤然一僵，握着筷子的手骨关节森森泛白，而他那深不见底的黑眸也深深凝视着她，显然是不悦了。

若影缓缓收回目光端起碗顾自吃起了饭，而莫逸风却始终没有动弹，她亦能清晰地感觉到他的目光还在她身上停留。

狠狠地将一口饭塞入了口中，她也不顾他是否会暴怒，伴着满嘴的饭闷闷地丢出一句话："本来就是。"

也不知道他心里究竟在想些什么，可光是他这般看着她就能让她心底发毛，而她倔强的性子又让她总是去挑战他的底线。

一边吃着一边等着他的雷霆之怒，可是暴风雨前的宁静却更让人心存恐惧。

"这话若是传到外面，还以为你在我这里受尽了委屈。"半晌过后，莫逸风悠悠地吐出一句话，而后竟也顾自吃了起来。

若影见他没有生气的模样，先是一愣，而后道："受的委屈的确不少。"

莫逸风转眸看她，见她一副憋屈的模样，伸手轻叩了叩她的脑袋："我都没说什么，还不都是你自己臆想的。"

若影低呼一声放下筷子揉了揉自己的头顶闷闷道："也没见你这般打别人，怎么尽是我在挨打？"

"也没人像你这般没有规矩，旁人都是以夫为天，你倒是要骑到我头上了。"他口中轻斥着，可是嘴角却隐隐一抹笑意。

若影鼓嘴咕哝了几句，而后也没再说什么。

在他面前她仿若只有被欺负的份，她自幼无双亲，他倒是像足了一个父亲。

连着下了几天的雨，若影待在房中无聊透顶，紫秋买来的书也看得乏味了，便一直想要出去走走，可无奈又厌恶极了那湿答答的环境，权衡之下终是留在了房中。

紫秋端坐在房中看向趴在窗子口的若影笑言："侧王妃若是觉得无趣，不如让奴婢教您刺绣吧。"

若影转眸睨了她一眼，不由得扯了扯唇："上次同心结上的两个字就绣得我将十根手指都快全扎透了，我才不要学。"

紫秋无奈摇头："难道侧王妃不想给三爷亲自缝制几件衣衫？哪怕是做几双足衣……"

"足衣？"若影思忖半晌，不由轻哼道，"难不成一个王爷连足衣都买不起了？"若影双

手撑着下巴望着窗外道。

"买?"紫秋放下针线走上前,"三爷的足衣都是宫中的锦绣坊量脚定做,怎会去外处买。"

若影一怔,这才想起莫逸风的身份,堂堂一个王爷怎会去买贴身衣物,这种定是有专人定制,就像她如今穿的衣服,不也是锦绣坊的人前来府中定制的?

再次望了望外面淅淅沥沥的雨声,若影长叹一声:"也罢,正好还能打发一下时间。"

紫秋笑着点了点头,并且为她取来了针线。

看着眼前的真丝面料,若影暗暗轻笑,或许她也该庆幸被莫逸风带了回来,瞧这料子,连踩在脚底下的足衣内衬都是用真丝的。

"三爷最近都在忙些什么?"若影一边学紫秋画着样式一边问道。

紫秋睨了她一眼,笑着回道:"侧王妃这是一日不见如隔三秋了。"

若影手中一顿,嗔了她一眼:"三爷还说我不懂规矩,看来整个王府中最没规矩的就是你了。"

紫秋知她是在说笑,便也与她说笑起来:"这不就叫'近朱者赤近墨者黑'嘛!"

若影闻言伸手佯装要打她,紫秋忙笑着求饶:"侧王妃饶命,奴婢知错了。不过连侧王妃都不知道三爷出去做什么,奴婢就更不知道了,若是侧王妃想要知道,不如等三爷回来再问也不迟。"

"我才不想知道,只是随便问问。"若影嘀咕了一句,便埋首跟着她学做起足衣来。

片刻之后,若影看着眼前的一块布料,疑惑道:"三爷的脚有这么大吗?"她又朝自己的脚比划了一下,还真不是大一点点。

紫秋扑哧一笑,转了转眸故作迟疑道:"好像……是有点大,可是又好像就是这个尺寸,奴婢也不清楚了,原本想要拿旧足衣比划一下,可是这几日一直下雨,足衣都没有干呢。"

看着若影若有所思的模样,紫秋只觉她单纯至极,一个王爷怎会缺足衣穿,即使下再久的雨,府中的下人也有办法将足衣给烤干,可是她却恍然不知。眼波流转,她提议道:"不如侧王妃照着这个尺寸做好之后马上让三爷试试,若是大了还能改,听周叔说,三爷前几日还不经意地说了句足衣越来越不合脚了。"

"是吗?"若影想着点了点头,"那好吧。"

紫秋笑着点头。

让紫秋意外的是,整整几个时辰,若影竟是坐着没有动过,只为了一双足衣。瞧她那不做好就不用晚膳的架势,紫秋庆幸自己教她的是最为简单的样式,否则也不知她会耗到何时了。

"啊!大功告成!"奋斗了几个时辰,若影放下针线高兴地欢呼起来。

第29章 约定分房日 | 43

当一双式样怪异的足衣出现在紫秋面前时，她差点瞪出了眼珠子，提起面前的两只足衣上下打量了好一番，转眸愣愣地看向若影："这是……足衣？还有那上面的两坨是什么？"

若影夺过她手中被鄙视的足衣道："什么是什么？当然是足衣啊！那上面的是……"她看向自己绣的花样，讪讪一笑，"原本想要学你绣鸳鸯的，只是鸳鸯太难了，所以就绣了两只水鸭子，又觉得太耗时间，就绣了水鸭子的轮廓，反正也算是绣了东西嘛。"

紫秋愣忡地看向若影，良久，突然扑哧笑开："哈哈哈……侧王妃……哈哈哈……水鸭子……还是个轮廓……"

她笑得说不出一句完整的话来，倒是把若影惹得扯了唇角。

晚膳时，若影在用膳房内等了良久，终是等来了莫逸风，她起身走到门口，却见他脸色有些黑沉。

"发生什么事了？"见他如此神色，若影不由得心头一紧。

莫逸风脱下氅衣，见她站在门口，先是一怔，而后脸上的阴郁骤然消逝，仿若不曾有过。

"怎么不先吃？饿了吗？"他淡笑着问她，并将她拉到了膳桌前坐下。

若影迟疑地拿起筷子后道："还好，等你一起吃。"

莫逸风拿筷子的手一顿，转眸看向她，眸中的柔光渐深。

晚膳的过程中莫逸风并没有多说什么，也没有提这几日他去往何处，她想要开口问，可是她心里明白他并不想多言，便也将话吞咽了下去，只想到时候有了合适的机会再问。

坐在床畔，若影将那双足衣藏在了被褥下，伸长了脖子朝屏风处望去，可是好半晌都没有听到他的动静。

垂眸思忖，心头一慌，急忙穿上鞋子跑了过去，却见他背靠浴桶双臂大展攀附在浴桶边缘，轻阖双眸静静地泡着澡。她微微松了一口气，正要抬步离开之时，莫逸风却在此时睁开眼叫住了她："影儿。"

"我、我不是故意要看你洗澡的，我只是没听到动静，还以为你出了什么意外。"她始终背对着他，支支吾吾地说完了一句话。

莫逸风轻抿薄唇望着她的背影，淡淡勾唇。可是突然想到了那夜，他又渐渐敛住笑容，即使只是看着她的背影也难掩他眸中的心痛之色。

"你慢慢洗，我先去睡了。"她感觉窘迫之至，恨不得马上躲进被子中埋头睡去。

"帮我搓背。"他沉声一语，待若影转过身之时，他已先她一步转身背对着她。

若影迟疑地走上去，拿起浴桶边沿的锦布后俯身将锦布沾湿，随后轻轻地帮他擦拭

着。当她擦到他的左肩头之时，那被箭刺伤的伤口赫然呈现在她眼前，她伸手轻轻抚上伤口，心口骤然锐痛。

原本轻阖双眸的莫逸风在感觉到她的动作之后缓缓睁开了眼眸。

就在这时，他突然反手拉住她的手将她带到跟前，在她猝不及防之时突然扣住她的玉颈拉下她的身子抬首吻住了她。她瞪大了眼眸看着眼前放大的俊颜，不知道他今夜究竟是怎么了。

直到两人呼吸渐粗，直到她憋红了脸，他这才缓缓将她放开。

"怎么了……啊！"话音刚落，她身子突然失去平衡，整个人都掉入浴桶之中。

从水中冒出头来的同时她蹙眉将他狠狠推了一把："莫逸风！你疯了！我要是溺死了怎么办？"

莫逸风睨着她问："你不懂水性？"

"废话！"她显然是恼了。

可是而后一想，他又不知道她生来就是旱鸭子，他什么都不知道，他只知道柳毓璃不懂水性，所以才会不顾她死活地去救她。失去了恼怒之时心开始隐隐泛酸。

莫逸风看着她的神色变化，伸手捧着她的脸再次吻了上去。这个吻却不同之前的火热，而是用绵长的柔情试图要将她融化。

子时，夜深人静

莫逸风躺在床上辗转难眠，听着外面的风声，睡意却久久未上身。

上次她腹痛当真是因为胃疾？他始终有些怀疑，但是问过那大夫和太医，他们却众口一词，不由得觉得是自己多心了。不过好在她现在已无大碍，他虽是满腹疑云但也松了一口气。

再过几个月便是她来到三王府一年之期，而他当初却从未想过他们之间的关系会变化得如此之快，原以为只是找到了一个慰藉，谁知这个慰藉却似乎成了主角。

"莫逸风，你到底怎么了？"

一道声音传来，莫逸风闻言身子一僵，转眸望去，却见若影仍是蜷缩在他的身侧轻阖着双眸，浓长的睫毛投下一片阴影，即使睡着了也好看至极。

原来她是在梦呓。

他侧过身提起被子将她裹住拥于身前，微微俯首将唇落在她的额头。

其实她心里一直想要知道，只是她清楚他不愿意说，所以就没有再问下去。她也知道他今日心情不好，所以即使自己不适应也在努力地迎合着他。

她很好，真的很好。尽管他从来都不说，但是他心里明白，她是真的全心全意在待他，只是他从一开始便亏待着她。

但是他又如何能告诉她，他这几日都在查她所说的柳毓璃会武功一事？查了几日依旧没有任何结果，哪怕他派人去试探，可每一次柳毓璃发现刺客都吓得立刻大叫，没有一丝会武功的迹象，尽管如此，他却发现他还是相信若影所说的话。

究竟从何时起他信她更胜于信柳毓璃了？

他开始害怕，开始彷徨，开始不知所措。

信守承诺是他一贯的作风，也是他立下威望的关键所在，可是他又怕自己将来的决定会伤到她，所以变得越发心烦气躁起来。然而每一次回到府中看到她的身影，他原本浮躁的心情便会渐渐平稳。

轻叹一声阖上双眸靠着她，在她的淡淡清香中他也渐渐入梦。

卯时

若影缓缓睁开了眼眸，感觉自己昨夜睡得极其安稳，半夜都未曾醒来过。转头看向一旁，莫逸风还在睡着，再看看时辰，离他上朝的时辰还有些距离。原本想要再阖眸睡去，却在合上双眸之际突然又睁开了眼。

转头再看向莫逸风，见他仍在沉睡着，她悄悄地坐起身，而后从床头爬到床尾。伸手从被褥下取出了昨日缝制好的一双足衣，一边看莫逸风的反应，一边偷偷地掀起了他脚边的被褥。

当她将足衣套在他脚上之际，她感觉难掩心头的紧张与期待，只希望这足衣能与他的脚相配。

"穿上了！"若影惊喜地低呼，却又立刻捂住了口。

可是为时已晚，当她正要将第二只足衣套在他脚上之时，莫逸风开始渐渐醒了过来。昨夜睡得太晚，今早竟是在她有动静之时他都没有醒来。

若影见状急忙将被褥盖在他脚上，一只手伸进去试图想要脱掉套在他脚上的足衣。

方才看了一下，她的绣工还真是见不得人，便想着让紫秋改良之后再送给他。

"在做什么？"莫逸风坐起身后伸手握住了她乱动的手。

"没、没什么，你怎么醒了？还是再睡一会儿吧。"她笑着支吾道。

莫逸风见她神色怪异，不由得动了动脚，发现脚上似乎套了东西，就在若影再要伸手之际，莫逸风突然掀开了被子。

"这是……"眼前的景象让他为之一怔，方才他还以为她在胡闹，谁知道她竟是在帮他穿足衣，而且这足衣分明并非是他平日所穿，莫非……

若影见他愣忡，抬手挠了挠后脑讪讪一笑："这个……我随便做的，不知道合不合你脚，就想帮你穿上去试试，没想到正合适，只是……好像不太好看。"

说到此处，若影难免失望，到底是没有做过针线活的，当真是比不得府中的那些丫

头，与紫秋相比更是相差甚远。

莫逸风闻言错愕地看向她，未料她会给他缝制足衣，一时间竟是不知该作何反应，只知道他竟是傻傻地愣怔了半晌，直到若影伸手想要将其脱去，他这才按住了足衣开了口。

"一会儿穿一会儿脱，也不怕我受风寒。"他带着低哑的声音缓缓响起，听不出喜怒，却让若影有些茫然，而他却已经将穿了一半的足衣又套了上去，打量了一下两侧的水鸭子道，"丑是丑了点，但有胜于无。"

直到他穿戴整齐，她还在愣怔之中，所有的视线都在他的身上游移，却终是分不清他方才的那句话究竟是褒还是贬。

待莫逸风吩咐下人取来盥洗用品之时，转眸却见若影还坐在床上隔着鞋子看着他的脚，他不由得暗暗一笑，转身坐到床边取来衣衫披在她身上。

"天气越发凉了，自己怎么也不注意点，还跟个孩子似的。"他裹了裹她身上的衣衫道。

若影慢慢回过神来望向他道："我可以跟你一起进宫吗？"

莫逸风一愣，问她："进宫做什么？"

若影抿唇不语，脑海中全是他这几日郁郁寡欢的模样，即使在她面前带着浅笑，却终究未达眼底。可是她若是对他说她想要找玄帝，想必他是不会答应的，所幸想到了另一个人："你从小便是桐妃娘娘带着，虽不是亲生却与亲生无异，你我成亲以来却从未去拜见过她，似乎于礼不合。"

莫逸风看着她有些惊讶，而后便是笑言："你倒是想得周到。"语罢，他转头对紫秋吩咐道，"伺候侧王妃更衣。"

若影倒是没想到莫逸风会这般容易地答应了她，于是兴冲冲地起身更衣梳洗。可是当她走出门之际，一股寒风直灌入她的脖子，她冷得浑身一颤，竟是生出一股转身回房的欲望，然而下一刻双肩微微一重，转眸望去，莫逸风已将披风披在了她身上。

"看起来今日还是会下雨，不如等天气晴好了再去也不迟。"莫逸风帮她裹了裹披风后言道。

若影却是扬眉一笑："那你又是否能刮风下雨便不上朝呢？"

"这如何能相提并论。"莫逸风轻斥一句，可是见她铁了心要今日入宫，便也没有阻止，让紫秋打包了些点心后牵着她的手上了马车。

第30章 烧死在殿中

一进宫门,只听马蹄声越靠越近,直到马车边才放慢了速度,若影好奇地打开帘子朝外看去,见到来人顿时一惊。而对方在看见她的那一刻也显然一愣,而后又恢复了往日的神色。

"二哥!好巧。"若影趴在窗口朝他喊了一声。

原本正在假寐中的莫逸风听到若影的一声叫唤后缓缓睁开了眼眸,透过若影打开的帘子,果然看见了莫逸谨的朝服和他的坐骑。

莫逸谨闻言眼眸一笑:"果然是有缘,难得与三弟并行上朝,却不料你也在,莫不是连上朝三弟都要你陪着才安心?这般如胶似漆,可真是让二哥羡慕了。"

若影敛住笑容扯了扯唇,早知道他在宫中都没个正经,她便权当没看见他了。

而在这时,另一匹骏马也赶了上来与莫逸谨并驾齐驱。

"二哥三哥好早,我若是不快些赶过来,怕是又要被父皇训斥了。"说话的正是莫逸萧,虽然这般说着,可是他的神色却是得意至极。

他的确也有得意的资本,玄帝一向重视莫逸萧,所以若是他晚些上朝必定会遭到玄帝的训斥,而那训斥之中却带着浓浓的父爱与期望,这是旁人都羡慕不来的。

"四弟文武兼备且深受父皇器重,我与三弟自是比不得的,故而只能将勤补拙,不求有功但求无过。"莫逸谨笑言。

而莫逸谨的一番话除了引得莫逸萧的得意之气更甚了几分之外也引来了若影的惊愕之色,想不到平日里桀骜不驯的莫逸谨在关键时刻说话竟是这般玲珑,倒是让她刮目相看了。

不过若影一看到莫逸萧的脸,便心生厌恶起来,冷哼一声甩下了帘子不再搭话。

景仁宫

桐妃看到若影前来有些错愕,急忙命人多备了暖炉招待她坐在暖炉前烤火。

"朝阳国在秋末之时天气便会骤凉,你这孩子也不多穿一些,若是冻着了可如何是好?"桐妃接过宫女递来的热茶先递给了若影。

若影脱了披风后急忙接过手,而后却是有些难为情:"原本是要来给母妃请安的,却不承想给您添麻烦了。"

桐妃弯眸一笑:"本宫正愁近日没人作陪,也不知道柔儿那丫头都在忙些什么,自从老三与你成亲之后她便没有再出现过,今日你能来本宫高兴都来不及,说什么添麻烦。"

"柔儿?"若影不由自主地拧了拧眉问,总感觉有些她不想要发生的事情却会在她始料未及之时发生。

桐妃闻言饮茶的动作骤然一顿,抬眸看向若影之时眸中带着闪烁,方才一时失言,当下突然不知道该如何圆回话来。

"那个……其实也没什么。"她尴尬地将茶杯放在手中后问道,"你肚子饿不饿?上朝时辰早怕是你还没用过早膳吧?"

若影摇了摇头:"三爷让人打包了点心,我在车上已经吃过了。"

桐妃一怔,而后笑着感叹:"老三那孩子何时对女儿家这般细心了?看来成了亲的人到底学会了体贴人。"

若影听得出桐妃是在顾左右而言他,可是她心头的疑问若是不解开,怕是回去也寝食难安了。思虑半晌,终是咬牙问出了口:"母妃指的是文硕郡主吧?"

桐妃笑容一敛,抬眸试探地看向她,却听她又道:"若是我没有猜错的话,应该是文硕郡主时常陪伴着将三爷从小带到大的母妃吧?"

"你……"桐妃原是错愕不已,可是而后一想,便低眸沉沉一笑,"果然是老三的人,这智慧也过于常人。"

若影弯唇轻笑:"我不过是猜测罢了哪里来的智慧,倒是愚钝极了。只是听母妃叫她'柔儿',而后又不愿与我说出她是何人,似乎怕我知道后会不高兴,而作为女人来说能让自己不高兴的无非是喜欢自己丈夫的其他女人或者丈夫喜欢的其他女人,所以名字里又有个柔字的除了文硕郡主阚静柔之外应该没有第二个人了。"

桐妃愣怔片刻之后终是再次低笑而起:"你这丫头,还说自己愚钝,分明就是一个鬼灵精。"伸手将茶杯递给一旁的宫女,又接过宫女递来的暖手袋,继而又道,"柔儿那丫头之前倒是常来,毕竟她已无双亲孤身一人,自从被封了郡主之后便常来我宫中走动,也算是与我作伴。"

"那文硕郡主是阚将军的遗孤,皇上就是因为这个原因才封她为郡主的?"若影接过暖手袋后像是闲话家常地与桐妃聊了起来,可是说话间却不时注意着桐妃的表情变化。

事实上阙静柔早已告诉她,她之所以被封了郡主并非是因为阙将军,而是因为莫逸风,今日再问桐妃,无非是想要看看桐妃对她是否说实话,若是她没说实话,那么后面的一些疑问自然也就没有必要再继续问下去了。

桐妃似乎又在沉思着究竟要不要实言相告,然而在看见若影盈盈的目光之际,她终是轻叹一声道出了真相:"事实并非如此,柔儿之所以被封为郡主皆是因为老三。"

若影目光微微一闪,而后却道:"哦?为何是因为三爷?"

桐妃再次静默,望着眼前的暖炉良久,方轻叹一声继续言道:"说起来柔儿也是个可怜的孩子,自从阙将军为国捐躯之后柔儿便孤身一人在府中,虽然皇上赏赐了不少金银珠宝绫罗绸缎,可以说是此生衣食无忧,可终究还是少了亲人在一旁嘘寒问暖。一日柔儿带着丫头出门,不料遇到了居心叵测之人将其迷晕了欲带入青楼之中,却被下朝后的风儿撞见了,便将其救了下来,待柔儿醒来之后见房中正与大夫交谈着的竟是久仰大名的三王爷,而且得知是他将她救了下来,她便芳心暗许。"

若影听着心里难免吃味,没想到莫逸风竟是这般爱做英雄救美之事。

而桐妃的话还在继续:"一日老三领命出征,正巧经过阙府,柔儿为了能有机会与老三相见,便提前买通了一个士兵加入了出征队伍之中。老三没有发现柔儿在行军队伍之中,也不知道柔儿一直在旁保护着他,而有一次柔儿出现在老三的帐外之时终是被老三识穿了身份,得知柔儿是为了与他能日日相见才女扮男装来到军营之中,便立即下令遣她回去,也下令军中将士全盘搜查,以防再有人鱼目混珠。"

"难不成到最后文硕郡主根本没有回去?还是三爷准许她留下了?"若影心底越发酸了起来。

桐妃却是摇了摇头:"不,老三一向公私分明,容不得半丝违反军纪,只是柔儿也是倔强性子,要求陪他打完下一场仗便离开,否则她会当场自尽。"

若影听闻此言不由得拧了眉。

"可是,也就在那一场战役上,柔儿为了保护老三中了一箭,差点就丢了性命。"桐妃长叹,"都是死心眼的孩子,所以老三为了不欠柔儿的恩情,便在皇上的殿前跪了整整一天一夜,让皇上能赐柔儿一个封号。"

原来真相如此,而后玄帝答应了莫逸风的要求,阙静柔便成了文硕郡主。

不过若影却并不像桐妃这般认为,因为她知道莫逸风的本事,上场杀敌岂会要一个女人的保护,何况他的身边还有一个以一抵十的秦铭,说不定当时阙静柔或者别的副将早已看见了那支箭,只是她先一步站在莫逸风身后让众人挡箭不及,随后便做出了一副为莫逸风挡箭的姿态。

虽是她的猜测,可是未尝不是一个极大的可能。她总觉得阙静柔并不像她表面看起来那般简单,她的心机比柳毓璃怕是有过之而无不及。

不过而后一想，像莫逸风这样的男子，谁又不会倾心呢？就算是阚静柔故意而为之，也不过是为了能得到所爱之人的青睐而已。而且阚静柔虽然没有柳毓璃生得魅惑倾城，但的确是一个玲珑剔透的贤内助。

"文硕郡主为了三爷几乎丢了性命，三爷就没有想要娶她？"若影轻抚着手中的暖手袋低问。

桐妃看了看若影淡笑："皇上确实是想过给他们二人指婚，只是……"

"桐妃娘娘。"桐妃的话尚未说完，就被一道清澈的声音打断了接下去的话，两人转眸望去，发现竟是几日不见的文硕郡主阚静柔。

"柔儿？"桐妃笑着朝阚静柔伸出了手，阚静柔亦是笑着将手放入她的掌心，两人的关系显然匪浅，方才若说桐妃对她是亲和，那对于阚静柔便是带着母亲般的亲近。

"侧王妃。"阚静柔在坐下之前对若影福了福身子。

"文硕郡主不必多礼。"若影微微颔首算是回礼。

"柔儿，你与影儿怎这般见外，理该唤声三嫂才是。"桐妃笑言。

阚静柔目光不着痕迹地一闪，而后却是莞尔一笑："娘娘说笑了，柔儿都没有唤三爷为三哥，怎能随意唤侧王妃为三嫂，岂不是于理不合？"

桐妃摇头轻笑："你这孩子就是太守规矩了，当初让你唤老三一声三哥，你们可以结为兄妹，你却怎么都不愿叫出口，否则现在我就多了一个乖巧懂事的女儿了。"

若影闻言眸色一深，却听阚静柔又道："柔儿可不敢高攀，如今能时常入宫看望娘娘您，便已是柔儿的福气。当初三爷怕我被人欺负，又承蒙三爷跪求皇上封我为郡主，我又怎敢再得寸进尺。"

见桐妃无奈淡笑，若影却是已看透了阚静柔的心思。

当初不愿开口叫莫逸风一声三哥，无非是想要为将来做打算，一旦认作兄妹，她便什么机会都没有了。而她方才故意在她面前说莫逸风当初是怕她被欺负才求玄帝封她为郡主，不过是让她恼恨莫逸风罢了。

阚静柔说完之后朝一旁的若影望去，见她若有所思，急忙开口道："侧王妃，我方才只是随口说说，侧王妃别放在心上，虽说是皇上指婚，可谁都看得出在三爷心里侧王妃才是最重要的，三爷文武双全一表人才，好多人都羡慕侧王妃能嫁得如意郎君呢。"

桐妃心弦一动，转眸看向再熟悉不过的容颜，只觉得今日的阚静柔有些异常。

若影静静地凝视着她，四目相接，直看得阚静柔闪了目光。

"文硕郡主说的是，像我这样没有显赫的家世又不会琴棋书画的人能嫁给三爷当真是几辈子修来的福气。"若影低低一笑，勾唇抬眸望向阚静柔后又道，"不过三爷还没有正妻，这个位子终究会留给官宦家的千金的，文硕郡主不但是三爷的左膀右臂，更是在战场对三爷有救命之恩，能成为三爷正妻的机会倒是比旁人多许多。"

她不想让任何人难堪，可是，也不愿被人这般无端欺凌。在她看来，阚静柔是那般贤淑之人，怎会在今日有这般言词？

垂眸一想，可能是因为她成了莫逸风的侧王妃，不甘之心蒙蔽了她平日里的性情，毕竟……她也只是个普通女人。可是，她自己也是个普通女人不是吗？所以才会将方才的话脱口而出。

阚静柔闻言面色一红，望着若影淡淡的笑容，她反倒开始局促起来。转眸看向桐妃，却见她也正带着探究的目光睨着若影，终究找不到一丝想要的答案。

尴尬的气氛之下，阚静柔红着面容讪讪一笑："侧王妃说笑了，我与三爷是兄妹之情并无其他。"

"兄妹之情？当初让文硕郡主认三爷为兄时你却执意不从，如今这兄妹之情又从何说起呢？"若影勾唇浅笑，眸中不乏挑衅之色。她从来不想咄咄逼人，可是方才阚静柔话里话外都在挑衅于她，她又怎能只挨打不还击？

而若影的话音落下之际气氛再次瞬间凝结，一旁的桐妃在听得若影之言时也愣怔了。看来传言果然不虚，都说她恢复了记忆的同时也不再如以往的性子，原本她还不信，如今看来倒是让她刮目相看了。

良久，桐妃转眸让宫人取来了些点心，方笑言："柔儿就是脸皮薄，每每想要开口唤老三一声三哥可话到嘴边又难以启齿，这一拖也就拖了这么多年，可是她这心里面还是把老三当作兄长了。"

若影抿了抿唇依旧淡笑着，眸中的情愫却有了变化。

桐妃的这番话无非是在给阚静柔找台阶下罢了，但是她又是否真的不清楚阚静柔对莫逸风的情是兄妹之情还是男女之情？这个问题若影无从得知，但是可以清楚她对阚静柔带着宠溺，毕竟阚静柔时常来陪伴着无女相伴的桐妃，两人的感情自是不一样的。

然而当她这般认为之时，又觉得好像哪里不太对劲，也不知道是不是她想多了。

"影儿，这是你先前也爱吃的桂花糕，尝尝。"就在她沉思之时，桐妃的声音自耳畔响起。

若影抬眸望去，阚静柔已拿了一块桂花糕尝了起来，她看了看盘中的桂花糕后朝桐妃莞尔一笑道："似乎记忆恢复了就连口味都变了，还请母妃见谅。"

桐妃微微迟疑了一下，而后笑问："那影儿喜欢吃什么？我让他们去御膳房取来。"

"影儿喜欢吃水晶糕。"一道清润的嗓音自门外响起，众人回眸望去，原来是莫逸风来到了景仁宫。

"参见三王爷。"众宫人上前行了礼。

"儿臣给母妃请安。"莫逸风上前抱拳一礼。

桐妃上前虚扶了莫逸风一把后笑言："都是自家人不必多礼，方才你说影儿喜欢吃水

晶糕是吗？我这就让丫头们去取来。"

见她正要唤宫人去取，莫逸风却开口道："不必了，儿臣是来接影儿回府的。"他转头看向若影，却见她的目光却落在了阚静柔，不由得问道，"怎么了？"

若影回眸看向他笑言："突然发现向来讲究规矩的三爷原来所有规矩都是给妾身立下的。"

莫逸风闻言微微一怔，而她的笑意始终不达眼底。转头看向站立在一旁的阚静柔，这才知她所指的原来是阚静柔尚未给他行礼。

她从来都不会去计较这些繁文缛节，更不会在他面前表现出对他人的不满，除了一个柳毓璃再无他人，可是今天的她却像是变了一个人一般，也不知道她究竟是怎么了。

阚静柔因为若影的一句话尴尬得不知所措，抬眸看向桐妃，见她亦是有些愣怔，而莫逸风回过神来后淡然一笑，拉着她的手刚要开口，一个小宫女却在这时躬身匆匆走了进来："娘娘、王爷、侧王妃、郡主，外面有公公传了皇上的口谕，说是请侧王妃去往御书房。"

莫逸风的脸色一僵，回道："就说侧王妃身子不适，需要即刻回府歇息。"

小宫女尴尬地僵在原地不知该如何是好，却听若影浅浅勾唇道："身子不适？三爷可不能乱说，即使三爷开恩免了他人的礼数，也不该犯下欺君之罪不是吗？"

阚静柔脸色青白交加，指尖紧紧地攒着手中的锦帕紧咬了牙关，桐妃想要圆场却又发觉若影原来也是刚烈性子，莫逸风脸色微变，想要阻止却发现为时已晚。

望着她头也不回地离开，莫逸风紧抿了薄唇，想要将她拉住，却终究还是放任她过去了，然而就在若影走到门口之际，他忙将披风披到她身上提醒道："外面下着雨，小心别淋雨。"

若影提了提肩上的披风，像是没有听到一般，径直走了出去。

"母妃莫要见怪，影儿就是孩子心性。"莫逸风顿了顿转身看向桐妃说道。

桐妃一笑："哪里，想是那丫头误会了什么，不过也看得出她是太在意你了，只有在意才会不管不顾地将心底的话说出来不是吗？"

话至此，桐妃笑容敛去，目光渐渐涣散，似是回到了那一年……

"都是我不好，以后我会记得给三爷行礼的。"阚静柔青白着脸色走上前对着莫逸风福了福身子。

莫逸风轻扫了她一眼，却并未说什么。

阚静柔抬眸看向他的侧颜，心底一痛。那个女子竟然当着众人面敢这般放肆，而他却还在担心她会被雨淋湿。而且在她说以后会记得给他行礼之时他竟然也没有说别的，他终究是将她看作了外人，而她们之间的差距究竟有多大？

"风儿，你这鞋子怎么湿了？"

第30章 烧死在殿中 | 53

桐妃的一句话拉回了阚静柔的思绪,低头望去,果真看见莫逸风的鞋子已经湿透。

"三爷快些坐下烤烤火吧,别着凉了。"阚静柔低声言道。

"是啊,快坐下把鞋子换了,这里还放着你的几套衣衫和鞋子,正好可以换上。你父皇向来喜欢影儿,今日想必是要与影儿说上一会儿话了,不如先烤烤火也陪本宫说说话。谨儿那臭小子下了朝就往外头跑,也甚少会同本宫闲话家常,总嫌本宫唠叨,今日你来了倒是甚好。"桐妃一边笑着与莫逸风说着话,一边已将靴子放在他跟前,见他连足衣都已经湿透,立即吩咐一旁的小宫女去倒了热水来。

"不用这么麻烦,一会儿就干了。"莫逸风想要拒绝,可是桐妃却已经命人将热水端了过来,还笑着低斥道:"莫非你也嫌本宫老了爱唠叨?"

听她这般说,莫逸风也只得顺从了。对于桐妃,他向来心怀感恩,所以极少忤逆她的意思。

桐妃见他始终将湿透的足衣握于手中,便说道:"将足衣给丫头们去洗,一会儿给你拿双干净的。"

莫逸风却是将足衣放到火炉边上道:"烤烤火就干了,若是回去让影儿知道我连足衣都换了,想必又该恼我了。"话虽这么说着,可是他的嘴角却依旧上扬着,目光始终一瞬不瞬地望着眼前的足衣。

桐妃看向炭炉边的足衣疑惑道:"这足衣……"

阚静柔也同时将视线落了上去,只见今日莫逸风所穿的足衣手工粗劣至极,而上面绣的图案更是不堪入目,也不知为何他会这般喜欢,莫非……

心里正猜测着,莫逸风已经揭晓了答案:"是影儿缝制的。"

"哦?"桐妃微微错愕,"看那丫头也不像是个会静下心来做女红之人,未承想还会给你做足衣。"

莫逸风唇角笑意渐浓:"是啊,她从不喜做女红,更不喜欢整日里待在房中,可是她却为了这双足衣待在房中一整天,在成亲之前,她还亲手做了同心结给儿臣,上面也有她的刺绣,儿臣也颇为惊讶。"

桐妃从未见过莫逸风像现在这般满足地笑着,而那笑容直达眼底,浓得不像是他会有的神色。

阚静柔更是脸色苍白至极,眼前的这些拙劣品在他眼里竟然视如珍宝,若是他需要,她可以给他做任何东西,比这些好上百倍千倍,但是她知道结局是不一样的。

桐妃看着莫逸风如此幸福模样,不由得失笑:"瞧你,不过是为你做了一双足衣而已就把你乐成这样,若是哪天影儿为你做了一件衣衫,你岂不是要穿着不舍得脱了?"

"儿臣可不想让她再动针线了。"莫逸风转眸看了桐妃一眼笑言,"那丫头笨得很,一双足衣就让她伤了好几根手指,若是做一件衣衫,想必十根手指都要废了。"

"瞧把你心疼的，影儿嫁给你这般体贴的夫君也当真是有福了。"桐妃感叹道。

莫逸风闻言却是渐渐敛了笑容，擦了擦脚让宫人将洗脚水端走之后低低一叹："终究是我亏待了她，若不是我，她理该是正妻。"

桐妃看向莫逸风也是一声长叹："你这孩子就是太重情义，但是何时你能做到只对一人有情对别人无情，你才当真算是看透了，也认清了自己。"

莫逸风转眸望向桐妃，抿了抿唇不知该说些什么。

"欸？你胸口藏着什么？"桐妃坐在莫逸风的那侧正好可以看见他微微敞开的衣襟。

莫逸风垂眸伸手从衣襟处取出了两盒药膏道："去太医院要了两盒药膏，一个可以活血化瘀，一个可以消炎止痛。"

桐妃扬了扬眉笑问："给影儿的？"

莫逸风弯唇一笑："谁让她三天两头都是大伤小伤，而太医院中的这两种药素来治伤有奇效，我就去取了两盒。"

"见你们这般恩爱本宫也替你们高兴，关于正妃和侧妃一事你还是别和影儿说明，否则怕是眼前的一切都会化为乌有。"桐妃虽然与若影没有过多交集，可是她识人一向极准，以若影的性子又岂能受得了这种屈辱，到时候怕是连莫逸风都奈何不得她了。

莫逸风垂眸未语，伸手将足衣翻了一面去烤干，却发现此时的足衣有千斤之重。

阚静柔闻此言错愕地望向沉默不语的莫逸风，从未知一个赐婚圣旨竟然还有这等秘密藏于其中。

"柔儿。"桐妃见阚静柔若有所思，低唤了她一声后提醒道，"你这里也不可对任何人提起，这件事情就烂在肚子里。"

阚静柔微微一怔，而后点了点头，心却是顿时一慌。

若是以前桐妃从来不会刻意提醒她这些，可是今日却好像料准了她会说出去一般。低眸沉思，才发现自己刚才的确是被嫉妒蒙蔽了，竟然在不知不觉中说出了那些话来。

抬眸见桐妃对着莫逸风欲言又止的模样，阚静柔弯唇一笑轻声言道："时候不早了，娘娘、三爷，我就先告辞了，过几天再来陪娘娘。"

桐妃望向阚静柔浅笑点头："那好，外面下着雨，路上小心，也要注意身子。"

阚静柔目光不着痕迹地微闪，而后对着他们二人福了福身子离开了景仁宫。

走到景仁宫外，阚静柔微微蹙了眉。她从小便知如何识人脸色，所以方才很清楚桐妃想要与莫逸风单独说话，却因为她在场而不方便开口。与其让人开口赶走，她不如自己先行离开。

不过直到现在她还是在后悔方才不该说那些冲动的话，看来她终究还是没能控制自己的情绪，反倒是让情绪掌控了她。

桐妃直到阚静柔离开了好一阵子确定她不会再回来之后方看向莫逸风开了口："老

三，你对柔儿是怎么想的？"

莫逸风转眸看了她一眼后淡淡反问："什么怎么想的？"

"难道你没有想过娶柔儿吗？都已经这么多年了，她依然在等着你不是吗？"桐妃无奈低叹。

莫逸风抿了抿唇伸手取回足衣后套在脚上，足衣上还带着烤过的热度，穿在脚上暖和极了，看着上面的水鸭子，他总是不由自主地勾起唇角。而听桐妃这么一问，他不徐不疾地淡笑道："若是要娶，儿臣在几年前就已经娶了不是吗？"

桐妃又是一叹，眼前的他就像是他母亲，那般痴情，又那般不顾一切，只可惜换来了那样的结局。

她起身来到门外，看着外面越下越大的雨，目光渐远。

许久，她敛回思绪转眸问他："你让影儿做了侧妃，那之后呢？想要娶谁为正妃？难道真是柳毓璃？又或者你现在动摇了？"

莫逸风抿唇不语。

"老三。"桐妃低声一叹，"你确定娶了柳毓璃之后影儿能够接受？"

莫逸风一怔，却是无言以对。因为他当真是不确定若影会接受那样的事情，若是以前，他还能有自信会让若影接受，可是现在若影给他太多不确定，他开始变得患得患失起来。

"儿臣也不知道。"良久，莫逸风淡淡一语，却难得露出了不知所措的模样。

"哎！风儿你可要想清楚，我看影儿那丫头的性子刚烈得很，别到时候……"桐妃欲言又止，但她知道莫逸风定会了然。

御书房

若影已经接连吃了许多玄帝赏赐的点心，虽然不知道为何玄帝对她这般好，可是眼前的糕点实在诱人，再加上原本就是饿着肚子，所以也就不顾形象地大吃特吃起来。

刚开始她倒是还会注意说要再批阅些奏折的玄帝，就怕他看见她毫无形象的吃相，可是到后来她便不再费那功夫，直接拿起糕点就往嘴里塞了。

玄帝偷偷抬眸看向若影，见她终是放下了刚开始的拘束，不由得勾起了唇角。

待到她吃得再也撑不下之时，他的笑意越发浓了几分。谁知就在这时，若影突然转眸看向他，他来不及收回视线，两个人一瞬间视线相撞。若影一怔，待回过神来之际脸色骤红，垂眸咬了咬唇并伸手擦了擦唇角，但让她觉得尴尬的是，她竟是在这个时候打了个嗝。

一旁的冯德忍不住扑哧一笑，却又立刻止住笑意，转眸小心翼翼地朝玄帝看去。

玄帝合上奏折笑问："看来御厨的手艺又渐长了，冯德，今日何人做的糕点？替朕去

打赏。"

冯德躬身低低应声："是，奴才这就去。"

若影错愕地看向玄帝，越发地看不明白了。原本还怀疑他对她有企图，可是后来一想，她是他的儿媳，他身为一国之君又岂会如此不讲伦理？

"父皇批好奏折了？"若影试探着问道。

玄帝沉声笑言："这奏折是批不完了，不过朕今日只是想要和影儿闲话家常一番。"

"父皇……想要与我说些什么？"若影总觉得玄帝每一句话都透着玄机和目的，所以不得不谨慎了几分，不过身为帝王，若是没有这点心思，又岂能坐上这把龙椅？

玄帝起身来到她跟前，若影也随之站了起来，却见他蹙眉打量着她，眸中带着担忧："老三对你可好？"

若影再次错愕，不明白他为何如此一问，但还是回答了他的话："三爷对我很好。"在他面前她又能说些什么？即使他当真是她的父亲，她也不能多说什么，毕竟这是他们两个人的事情。

玄帝闻言低低一叹："嗯……好就好，但……委屈你了。"

若影骤然抬眸看向他，脑海中不停思索着他这句话的深意，垂眸之时脸色也越发白了几分。再次抬眸之际，她终是忍不住开口问他："父皇，儿臣心里一直有三个疑问。"

"什么？"玄帝问道。

若影抿了抿唇暗暗深吸了一口气："父皇，听说男子娶女子为妻，第一位都是正室，为何父皇会赐封我为侧妃？难道就因为我举目无亲？"

玄帝微微一怔："老三没有与你说明？"

话音刚落，玄帝突然止住了后面想要解释的话，见若影摇了摇头，他方明白为何若影会这般沉着冷静地接下了圣旨也不进宫面圣，原来莫逸风根本什么都没有告诉她。

"父皇能与我说说真正的原因吗？"若影目光灼灼想要知道事情的真相。

原本没有见到玄帝之时她也没有想起这事，可是一看到他就让她想到了那道圣旨，不由得心底升起了不悦之情。她毕竟是第一个进门的，却让她为侧，心里终究是不适的。而且一个"侧"字也让她时刻会想到不久的将来会有正妃入门，她终究是要与他人共侍一夫的。

玄帝转身走到门口，打开御书房门看向外面下得越来越大的雨，还有那个雨中而来的人，低叹一声道："既然你已嫁与老三，这些事还是让老三亲口说比较妥当。"

若影走到他身旁望着他，不知道他为何要卖这关子。

"那儿臣另一个疑问就是……父皇为何喜欢四爷更胜于三爷？其实父皇的儿孙之中，三爷才是最像父皇的不是吗？若说是因为当年的恩怨，那都是上一代的事，三爷毕竟是您的儿子。而且他一直想要做到最好，想要替父皇分忧，可是父皇为何就是不喜欢三爷？"

她自知这些话大逆不道，但是她也怕以后没有机会和玄帝独处，所以趁着今日便把话说出了口。

　　玄帝望着若影又是长长一叹，凝视着她半晌未语，就在她以为自己触怒了龙颜之时，他缓声开口，语气中透着惋惜："若是老三能像你为他着想一样一心只为你着想就好了。"

　　若影不明白玄帝为何会转移了话锋，似是不想再谈论此话题。可是她听得出玄帝是在为她惋惜，也替她心疼，一时间竟是百味杂陈。

　　"儿臣的第三个疑问是……父皇为何对我这般好？从第一次见面起便对我极好，为何？"若影凝视着他问道。

　　玄帝一瞬不瞬地望着她，缓缓抬手将她的碎发捋到耳后，眸中露出了浓浓的疼痛之色："因为……影儿像极了朕的小公主，那个仅仅七岁便被烧死在殿中的小公主。"

　　"烧死在殿中？"若影倒抽了一口凉气，"是人为还是意外？"

　　"是……"

　　"影儿！"骤然一道满含怒意的声音打断了玄帝的话，转眸望去竟是莫逸风打着伞走了过来，只见他裤子已被雨水淋湿，身子一侧也已被淋湿，可是丝毫不显狼狈，依旧意气风发器宇轩昂。

　　"儿臣参见父皇。"莫逸风打着伞在外处微微躬了躬身子，起身之际目光却是停留在若影的脸上。

　　他在景仁宫等了半天都未见她回来，心里终究不放心，便亲自来接她回府，却不料看见玄帝一只手似是抚上了若影的面颊，那一刻他的心底犹如万马奔腾，却又感觉呼吸一滞。

　　若影被莫逸风这么低喝一声吓得身子一颤，却也因为莫逸风打断了玄帝接下去的话而有些郁闷。玄帝方才对其所言之事分明就是他人皆不知道的秘密，而莫逸风这么一来怕是玄帝不会再提及了。

　　玄帝缓缓收回手后面向莫逸风缓声开口不带一丝情绪："老三来了，看来是急着要带影儿回府了。"

　　莫逸风正要开口，谁知若影闻言慌忙摇头："不急不急，儿臣还没和父皇聊够呢。"

　　"影儿。"莫逸风又上前一步，脸上明显透着不悦，可是不悦之色稍纵即逝，转而换上了淡然的笑容道，"父皇政事繁忙，你不要胡闹了，不如我们改日再进宫看望父皇。"

　　玄帝看了看若影却是淡然笑言："影儿可没有胡闹，是朕喜欢找影儿说说话，你们一个两个的在外面也不知道在忙些什么，倒是影儿能与朕闲话家常几句，朕听着也高兴，还真是希望影儿能多留几日。"

　　"父皇……"莫逸风欲言又止。

　　玄帝看向莫逸风神色低低一笑："朕也不是不通情达理之人，自知你们新婚燕尔，正

处如胶似漆之时。也罢，影儿就随老三回去吧，改日再来看望父皇可好？"

莫逸风长长松了一口气，可是玄帝方才的话当真是让他的心七上八下，也庆幸他并未为难他与若影。

"谢父皇。"莫逸风单手撑伞一手负于身后再次躬身一礼，随后将目光锁在若影身上。

若影转眸看了看玄帝只得道："父皇，那儿臣改日再来。"

玄帝点了点头。

若影刚踏出一步，突然想到了什么，来到玄帝跟前附于他耳边低声道："改日父皇再把秘密告诉我，我不会跟任何人说的。"

玄帝闻言沉声笑开："好，一言为定。"

莫逸风见他们行为如此亲密，不由得拧了眉心，方才他全神贯注侧耳倾听都未曾听到半分，心底竟是有些添堵。

看着他们二人执手离开，玄帝的笑意渐渐散去，看着莫逸风的眸色越发深沉。

马车上

若影看着莫逸风半边湿透的衣衫说道："下这么大的雨，你不在景仁宫好好待着，过来找我做什么，我与父皇说完了话就会回去了。"

莫逸风抿唇看向她缓声问道："先前父皇与你说了些什么？"

若影错愕地抬眸看向他，沉思半响，轻笑道："我又何曾问你在景仁宫与文硕郡主在说些什么？"

"你想知道？"他反问。

若影转眸看了看窗外轻叹："不想。"

良久，马车内静寂无声，若影回眸望去，莫逸风还在看着她，她垂眸低笑一声："我想知道的你不会跟我说，你愿意说的又不是我想知道的，问来又有何意义？"

"那你想知道什么？"他紧紧地看着她，言语轻缓，却隐约带着一抹急切。

若影弯了弯唇角，却并没有再说什么。

莫逸风一瞬不瞬地望着她，沉思半响，言道："当初文硕郡主在战场上救了我一命，父皇想要替我与文硕郡主指婚，所以我才去求父皇赐封她为郡主，收回指婚圣意。"

"收回指婚圣意？"若影转眸看着他问道，"难道是你从旁人那里得知了父皇要指婚？"

莫逸风点了点头。

"能与文硕郡主成亲岂不是一段良缘，为何你不愿意？"若影笑问。

莫逸风勾唇一笑："你以为就凭她这些本事能救我一命？"

"什么？"她错愕地看着他。

"不过是她为了达到自己的目的而演的苦肉计罢了。"莫逸风的眸色渐渐冷却。

若影看着他再次沉默，脑海中尽是当时的景象，尽管她未曾经历，却是仿若在眼前活生生上演。

一阵寒风突然吹了进来，她撩开帘子望向窗外，不知何时雨已经停了，但是雨后的天气似乎比先前更凉了几分。双手搓了搓手臂，突然惊觉披风竟是落在了御书房。

莫逸风转眸看向她，也才发现之前他因为不想让若影久留，竟是没有注意到她并没有披上披风。伸手解开身上的披风披在她的肩上，在她的错愕中为她系上了带子。

"下次该是在马车上替你备一件披风了，免得你忘了我又没发现。"莫逸风半说笑道。

若影闪了闪目光抿唇道："谢谢。"

却在话音落下之际脸色越发苍白，就连指尖都在颤抖。

莫逸风笑容一僵，而后沉声言道："你我之间还要如此见外吗？"

第31章 求你我和离

若影垂眸移开视线，片刻后方转头淡然一笑："也难怪她这般舍不得你，三爷你身为王爷竟然能做到如此体贴备至，换谁都不愿意放手吧？我真是几辈子修来的福分。"

莫逸风的眸色越来越沉，脸色越来越铁青，良久，他深深地吸了一口气带着一道警告的语气开口："以后不要在你我之间提及他人。"

若影并没有产生一丝惧色，反而不紧不慢道："的确不需要提及，因为她已经住在了你的心里不是吗？"话音落下，她伸手解开了身上的披风放在他腿上。

"莫若影！你到底想要说什么？"莫逸风低斥一声后伸手抖开披风想要再为她披上，谁知被若影给挡了下来，他显然是气恼了，骤然怒斥一声，"披上！"

若影看着他轻笑："你当初也是这么大声训斥她的吗？还是她披上了之后你们就在这个马车上相偎相依？"

莫逸风蓦地瞪大了双眸，对于若影所言不但不理解，反而觉得她是在无理取闹，因为他根本就不知道她所提及的是何事。

若影感觉自己的忍耐力是越来越差了，心里想着某些事情便控制不住地想要跟他发脾气，特别是看见他自始至终都没有否认柳毓璃在他心里的位置，她便更是恼火。

她垂眸伸手将挂在她腿上的披风一角用手弹了弹，带着一丝厌恶的情愫，看着莫逸风不悦地拧了眉心，她抬眸道："知道我为什么不再披上另一件披风了吗？"

莫逸风目光一闪，显然是带着茫然。

若影低低一笑，带着浓浓的苦涩："因为那件披风是你让柳毓璃披过的。"见他蓦地闪过错愕之色，她又继续说道，"那天从我披上那件披风的时候我就发现多了一股味道，是女人的香气，那是属于柳毓璃的。你居然让她动了我的东西，那下次是不是要让她穿我的衣服睡我的床？我不说不是不在乎，只是不想让你觉得我无理取闹，因为在你心里她什么都是对的我什么都是错的，可是你居然……"

"那天只是……"

"那天只是一个巧合？正巧她冷了，而我把披风遗留在马车上了？"她再次苦笑，"别再说这么好听的话了，究竟是为她准备的还是为我准备的，你心里清楚，我心里也很清楚不是吗？"

"你不清楚。"莫逸风紧紧攒着披风瞪着她低斥一声，心却骤然乱作一团。

"哦？真的是为我留的？"她笑着摇头移开视线，"一个能纵容别的女人进洞房的男人，你觉得我还能相信他在马车上备一件披风是为了我吗？"

莫逸风看着她失望近乎绝望的神色，伸手扣住她的肩将她转过身子："我没有纵容她去做什么，我从来都没有，那天让她坐上马车的确是我心软了，我承认那个时候我还没有放下她，而让她披上你的披风也并非是我有意要让她用你的东西，若是你不喜欢以后这样的事情绝对不会发生。"

见她虽然是面对着他可是视线却定在别处，他伸手抚上她的脸极其认真地解释道："而那次洞房花烛之夜，的确是我的疏忽，可是你不能够怀疑我是故意而为之的。那夜我也不知道怎么了，以为在她进去片刻后我就能逼走酒气进去陪你，谁知道竟是越来越晕眩，等我将酒气逼走在进房之后才发现你们竟然已经换了身份。"

"你不是应该将错就错的吗？"她抬眸看着他，问出了她一直想问的话。

莫逸风眸色一沉："你究竟把我想得有多不堪？"

若影闻言心口突地一跳，望着他渐渐嗜血的眸色，她缓了缓心神，伸手指了指他的左胸口问他："因为她就是你的这颗心不是吗？还是你觉得这样委屈了她？"

莫逸风气恼地一把拽住她的手，力道之大使得她痛得皱了皱眉。

"难道不是吗？"她努力让自己面上保持平静，哪怕心底已经激起了千层浪，却仍是不缓不急地将那句话问出了口，"若是你觉得不是，又或者像你说的那个时候你还没有放下她，那你告诉我，你现在放下她了吗？你只要回答我这句话，你现在放下她了吗？"

莫逸风闻言缓缓松开了她的手，目光却仍是一瞬不瞬地凝视着她带着苦笑的容颜。

若影亦是凝视着他，却在他松开她的手之际心沉入了无底深渊。早知道这个结果，她又为何要去问这些。自取其辱莫过于此，她还需要坚持到何时？

直到马车缓缓停下，若影起身低声一笑："我明日进宫让父皇恩准你我和离，也顺便请父皇给三爷和柳姑娘赐婚。"

这样一来，她是不是就不欠他了？

可是为何刚下马车看见三王府的匾额，她便难受得整颗心都如同碎裂了一般？

就在她踏上台阶三王府门口的门丁躬身行礼之际，身子被人突然拉过去拽入怀中，她尚未回神，莫逸风的声音已沉沉响起："不准你去说，没有我的允许，你休想。"

门丁惊得瞠目结舌不知所措，而身后的秦铭亦是一怔，而后绕过了他们二人带走了门丁，独留下他们二人。

若影心头一缩，眼眸蒙上了一层雾气，声音明显带着颤抖："何必呢？和一个不喜欢的人勉强在一起痛苦的是两个人，我会跟父皇说是我的意思，他一定不会为难你们，若是他还是不愿下旨，我会离开。"

"够了！"莫逸风扣着她的双肩怒斥一声，"不要再说这样的话。"

若影苦涩一笑："莫逸风，我一直以为只要我努力坚守，只要我再忍一忍，一定会等到你忘记柳毓璃的那一天，可是我错了，她已经在你心里生根发芽，你根本不可能将她忘记，也不可能将她抛弃，所以最终会离开的还是我，与其到那个时候被你抛弃，不如让我有点尊严地离开。"

"不会抛弃你，我从来都没有想过要抛弃你。"莫逸风捧着她的脸一瞬不瞬地看着她，眸色深深，"我承认以前的确是想过为了她把你送出府，让你在外面过上无忧无虑的生活，可是……我做不到，我始终做不到，为什么你就是不愿意相信我？"

"莫逸风，你究竟想怎样？坐享齐人之福吗？"若影想要将他推开，却发现他根本不允许她动弹一下，无奈之下只得被迫靠在他的怀中继续言道，"既然她在你心里那般好，既然你从来只信她一人，又何必来招惹我？我们好聚好散吧。"

"我信你！影儿，我信你！"莫逸风以难掩慌乱的情愫紧拥着她沉声开口。

若影闻言呼吸一滞，耳边也尽是他狂乱的心跳声，似乎也扰乱了她的心绪。但是她并没有再让自己沉沦，稳定了心绪之后无声笑着。

莫逸风垂眸看着她，虽是与她拉开了一点距离，却还是不愿放开她的身子，见她始终不信他的话，他伸手擦拭着她脸上的泪迹沉沉说道："影儿，你再给我一点时间，再给我一点时间可好？"

若影抬眸凝视着他，脑海中亦是纷乱不堪。

他说给他一点时间？再给他一点时间？可是，她给他的时间还不够多吗？

她一瞬不瞬地抬眸望着他，紧紧绞着他明显带着惶恐的目光，沉思半晌，终是点了点头："好。"

虽然只是简简单单一个字，可是莫逸风却激动得难以言喻，捧着她的脸俯首便吻住了她的唇，恨不得将她糅进骨子里。

若影愣忡片刻后急忙将他推开，看了看周围后嗔了他一眼后哑声道："也不怕被人瞧见。"

"你我已经是夫妻，怕什么被人瞧见。"莫逸风拉住想要进府的若影，而后和她并肩踏入了府门口。

若影却是没好气地甩开他的手擦了擦唇："谁跟你是夫妻，你我不过是夫妾，你的妻还没娶进门。"

莫逸风脚步一顿，看着她离开的背影，目光微微一闪。

看来什么事情都可以与她坦诚，惟独他让她从妻变为妾这件事情他不能让她知道。否则他相信她定会想方设法地要求和离，或者直接离开。

入夜

若影躺在床上辗转难眠，拉开被子伸出手仰面躺在床上，望着新换上的粉红色帐顶，脑海中不停翻转着。

莫逸谨曾跟她说过，冰蚊针其实是莫逸萧从他师父那里偷来的，那么莫逸萧又是否知道如何解冰蚊针之毒？又如何将冰蚊针取出？可是，就算他知道，他又怎么可能将方法告诉她？说不定还会以此威胁莫逸风从而得到他想要的。

尽管她不知道莫逸风会不会因为她而被威胁到，可是哪怕只是可能，她也不想尝试。

至于莫逸萧的师父……

谁都不知道他身在何处，更加不知道他的相貌，就是想要找也如同大海捞针。

夜渐渐深了，若影的倦意也缓缓袭来，双眸不受控制地慢慢阖上，终是入梦。

翌日

若影醒来之时正好看见莫逸风踏出门口并关上了房门。看着他消失在门口的背影，若影微微错愕，抬手抚了抚额头。昨夜他竟然睡在她身边，可是她却一点警觉都没有。

似乎自从来到三王府，只要在他身边，她的警觉性从来都是零，那日洞房花烛夜她知道莫逸风在房外，所以她才会因为放下戒备而着了柳毓璃的道。

不过细细想来，若是再回到那一夜，或许她还是无法避开柳毓璃那一掌，因为她根本没有想到柳毓璃会武功，而且功力不浅，只是她平日里隐藏得太深，让人防不胜防。

现在再想这些也无济于事，当务之急是解决眼前的难题。

梳洗过后若影便匆匆用了早膳，而后便带着紫秋和小礼品动身去了永王府。

"侧王妃，真的要去永王府吗？"紫秋仍是有些担忧。

若影撩开帘子看向她点了点头："入门以来都没有去拜会永王妃，今日天气晴朗，正好去串串门。"

紫秋闷闷地嘀咕道："若是碰到了四爷，也不知道他又要说些什么话。"

若影莞尔一笑："现在是辰时，四爷和三爷都去上朝了，肯定不会碰到他。"

紫秋张了张嘴还想说什么，可是见若影去意已决，便也没有再说话。

永王府

若影和紫秋等在大门外，原以为会等许久才会让他们进去，毕竟莫逸萧和莫逸风如今

处在对立的状态，可是谁料管家进去没多久，永王妃萧贝月就亲自出来迎接，这一举动不仅惊到了若影，也惊到了一旁的紫秋。

"三嫂？听人来说是你来了，我还不敢相信，快快请进。"萧贝月面容和善，笑意浅浅却达眼底。

"永王妃，今日我们主仆二人不请自来还请见谅。"若影躬身一礼，对于萧贝月称她三嫂也是十分错愕。

萧贝月上前扶住她道："怎能让三嫂给我行礼，长幼有序，该是我给三嫂行礼才是。"

若说辈分，在这里虽然说是长幼有序，可是更讲究身份的尊贵、地位的高低，莫逸萧是第一个有封号的王爷，而身为他王妃的萧贝月自是妻凭夫贵，同辈人之间除了太子妃之外其余人都要给她行礼才是，但是她却没有一丝一毫的骄纵之气。

"既是如此，那你我也别客套了，都是自家人，何须过于拘礼。"若影淡然一笑道。

萧贝月弯眸笑着点头，并亲自将她带入了永王府的园子内。

一路上若影悄悄地四处打量着这座王府，不由得让她唏嘘。果然是玄帝最受宠的儿子，就连府邸都比莫逸风和莫逸谨的大至少一倍，而府中的摆设更是别的王府不能匹敌的。之前也听莫逸谨提起过，永王府中的一个小小凉亭匾额还是玄帝亲笔题字，有时候进贡的一些名贵花草也都是先赏赐给莫逸萧，剩下的便摆放在各宫。

"永王府真是名不虚传，好气派。"若影缓缓入座之后看向萧贝月笑言。

萧贝月朝周围打量了一番后苦涩一笑："再气派若是没有一些人气，也不过是一个寻常的住处罢了。"

若影转眸看了看紫秋，紫秋看了看萧贝月的小腹而后朝若影使了个眼色，若影心中了然。

"三嫂见笑了。"萧贝月尴尬一笑，在一旁的丫头想要给她们斟茶之际她伸手接过了茶杯亲自给她斟了一杯热茶。

"谢谢。"若影接过茶杯微微颔首浅浅笑。

据她所知，萧贝月嫁给莫逸萧已经有几年了，可是至今无所出，若是再这么下去，恐怕就连一直袒护她的玄帝也无法阻止莫逸萧娶别人为永王妃了。毕竟在这里，七出之条中无后为大。

不过说来也奇怪，莫逸萧的妻妾是众王爷之中最多的，却是连一个子嗣都没有。

萧贝月看着若影的神色，目光微闪苦涩一笑："三嫂与三爷如今正是如胶似漆之时，若是能诞下一子，想必父皇会得以安慰，不像我这般没用，这么多年了肚子都没有什么动静。"

若影小啜了一口茶后缓声言道："这生儿生女也不是女人能决定的，若说肚子没有动静也不是永王妃一人，若是一个男人的众妻妾都没有子嗣，又岂能怪其中一人肚子不争气?"

果然,萧贝月闻言指尖一紧,垂眸饮了一口茶,却依旧难掩心头的悸动。

若影看了看周围的美景轻叹道:"景色虽怡人,又怎及儿女绕膝的快乐。嫁给皇室中人,如胶似漆也不过是人前的假象罢了,强颜欢笑冷暖自知,永王妃你说是吗?"

"三嫂你……"萧贝月错愕地抬眸,见她目光清澈见底,让人看了倒生出几分安心。

"永王妃,你我不过是同病相怜,又何须如此?三爷和四爷心中所爱的根本就是同一个人不是吗?"若影一瞬不瞬地看着她,注意着她的每一个神色变化。

萧贝月再次怔了怔,抬眸看向若影,试探地问道:"三嫂不介意吗?"

若影低眸轻笑:"介意又如何?难不成我还要将他心中人挖出来再把自己填补进去?"

"是啊。"萧贝月喃喃一语,却又仿若在自言自语。

若影勾唇一笑,她的心里果然是这般想的,倒也省去了她再猜度的麻烦。

"不过……"若影转了转水眸抬眸紧紧地望着她道,"咱们也不能这般坐以待毙不是吗?女人的青春有多少年可以耗,再过几年女人青春不在,身边又没有一儿半女,岂不是要孤独终老?"

"可是……"

"可是我们又能如何?"就在这时,从一旁走来一个打扮艳丽的女子,可是那眸中也如同萧贝月般满是绝望之色,走上前看向他们二人躬身行了一礼,而后看向若影道,"那个女人比四爷自己的命还重要,在没有娶到她之前他也不会让任何妻妾怀上子嗣。"

"妹妹怎么过来了?"萧贝月转眸看向那女子而后示意她坐下,看起来两人关系倒是处得不错。萧贝月又让一旁的丫头奉上了热茶,而后对若影道,"这位是四爷的小妾玉如心。"

玉如心低叹一声道:"妹妹是听说有三嫂来了,所以前来拜见一下,无意间听到了三嫂的话,不由得心中难过,也替姐姐不值。"

若影看了看她二人,笑言:"看来你们的感情倒是极好。"

玉如心道:"姐姐待众姐妹都极好,若是有什么好东西,哪怕是自己不要也会让给我们,有哪个正室能做到如此地步?所以能有这样的姐姐是我们的福气。只可惜,四爷是被那个妖女迷了心,竟然会为了那妖女丢下我们这些正式娶纳进门的妻妾。我们也就罢了,四爷竟然连姐姐都没有放在心上,姐姐好歹也是堂堂一国公主,岂能被如此轻贱?"

"如心!"萧贝月低低打断了玉如心的话,而后转眸对若影讪讪一笑,"三嫂莫见怪,如心就是这般心直口快之人。"

"无碍,像如心妹妹这般心直口快之人才让人觉得舒坦,不需要左防右防。"若影伸手拉住玉如心的手道,"我也不喜欢说话拐弯抹角,有什么话我就直说了。"

玉如心和萧贝月面面相觑,而后说道:"三嫂请讲。"

若影又是一声长叹道:"原本我也因为三爷心里一直有着那个女人而心里不痛快,可是女人又岂能把不痛快藏在心里?一定要自己行动才是,否则等到老无所依之时岂不是毁了一生?"

"那……"玉如心想要说什么,却终是忍住了,而后全神贯注地听着若影接下去的话。

若影见她们有兴趣听,便继续不缓不急道:"女人想要有地位,自然是先要有个孩子,而四爷若是不想要给你们孩子,你们也只有一个办法。"

"下药?"玉如心脱口而出。

"那怎么行?"萧贝月当下便反对。

"当然不行。"若影看了玉如心一眼,心中却暗暗嘀咕着,她能这般脱口而出,莫非早已想用这个方法套住莫逸萧?转而抿唇摇头道,"四爷如此聪慧之人,又是如此……恩怨分明之人,若是被他知道了你给他下药,你觉得你会有什么下场?"

"那怎么办?"玉如心小心翼翼地看了萧贝月一眼,而后鼓着嘴垂下头。

若影转了转眼眸打量了四周,见无人近前,便凑过去低声道:"有句话叫知己知彼百战百胜。"

"可是四爷就算知道了那妖女有什么不好,在四爷眼里都是最好的,这个根本就没用,我之前试过,却被四爷狠狠地教训了一顿,差点就要把我赶出府了。"玉如心委屈道。

若影心头一紧,玉如心的话仿若是揭开了她心头的伤疤,当初莫逸风不就是如此?而现在的莫逸风又是否还会如此?她根本就不敢去试探,怕终究惹来一身的伤。

"知己知彼百战百胜不是单单指敌人,还有你们的四爷。"若影缓了缓心神继续说道,"你们要知道四爷从小经历了些什么,喜好什么,需要什么,哪怕是隐藏在他内心的事情也要了如指掌,这样才能给他想要的。"

"从小的经历?了如指掌?"萧贝月低眸沉思,似乎这些都是她未曾想过的。

自从她嫁给莫逸萧,就想尽办法迎合他要求的一切,可是对于他的一切她却一无所知,即使她亲自下厨做菜,每一样他都只是面无表情地尝过,但从未说好吃也从未说不好吃。

玉如心苦思冥想,立即说道:"我知道,四爷喜欢吃红烧鲤鱼。"

若影一怔,而后露出了鄙夷之色,那个混蛋的口味竟然跟她一样。

"这个……算吗?"玉如心试探地问。

萧贝月略微惊愕地看向她:"你怎么知道?四爷说的?"

玉如心有些丧气道:"哪里是四爷跟我说的,四爷又岂会与我说这些?是我自己看出来的。四爷每次吃菜时一个菜都不超过吃三口,可是唯独那鲤鱼在上次吃了四口。"

"你观察得可真仔细。"若影看着她有些佩服,果真是想要讨男人欢心的样子,连这点都看出来了。

萧贝月看向玉如心时淡淡苦笑:"看起来我对四爷的了解都不及妹妹,难怪四爷他……"

"姐姐何必说那些丧气话,姐姐好歹是四爷的王妃,更是一国公主,四爷对姐姐也极为敬重,妹妹只是凑巧看到了记在心里罢了。姐姐一直以夫为天,每日忙着照顾四爷的衣食起居,对这些细枝末节未曾发现也是情理之中的。"玉如心伸手握住了萧贝月的手以示安慰。

若影看了看玉如心,又看了眼一旁不知道她意欲何为的紫秋,最后将视线落在萧贝月身上:"听说四爷和三爷的武功不相上下,但并非师出同门,也不知道四爷是从哪里学来的功夫,三爷擅长用长枪,但是用起其他兵器也是得心应手,不知道四爷是不是也是如此?"

萧贝月抬眸看向若影,没想到她也对自己的夫君这般了解,她咬唇细想了一下后迟疑道:"四爷的确是擅于用剑,只是对于其他的兵器……"她转眸看了看玉如心,见玉如心摇了摇头,似乎两人都不得而知。

若影略微有些失望,沉思了片刻终是试探地问出了口:"听说很多武林高手都会使用暗器,比如飞镖、钢珠,还有银针……像四爷这样的国之栋梁,应该也会一两样吧?"

"银针?"萧贝月目光一亮。

若影看着萧贝月的神色变化,感觉到了一丝希望。

就在这时,永王府的管家匆匆而来,走到若影跟前上报道:"三侧王妃,三爷在门外等着,说是来接您回府。"

若影闻言心头一阵烦闷,蹙眉转身就对管家说道:"去跟三爷说一下,我这里还有事。"

"啊?"管家惊得目瞪口呆,而周围的萧贝月和玉如心更是难以置信地望着她。

因为心中有事,若影也没想这么多,抬眸对紫秋说道:"紫秋你去。"

紫秋震惊得半天没回过神来,听到若影叫她,这才愣愣地点头转身朝府门口而去,而管家亦是难以置信地跟了上去。

"刚才说到哪里了?我们继续。"若影满是期待着望着萧贝月道。

玉如心闻言这才合上了张大的嘴道:"三、三嫂……三爷他是来接您回去的……"

"别管他,我们这不在商议大事嘛。"若影不耐烦地扬了扬手。

萧贝月和玉如心更是难以置信,莫逸风竟然亲自来接她回去,而她竟然不为所动,还满是不耐烦的神色,若换成是她们二人,就算是莫逸萧派人去令她们回去,恐怕她们也会立刻动身,哪里敢这般怠慢。

"三嫂就不怕三爷生气吗?"萧贝月试探地问道。

若影微微错愕,这才意识到自己方才的行为究竟是有多么不妥,可是她也的确是有更重要的事情,谁会想到在紧要关头他竟然会亲自来接她。

不过而后一想,莫逸风已经下朝,而且是来此处接她,想必已经回过三王府了,那么莫逸萧也可能随时会回来。

眉心一蹙,她倒是有些慌了神。抬眸看向她二人,脑海一转,突然低低一笑:"这有什么,男人若是什么都顺着他们,我们女人也就只有乖乖听话任意被捏扁搓圆的份了,有时候也要吊吊他们胃口,不能什么都顺着他们。"

"原来如此……"玉如心仿若是恍然大悟一般。

紫秋回来后想要与若影说些什么,却见若影再次带着一抹急切地看向她们二人问道:"别管他了,我们继续,刚才说到哪里了?是不是永王妃见过四爷用银针?"

萧贝月好不容才从若影方才的话中回过神来,也相信了她的御夫之术,方支吾着说道:"四爷用不用我倒是没见过,不过我在四爷的房里见过,后来好像拿去书房了。"

"四爷的房里?"若影蹙眉沉思。

"侧王妃。"就在若影思虑之时,紫秋小心翼翼地唤了一声,见若影转眸,她立即低声道,"三爷说等侧王妃谈完了事一同回府。"

"看来三爷是不放心三嫂一个人回去呢。"玉如心笑言。

若影无奈地扯了扯唇,莫逸风都这般说了,她也不好再久留,轻叹一声后起身道:"那我改日再来。"

"三嫂……"萧贝月突然叫住了她,见她转身看她,又不知道该说些什么。

若影水眸微转,而后莞尔一笑:"今日聊得还真是投机,若是两位不嫌弃,我改日再来继续今日的话题。"

"好啊好啊。"玉如心高兴得两眼发光。

萧贝月淡笑着点头,而后亲自将她送到了门口,果真看见莫逸风等候在马车边,就连朝服都没来得及脱下就赶来接若影,这让她对若影更是刮目相看。

马车缓缓向前行驶,若影转眸看向坐在马车内的莫逸风,自是同样注意到了他一身的朝服。

"怎么想到去永王府了?"莫逸风缓声问她,却不带一丝责问的语气。

若影睨了他一眼后回道:"我去自然有我的事,有些事情靠人不如靠己来得实在。"

莫逸风抿唇看了她片刻,低低一叹:"我一直都在查。"

正转眸望着窗外景象的若影闻言一怔,转眸再次看向他,只见他轻抿薄唇正一瞬不瞬地看着她,仿若在等着她的一丝丝信任。

若影微闪了目光再次将视线落在窗外,低低应道:"哦。"

她当真是不知道此时此刻该如何回应他,是该感激涕零,还是该理所当然,又或者是不再相信他的话。

不过而后一想，柳毓璃将自己会武功一事竟然隐藏了十多年，就连她的父亲都一概不知，也难怪莫逸风查了这么久都没有查到真相。

"你不相信我？"莫逸风突然抓起她的手声音中带着一抹急切。

若影因为他的钳制不得不转眸望着他，却见他目光灼热，让她想要立即移开视线，却又感觉根本移不开视线。

"我相不相信……对你真的很重要吗？"若影抬眸望着他问。

莫逸风闻言身子一僵，目光微闪似是在咀嚼着她的话，又似是带着一抹错愕之色。

是啊，他为何会这般在意她信不信他？

从之前她答应信他的那一刻起，他心头就悸动非常，而后在方才看见她淡淡地应声，他又是一阵慌乱。他的思绪好似一直在她的情绪下波动，哪怕仅是她的一个眼神都让他不由自主地去猜测她在想些什么。

"嗯。"莫逸风像是赌气一般低应了一声后移开视线坐正了身子，仿若方才的应声并非是他所言。

若影无语地哼了哼，也真是没见过像他这般连回答这种话都这般没有诚意的人。

莫逸风凝视着她隐隐一声低叹，伸手将她的手裹于掌心。若影缓缓将视线从两人相执的手移上他的侧颜，明知道自己不该多想，可是却又不得不多想。

"在想什么？"莫逸风转眸对上她灼灼的目光，看着她眼中的万千情绪，却始终看不明、看不透。

若影将另一只手覆在他的手背上，熟悉的热度传递在她的手心，垂眸长长叹息，一抹苦涩的笑容渐渐染上唇角："我在想……是不是每个王爷都必须要三妻四妾？"

莫逸风闻言指尖一紧，转眸看向若影，却见她并非说的是气话，就仿佛是在话家常，却让他的心不由得一缩。

她知道她的这句话不可能得到他的答案，但是她却仍是期待着什么。

静默良久，他终是未说话，她方抬眸看向他问道："那你还会娶几个？"

她的脸上始终带着笑，可是笑容中却又伴随着浓浓的酸楚，让他看得不忍再说伤她的话。

"不过……"若影的笑容渐渐放大，吃吃笑着看着他道，"无论你将来娶谁，在你娶之前可不可以给我一封休书，以后你我各自婚嫁互不干涉？"

莫逸风蓦地脸色一沉："你说什么？"

"若是你在我之后还会娶别人，说明你找到了更值得你付出真心的女子，那么我再留下又有何意义？不过是给人添堵罢了。若是三爷能发发慈悲之心放我自由……"

"可惜我不是佛祖，这份慈悲之心怕是给不了了。"马车刚刚停下，莫逸风便将手从若

影的手中抽离，而后愤然躬身走了出去。

若影坐在马车内不停咀嚼着他方才的话，他说他给不了这份慈悲之心，也就是他不可能放她自由？可是他也没有说除她之外不会有别的女人，他究竟想要如何？

深吸了一口气躬身出了车厢下了马车，却见莫逸风已经走得无影无踪，抬眸看向三王府的匾额，若影心中不再焦躁。

如今的局势并非是她能掌控，那么只有走一步是一步了。事情还没有到那样的地步，她多想也无用，不过是徒添烦恼罢了，倒不如把握好当下，过好每一刻。另外，今日去永王府倒是也有些收获，这几日她再去多拜访几回，等到下月十五之前应该能在哪里有所收获。

"侧王妃，三爷这是怎么了？"紫秋担忧地看向若影问道。

若影笑着摇了摇头："没事。"

晚膳时，莫逸风显然还在为若影上午所说的话而气恼，脸色十分阴沉。而今日他还在书房中待了一整日，也不知道他在做什么。

若影几度都偷偷地朝他看去，见他沉着脸一声不吭地吃着饭，便也闷闷地低着头。而这般压抑的气氛实在让她觉得无趣，忍不住低声嘀咕道："我又没有说现在分道扬镳，干吗摆着一张黑脸？"

话音刚落，一道寒芒直直落在她的头顶，她没有回头，却仍是感觉背脊一凉。

吃了好几口饭，那道寒芒依旧在她头顶盘旋，她深吸了一口气试探地转眸朝他看去，果真看见他睁大了眼眸瞪着她。

她轻咳一声讪讪一笑，伸长筷子夹了一块鱼肉递到他唇边道："吃不吃？"

莫逸风睨着她半晌，就在她欲收回筷子之时张嘴将她筷子上的菜含入了口中，而后垂眸又吃起了自己的饭。

"自己怎么不吃？"莫逸风见若影一直看着他吃，动作一顿沉声问她。

若影咬了咬筷子看向他问道："你喜欢吃冬笋？"

莫逸风一怔，不明她为何会有此一问。

若影看了看那盘冬笋说道："你其他菜都没有怎么吃，可是那冬笋已经吃了四口了。"

莫逸风看了看刚才夹在饭上的一块冬笋，而后转眸望向她："从哪儿学来的这套？"

若影耸了耸肩道："今天去永王府的时候听莫逸萧的小妾玉如心说的，据说她平日里就注意莫逸萧的这些细枝末节，才会在众多妻妾中脱颖而出让莫逸萧多去她那里几次啊。"

莫逸风看着碗中的那块冬笋，突然发现再无吃下去的胃口，突然放下筷子言语带着浓浓的不悦："你不需要做这些。"

第31章 求你我和离 | 71

若影怔怔地看着莫逸风,片刻后点了点头道:"我觉得也是。"
就在莫逸风惊愕之时,若影突然拿起放在莫逸风面前的菜与自己面前的菜交换了位置,而后大快朵颐地吃了起来,仿若生怕动作慢了就会被人抢了去。
莫逸风扯了扯唇看着她狼吞虎咽的模样,真不知道她究竟有多么不想他去她房中。

第32章 怜悯和报恩

翌日午时

若影已经朝府门口看了好几眼，若是换做以前，他也早该回来了，因为他平日里再忙，一日三餐都会在府中用膳，不知为何今日却迟迟未归，莫不是玄帝留他在宫中用午膳？

红玉和绿翠从府门口而来，见若影正等着莫逸风回来一同用膳，便立刻紧走了两步上前道："侧王妃，三爷派人回来说今日不在府中用膳了，让奴婢们好生伺候侧王妃饮食。"

若影微微一惊："是不是出了什么事？难道是皇上那里……"

红玉和绿翠对视了一眼后目光微闪，而后急忙回道："没有，三爷已经出宫了，但还有些要事要办，就没有回府用膳。"

若影蹙了蹙眉沉思片刻后点了点头："那好吧，不等了。"

莫逸风做事从来都有分寸，他说有事就必定有他的事情要忙，只是转眸看着一桌子的菜心里终究是空落落的。

紫秋望着红玉和绿翠的脸色有些异样，想要开口相问，但是见若影也没有说什么，便也将话吞了下去。

"怎么一个人在用膳？你家相公呢？"

一道熟悉的声音想起，若影止住动作转眸望去，果真看见莫逸谨已踏入了用膳房，也不管她同不同意，拉开凳子就坐了下来。

"二哥倒是毫不客气，将这里当成自己家了。"若影打量着他故意调侃道。

莫逸谨扬了扬眉看了看自己，又打量了一下周围，方轻叹一声："哎，我倒是希望这里是我家啊，家中有美人相伴，就算此生都不能出这个王府门都心甘情愿。"

若影闻言扑哧一笑："少贫嘴，就你还愿意此生不出王府门？即使给你一个天仙，想必半天不出王府门都能听到整个王府的哀嚎声了。"

"怎么我在你心里就是那样的德性？看来真要好好反思才是了。"莫逸谨故作懊恼地单手扶额，一副哀怨的模样。

若影再次被他惹得笑开，而后问道："二哥可有用膳？若是没有的话我让丫头去添副碗筷。"

莫逸谨抬眸看向她点头笑言："如此甚好，看起来我与四弟相比我还是好得多，至少在蹭吃蹭喝时不用自备碗筷。"

若影一怔，半响才回过神来想起莫逸谨所言何事，竟然连陈年老账他都翻出来说，也不知道他是从何人处得知的，说那些话时她还是失忆之时，那个时候可真是比现在敢说敢做许多。

记得那时，她之所以那般有恃无恐不过是因为身边有莫逸风，可是自从恢复记忆后知道了柳毓璃在莫逸风心中的分量，而自己根本无法比拟之时，她便开始思虑良多，也就不敢再造次。主要是怕得罪了不该得罪的人后惹来祸端，而最关键的是怕给莫逸风惹来祸事。

莫逸风原本就是在风口浪尖之人，若是她再给他添麻烦，岂不是雪上加霜？

"又在想些什么？"莫逸谨拿着筷子在她面前挥了挥试探地问她。

若影骤然回过神来，看见莫逸谨正睨着她看着，她不由讪讪一笑："没什么，只是想到了以前一些事。"

莫逸谨摇头轻叹："有时候我真希望你回到以前，总是那般无忧无虑的样子，不像重拾记忆后这般说话思前想后做事瞻前顾后。"

若影无奈轻笑："那是因为以前没有弄清楚自己的身份，不知道轻重，更不明白一个人的心不在你身上，你再努力也终究是竹篮打水一场空。"说着说着她又开始失神，但是片刻之间又拉回了思绪，转眸却见莫逸谨用一种哀怨的眼神看着她，她微微一怔，低问道，"怎么了？"

莫逸谨一手撑着下巴一手将筷子插在桌上侧眸质问："你是在说我吗？"

"啊？"若影一惊，忙摇手想要解释，"二哥，我不是这个意思，我是在说……"

"哈哈哈……"莫逸谨看着若影手足无措的模样突然哈哈大笑，"刚才这个样子还真像你以前，虽是傻气却又惹人喜爱。"

若影楞怔了半响，方理清思绪他竟是在说她傻气，一时间郁闷地伸手夺过他的筷子而后又拿走了他的饭碗道："看来二哥是吃饱了撑的，那么也就不必浪费我们三王府的粮食了。"

"欸欸欸……"莫逸谨急忙从她手中夺过碗筷道，"我这不是说笑嘛！这般小气也像极了以前的你。"

"你……"若影被他气得一扫之前低落的情愫，转而涌起了一股郁闷的怒火，对着他就开始大吼，"不管是以前的我还是现在的我，我就小气了怎么了？谁让你吃的，把饭菜吐出来！"

"吃进去的饭菜哪有吐出来的道理？"莫逸谨为了躲避若影的抢夺，竟是一边站起身一边吃着碗中的饭菜，还不忘伸长了筷子去夹桌上的菜，任凭若影如何去阻止都无济于事，眼看着他大快朵颐地吃着，若影真怕一桌子的菜都被他一个人吃光了，气得她只能拿起碗筷跟他抢着吃了起来。

就在众人的惊愕之中，一桌子的饭菜竟是被他们二人一扫而空，就连最后一块青菜都被若影先一步夹起后塞入口中。看着空空如也的盘子，紫秋惊得嘴角抽搐。这哪里是一个王爷和一个侧王妃，一个兄长和一个弟妹，分明就是两个年岁未长的孩童。

两人放下碗筷倒在椅子上，整个肚子都快撑破了，若影一边摸着肚子一边哀怨道："我走不动了，二哥你可真能吃。"

莫逸谨看了看她的肚子，又看了看一桌子的空盘子，倒在椅子上长叹道："似乎你吃得比我还多，真没想到你这小身板竟然食量这么大，若是哪天把三弟的王府吃垮了可别来找我，我可养不起你这么能吃的丫头。"

红玉和绿翠一边收拾着一边笑出了声，每一次莫逸谨前来总能带给她们许多喜悦的气氛。

若影闻言冷哼："刚才是谁说的，'家中有美人相伴，就算此生都不能出这个王府门都心甘情愿'，怎么一顿饭就把二哥吓回去了。"

"可惜啊，这个美人只愿意待在三王府不愿意去我那寒舍。"莫逸谨又是一声长叹，说着半真半假的话。

若影仰头看着房梁，静默良久，转眸看向莫逸谨问道："我真的以前比较好吗？"

莫逸谨唇角的笑容蓦地一滞，转眸见她不似在说笑，眼底满是想说的一些话，却又隐藏在心底始终没有说出口，他深吸了一口气凑到她面前，用仅有两人能听到的声音对她说道："不论是以前还是现在，我都喜欢。"

若影骤然转眸望去，在对上他视线的那一刻，莫逸谨认真的神色消失无踪，转而又换上了放荡不羁的笑容。

"二哥！你怎么总是没个正经，明日我就进宫让父皇把你嫁了。"若影气得语无伦次。

众人听了扑哧笑出了声，紫秋更是笑出了眼泪，若影才知刚才自己竟然说了胡话。

"干脆让父皇把我嫁去边塞和亲，古有昭君出塞，今有二爷出塞，果然是美事一桩。"莫逸谨说完笑得前俯后仰，就在若影要起身训他之时，他急忙一溜烟地跑出了王府，气得若影在原地直跺脚。

紫秋看向匆匆离去的莫逸谨，忍不住掩嘴轻笑："二爷可真是风趣。"

若影缓缓舒展了眉心:"是啊,将来谁若是能嫁给二哥真是有福了,也不知道二哥喜欢怎样的女子。"

紫秋转眸眉眼一挑,凑到她跟前笑言:"奴婢怎么觉得二爷喜欢像侧王妃这样的女子。"

"胡说什么呢!"若影轻斥了她一句后走出了用膳房,"像二哥这样的男子喜欢的就算不是公主、郡主也会是名门千金,平日里他可没有少数落我粗俗,总觉得我失了女儿家的娇柔仪态。"

紫秋深吸了一口气耸了耸肩,对于情爱之事连她自己都懂得少之又少,更是不知道该如何去评判他人。

天气越来越冷,园子里也越发寒凉,冬季里的花含苞待放,味道清甜怡人,给人一种别样的生命气息。若影伸手抚了抚一个花苞,唇角笑容浅浅,手中的花苞带着一丝凉意直达心底,却激起了她对生命的渴望。

柳府

当柳毓璃看见莫逸风亲自前来之时惊讶中带着难以言喻的欣喜,两人在园中并肩而行,看起来倒是一对璧人,只是女子的脸上笑容璀璨,而男子的脸上却淡漠依旧。

"逸风哥哥怎么想到来找我了?"柳毓璃掩藏住心头的喜悦凉凉问道。

莫逸风负手行于满是花草的园子内,眸中若有似无地一闪,开口道:"只是听柳大人说你已几日未踏出房门,他很是担忧……"

"是父亲找到你,所以你才来的?"虽然他终究还是来了,可是柳毓璃心里终究是空落落的。

莫逸风闻言淡然一笑:"没有,只是听柳大人对四弟提起,所以我便冒昧登门来看看。"

柳毓璃心头一喜,没想到竟是他听她父亲提及便亲自登门了。

"逸风哥哥说的哪儿的话,你能来我就很高兴了。"柳毓璃眉目含情地伸手钩住了他的手臂。

莫逸风目光一闪,未作声。须臾,他顿住脚步看向她:"天气是越发冷了,你怎么就穿这点衣服?"

柳毓璃看了看自己后抬眸看向他抱紧了他的手臂道:"只要逸风哥哥在我身边就不冷了。"

莫逸风抿了抿唇,目光最终落在某处,随之剑眉一蹙,但片刻便恢复如常,垂眸看向柳毓璃轻笑道:"若是你受了凉,你爹该是心疼了,快去添件衣裳。"

"我才不要,若是我回房了,说不定你要偷偷回去了。"柳毓璃眼波一转,略带委屈的

娇嗔道，"如今逸风哥哥府上有了侧王妃，我都不敢进府去找你了。"

"哦，是吗？"莫逸风唇角一扬笑容不达眼底，"那上次怎么敢去直接找影儿？"

柳毓璃身子一僵，转而闷闷道："就知道她会跟你告枕头状，我不过是想要去找你，看见了你那侧王妃就打了个招呼，没想到她根本不欢迎我，还对我恶言相向，甚至要让人打我。"

"打了吗？"莫逸风凝眸看她。

"若是我被她打了，你会心疼吗？会不会帮我出气？"柳毓璃凑上前目光灼灼。

莫逸风淡淡一笑："别说这么多了，还是快回去添件衣裳。"

柳毓璃闻言心底隐隐失落，但好在他还是关心她的，便也没有多想，伸手拉住他道："免得你逃走，你要陪我去。"

莫逸风目光一闪，朝某处睇了一眼，而后被她拉着朝房间而去。

柳毓璃的房间他此次也是第一次进去，环顾了四周，虽是充满着大家闺秀的气息，却让他感觉有些异样。低眸沉思间竟是想起了若影的房间，她总是喜欢在房中放置一些花花草草，更喜欢将几本书放在睡房中，可是从没见她翻阅过。

目光落到了梳妆台，他看了看屏风后面的柳毓璃，而后上前紧走了两步，精致的首饰盒中尽是名贵的珠宝，其中几样还是他们在逛集市时她说喜欢他买给她的。

伸手打开了几个抽屉轻轻翻看着，却都没有看见那夜她说要送给若影的镯子，正准备朝别处寻找之时，最后一个抽屉内放在最里面的一个小盒子吸引了他的注意力。将那盒子从抽屉中取出，而后轻轻打开了盒子，果然看见了那个玉镯。

"逸风哥哥，我马上就好了，你再等一下。"柳毓璃的声音自屏风后传来，温柔依旧。

莫逸风低应了一声后将玉镯藏进了衣襟，而后又将盒子放了回去。

"逸风哥哥，我这件衣服好看吗？是我前几日新做的，还是宫中的绣娘亲自给我量身定做的。"柳毓璃一边说着一边从屏风后走出，一身淡紫色的锦服衬托得她的皮肤更是白皙。

莫逸风在她出现的那一刻正在桌前饮着茶，目光轻睨，放下茶杯淡声道："是德妃娘娘赏赐的衣料，也是德妃娘娘命绣娘给你做的？"

柳毓璃笑容一僵，轻咬朱唇上前讪讪一笑道："不是的……是……是我上次进宫的时候皇上赏赐的。"

"时候不早了，我先走了。"莫逸风的脸上没有一丝喜怒之色，却让柳毓璃看得心惊胆战，上前便拽住他的胳膊道："逸风哥哥，若是你不喜欢我立刻去换掉，我以后都不穿这件了，你别生气了好不好？"

莫逸风抿了抿唇，转眸睨向她，目光微寒，吓得她立刻松开了手，眼看着他朝外走去，她紧了紧指尖立刻跟了上去。

三王府

红玉和绿翠跟在紫秋身后面面相觑，看着前方的若影独自赏花的模样，两人皆是面有难色。

若影看着手中的花苞淡声开口："有什么话就直说吧。"见她们三人愣忡，她回眸道，"你们随我来到园中的一路都欲言又止，又在我身后窃窃私语，说什么'到底说不说'，究竟想说什么？若是我没猜错，一定和没回府的三爷有关吧？"

红玉和绿翠闻言皆是一怔，没想到她早已发现了她们的异常。两人对视了一眼之后沉默片刻，迟疑道："侧王妃，不是奴婢们不愿意说，只是怕说了之后却发现不过是一场误会，也怕三爷责怪。"

"究竟发生了何事？"若影看向她二人蹙眉而问。

红玉轻咬朱唇，抬眸看了看若影，终是将实情道出："奴婢只是在集市上看见三爷从宫中回来后直接朝另一个方向过去了，而那个方向恰好是……柳府。"

"柳府？"若影心头一紧。

紫秋想了想，忙道："或许……三爷只是去找柳大人商议政事。"

绿翠闻言急忙点头附和："应该是如此没错，三爷定是去找柳大人去了，不会是去找柳小……"

她的话还没说完，便看见紫秋朝她剜了一眼，吓得她慌忙闭嘴不再作声。

若影抬眸看了看万里无云的碧空，心却开始杂乱无章起来。

看来她终究是做不到豁达，她不过是个寻常人，做不到这里的女子应有的心胸开阔。

马车内

若影随着阵阵颠簸心头越发烦乱，耳边熙熙攘攘的声响渐渐消失，她的心也开始剧烈起伏。抬手撩开一旁的帘子看去，柳府近在眼前。

"停车。"若影吩咐道。

紫秋看了看前方后对若影说道："侧王妃，离柳府还有几步就到了。"

若影躬身下了马车，看着柳府的大门道："让马车先回去。"

紫秋一怔，见她打定了主意，便也没有再说什么，两人便站在柳府的几步之遥。

"紫秋，你说我该进去吗？"若影看着那扇柳府大门问道。

"这……"紫秋迟疑着不知道该说什么好。

若影站在离柳府门口几步之遥，终是没有走进去，她担心是自己多心了，他不过是来找柳蔚谈正事而已，若是她这般贸然前去，实在不妥。可是，虽是这般想着，她却久久没有移开步子回去的念头。

此刻,她根本就不知道自己为何会来到此处,是为了寻找答案?是为了找寻坚持下去的理由?是为了证明自己的努力是对的?

她并非是一个死缠烂打之人,也不是一个会低声下气之人,但是只因为他是她心中之人,所以她才放下来一切去坚守。

就在这时,柳府的大门处走出了一个人影,不是别人正是莫逸风,她正要上前,谁知下一刻便看见了柳毓璃的身影。

他果然是来见她的?

心口突然传来一阵锐痛,双眸渐渐蒙上了一层雾气。看着他们这一对"璧人",她突然发现自己就如同一个笑话一样存在。身侧的手渐渐收紧了指尖,指甲深深嵌入了掌心,却丝毫感觉不到疼痛。

"侧王妃……"紫秋的脸色也随之一变,转眸看向若影,一时间不知该如何是好。

"走吧。"若影脸上血色尽失,一颗心跌落到了谷底,转身之时竟是感觉一颗心都空了。

柳毓璃跟着莫逸风走向坐骑,正要开口说些什么,却见他在翻身上马之时看着前方动作一顿,向来处变不惊的俊颜也随之瞬间变了脸色。

"逸风哥哥,我……"柳毓璃的话尚未说出口,莫逸风的双腿突然一夹马肚,竟是弃下她朝前面的人追去了。

看着此番景象,柳毓璃的银牙几乎要咬碎了,脸色青白交加,可是一想到下月十五,她的心情也畅快了些许。

"影儿。"莫逸风在开口之时翻身下马拦住了若影的去路。

若影脚步一顿,抬眸对上他的目光,却又立即垂头绕过他的身子往前走去。可是刚踏出一步,手臂已被他扣住,整个人也被他拥在怀中。

他的心跳依旧是那般有力,他的胸膛依旧是那般宽阔,可是她的心却越发凉了。她阖了阖眸并没有作声,只是伸手用力将他推开与他保持距离。

莫逸风身子一僵,微微松开了手却仍是没有将她放开,抬手捧住她被风吹得冰凉的脸,小心翼翼地用掌心给她传递温度,低眸抿唇看着她,眸色渐柔:"怎么到这里来了?"

若影别开脸冷声道:"我的确是不该来。"

"影儿,有些事情眼见的不一定是真的。"他扣住她的香肩语气低沉而认真。

她抬眸看向他,似要将他看透:"那么你告诉我,什么才是真的?"

莫逸风张了张嘴,沉默片刻,终是没有说什么。

紫秋见状悄悄地离开了,独留下他二人和不远处的柳毓璃。

"我明白了。"她自嘲一笑,转身想要离开。

"不是你想的那样。"莫逸风的声音带着一抹急切,也顾不得不远处的那道幽怨目光。

"我想的哪样？事实又是什么？"她再次抬眸看向他，想要寻求一个真实的答案。

莫逸风紧了紧指尖，却是再次沉默了，再次开口之时唇角扬起了一抹欲让她安心的笑："相信我。"

若影闻言目光一闪，朱唇轻抿，一瞬不瞬地望着他。

两人就这般静静地对视着，周围仿若一瞬间都静了下来。

良久，若影转眸望向天际，目光沉静而悠远，直到莫逸风欲开口之时，却见她回眸看向他淡声一语："好。"

莫逸风微微有些惊诧，不知道为何她会突然有此转变，本以为依她的性子会好一阵吵闹，谁料竟是出奇的安静，可是就因为这样，他的心也随之隐隐不安起来。

他抱着她上了马，自己也翻身跨坐了上去。

良久，她靠在他的背上静静地随着马儿的颠簸往前行着，若是能一直这般静静地和他呆在一起，她也心满意足了。可是，想到自己所中的冰蚊针，她的心又沉了下去。

莫逸谨不知道取针和解毒之法，宫中太医都束手无策，柳毓璃自是不会说，她又该如何是好？难道真要继续等着发病等到被冰蚊针折磨死的那一天吗？

她终是不忍心让莫逸风知道真相，她宁愿他们就这样安安静静地相处着，也不愿看见他为她终日愁眉不展的模样。虽然她还不清楚莫逸风是否会为了她如此伤神，可是她不愿意去赌。更何况，若是她告诉他是柳毓璃所为，他也不一定会信不是吗？

若是她说了，他或许会担忧，或许会不信，前者伤的是他，后者伤的是她。若是她不说，那么受伤的就只有她一人而已。

沉声轻叹，她紧了紧抱住他的腰间的手臂，将脸埋在他的背脊内。

"马上就到了。"莫逸风抿了抿唇终是开了口。

若影勾唇一笑，抬眸看向天空，万里无云。

"莫逸风，我讨厌你去找她，很讨厌。"若影靠在他背脊处缓声开口，语气淡淡，却听得出她厌恶的情愫。

莫逸风未料她会这么一说，眸中闪过一道诧异，微微朝后转了头，随后却又将视线落在前方，沉默良久轻启薄唇，声音仿佛来自天际："我去柳府有事。"

若影蹙了蹙眉，想到柳毓璃的阴毒，心里终究有些害怕，明知道柳毓璃不可能会伤他，可她终是不想看见他与她太过亲近，为了自己，也为了他。

"她真的不是好人。"话音落下，她有些后悔，因为在他心里柳毓璃从来心善，他信她如命，就如当初的那句"不信她难道信你吗"，言犹在耳。

未听到他的回应，她隐隐长叹："我知道你不会信，可是……你以后自己小心点，防人之心不可无，不要因为她是你的青梅竹马就完全放下了戒心。"

她知道莫逸风出身皇室，对于这些事情根本不需要她来提醒，可是她就是不放心他。

久久的沉默是若影意料之中的，早已做好了心理准备，失落感也减轻了不少，虽然心口依旧会隐隐刺痛，但终究没有像一开始听到他信柳毓璃却不信她时那般心痛如绞。

谁知就在她一声长叹之后，莫逸风缓缓抬手覆上了她的手背："好。"

若影难以置信地抬眸越过宽厚的背脊朝他看去，他面色沉静如初。

她张了张嘴正想问为什么，他却率先开了口："不知道为何，总感觉毓璃跟以前不一样了，越发不像以前的她。"

"以前……她是什么样的？"这是她第一次这般平静地问关于柳毓璃的事，心中没有起一丝波澜。

莫逸风缓缓紧了指尖，将她的手裹于掌心。

"其实我常年征战在外，十多年来相处的日子也极少，算起来都没有跟你在一起的日子多。"说到此处，他笑着再次紧了紧指尖。

若影闻言心头一悸，可又有一种欣喜缓缓蔓延："真的？"

莫逸风点了点头："可是我对她儿时的模样很是深刻，眉眼之间竟是调皮的模样，却又十分乖巧懂事，你与她倒是……"十分相似这几个字到了嘴边又咽了下去，心头却仍止不住地一紧，转眸看了看她的反应，见她没有作声，他竟是隐隐松了一口气。

"她真有这么好？"若影的思绪一直停留在莫逸风前面夸赞柳毓璃的话上，听着极其不适，却又无可奈何。

莫逸风淡淡一笑却并没有回答她的话，而是回忆着过往："有时候我当真以为那夜只是一个梦，可是事实却不得不让我相信那是真的。"

"那夜？梦？"若影一怔，垂眸细想，试探着问他，"你说的是那荷塘中的小女孩？"

"嗯。"莫逸风点头应声。

"可是……为何只是那个时候的她？以后呢？"她始终不明白，为何莫逸风对柳毓璃的记忆只在那夜，难道是因为他所说的常年征战在外？可是就算是如此，他也会有回来的时候不是吗？

莫逸风却是苦涩一笑："我也不知道为何，记忆最深的始终是那一夜，而后的她虽然也极其乖巧懂事且讨人喜欢，可是……始终无法替代那夜的她。"

"情窦初开。"她的唇角冉冉生起一抹苦笑。

"什么？"莫逸风敛回思绪转眸低问。

若影轻叹："情窦初开的瞬间总是令人最难忘的，而后即使有再多的经历，也替代不了那瞬间的感觉。"

"是吗？"莫逸风喃喃自语，却也找不到答案。

"若是哪天发现你梦中的人并非是柳毓璃，而是另有其人，你会喜欢那个人，还是会继续喜欢柳毓璃？"不知为何，她突然开口问了他这么一句，而问出口后连她自己都吓了

第32章 怜悯和报恩 | 81

一跳，却也十分期待他的答案。

莫逸风闻言身子一僵，拇指在她手背上轻轻摩挲，不知是犹豫还是不安。

见他难以抉择，她低笑开口："你还是会喜欢柳毓璃吧？因为你们毕竟已经有了十年的感情不是吗？若只是因为那个小女孩曾经陪了你一夜，曾经鼓励你坚持活下去，那不就是因为感恩才喜欢？可是感恩和喜欢并不能混为一谈，为了感恩才去爱，那么就不是真正的男女之情，而是报恩。"

"报恩？"莫逸风凝眸沉思，须臾，他转眸问她，"若那个小女孩是你，你会如何？"

"我？"她极其认真地想了想，而后却摇头道，"我宁愿不是我，若是我的话，你不就是因为报恩才对我好？我宁愿你是真心爱上我才对我好，而不是怜悯和报恩。"

莫逸风再次沉默。

若影见他不语，也不再继续这个话题，敛回思绪歪着脑袋看向他又问道："莫逸风，为什么永王妃当初会嫁给莫逸萧呢？是因为喜欢，还是因为被迫和亲？"

"喜欢？"莫逸风轻笑，"他二人从未见过面，又谈何喜欢？"

"那就是被迫的？可为何偏偏是莫逸萧？"若影低低一语，倒是替萧贝月惋惜。

在她看来，萧贝月是何其温柔如水的女子，嫁给一个像莫逸萧这样不懂得珍惜她的男人，实在是可惜了。思及此，她不由得抬眸看向莫逸风，心底忍不住一阵酸楚。

不知不觉已经到了三王府门口，莫逸风下马之后将若有所思的她也抱了下来，见她心事重重的模样，他无奈摇头："没想到你还有这般闲情逸致，居然管起了别人的家事。永王妃虽然是来和亲，可毕竟是一国公主，父皇自然是要将她赐给最疼爱的儿子，至于是否是被迫，那就不得而知，不过她嫁给四弟这么多年都未有子嗣，四弟也没有责难她，想来两人也算和睦。"

"不争不吵不代表和睦，也可能是心死，又或许永王妃本来就是这么一个娴静之人，哪怕被你那四弟责难也藏在心底，苦水自吞。"若影一边跟着他进了三王府一边说道。

莫逸风看着她低低一笑："莫非你也开始怜香惜玉了？"

"只是感觉同病相怜罢了。"若影闷闷道。

莫逸风脚步一顿，随后又紧走了两步跟了上去。

"能不能有子嗣也不是女子一人之事，说不定是那男人无能，你看那莫逸萧妻妾成群的，却一个都没能怀上，说不定是你那四弟有什么隐疾，又或许……"若影咬了咬唇，终是记起了那两个字，转眸看向莫逸风冲口而出，"不举？"

莫逸风黑眸一睁，急忙捂住了她的嘴，视线扫过周围，见无人跟随，这才将手松开，可那俊颜却染上了一层红晕。

"真是越来越不像话了。"他抬手轻叩了她的脑袋，语气低沉，"是谁教你的这些话？"

若影吃痛地捂着被他轻叩的地方扯了扯唇道："难不成这种也需要教？不过是常识而

已。"

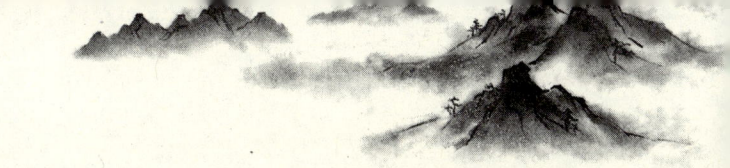

莫逸风一噎，抿唇微眯了双眸："马上去书房看《女戒》《内训》《女论语》《女范捷录》。"

若影瞪大了眼眸，那些都是些什么东西？但是看他的样子让她看的应该是女子谨言慎行之书了，说不定还有教女子三从四德的。

"我不去，那是你的书房。"她转身便要走，谁知莫逸风突然拽住了她的手臂："以后也是你的，从今日起每日温书两个时辰，再将所看内容背给我听，若是背不出不许出门。"

"你……我不看！"若影气得咬牙切齿，欲挣脱他的束缚，却丝毫动弹不得。

"我没让你看我，去书房看书。"他凉凉一语，也不等她反应过来，拉着她便朝书房走去。

"莫逸风，你放手，书房里没有那些书。"站在书房门口，若影急急言道。

莫逸风回眸淡淡看了她一眼，浅浅勾唇道："早已经买来放在书房了。"

"什么？"若影难以置信地望着他，而他却已经拉着她走进了书房，并随手关上了书房门。

他将她按在了椅子上，转身从书架上取下来一本《内训》放在她面前："好好看。"

"我不看。"若影置气地靠在椅子上伸手将书推至一旁。

莫逸风看了她一眼后转身朝门口走去，伸手拉开书房门之时轻睨了她一眼道："两个时辰后我来验收成效。"

说完，他踏出了书房并关上了书房门，若影正要起身离开，却听他对外吩咐道："若是侧王妃离开了书房门一步，你们自己去领五十杖。"

门外的两个侍卫吓得急忙应声："三爷请放心。"

若影气得一脚踹在案几上，转身气呼呼地又坐了回去。他根本就是吃准了她不会让那两个侍卫为了她白受五十杖，她从来都是一个不愿意连累别人的人。

气恼地将《内训》置在面前翻开了一页，可是刚看了几句她便恨不得将书给毁了。书中内容果然如她所料，就是教女子如何循规蹈矩谨言慎行，如何为人妻、为人媳、为人母，都是些将女子的尊严践踏在脚下的书罢了。

莫逸风走到门口时仍是有些不放心，转身对周福交代道："好好看着侧王妃别让任何人接近，等本王回来，若是有人执意闯入，押入地牢。"

周福闻言吓得躬身垂下了头："是，奴才明白了。"

眼前人影消失，周福整个人都差点瘫软，他不知道莫逸风今日为何会如此，只知道方才他的神色骇人得好似要将人吞噬。

秦铭跟着莫逸风快马加鞭朝宫中弛去，一路上莫逸风都没有开口说话，秦铭自是不敢多言。

这段时间他每到夜里都偷偷潜入柳府，可是来了几次都未曾发现莫逸风所怀疑的东西。而今日他同莫逸风来到柳府，明则拜见柳蔚，实则为了能在白天去可疑之处查看，可终究一无所获。

直到先前莫逸风借机去了柳毓璃房间，在她的首饰盒下的一个暗格内找到了放在盒中的玉镯，虽然不知道是否如莫逸风先前所猜测的那般，可是终究要去查个究竟。

到了宫中的太医院门口，莫逸风突然脚步一顿，抬手抚了抚放在胸口的玉镯，神色有些凝重。

"爷。"秦铭走上前低唤了他一声，若是在此处逗留太久，难免会被人传到玄帝处。

莫逸风回过神来应了一声，抬眸看了看太医院的匾额，终是走了进去。

"三爷？"太医院中的太医一看见莫逸风，便立刻上前相迎。

莫逸风转眸看向刘太医，开口道："本王身子略有不适，所以想让刘太医替本王把把脉，不知刘太医现在可方便？"

刘太医闻言急忙道："方便、方便，三爷请进内室。"

第33章 那夜的真相

　　自从上一次未能确诊若影所患何疾，刘太医心中一直有愧，回来查遍了医书也未能找到像若影那般相似的病症，更是让他觉得自己医术未精。本以为莫逸风不会再信任于他，没想到今日还会亲自请他来探脉，这让他有些难以置信。

　　到了内室，刘太医亲自端上了茶水，躬身站在他面前小心翼翼地问道："不知三爷是哪里不舒服？"

　　莫逸风没有饮茶，抬眸看向他道："刘太医请坐。"

　　刘太医身子微微一僵，而后小心翼翼地坐到一旁，伸手将脉枕放在茶几上。

　　莫逸风在开口前转眸看向站在门口的秦铭，见他点了点头后站在门外替他们掩上了门，他这才开口道："刘太医，今日本王前来是想问你一事。"

　　"三爷请讲。"刘太医道。

　　"你可辨别得出这镯子上是何药？"莫逸风将镯子从衣襟中取出后递到他跟前问他。

　　刘太医双手接过玉镯，看了看莫逸风后放在鼻下轻轻一嗅，而后又试探地看向莫逸风，不知道他这次前来是何目的。

　　莫逸风抿唇沉声言道："天下疑难杂症数之不尽，刘太医不必为上次之事介怀，既然本王的侧王妃已无碍，此事便是过去了。这一次本王只是想要请刘太医帮忙辨认一下镯子上的味道究竟是普通的香料还是被上了药？"

　　刘太医闻言长长松了一口气，这才说道："回三爷，这镯子上的气味并非是普通香料，而是紫星草的味道。"

　　"紫星草？那是什么？"莫逸风眉心一蹙。

　　刘太医回道："紫星草是一味能迷失人心智的药，若是习武之人闻之便会有晕眩之感，从而无力抗敌，若是不懂武功的人闻之，轻则短暂神志不清，重则受人摆布。"

莫逸风大惊，转眸看向刘太医："你又从何确定？"

刘太医将玉镯递上后示意道："三爷请看，这个玉镯的珍珠虽然依旧表面光泽，可是浸泡过紫星草之后还是会染上一层浅浅的黄色，虽然不明显，可是细看之下还是能瞧得出。"

莫逸风接过玉镯之后细细瞧去，果真如刘太医所言，若非这般近距离及有目的地去看，根本无法看出玉镯的异常。

指尖一紧，他目光一寒："既然不懂武功的人闻到了会神志不清或受人摆布，为何你会没事？"

刘太医心头一缩，忙回话道："那是因为这个玉镯曾被人清洗过，紫星草的药已经干涩，药味也散得差不多了，所以下官才没有方才所说的迹象。"

莫逸风渐渐抿紧了薄唇，垂眸再次细看了手中的玉镯，眸色越发寒凉。

刘太医见他久久没有开口，他也不敢说任何话，只是静待莫逸风的吩咐。

良久，莫逸风轻启薄唇看向他："何处能得紫星草？"

"这……下官只记得这种紫星草是三年前的进贡之品，只有一株。因为三年冒土，三年成长，再过三年才能用，而且产量极少，所以极为珍贵。皇上听说紫星草还有安神助眠的作用，所以皇上便将它赐给了当时经常失眠的四爷。"刘太医回忆道。

三年前？莫逸风细细一想，那个时候他在外征战，也难怪不知此事。

将玉镯藏于衣襟内，他蓦地站起了身，走到门口，他突然顿住了脚步转眸看向刘太医，刘太医在撞上他的视线的那一刻，呼吸骤然一滞，慌忙躬身垂眸道："三爷放心，下官和兄长都会一心只效忠三爷。"

柳府

柳毓璃感觉从莫逸风离开的那一瞬间她的心里总是忐忑不安，特别是看见他对若影的态度之时更是让她心头像扎着一根刺，恨不得立即将它除去。虽然她已经中了冰蚊针，可是还没这么快死，而莫逸风对她的感情却似乎越发深了，所以若影无疑成了她的心头大患。

转眸便唤了春兰："春兰，你马上去联络上我们的人，让她照我的吩咐去做，不能再等了。"

春兰错愕地看向她，不知她为何这般心急，而柳毓璃已经无暇跟她解释，俯首在她跟前耳语了几句后便推着她出门。

柳蔚过来时正好看见柳毓璃在对春兰窃窃私语，而春兰则是满脸迟疑，当春兰从他身边经过之时，他不由得蹙了眉心，上前便问道："毓璃，你是不是想要做什么？"

柳毓璃看着春兰已经走远，目光一闪扯出了一抹笑容："爹，我一个弱女子，能做什

么？"

柳蔚的脸色却是一沉："我不管你要做什么，但是要知道分寸，那女子已经是三爷的侧王妃，身份非同往常，不管你以后是否能嫁给三爷，都要谨守本分，否则就算爹是兵部尚书都保不了你。"

对于这个女儿，柳蔚可谓是将她从小视如珠宝，可是她最近的行为实在太让他失望，为了一个男人竟是这般不顾身份纡尊降贵，却将一个备受宠爱的王爷拒之门外，当真不知道她是如何想的。

柳毓璃听了柳蔚的话，转身抬手折断了花枝，眉眼轻抬间竟是傲气："爹，你女儿我不会有事，三王妃我也当定了。"

就在这时，管家突然来报说三王爷求见，柳蔚父女二人皆是一怔，上午才来拜访，怎么没过几个时辰又来了？

虽是这般想着，柳蔚还是没有怠慢，立刻前去相迎，而柳毓璃自是喜出望外，抬脚便跟了上去。

"三爷……"

"柳大人，本王今日再次登门是要找毓璃说些事。"莫逸风开口便打断了柳蔚的话。

柳蔚转眸看了看柳毓璃，正想要拒绝，柳毓璃却是急忙开了口："正好刚才看见有几株花开了，上午没有瞧见，不如现在去看看。"

"也好。"莫逸风依旧神色淡漠得看不清喜怒。

眼看着两人朝花园中走去，柳蔚气恼地咬紧了牙，却又无可奈何。

"逸风哥哥你看，这花是不是很漂亮？"柳毓璃来到一株含苞待放的花前看向他问道。

莫逸风自是无暇欣赏，也不想再耗费时间，如黑曜石般的黑眸划过一道寒芒，看着她冷声道："那夜你说要将父皇赏赐给你的玉镯送给影儿当贺礼，可是后来我却从未在影儿房中看见那玉镯，你知道去哪儿了吗？"

柳毓璃笑容一僵，目光微闪，讪讪一笑："那夜侧王妃与我调换了身份，并且将玉镯套在了我的手上，我离开之时便忘了留下，想来侧王妃也不喜欢，后来也就没有再送过去。"

"如此说来，玉镯还在你这里？"莫逸风上前勾了勾唇角，笑容不达眼底，反倒更寒凉了几分，"那夜天色太暗，我也没看清楚，不知道现在能否让我看看？好歹是你的一番心意，稍后我帮你再转交给影儿。"

柳毓璃的脸色渐渐苍白，后悔刚才没说自己并未带走。咬了咬唇抬眸看了他一眼，他依旧温润如玉，只是身上却隐隐藏着一股肃杀之气。

"那玉镯……"她支吾着不知该如何圆下去。

"有何不妥？莫非毓璃又舍不得了？这可不像你，你可是一向宽宏大度的不是吗？"莫逸风轻笑，可是这声笑却让柳毓璃身子一寒。

"我怎么会舍不得。"柳毓璃抬眸看向莫逸风，再次讪然一笑，"只是那玉镯不知何时丢了，我让人找遍了整个屋子都没有找到，又怕被皇上知道了责罚，所以也没敢声张。"

"哦？"莫逸风轻笑，"那我与那玉镯倒真是有缘了，你找遍了整个屋子都找不到，我却在你房中找到了。"

"什么？"柳毓璃一慌。

莫逸风将手伸入衣襟，缓缓将玉镯取出呈到她眼前："是不是这个？"

柳毓璃吓得惊慌失措，原本想要否认，可是这玉镯独一无二，也不可能有仿品，她根本无从抵赖，只得支吾着问道："怎、怎么会在你这里？"

莫逸风笑容一敛："只是想要把玉镯看看清楚，也把你看看清楚。"

"逸风哥哥……你在说什么啊？"柳毓璃伸手想要去拿玉镯，莫逸风却突然指尖一收，她的动作便那样顿在半空。

"紫星草。"莫逸风轻笑，"柳毓璃，你当真是让我刮目相看了。"

"什么紫星草？"柳毓璃满脸无辜地望着莫逸风问道。

"你还想狡辩！"莫逸风沉声一吼，显然是怒极了，回忆那夜之事，他更是懊恼不该这般轻易地相信她，目光一敛，转身便要离开，柳毓璃却急忙上前拽住了他的手臂："逸风哥哥，你是不是误会了什么？我可以解释的。"

莫逸风手臂一扬将她的手挥开，转眸瞪向她冷声道："解释？事实摆在眼前，你还要做什么解释？"

"究竟发生了什么事？我真的不知道。"柳毓璃硬着头皮想要赌上一赌。

莫逸风凝眸一瞬不瞬地看向她，似要将她看透彻，可是为何越看越陌生？

"毓璃，究竟是什么让你变得如此处心积虑？"他一步一步地逼近她，直逼得她退无可退，"那夜你说为了给影儿送贺礼，我便纵容你去了新房，而你却事先将玉镯在紫星草的药水中浸泡过，你自己服了解药，便在我跟前打开了锦盒让我看，致使我久久未能恢复神志，你又将此玉镯拿去给影儿，致使她吸入了紫星草的气味，从而你才成功地和影儿互换了身份，最后还要诬陷是影儿所为是不是？"

柳毓璃彻底慌乱了，手心中尽是汗水，就在他寒凉的目光之下，她稳住思绪解释道："我想起来了，我的确是将玉镯在紫星草的药水中泡过，不过是因为听说紫星草有助眠的功效，这才试着将玉镯浸泡过紫星草药水后当做贺礼送给了若……侧王妃，我说的都是真的，还有互换身份一事怎会是我所为？我手无缚鸡之力，又哪里有这能耐？"

"没有这个能耐？"莫逸风冷冷一笑，"从你认识影儿至今，你伤她的还少吗？"

"我……"柳毓璃话语一噎，"我那是因为……"

"别说为了我之类的话。"莫逸风毫不留情地打断了她接下去的话语,"若是你诚心想要送这贺礼,为何当时不说有泡过紫星草药水?而且紫星草的药量远远超过了助眠的量,就连我这个习武之人都被迷失了心智,你要将这样的玉镯送给影儿,还要让我不怀疑你的动机?"

柳毓璃闻言脸色更是青白交加,脚步一踉跄,伸手紧紧抓住了一旁的花枝:"为什么你要怀疑我?你以前是最信任我的,为什么现在你要信她不信我?"

"为什么?你还要问我为什么?"莫逸风的眸中寒芒阵阵,不容她有任何闪躲,"你为何不是去反思一下自己做了些什么?"

柳毓璃还想要解释些什么,莫逸风抓过她的手腕将手中的玉镯重重放在她手心:"你应该庆幸影儿在那夜没有发生什么意外,否则……"

"否则如何?否则你会杀了我不成?"她颤抖着身子抬眸看着他,不敢相信眼前的人是她认识的莫逸风。

莫逸风微眯了双眸松开她的手腕,可是那黑眸深处却透着隐隐杀机。

他没有回答她的话,转身之际带出一股凉风,冷得她连心底都在发悚。

"我认识的毓璃可不是这般心肠歹毒的女子,别让我厌恶你。"话音落,他抬眸看向不远处匆匆赶来的人,冷哼一声提步离开,与他擦肩而过时连头都未回一下。

柳毓璃整个人瘫软在地,耳边尽是他的警告。

他说别让他厌恶她,他没有用恨,而是用了厌恶二字,她是彻底输了吗?

指尖紧紧地握着手中的玉镯,看着上面的淡淡药色,恨不得将它砸个粉碎,可是这偏偏是皇上所赐,她根本不能丢不能砸,什么都不能做。

就在这时,眼前出现一只宽厚的大手,上面布满了厚茧,是常年握着兵器所留下的痕迹。

柳毓璃心头一紧,又骤然一喜,抬起泪眼正要将手放进他手心,却在看见来人样貌之时骤然缩回了手。

"发现是我不是他,很失望?"莫逸萧掩藏起心疼的目光,深吸了一口气上前将她从地上拉起。

先前柳蔚派人去他府上找他,说莫逸风再度来找她,他便立刻赶了过来,却没想到看见了方才的一幕,也听到了他们二人所说的话。

柳毓璃甩开他的手,愤愤地瞪了他一眼:"你是不是很高兴?他这样对我你是不是很高兴?"

她抬手擦了擦脸上的泪痕,转身便要离开,却被莫逸萧拽住了手臂转过了身子:"你就是这么看我的?"

"是!你就是想要看我笑话,你就是想要看见我被他狠狠地践踏,这样你就得意了。"

第33章 那夜的真相 | 89

柳毓璃挣脱他的束缚泪眼朦胧地转身跑回了房间。

"毓璃。"莫逸萧看着她的背影，心骤然缩起。

柳毓璃回到房中正要关上房门，莫逸萧却突然闯了进来，并且反手关上了房门。

"你出去。"柳毓璃气得对他大吼一声。

"怎么，他能进来我却不能来？"莫逸萧也有些恼了，伸手拉住她的手腕夺过玉镯，"你跟我说近日一直失眠，寝食难安，我便将父皇所赐的紫星草给了你，还交代了紫星草的功效，你却用它来达到自己的目的，你为了他当真是什么都做得出，可是，你可有想过我的感受？你究竟把我当成了什么？"

柳毓璃踉跄着朝后退去，不敢对上他的视线。

当初她的确因为莫逸风要娶若影而辗转难眠，她父亲就派人去给她抓了几服安神茶，无意间说起莫逸萧处有皇上所赐的紫星草，也听到了紫星草的功效，她思虑再三，便想着用紫星草控制若影的神志，她再李代桃僵与莫逸风合欢，如此一来她便是莫逸风的第一个女人，也是三王府的女主人。

她知道只要她开口莫逸萧必定会答应，但是又怕莫逸萧会怀疑，所以才佯装失眠之症越发严重，连安神茶都难以治愈。果然莫逸萧立即拿出了紫星草给她，还叮嘱不可用量过多，否则会迷失人的神志。她以为一切都会十分顺利，却没想到吸入了紫星草药味的莫逸风还能认出她并非是那个女子。

思及此，她不由得苦笑，莫逸风对那个女人究竟是有多熟悉爱得有多深，竟然在那样的情况下还能保持清醒。若是当初的赐婚圣旨并非莫逸风所愿，那么在那夜他应该将错就错不是吗？可是他没有，当夜他慌乱得根本不像他。

"怎么不说话？"莫逸萧紧了紧她的手腕迫使她抬眸看他。

柳毓璃猩红着眼眸瞪着他怒道："说什么？跟你承认我有多失败？"

莫逸萧眸色一痛，她根本就没有将他放在心上，她满脑子都是方才离开的莫逸风，从来都没有他的存在。

可是他究竟哪里比不上莫逸风？他不过是比他多打赢了几场仗而已，不过是懂得用兵的莽夫而已。

"毓璃，你究竟要让我怎么做才愿意把你的心放在我身上？"莫逸萧垂眸看着她，眼底尽是无奈和痛心。

柳毓璃轻笑："你府上的女人都把心给了你，还差我一个吗？"

莫逸萧抿唇看着她，抬手将她的掌心覆上他的侧颜："只要你愿意嫁给我，我可以为你休了府上所有的妻妾，就算是父皇与我反目，我也愿意这么做。"

柳毓璃一怔，却又冷冷一笑："你与皇上为了我反目，岂不是还要连累我爹？而且就算是你休了所有的妾侍，可是那个和亲公主呢？就算她多年无所出，皇上还是没有答应你

贬她做妾,更何况是休妻。你们两个注定了要此生为夫妻,何必又来诓我?"

"就算她此生都是永王妃,可是我的心只给你一人,不管你在永王府是什么身份,你都是我最爱的那个,而且是唯一爱的那个女人。"莫逸萧伸手将她拥入怀中,恨不得将整颗心都掏给她看。

柳毓璃紧蹙了娥眉,抬手将他推开:"妾就是妾,就算你将来是皇帝,我也只能为妃不能为后,我将来的孩子也会是庶出。"

"难道你一定要嫁给他才高兴吗?就算嫁给他又如何?就算你做了三王妃又如何,他的心已经不在你身上,你就算嫁给他也不过是顶着一个王妃的虚衔罢了。"莫逸萧气得扣住她的双肩怒吼,恨不得让她马上清醒。

柳毓璃吃痛地蹙眉,却是紧紧地绞着他愤怒的目光道:"只要我做了三王妃,他的心和人都只会是我一个人的。"

"毓璃!"

"若是你当真这么爱我,你就该帮我达成所愿,而不是委屈我做你的妾。"柳毓璃抬眸瞪着他,也不怕自己的言语伤了他。

莫逸萧的一身炙热之情渐渐冷却,步履踉跄倒退了几步,而后缓缓转过身,手中的玉镯随手丢在桌上,手臂无力地垂在身侧,伸手拉开门,外面的光亮晃得刺眼,抬脚跨出门口,心痛如割。

柳毓璃见状正要上前,却又在门口顿住了脚步。

三王府

莫逸风匆匆赶到书房,见门口的护卫还在,长长松了一口气。

"侧王妃可还在?有没有人进去?"莫逸风问。

守门的护卫回道:"回三爷,侧王妃一直在里面,也没有人进去过。"

莫逸风点了点头,还好她还在,若是方才出了门,也不知道会发生什么事。就算是有人进去了,他还担心那丫头会动心思与人偷换了衣服就溜出去。可是当他正要走进书房时,却见两个护卫对视了一眼,一个似乎想要说什么,而另一个则是犹豫着摇了摇头。

"发生何事?"莫逸风生出了一丝警觉。

其中一个侍卫忙回道:"三爷,其实也没什么大事,只是有个小丫头担心侧王妃饿了肚子,便要给侧王妃送些点心。"

"小丫头?不是紫秋吗?"莫逸风沉声问道。

"并非紫秋姑娘,是平日里给侧王妃送换洗衣服的丫头。"侍卫道。

莫逸风微微蹙了眉心,突然心头一紧,立刻走进了书房。谁料刚走进书房,就看见若影轻阖双眸躺在椅子上一动不动,面前还有一盘糕点。

"影儿。"莫逸风疾步上前抚上她的面颊唤着她,而她不但没醒,反而倒在了他的怀中。

莫逸风吓得变了脸色,立刻对外大吼一声:"来人,快去宫中请太医。"

护卫吓得跌跌撞撞走进来,看见若影的模样,脸色瞬间惨白了,急忙道:"属、属下这就去请太医。"

就在两名护卫夺门而出之时,若影蹙了蹙眉抬手揉了揉眼睛睁开了眼眸:"吵什么?刚睡下又吵。"

两名护卫顿住脚步转身看向若影,吓出了一身虚汗,原来她是睡着了,不是被毒杀了。

莫逸风扯了扯唇,真不知道现在该说什么好,亏他一直为她担心,她倒是看着书都能睡着。抬手退下了两名护卫后放开她的身子没好气道:"看来你已经胸有成竹了,背给我听听。"

若影破罐子破摔地撑着下巴道:"没看。"转眸睨了他一眼,又道,"别指望我变成那些三从四德的女人。"

沉默片刻,莫逸风扬了扬眉:"好。"

就在若影诧异之时,只见莫逸风将那本《内训》放到书架上后又转身从笔筒中取出了一把戒尺。

若影戒备地立刻站起身躲到了案几另一侧:"你又想动私刑?"

"你不想受罚也可以,那只能让门外的两个人去领五十杖了,若是当真死在杖下,你也不必内疚,毕竟为你这个主子而死也算是死得其所。"莫逸风淡声说着,轻叹一声正要将戒尺放入笔筒,余光却看见若影悄悄地将手背在身后摸了摸臀部,仿若将要受杖责的是她一般。

"行行行,算你狠。"若影气恼地上前伸出了左手,真不知道自己究竟走了什么霉运,竟然会遇到这么一个大权在握的王爷。

"右手。"莫逸风悠悠说道。

若影蓦地瞪大了眼眸,紧咬了牙关恨不得将他咬死,可是无奈之下还是伸出了右手。

酉时,若影原本气恼得不想再去用晚膳,可是自己的肚子却饿得直打鼓,莫逸风也像是故意的,不但不让她吃那盘点心,还将点心全撤走了,现在她为了填饱肚子就不得不拖着乏力的步子朝用膳房而去。

岂料就在这时,地牢处被带出了三个人,两个是护卫,她不是太认识,还有一个就是每日给她送换洗衣服的丫头,他们三人正被人押着出了三王府。

"他们怎么了?"若影转眸问道。

紫秋摇了摇头："奴婢也不清楚。"

就在这时，红玉上前说道："奴婢听说这几个人是细作，总是拿咱们府上的事儿去告密，就是不知道他们是去告诉谁。"

若影微蹙了眉心，第一个想到的就是莫逸萧。他与莫逸风如今处于对立，在三王府安排自己的眼线也是情理之中的事，说不定莫逸风也在永王府安排了眼线，可是那个小丫头能做什么？她看起来不过十三四岁罢了。

心事重重地去了用膳房，莫逸风早已等着了，手中还拿着书卷，仿佛已经习惯了等她。看见她过来，他这才将书卷放到一旁，而后命人将菜都端了上来。

"那个小丫头为什么被押出府了？她犯了什么事？"若影心中好奇，也忘了恼她对她用戒尺一事。

莫逸风轻哼道："因为她给你送了糕点。"

若影刚坐下拿起筷子，手上疼得筷子又掉在桌上，而听到他这般一说后更是变了脸色："就为了这事你就要将人赶出去？难不成有人心疼我怕我饿肚子都不行？"

莫逸风拿起筷子将菜夹到她碗中，不紧不慢道："你有我心疼就够了，不需要旁人。"

若影脸色一沉，抬手将通红的掌心面向他没好气道："是啊，心疼，真的很疼啊！你让我怎么吃饭？"一想到她做好了让他打左手的准备他却执意要打她右手，她心里便更是恼火。

莫逸风却轻笑着放下自己的碗后将她的碗端起来，而后从碗中挑了一块饭到她唇边。

若影语塞，他倒是跟没事人一样。

"紫秋，帮我拿汤匙。"若影瞪了她一眼转眸吩咐道。

紫秋看了看她，又看了看一旁的莫逸风，见他始终抬着饭碗要亲自喂她，又哪里敢去拿汤匙。

若影深吸了一口气，当真是有种任人鱼肉之感。而她的肚子也在此时不争气地响起，转眸看向莫逸风，他依旧是那似笑非笑的表情，恼得她咬牙切齿，却还是没骨气地张嘴吞下了他喂的饭。

晚膳过后，若影便闷在房间里，虽是不情愿，还是让紫秋给她涂着能快速治愈伤口的金合散，只希望快点好了之后可以摆脱强行被喂食的日子。当然，还有她的大事。

月夜下，莫逸风站在书房前的院中望着墨色夜空，心头终究是沉重的。

"爷。"秦铭上前躬身抱拳。

"都处理干净了？"莫逸风没有回头，只是淡淡开口。

"是，所有的细作都已处理干净，连皇上的人也没留下。"秦铭虽然不知道为何莫逸风会如此急切地处理掉那些早就安插在三王府的眼线，但是对于莫逸风的命令他从来都不会有半点怠慢。

莫逸风点了点头:"侧王妃睡下了吗?"

秦铭一怔,而后回道:"方才见紫秋从月影阁出来,应该是已经睡下了。"

"下去吧。"莫逸风收回目光隐隐低叹,负手转身向着月影阁而去。

秦铭望着他离开的背影,方才的疑惑似乎已经明了。

永王府

萧贝月端着一碗亲自所熬的羹汤来到了莫逸萧的房门口,可是她却不敢进去。自从他回来后便一直将自己锁在房间里,谁也不敢去敲门,他连晚膳都未用。但是她又担心他的身子,所以在厨房内一边为他熬汤一边心里挣扎,却终是来到了他的房门口。

"四爷。"萧贝月在房门口轻唤了他一声。

里面一片寂静,若非灯火还亮着,她定是以为他已睡下。

垂眸看了看手中的羹汤,终是下定决心推了房门。可是一走进去,满屋子的酒气便扑鼻而来。她蹙了蹙眉,心却阵阵收紧。每一次他会如此都只因为一个人。

关上房门将羹汤放置在桌上,走到床边看着和衣歪倒在床上的莫逸萧,她俯身轻唤:"四爷。"

见他依旧没有动静,她便再也不敢去叫醒他,伸手为其脱了鞋,而后又去解他的衣服想让他睡得更安稳些。

谁知就在这时,莫逸萧缓缓醒了过来,看着近在咫尺的面容,他突然扣住她的后脑翻身将她扣在床上。

萧贝月未曾准备,吓得惊叫出声,却又戛然而止。

莫逸萧俯首望着她,良久都未言语,可是眸中却带着万千情愫。她从来都没有看见过这样的他,带着不甘、无奈、心疼和悲凉。

他迷离的双眸亦是带着浓浓的深情,是她所渴望的对视,却又感觉并非是属于她的。

"四……唔……"就在她要开口之际,莫逸萧突然封住了她的唇,气息炙热,动作轻柔。

他扬手挥灭了烛火挥落了罗帐,即使再寒凉的天气,有他的温柔她便足矣。

两人谁都没有说话,他的心思似乎全在她的身上,就在她沉迷之时,他俯首吻过她的耳际,动情地唤了她一声:"毓璃……"

萧贝月骤然睁开了双眸,心猛地一缩。

"我就知道你不会这么狠心,我就知道你一定会来,你心里还是有我的对不对?我就知道……"他顾自说着,却没发现承欢之人除了本能的反应外整颗心都如坠入了万丈深渊。

身上依旧是他密密麻麻落下的吻，可是她却感觉心在阵阵撕裂，眼角一股热泪淌而下，瞪大的双眸望着帐顶已是空洞一片。

她不明白为何她对他的心他永远都看不到，多年的夫妻为何依旧无法得到他一丝一毫的情，哪怕是怜悯都不曾有过，他对她除了两国邦交之情还有什么？可是她对他却早已超乎了男女之情，她将他视为家人，视为一生的依靠，视为一生的挚爱。

莫逸萧，萧贝月，名与姓相连，注定一生姻缘，这是众人所传，也是她认定的良缘，可是为何偏偏多年夫妻之情换不得他的一次回头？

她不计较他妻妾成群，不计较他有青梅竹马，只希望她在他心里能有一个角落，可是如今看来这终是她的奢望。

翌日

当莫逸萧宿醉醒来发现身旁睡着的是萧贝月时，整颗心都跌落到了谷底。他昨夜明明看见的是她……那个他最爱的女子，可为何醒来之后却变了样？

看着她的睡颜，莫逸萧紧握了拳心，愤然掀开被子下了床，匆匆穿上了鞋子。

萧贝月虽是全身疲惫，可终是被他的大动静给惊醒，见他比她先醒，她慌忙地坐起身："四爷，妾身给您更衣。"

刚要掀开被子下床，身上却传来一阵凉意，垂眸看去，她惊叫一声急忙提起被子裹住了自己身子，脸顿时烧红起来。

莫逸萧看着她的样子更是恼怒，死死瞪了她一眼警告道："以后没有本王的允许不要进本王房间。"

萧贝月心底一寒，抬眸看了看他满是怒意的容颜，咬了咬唇低哑着嗓音应声："是，妾身记住了。"

莫逸萧穿戴好之后便立刻离开了房间，在萧贝月看来对她的存在是那般厌恶。

三王府

若影顺着水榭游廊漫无目的地走着，总觉得这个三王府中哪里不一样了，可是又不知道是哪里不一样了。看着那廊下微微泛起的水波，她的心似乎也比以前静了几分。

蹲下身子趴在游廊旁的护栏上，看着水面视线开始涣散。

莫逸风对她一直以来都很好，虽是皇上赐婚，可是从未像莫逸萧对萧贝月那般不冷不热的态度，有时候甚至会与她置气，却又在她不理不睬之时主动靠近，或者直接对她用上了家规。

就比如前夜里，她为了避开莫逸风不让他知道她冰蚊针的毒性发作，便躲去了原先叫做毓璃阁，如今叫做寒梅阁的禁地，直到未时全身虚软地从寒梅阁走出来时，才发现莫逸风竟然惊动了全府的人里里外外搜查。当看见他苍白着脸色站在禁地门口之时，她笑着倒在了他的怀中，却在第二天醒来之际被他狠狠教训了一顿，他只以为她又贪图玩乐才去了禁地，却又被吓得衣衫被冷汗浸湿。而他那训人的态度就像是为人父为人师。可越是这样，她发现自己越是无法舍弃他。

有时候人就是这么矛盾，明明可以将实情告诉他，一切都是柳毓璃所为，可是她又顾忌他会为她担忧而将话咽了下去。既然目前无药可解，她又何必看他束手无策而懊恼的模样？

而这几日她也常去永王府，看着萧贝月的样子，她难免带着怜悯之情，萧贝月是那么美好的女子，只可惜痴心错付了。

也就是在这一来一回，两人也开始熟稔起来，就连玉如心也将她当成了自家姐妹。玉如心虽然一心想要得到莫逸萧的心，但性子倒是直爽，所以对若影的探问都是有问必答，故而使得她了解了一些她想要知道的讯息。

听说今日莫逸萧被传召进宫与玄帝一同用膳，看来会很晚才能回来，思量之下她必须要今夜行动了。

可是……要一个人去？

想了想，她发现也只能独自前往。莫逸风是绝对不能让他知道的，否则他根本不会答应她深夜去永王府，紫秋又不懂武功，去了反而束手束脚，这般一想，她终是做了决定。

莫逸风近日来似乎一直在与秦铭还有莫逸谨商议着什么大事，从莫逸谨口中得知好像是与莫逸风上次清理门户有关，不过具体事宜他们也不便告诉她，她也就没有细问，这些政事她没有兴趣也帮不上忙，不过重点是她知道今夜莫逸风和秦铭、莫逸谨商议之后莫逸风又会到子时才会回房，那么从她用好晚膳到子时之间便有几个时辰去永王府查探冰蚊针的解毒之法。

时间虽然紧迫，但有胜于无，且今夜的机会实在难得，错过了可能又要等上好久，可是她当真是受不了冰蚊针发作时带给她的痛苦了。

正准备起身，却在看见水中的倒影时突然生出一丝相似的情景，似乎在儿时她便总喜欢看水中的倒影，又似乎在梦境中还看见过水中的倒影除了她之外还有另一人，可是再要细想却又怎么想都想不起了。

第34章　夜探永王府

　　不过若影看着水中的倒影，竟是突生一股怜悯，却又感觉庆幸，还好她遇到的不是莫逸萧。

　　就在她沉思之时，耳边传来熟悉的脚步声。当脚步逼近耳畔，她眼波悄然流转，脚步停下的一瞬间，她蓦地站起身，果真是将来人吓得眸色一怔。

　　"哈哈哈……你也有被吓到的时候。"她兴味十足地看着他笑得前俯后仰，眼中满是得意之色。

　　紫秋见状也忍不住笑出了声，又悄然退后几步。

　　莫逸风手中还执着方才从自己身上解下想要为她披上的披风，见她如此模样，不由得无奈摇头轻笑："过几日可能要下雪，你若是再敢只穿着这些出来，我就让你连笑的力气都没有。"

　　他的唇角依旧笑着，给她系上披风的动作也极其温柔，可是那眸色中却透着不许她胡闹的认真。

　　若影很是无趣地撇了撇嘴："就知道威胁我。"

　　莫逸风勾了勾唇角没有言语，只是在看见她鼓着嘴的模样加深了唇角的笑容时，拉着她的手道："走吧，若是你还有力气，陪你出去逛逛。"

　　"我不出去了，你自己一个人出去吧。"若影轻哼着甩开他的手，转身作势要回房。

　　莫逸风淡淡睨了她一眼，笑言："也好。"

　　若影脚步一顿，转身望向他，他竟然当真自己要出门了。他出门去逛，她要待在房间？

　　一咬牙，干脆厚着脸皮又跟了上去。

　　"怎么不回房歇着？"莫逸风淡声问着，却没有一丝惊讶之色，仿若她的举动都在他的意料之中。

若影没好气地哼了一声："看你孤家寡人出门甚是可怜，就陪你出去逛逛。"

身后的紫秋扑哧一笑，莫逸风转身朝紫秋摆了摆手，紫秋躬身一礼退了下去。

若影见他又负手而行，低哼了一声后将自己的手置于他掌心，莫逸风浅浅勾唇，将她的手紧紧握住垂于身侧。看了他的这个反应，她这才满意地弯起了唇角。

朝阳国当真是个富庶的国家，集市总是这般热闹繁华。若影感觉每次出来都会有不同的感受，似乎连买卖的商品都总是让人耳目一新。而最让她欢喜的就是这个业城的美食，就算每次出门从街头吃到街尾她都不会厌烦。

"在府上也没让你饿着肚子，怎这般饥不择食？"莫逸风无奈地看了她一眼，闻着她所吃的那东西便蹙了眉。

若影将竹签上的一块臭豆腐咬了一口，又看了看手中用荷叶包裹的臭豆腐，转眸看向他含糊不清地说道："什么饥不择食，这可是人间极品，臭豆腐上还有荷叶的清香，我从来都没吃过这么好吃的臭豆腐。"

莫逸风扯了扯唇角，这种熏人的臭东西也亏她吃得这般津津有味。

"极品？的确是极品，臭中极品。"莫逸风轻哼一声将脸侧到一旁，分明就是在嫌弃她的"美食"。

若影看着他这般嫌弃的模样，眼珠一转，将吃剩的那半块臭豆腐递了过去："你吃吃看，真的好吃极了。"

莫逸风拧了拧眉，又将脸转过去了些，还抬手以拳抵唇低低一咳。

"吃吃看嘛。"若影似乎故意要跟他作对一般，走到他跟前将那半块臭豆腐递到他唇边。

"自己吃。"他能容忍她在他跟前吃这种东西就不错了，她竟然还要逼着他和她一起吃。

若影见他如此，似乎更是来了兴致，他越是躲她越是要喂，也不顾旁人投来的异样目光，倒是莫逸风显得极其局促。就在他们一个喂一个躲之际，身后突然传了一声冷叱："伤风败俗。"

若影转身望去，却见柳毓璃带着春兰也在逛集市，而方才那一声冷叱分明就是春兰的。

柳毓璃的眸中尽是难以置信，又带着一抹伤痛，更是在看着若影之时满是恨意。

若影蹙了蹙眉，缓缓收回了手。

岂料就在这时，手腕突然一紧，抬眸望去，莫逸风竟是扣着她的手腕就着竹签咬住了那半块臭豆腐，脸上未见喜怒，可是手腕处传来的刺痛却似乎在传递着他的情愫。

待到他放开她手腕后，她无声地看着空空如也的竹签，没有去看他，反而朝方才柳毓

璃站着的方向看去，却看见柳毓璃泪眼婆娑地转身匆匆离开。

若影深吸了一口气，低眸看着手中剩下的几块臭豆腐，却再也没了胃口。再抬头看向莫逸风，却见他蹙眉看着柳毓璃的背影，眸中情绪不明，然而她的心却渐渐下沉。

低眸间自嘲一笑，合上荷叶，没有言语。

"怎么不吃了？"莫逸风低眸问道。

若影轻笑："你们吵架了？刚才你的行为不怕她生气吗？"

也不知自己是怎么想的，明知道不该问，可是她还是问了。然而问了又如何，不过是将原本已渐渐愈合的伤口再度撕裂而已。

可是他的表现不就是如此吗？若非和柳毓璃闹别扭，他又舍得在她面前与她如此亲昵？

这几日她一直呆在三王府，而他又待她太过温柔备至，她甚至忘了这个世上还有一个柳毓璃，他的青梅竹马，他的挚爱。短暂的遗忘终究是要回到现实，而她也该醒了。

许久没有得到他的回应，她试探着抬眸望去，果真看见他蹙眉凝视着她，带着一股恼怒的情愫。

她看不明白他为何会有如此神色，或许是他觉得她不该问过多他和柳毓璃之间的事情。紧了紧指尖，她正欲转身离去，却被莫逸风突然拉住了手臂，她回眸看去，却见他怒意更甚："以后不要这么自以为是。"

若影身子一僵，再次抬眸看向他时已是眼眶泛红。

自以为是？她的确是自以为是了。自以为是地认为只要守在他身边全心全意地付出，他的心终是会回到她身上。自以为是地将最痛的事情压在心底，只为了不让他为她着急难过。自以为是地认为只要她不给他添麻烦，他就不会嫌弃她一无是处。

可是她似乎错了，他是那般死心眼的一个人，喜欢了谁怕是此生不会变了，而他喜欢的从来都是柳毓璃，没有她若影，所以他此生中不会有她的存在不是吗？

缓缓将手臂从他的手中抽离，很庆幸自己没有流下一滴眼泪，只是感觉心凉得很，哪怕暖阳照在她的身上，她依旧感觉不到一丝温暖。

"影儿。"莫逸风心头一紧，疾步走到她跟前，就在她顿住脚步的那一刻将她拥在怀中，心慌乱不堪："我不是说你自以为是，我是说，事情不是你想的那样，不要胡思乱想。"

她微微一怔，抬起泛红的双眸看向他，却怎么也看不透他现在究竟是为哪般。

看着她的双眸，莫逸风感觉心口一滞，刚才看见她带着失落、绝望、悲痛的神色转身离开，他竟是感觉自己的心上像是被针穿透。事情怎会这样？他竟是患得患失至此。

就在这时，耳边突然传来一声唏嘘："三弟，想不到你也会有情难自控的时候，这大庭广众之下竟是搂着一个哪家的夫人不放手。"

第34章 夜探永王府 | 99

听到熟悉的声音，若影转身望去，果真看见莫逸谨正打趣地看着他们二人，见到她转身，还故意做出一副吃惊的模样："原来是影儿啊，我还以为三弟这么快就有新欢了，正准备上府上向你告状，没想到是一场欢喜一场空了，真是无趣。"

"二哥。"莫逸风唤了他一声。

若影看了看他，一想到自己如今的模样，又立刻垂下了头。

"这是怎么了？难道三弟又欺负你了？"莫逸谨见状蹙了眉，抬眸带着一丝质问的神色望向莫逸风。

莫逸风抿了抿唇，却不知道该说些什么，只是垂眸看向若影。

若影扯了扯唇角，将手中的臭豆腐递了过去："二哥要吃吗？"

"原来你喜欢吃这东西，还真是与众不同。"莫逸谨笑着接过手，"一般姑娘家可不会吃这种臭烘烘的东西。"

"不吃拉倒。"若影正要去夺回来，莫逸谨突然转身避开，直接用手拿起一块送入口中，而后笑着说道："谁说我不爱吃，这可是我的最爱，只可惜总是被父皇说难登大雅之堂。"

莫逸谨转眸又看了看莫逸风后轻笑道："对了，这一点三弟和父皇还真是像极了。"

若影抬眸看向莫逸风，见他正没好气地瞪了莫逸谨一眼。

其实在她看来，众多皇子之中也的确是莫逸风最像玄帝，无论是他们的神态还是处事风格，抑或口味都是如出一辙。只可惜最像的两个人却因为一个生命中最重要的女人而水火不容。

"对了，刚才你们在做什么？是情难自禁吗？怎么在大街上就搂搂抱抱起来了？"莫逸谨看向他二人，眸中透着一丝玩味。

莫逸风抿唇睨着他，似乎在责怪他的口无遮拦。若影却是被莫逸谨说得面色一红，轻斥道："谁搂搂抱抱了，只不过是你三弟碰到了老情人情难自禁，抱不到别人就来抱我了。"

话音落下之际，她瞪了莫逸风一眼后转身便朝前走去。

莫逸谨急忙跟上了她的脚步，且看向紧跟其后的莫逸风打趣道："还有这等事？不过三弟的老情人可多了，不知道你说的是哪一个？"

"二哥。"莫逸风低唤了莫逸谨一声，视线却落在若影身上。

若影看向莫逸谨张了张嘴，随后又蹙眉望了莫逸风一眼，最后又将视线落在莫逸谨身上："比你还多？"

莫逸风脸色一沉，莫不是她还真信了？

莫逸谨无语地扯了扯唇角："我可没有什么情人，要是有的话……"他不怀好意地打量了若影一眼，而后道，"你算不算。"

莫逸风闻言脸色更是铁青，正要开口训斥，若影却先开了口："二哥真是口无遮拦，也不怕惹人非议，改日我去找父皇的时候定要将你今日的话说与父皇听，看父皇怎么教训你。"

"唉……我只是说笑的，可不能将这状告到父皇那去，父皇这几日已经是对我极其不满了，若是你再告我一状，说不定我就要被禁足在府上思过了。"莫逸谨无奈道。

莫逸风自是知道他是在说笑，便也没有再与他计较，只是听了他的话之后禁不住浓眉一蹙："父皇对二哥不满？"

说话时，三人已经来到了宝玉轩茶楼，小二自是认得这几位常客，便将他们带去了他们常去的雅间。

莫逸谨待小二退出去之后才道："这几日四弟上朝都魂不守舍的，你也看见了，让他办的事情都没有办好，父皇自然是动怒了，可是在朝堂上为了顾全他的面子，都没有训斥他，退朝后便总是召见四弟，可是听说父皇在召见四弟之后在御书房内大发雷霆，而四弟依旧是那个样子，所以我们这些池鱼便遭殃了。"

说到此处，若影不由得好奇："你四弟每日里魂不守舍，与你们何干？父皇为何要迁怒于你们？"

莫逸谨轻叹："前几日父皇让我代替四弟去监工修堤坝，谁知堤坝刚修好，翌日又遭遇洪水坍塌了，父皇便震怒了，还扣了我半年的俸禄，可是堤坝再次坍塌也不是我的事情。"

"难道是莫逸萧从中作梗？"若影试探地问。

莫逸谨摇了摇头："今日调查后的结果是因为之前有官员贪污受贿偷工减料，又在修好之后再次遭遇洪水，坍塌也是意料之中的事情。可是父皇并不听这些，贪污官员被查办之外我半年的俸禄照扣，四弟则是罚他半月无需理会政事，让他自己在府上反思。如今许多事情都交给五弟去办了。"

说到此处，莫逸谨摇头轻叹，"我多么希望能和四弟换一换，没了这半年的俸禄，我可是要喝西北风了，所以以后……"莫逸谨看了看他二人笑言，"以后我可是要去三王府蹭吃蹭喝了。"

若影撇了撇嘴没好气道："一个王爷没了半年的俸禄就哭穷？你随便变卖府上的一个花瓶就够你吃一年了。"

"一个王爷沦落到变卖家当，也不怕被人笑话。"莫逸谨端起茶杯轻哼道。

"死要面子活受罪。"若影轻哼。

可是自始至终都没有听到莫逸风说一句，若影不由得好奇，转眸看向他，果真见他若有所思地望向窗外，目光涣散。

若影心头一紧，也不知道他是在想方才离开的柳毓璃还是在想莫逸谨的话。但是仅仅这般想着，她心里都不是滋味，轻哼一声拿起桌上的糕点塞入口中。

或许是吃得太急了，竟是突然呛到了，剧烈咳嗽得眼泪在眼眶中打转。

莫逸风回过神后拿起桌上的茶水送到她唇边，一手在她背上顺着气，蹙眉责备道："怎么吃东西总是这么急？"

莫逸谨看着他们二人，默默地收回了方才踏出去的脚，原本要给若影的茶水也只得顾自饮用起来。

好不容易缓过来，若影只觉得嗓子都有些刺痛，桌上的糕点也不敢再吃了，转眸看向莫逸风，又立刻收回了视线，伸手将茶杯推了回去。

"三弟，你究竟把影儿饿了几天了？瞧她刚才那狼吞虎咽的样，莫不是三王府也如此拮据？"莫逸谨再度开口时，又换上了桀骜不驯的笑容。

若影擦了擦嘴角没好气地瞪了他一眼："是啊，很拮据，所以二哥还是选择变卖家当吧，别随便到别人家蹭吃蹭喝，你那食量可是会吃垮我们三王府的。"

我们三王府？莫逸风错愕地转眸看向若影，而后不着痕迹地勾起了唇角。

莫逸谨正要开口，若影突然想起了什么，不由得问道："不过……既然父皇要让四爷思过，为何今夜还要召他进宫一同用膳？"

莫逸风勾了勾唇角淡声道："父皇自然是要以父亲的身份去教训自己最器重的儿子。"

若影闻言一怔，当她再次看向莫逸风时，发现他的笑容中带着苦涩和悲凉。

她低眸沉吟了片刻，方想起莫逸谨说玄帝暂时不让他和莫逸萧处理政事，却将事情都交给了忠厚老实的莫逸行，独独没有想到他还有莫逸风这么一个出类拔萃的儿子。也难怪莫逸风会有刚才的反应，这事想来换谁都不太好受吧。

看来她刚才是误会他了，她以为他是在想柳毓璃，可是她却忘了他是一个龙子，他的事情岂止是儿女情长？

"对了，影儿，你上次为何会突然问我冰蚊针一事？莫非……"

若影脸色一变，立刻打断了他的话："二哥，既然你近日心情不好，不如来三王府陪陪我家相公如何？今夜我让人准备酒菜，你们把酒言欢，莫谈那些不愉快的事情。"

"冰蚊针？"莫逸风一怔，转眸看向若影，"为何会突然问起冰蚊针？"

若影垂眸咬了咬唇，沉思片刻，抬眸笑言："只是听说，所以就好奇一问，难道你也听过？那你又是否知道中了冰蚊针之后要如何才能解毒？"

莫逸风轻抿了薄唇，见她如此模样也没有怀疑什么，只是淡淡回道："我也只是听二哥说起过，似乎是四弟的师父研制的暗器，中了冰蚊针之人会痛不欲生，也无药可解，至于解毒，恐怕连四弟也未必知道。"

"你懂那么多，也不知道如何解毒如何取针吗？"若影抬眸试探一问。

莫逸风没好气道："我又不是神仙，岂会样样精通？那东西见都没见过，如何知道取

针解毒之法？"

"难道如果连永王都不知道的话就无药可解了？"若影心头一沉。

莫逸风摇了摇头："四弟的师父早已因为四弟背叛师门而失踪了，所以这个世上也无人能解冰蚊针之毒。"

"啊！"若影手中一晃，热茶尽数倾洒在手背上，立刻被烫红了一片。

"怎么这么不小心。"莫逸风忙帮她擦去了手背上的热茶，而后又命小二取来了冷水，好一会儿才消了红印。

"做什么关心那些事，四弟从他师父那里盗回的冰蚊针听说也就几枚，难不成你连那东西都想要？"莫逸风看向她的手背，见不再红肿，这才将她的手放开问道。

若影苦涩一笑："我只是好奇而已，没见过就觉得新奇。"

方才她当真是希望莫逸风知道如何解毒如何取针，这样一来她就可以告诉他，她已经中了冰蚊针，可是事实证明她当真是不该说。

莫逸谨凝眸望向若影，好奇道："瞧你这失望的样子，若是你当真这么喜欢，改日我去永王府帮你盗来送与你便是。"

"二哥，你别跟着她胡闹。"莫逸风立刻开口阻止。

莫逸谨笑了笑，未语。

若是她当真想要，只要他有，他就给。若是他没有，他就想办法去得到。

若影暗叹一声，低眸苦涩一笑，再次抬眸时，眸中已是一片透亮，望着莫逸谨笑容璀璨："还是二哥最好，处处都想着我。"

莫逸风闻言面色一沉，转眸瞪了笑容渐深的莫逸谨一眼，抬手端起茶水送到唇边有些愤懑地一口饮尽，岂料自己也被呛得面红耳赤。

若影和莫逸谨一怔，转眸看向他时瞬间笑开。

酉时，莫逸谨应邀来到了三王府用晚膳，那脸上的笑容从入府便没有消失过。莫逸风淡淡地扫了他一眼，脸上虽然没有什么不悦之色，但是也没看出有多欢喜的样。

"三弟，你似乎不太高兴，莫非不欢迎二哥？"莫逸谨明知故问道。

莫逸风扯了扯唇："二哥说笑了。"

话音落下之际，转眸又扫向一旁为他们斟酒的若影，不知道她今日为何对莫逸谨如此热情，以前虽然她也喜欢莫逸谨，也没见她这般热情招待过，竟然还特意命人去二王府请他前来一同用晚膳。

"二哥，你尝尝这个特制女儿红，是幻儿姑娘特意命人送来的，也是幻儿姑娘亲自酿制，听说酒量不好的人三杯即倒。"若影笑言。

莫逸谨错愕道："幻儿姑娘送的？这还真是奇了。"

若影睨了一旁的秦铭一眼后笑道:"那还真是托了秦护卫的福。"

"哦?有什么我不知道的?"莫逸谨笑得意味深长。

秦铭闻言面红耳赤,支吾着看向若影:"侧王妃,您就别说笑了,幻儿姑娘是要将美酒献给咱们爷的。"

若影扬了扬眉:"你是说……幻儿姑娘对三爷一见钟情了?三爷还真是艳福不浅,果真是比二哥还有本事。"

莫逸谨扯了扯唇,刚要开口,若影却转眸对莫逸风道:"三爷,你也尝尝幻儿姑娘亲自献给您的美酒,美人送美酒,该是酒不醉人人自醉了。"

莫逸风一噎,视线落向一旁的秦铭,虽是未怒,却看得秦铭心底一寒。

"秦铭,不如你也坐下一起喝,就当陪二爷和三爷。"若影命紫秋添了一副碗筷,与此同时看见了紫秋神色的异常,不由得笑容一滞,转而低声道,"紫秋,你下去休息吧,这里没你的事了。"

紫秋抿唇福了福身子退了下去。

秦铭站在一旁支吾道:"属下不敢。"

"什么敢不敢的,今夜就当是家宴,庆祝咱们的二爷蚀财消灾。"若影笑着举起酒杯,"我先干为敬。"

"不准喝。"

就如预料的那般,当她刚将酒杯送到唇边之际莫逸风扣住她的手腕立刻出声制止,又从她的手中夺过酒杯置在桌上。

"可是……"若影故作犹豫地看了看莫逸谨,而后笑言,"那我以茶代酒。"

见若影果真是让下人为自己倒了一杯茶,莫逸谨蓦地沉声笑起:"看来影儿还是事事顺着三弟,三弟可真是好福气。"

莫逸风微微一怔,转眸看向若影,却见她若无其事地笑着,平日里哪里见她这般顺从,也不知道今夜是怎么了。

秦铭最后还是听从了莫逸风和莫逸谨,坐下与他们一起用了晚膳。而苏幻儿送来的美酒也当真是酒中之极品,只不过不胜酒力的秦铭才喝了三杯便不省人事,莫逸谨和莫逸风的酒量一开始旗鼓相当,可最后还是莫逸谨败北,趴在桌上就再也唤不醒了。

不知是因为今夜的若影太过不寻常,还是他想得太多,一顿饭下来莫逸风从始至终都注意着若影的一举一动。但是在她不停地斟酒下,他还是喝了不少,待莫逸谨趴下后他也有些昏昏沉沉。

若影命人将秦铭送回了房,又将莫逸谨送去了客房,最后她亲自扶着莫逸风来到了他的雅歆轩躺在床上,看着他双颊绯红眼眸紧阖,她替他盖好被子后落下了帐幔。

站在他床前片刻,见他没有醒来,她这才转身离开了房间替他掩上房门。

她回到房中后立刻换上了夜行衣，又在腰间别上了小竹筒和些许迷香，是她前几日准备的暗器，如今她虽然动作依旧敏捷，可是已经不能动真气，终究是不能抗敌的。

打开房门又轻轻掩上，环顾了四周避开护卫巡逻的时辰，随后悄然从王府后门走了出去。

月色下，她站在永王府墙外，侧耳听到有巡视的护卫经过，她静待片刻，终是等到护卫都离开了，这才从永王府外翻墙而入。

可是翻墙终究是动了真气，那根冰蚊针好似立刻扎入了她的心脏，疼得她缩在墙角处满头皆是冷汗。

抬眸望了眼夜空，她知道时间不多了，若是再耽搁下去想必莫逸萧就要出宫回府了。到时候若是被他发现她出现在永王府，说不定会把罪名扣在莫逸风头上。

思及此，她深吸了一口气忍住剧痛扶着墙站起身。

好在方才她只是翻墙没有打斗，所以疼痛并未持续许久。

前段时日一直来往永王府，所以她对这里也基本有了了解，否则像永王府这么大的府邸，想必是能绕进来却绕不出去了。

凭着记忆，她一路上避开了巡视的护卫和夜起的奴才顺利地来到了莫逸萧的房间外。转身环顾了四周，见无人经过，她这才小心翼翼地推开房门走了进去。

可是房间里面没有掌灯，漆黑一片根本无法辨清楚方向，而她对黑暗的恐慌也丝毫没有退却，所以在关上门的一刹那，她整个人又像掉入了无底深渊，额头不停地沁着冷汗，双腿也再也迈不开步子。

深吸了一口气，她僵硬着身子从袖中取出了一个火折子，颤抖着打开盖子用力在顶端吹气，总算是有了些许光亮，她的心也安定了下来。

可是也因为有了光亮，她的危险也增加了几分，所以她必须要抓紧时间。

脚步依旧虚浮，但她已经顾不得许多，蹒跚着来到房间中央环顾四周，可是这里根本没有可藏解药之处，就连医书都没有。

医书？

若影脑海一闪，这种东西他怎会藏在房间，定是放在书房不是吗？

思及此，她循着玉如心跟她说过的书房位置偷偷疾步走了过去，见四下无人，立刻潜进书房。

吹亮了火折子，果然看见书架上有几个锦盒。她心头一喜，上前一个个地试着去打开，让她没想到的是，锦盒竟然都没有上锁，然而让她失望的是，里面除了一些珍贵书籍之外并无其他。

来到莫逸萧平时办公的案几前，试探着打开了案几下的两个抽屉，左边的一个抽屉中一个精致的锦盒赫然呈现在眼前。

她心头一悸，急忙将盒子拿起后放在案几上，借着火折子的光看向盒中之物。

冰蚊针！果然是冰蚊针！

可是……不是说冰蚊针是莫逸萧好不容易盗来的吗？为何会放在这般容易得到的地方？究竟是暗藏着什么玄机，还是他已经不在意这些冰蚊针了？

不过她也没有再多想，只想找到取出冰蚊针或解毒之法，可是借着微弱的光线看向锦盒内，里面除了几根冰蚊针之外什么都没有。她试探地再在两个抽屉中找寻，依旧是一无所获。

难道说就连莫逸萧也不知道解毒或取针之法？

就在她近乎绝望之时，门外突然响起了一阵脚步声，她心头一紧，立刻吹灭了手中的火折子。

"四爷，您回来了吗？臣妾给您备了醒酒汤，这就去给您端来。"

是萧贝月的声音。

若影躲在案几之下紧咬着拳，幸好窗外透进来明亮的月光，否则她当真会吓得晕过去。

"四爷。"听不到回应，萧贝月又在外喊了几句。

若影心头越来越紧，生怕她就这么闯了进来。

不过好在最后萧贝月并未推门而入，若影隐隐听到她一声暗叹，而后转身离开了书房。那一个叹声让她心里也极其不适，因为她似乎感觉到了萧贝月的无奈和悲凉。

待萧贝月脚步声消失后，若影这才从案几底下钻了出来，可是在书房中她还是一无所获，对于抽屉中的冰蚊针她自然也不愿意去多看一眼。

可当她正准备走出书房之时，萧贝月突然惊愕地唤了一声："四爷？"

若影心头一紧，慌忙地想要逃出去，可是刚打开门便看见不远处莫逸萧的身影，若是现在走出去无疑是会被抓个现行，情急之下她又缩回了书房。

果然，萧贝月难以置信地开口道："四爷怎会从外面回来？方才不是在……书房吗？"

莫逸萧闻言蹙了蹙眉，可是片刻之间便变了脸色，慌忙转身朝书房疾步而去。

走到书房门口，他用力推开房门并掌了灯，拿起灯座四处查看。

"四爷……"萧贝月跟在他身后微微白了脸色，可是书房中却一个人影都没有。

"刚才你为何会说我在书房？"莫逸萧转眸问她，脸上满是肃杀之气。

萧贝月身子一僵，支吾道："方才看见四爷的书房内亮着烛火，故而以为四爷在房中，可是刚离开书房便看见四爷从外面回来，所以……"

"来人！"莫逸萧一声怒喝。

府中的护卫闻声从四处赶来，站在书房外躬身抱拳："四爷。"

莫逸萧用力将灯座置在案几上，望着书架上被动过的书卷命令道："马上派人里外搜

查，务必要抓到潜入府中的盗匪。"

"盗匪？"护卫们面面相觑，却也不敢丝毫怠慢，立刻应声后转身四散去抓盗匪。

"四爷，当真是有盗匪吗？可是为何盗匪会出现在四爷的书房？"萧贝月不明白，若是盗匪定是去账房或卧房，又岂会来书房？难不成是雅贼？

莫逸萧拧眉睨向她冷声道："没事就别乱跑，回去歇着。"

萧贝月话语一噎，抬眼撞上他的目光，便再也说不出一句话来，只得低眸应声退了出去，可是脸色却比进来之时更苍白了几分。

若影躲在书房外的窗子底下，心惊胆战地移动着步子朝外走去，方才就在千钧一发之际，她立刻翻窗逃出了书房，而后又关上了窗户，这才没有被莫逸萧撞见。可是眼下护卫在四处搜查，她就连想要翻墙出去都难，更别说从后门逃出去。

转眸打量着四周，见不远处有她去过多次的花园，趁着侍卫们在别处搜查，她立刻抬步想要朝花园处暂避。

谁知就在这时，莫逸萧走出书房时似乎听到了动静，转身便朝她而来。

若影感觉整个背脊都紧绷着，隐隐还透着薄汗，黑色面纱下，她连大气都不敢出一下，眸中尽是恐惧之色。

第35章　原来爱错人

若是她没有中冰蚊针，以她如影般的速度要逃出永王府根本不在话下，可是现在的她根本没有这个能耐，若是再要与他动手，恐怕她这条命就没了。

思及此，她不免有些后悔，早知道她应该另想办法，比如让莫逸谨帮她来此查探是否有解冰蚊针之毒或取针的妙方在他府上。相比较而言，若是莫逸谨被莫逸萧发现了潜入他府中偷盗要比莫逸风被发现要好得多，至少玄帝不会拿莫逸谨怎样，莫逸萧也奈何他不得。

当脚步越来越靠近，她的心也越来越沉，看来这一次是难逃厄运了。不过就在这时，她突然想起腰间的暗器，便偷偷地将小竹筒从腰间取下后放到唇边。

只要他再靠近，她便从小竹筒中吹出浸泡过迷药的银针，自是不会致命，可也能致使他昏迷好一阵子。

正当她准备就绪之时，不远处突然传来护卫的叫喊声："抓刺客！抓刺客！"

若影一怔，难不成今夜来此行动的除了她之外还有真正的刺客？

而拐角处莫逸萧的脚步声也在听到护卫的叫喊声时戛然而止，随后又是响起了一阵急急的脚步声，但并非是靠近贴在墙边的若影，而是走向护卫们喊抓刺客之处。

周围又渐渐安静了下来，若影那颗紧缩的心也在莫逸萧离开之后缓缓松懈，深吸了一口气，她支撑起身子朝花园走去。

她记得那里有个荷塘，而荷塘边有几棵大树，只要爬上大树顺着树干再爬上围墙就可以出去了。

或许是所有的侍卫都去另一处抓刺客了，她从书房来到花园时十分顺利，今夜出现的那个刺客就好像上天派来拯救她的一般。

靠在树干上，她转眸朝刺客出现的位置望去，忍不住勾唇一笑。

若是今夜刺客当真被抓住后处决了,而她在那刺客无意的帮助下逃了出去,她可要好好地给他上炷清香烧些纸钱才是。

不过莫逸萧是否太失败了些?不过是一个王爷又不是太子,居然还能招来刺客!那所谓的刺客定然不会是盗匪,一般的盗匪哪里来这种胆量来永王府偷窃?说不定就是他的同胞兄弟。因为他平日里为人太高傲猖狂,所以他的其他兄弟都看不过眼了。

她如今也管不了这么多,虽然没能在莫逸萧处找到她想要的东西,今夜能顺利回去也算是值得庆幸之事了,关于她身上的冰蚊针,还是再另想办法。

在离她不远的另一处,火把的光再次四散,隐约听见有人喊刺客又逃走了。若影心头一缩,生怕那些护卫又找到此处,所以急忙爬上大树趴在粗大的树枝上准备越过围墙,岂料就在这时,一身夜行衣的刺客竟然飞身而来站在她树底下。

这下糟了!

若是让护卫知道他在此处,定然会同时发现躲在树上的她。若是让这刺客发现她躲在树上,说不定就会将她杀人灭口,又说不定会将她先奸后杀!

先奸后杀?她转眸一想,似乎不太可能,这般紧急的时刻他身为刺客哪里来的这股雅兴?她果然是想多了,不过杀人灭口是必然的。

越是这般想着,她心里越是急得团团转,恨不得开口训斥那树下正不知道在找什么的刺客赶快离去,别殃及到她这条池鱼。

可就在这时,她发现蒙面的刺客身形有些熟悉。

怎么可能?他不是喝醉了酒在房中睡觉吗?怎么可能出现在这里?一定是相像而已。她难以置信地趴在树干上望着树下的他,却是一动都不敢动。

那刺客站在树下徘徊了好一阵子,正要抬头望向树顶,突然传来一阵护卫喊着抓刺客的声音,他又急忙一跃而起朝另一侧飞去,而那些护卫看到黑影之后自是立刻追赶过去。

见他离开,若影长长松了一口气,正要顺着树枝朝围墙爬去,谁知意想不到的事情发生了,她的夜行衣竟然钩住了树枝,而且只要扯动一下便会使得树叶嗖嗖作响,吓得她只得耐着性子去解开被钩住的衣服。

然而她刚解开,眼前又是一个身影闪过,那刺客竟然又回到了此处。

她真是八辈子和那刺客犯冲,他什么地方不好去,偏偏要来这里?

不过那刺客也真是奇怪,若是要杀莫逸萧也该去卧房或书房,来这个花园做什么?而且还左顾右盼似在寻找着什么,莫不是还有他失散的同党?

正当若影揣测之际,那刺客有些焦躁地扯下了遮在脸上的黑面纱。而那熟悉的容颜也使得正趴在树枝上的若影惊得呼吸一滞,瞪大着眼睛难以置信地望着树下的英姿。

怎么会是……莫逸风?

若影难以置信地望着树下的身影,正要开口唤他,可是刚一张嘴就立刻伸手捂住让自己噤声。

她原本就是偷偷出来的，若是被他发现她来到了此处，也不知道会如何训她。而且她只要再翻过围墙就可以出去了，再神不知鬼不觉地回三王府去便可。

可是……神不知鬼不觉？

她一想不对，莫逸风明明是醉酒卧于床上，如今却是十分清醒地出现在此，难不成他是故意装睡骗过她？那么究竟是他看出了她的意图，还是他要避开她后对莫逸萧有所行动？

但是若是要对莫逸萧有所行动，为何要避开她？

就在她思来想去之时，只听"啪嗒"一声，她惊恐地看着从腰间掉落的同心结如今正落在莫逸风的脚边。

一定是刚才裤子被树枝钩住了，她去解开的时候将系在腰间的同心结给带出来了。早知如此，她出门便将这些佩饰留在房间了。

咬了咬牙，她干脆侧身躲进了树枝中意图用树叶遮挡住身子，可是她却没有想到只要莫逸风看见这个同心结，必定会想到是她在树上。

果不其然，莫逸风抬眸朝树上看去，当看见一个人影躺在树上之时目光一寒，然而他也不能做出大动静，周围的护卫还在四处搜查。

他那双深不见底的黑眸骤然一眯，顺着方才的动静朝脚边看去，当他看见落于他脚边是何物之时顿时一怔，弯腰将其拾起，果然是同心结。

抬眸又朝树上望去，见她还掩耳盗铃地躲在树枝中，他将同心结握于掌心，也不恼，亦不急，竟是缓缓坐在了荷塘边的大石上，面向荷塘静静地望着水面。

若影看得心里着急，也不知道他在想什么，难道他不知道护卫正在四处搜查吗？若是他被莫逸萧发现了该如何是好？

就在她心急火燎之际，莫逸风却静坐在大石上拿出同心结细细端详起来，就仿若坐在自家府邸一般。

若影慢慢拨开树枝朝他看去，却见他用拇指轻轻地抚着同心结上的玉佩，以及同心结上用金丝线所绣的"风"字。同心结用金丝线绣了"风"，玉佩上他却刻了"影"，而他身上的同心结用金丝线绣了"影"，玉佩上他却刻了"风"。也不知道他是弄错了还是故意而为之，但是她却喜欢极了，不过是没有说出口而已。

看着他静静地坐在荷塘边，若影似乎忘却了如今正处于危机之中，看着他唇角淡淡扬起的弧光，她竟然也跟着弯起了唇角，又感觉这样的情景实在太过熟悉，仿若在何时发生过，她也分不清是梦是真。

月光柔和地披洒在二人身上，一个在树上，一个在树下，空气中带着淡淡的花香，水面泛起一层粼粼银光，这般景象美得实在不像话。

"哎……"莫逸风看着手中的同心结突然长长一叹低声呢喃,"莫不是这同心结也不想待在三王府,竟是飞到了永王府,这永王府当真有这么好吗?"

若影闻言心头一缩,鼓了鼓嘴自知理亏。

不过刚一垂眸,她突然觉得不对劲,若是莫逸风当真不知她来到了永王府,不知她此刻就在树上,在看见地上的同心结后又怎会这般淡定从容?而且同心结是从高处坠落,他又怎会如此平静地坐在荷塘边?

看来她又被他给戏弄了,他分明就已经知道了她在树上,而且在拾起同心结后就没了方才那急切的神色,他此次来到永王府分明就是特意来找她的。

若影忍不住懊恼地咒骂自己一句,自从认识了他,她的智商显然是不够用了,不,似乎不是不够用,是完全失去了。

看着他故作姿态地哀叹,她浅浅勾唇,抬手拨开遮住半张脸的树枝轻笑道:"不知这位爷有何烦忧之事,奴家会为爷排忧解难,爷不妨说与奴家听听。"

莫逸风将同心结放进胸口,而后望着水面上她从树上投下的倒影缓声道:"哦?你一个女儿家,又能帮得了本爷什么?"

若影盈盈一笑,月光下,她的贝齿亦是泛着莹白的光,就连两颗可爱的虎牙也在水中清晰得一览无余。

"就算帮不了爷,奴家也会陪着爷的,有人作伴好过一人形单影只。"月夜下,她的声音甜腻得醉了人心。

莫逸风忍住想笑的冲动又问:"你会陪着我?免我一人孤寂?"

若影弯眸轻笑:"是啊,爷不必害怕孤单,我会一直陪着你的。"

莫逸风看着水面笑意渐浓。

可就在这个时候,他的笑容渐渐僵在了嘴角,睁大了黑眸再细看水中的倒影,他骤然止住了呼吸,心仿若漏跳了一拍。

怎么会?怎么可能?怎么会是她?

究竟是巧合还是真的是他从一开始就认错了人?

莫逸风僵直着背脊怔怔地看着水中的倒影,那个小女孩,那个似梦似真的水中的小女孩……

难道说在多年前她也是这样在树上,而他坐在树下,他看到的水中的倒影并非是梦,而是那小女孩在树上就这样俯首看着他?

若影不知他心中所想,笑着又开了口:"逸风哥哥在想什么?"

说出这句话时,莫逸风身子一颤,若影更是敛住了笑容。

好熟悉的对话,好熟悉的景象,好熟悉的感觉,可是她就是记不起究竟何时出现过这样的景象。

为何她又突然叫他逸风哥哥？自从那一次莫逸风从外面回来后，他便不许她叫他这个称呼，以前她不知道，可是她后来明白，那是因为他见了柳毓璃。

只是方才的景象实在太过熟悉，熟悉到她觉得生命中似乎出现过。

莫逸风蓦地站起身望向若影，正要开口问她些什么，却在阵阵脚步声临近之时止住了想说的话，而后纵身一跃，伸手揽住她的腰飞身出了围墙，而后又脚下轻点，一路赶回了三王府。

刚进房间，莫逸风反手关上房门后扣住她的双肩将她抵在门板上，那双深不见底的黑眸一瞬不瞬地睨着她，仿若要将她看透，却又带着浓浓的难以置信。

若影不知道他为何会反应这般激烈，对上他的视线，她轻咬朱唇心跳剧烈，早已忘了在永王府时的疑惑，反倒是生出了一抹惧意。

"我……我只是有事，也不是故意要瞒着你的，我是看你睡下了就……就没有吵醒你。"她试探着开口，带着一股小心翼翼。

她没有想到他会亲自去找她，更没想到他会为了她去假扮刺客引开永王府中人的注意，所以她更是隐隐内疚。

他终是担心她的不是吗？她在他心里终是有了位置。

欣慰之余她又带着一股后怕，因为若不是他的及时出现，恐怕她已经被莫逸萧抓了个现行，那么祸及的可不是她一人，或许莫逸萧会给莫逸风扣上一个莫须有的罪名。

"我以后一定不会再这样了，你就别生气了。"若影低声道。

莫逸风的眉心始终紧蹙着，而她的话他似乎丝毫没有听进去，反而更紧地扣着她的双肩，静默良久，终是开了口："影儿，是不是你？"

"什、什么是不是我？"若影不明所以，低头打量着自己，心头一阵狐疑。难不成她穿着夜行衣他就不确定了？那还救她回来做什么？

莫逸风又俯下首几分看着她的眉眼，看着她的双唇，最后将视线撞进她的水眸，低哑的声音如醇厚的美酒，醉人心扉："影儿，十年前与我畅谈一夜的人是不是你？是不是？"

他的语气是那般急切，仿若要将她从梦中唤醒。

若影却被他问得疑云重重。十年前，她分明与他素不相识，她又怎可能与他畅谈一夜？而且他不是说那夜是柳毓璃吗？他也因此宠溺了她十年不是吗？可是，他的神色却是这么的认真，这么的迫切，这么想要证明些什么。

即使觉得不可能，她终是垂眸细想着。

脑海中百转千回之际，突然一道红光闪过，若影身子猛然一颤。

刚才她竟是看见了火光，熊熊火光照亮了整个黑夜。

"啊！"若影低叫一声抬手捂住了头，感觉头部又在隐隐作痛。

"影儿，怎么了？"莫逸风脸色一变，抬手抚了抚她曾经的伤处。

若影蹙眉靠在门板上缓缓滑下身子:"疼……头好疼。"

莫逸风一惊,急忙弯腰将她打横抱起疾步跑到床边将她放下。

"影儿,你忍一忍,我去拿药。"莫逸风抚了抚她的面颊后转身朝药箱走去。

一阵翻箱倒柜之后取来了一瓶药,并且倒了一杯水疾步走到床边,伸手抱起她的身子将药送到她口中,又让她就着温水喝了下去。

这药是御医所配,说是可以治标可是不能治本,但是只要她能不严重伤神及长久不发作,她的头疾或许还能随着时间的推移不药而愈。

其实她已经很久没有头疾发作了,而今日发作头疾竟然又是因为他,他不免有些懊恼。

"想不起来就别想了,别想了……"虽然他很想知道真相,可是看着她这个样子,他始终是不忍心的。

若影靠在他的胸口目光微微涣散,刚才的一切根本不可能是她经历过的事情,可是又是那么真实,难道说这是她遗忘的记忆?

"别想了,其实也不是什么大事,躺下好好休息。"莫逸风俯首在她额头落下一吻,而后将她慢慢放下,并为她盖上了被子。

他刚要起身,若影突然拉住了他的手:"火。"

莫逸风动作一顿,惊愕地瞪大了眼眸:"你说什么?"

"我好像……看见了火光。"若影双眸依旧涣散地低声道。

莫逸风背脊一僵,一瞬不瞬地望着她又问:"火光?你何时看见的?又是在何处看见的?"

若影渐渐敛回思绪,抬眸看向他摇了摇头:"不知道,刚才脑海中只是一闪而过的火光,也许只是我胡思乱想。"

莫逸风却是手心隐隐沁了一层薄汗,看着她的眸色又深了几分。

那绝对不是她胡思乱想,而是真实的事件。记得他那夜昏迷之后再度醒来,莫逸谨就告诉他,父皇下旨让桐妃做他的母妃,也就是在那夜,习嫔的寝宫起火了,母女二人无一生还,而他的父皇最疼爱的便是习嫔的女儿仁孝公主婉儿,所以自她们母女亡故之后郁郁寡欢了许久,而更让莫逸风难以置信的是,过了习嫔母女的头七,玄帝竟是赐死了他的母亲容妃。

"莫逸风,你在想什么?你就当我是胡说的。"看着莫逸风全然沉浸在自己的世界,眸中尽是伤痛,若影支撑起身子坐在床上扯了扯他的衣袖。

莫逸风敛回思绪看向她,心头猛然一颤。

她看见了火光?而他又在荷塘中看着她的倒影想到了十年前的那个夜里,她与那小女孩是那般相像,就连笑容都如出一辙,而她说话的语气,甜甜的声音,根本就是那小女孩没有错。

他怎么会弄错了？当初他看见的就是她啊！他怎么会以为是柳毓璃？

可是为何柳毓璃会知道他那夜说过的话发生的事情？

莫逸谨是绝对不会与她说的，因为莫逸谨从小便不喜欢柳毓璃，而莫逸萧更是不知道他那夜的经历，所以自然也不可能告知她那些事，那么她又是从何得知的？

"影儿，你还记不记得十年前是否去过皇宫？是否去过皇宫的荷塘？是否像今夜在永王府那样爬在树上？"

若影张了张嘴正要说什么，却又突然冷哼一声道："你想问的是那夜陪你畅谈一夜的梦中女孩是不是我对吗？"

"我……"莫逸风欲言又止。

"莫逸风，你要爱一个人难道就是要看她是不是那个小女孩？如果我说是我呢？你就会死心塌地地爱上我是吗？如果不是我而是柳毓璃，你就死心塌地地去爱柳毓璃？如果不是我也不是柳毓璃，而是另有其人呢？你是不是又要去爱别人？若当真如此，我会祈求那个小女孩不是我，因为我从不需要你的感恩之情，我要的是你这颗心。"

莫逸风一瞬不瞬地看着她，她的神色是何其认真，认真到他有一丝丝惧怕，因为他已经能确定她就是那个小女孩。

她总是调皮得像猴子一样喜欢爬上树后躺在树枝上，就如同他们初见面时那样，他在树下她在树上。

而柳毓璃自是不会做那样的事情，她在他面前永远是那般端庄娴静。虽然他不知道她是因何而知道他在那夜的经历，可是若影就是那个小女孩之事已然被他确定。

若影见他又是沉默不语，心头终究是失落的。她已经很努力地给他时间慢慢爱上她，可有时候因为碰到一些事情她又会忍不住急切地要住进他心底的最深处。

看来这一次她又太过心急了。

深吸了一口气，她下了床榻换了一身寝衣后又爬到床上钻入了被窝，可是没过多久，耳边响起一阵窸窸窣窣的声音，随后床榻一侧微微一沉，一只有力的手臂伸过来后将她揽在怀中。

"你真的有那么喜欢那个小女孩吗？不过是陪你聊了一夜，你却想了十年。"若影被迫窝在他的怀中抬眸问他。

其实她也不相信那个小女孩就是柳毓璃，因为根据莫逸风的叙述，那个小女孩是那么纯真善良，可是柳毓璃却是那般阴毒之辈，而且城府极深，不但隐藏了自己会水性一事，还隐藏了自己的武功，更是在她洞房花烛夜想要李代桃僵，如此机关算尽险恶之人，怎会是莫逸风口中的那个小女孩？

莫逸风紧了紧手臂浅浅勾唇，却没有回答她的话。

"莫逸风！你又在想什么？为什么每次都要将话藏在心里？就不能跟我说吗？"若影沉声一语，明显表现着不满。

莫逸风垂眸看向她，沉声说道："那你心里究竟又藏了什么秘密？为何宁愿去找二哥说也不愿与我商议？"

若影心头蓦地一缩，睁大了双眸望向他，心头阵阵揣测。

那日她去找莫逸谨想要知道关于冰蚊针一事，谁知一无所获，而她不问莫逸风不过是因为担心他会有所怀疑。

而今日当她知道莫逸风也不知道如何取出体内的冰蚊针和解冰蚊针之毒时，她还是有些庆幸当时没有急着问他，否则在那个时候她方寸大乱之际去问他，必定会被他发现她中了冰蚊针毒一事。

她不想，不想看见他为她伤心难过的样子，不想看见他愁眉不展的样子。

而且现在，她知道他当真是很在意她的，否则他不会为她涉险。可越是这样，她就越不想让他担忧，与其两个人伤痛，不如让她一个人痛。她会想办法，一定能想到办法把冰蚊针取出来。

一想到洞房花烛夜，她的心里对柳毓璃更是恨意加深，可是柳毓璃是兵部尚书之女，而兵部尚书的门生几乎遍布了整个朝廷，恐怕连玄帝都要礼让三分，她又能拿柳毓璃如何？而莫逸风，他也是因为这一点才没有对柳毓璃施以惩治吗？还是因为他依旧爱着柳毓璃呢？

"很难回答吗？"莫逸风的声音突然在她头顶响起，也敛回了她的思绪。

若影目光一闪扯了扯唇角："莫逸风，你不是深爱着柳毓璃吗？为何那夜……你没有将错就错？"

她其实想说，那夜她并没有自己离开，一切都是柳毓璃所为。可是她有她的自尊和骄傲，曾经说过的话她不想再说，若是他信便不需要她再重复，若是他不信，她多说也无意义。

莫逸风闻言拧了眉心，可是片刻又恢复如常，反问道："你希望我将错就错吗？"

若影一噎，半天都没有答上他的话，静默之后她缩了缩脖子闷闷道："不希望。"

莫逸风的唇角浅浅扬起，却没有说什么。

"你又在想什么？为何不说话？"若影抬眸看向他，见他并未阖眸入睡，便问道。

莫逸风睨了她一眼，轻哼："我在想……明日的戒尺又该用上了。"

若影闻言扯了扯唇角，身子不由自主地朝后缩去，可是莫逸风的手臂却揽得更紧了几分，丝毫不容她有任何退缩。

"那个……很晚了，还是睡觉吧。"若影不再问长问短，直接闭嘴不再说话。

莫逸风淡淡扫了她一眼，唇角弧光点点。

房中依旧留着一豆烛火，寒凉的夜中却带着丝丝暖意。直到现在，她还是不能适应黑暗闭塞的房间，所以只要是她所在的房间，从来都是灯火到天明。

莫逸风正欲阖眸睡去，可是一想到今夜的情形，终是为她的莽撞而担忧，垂眸见她的睫毛在微微颤动，他低声言道："以后不准再胡闹了，永王府可不是你来去自如之处，对于那冰蚊针的好奇心也该打消了，那种害人的东西不要去碰。"

若影身子一僵，须臾又恢复如常，轻阖双眸低低应了一声："嗯。"

她难得的听话倒是让他微微一怔，若是以前，她怎么都会反驳几句，仿若与他斗嘴是一件趣事。可是每一次被他说得哑口无言，她又气得直跳脚，最后便是一个人在房中生着闷气。每当看见这样的她，他心底竟是会生出一种有趣之感。

习惯当真是可怕，他竟是习惯了这样的她。

翌日，当若影醒来之时已是日上三竿，昨夜又是被追捕又是逃命回府，一直折腾到大半夜，还与莫逸风讲了许久的话，今早便一直睡到了此时。

当她盥洗过后准备出门去用膳时，恰逢莫逸风和莫逸谨下朝回来了，莫逸风的脸上依旧是淡漠的，只是在看见她时脸上有了浅浅笑意，而莫逸谨的脸上却显然带着愠怒，不知道是谁惹到了他。

"二哥，你怎么又来了？"若影好奇地上前问道。难不成真的是因为玄帝扣了他半年的俸禄，他便要在三王府吃住半年？

莫逸谨原本阴沉的脸色在听到若影的话后蓦地一怔，而后便是换上了鄙夷的神色望着她道："影儿，什么叫又来了？我不过是吃了你一顿饭，住了一个晚上而已，怎会用到'又'字。"

"不对，是两顿饭，昨天可是吃了两顿。"若影还伸手比了个二字故意气他。

莫逸风忍不住低低一笑，莫逸谨脸色一黑："莫非你们昨夜就在耳鬓厮磨议论我？想着法子不让我蹭吃蹭喝？"

若影掩嘴一笑，正要开口，却见莫逸谨身后又走上前两位贵客：莫逸行和阚静柔。

若影见状转眸对莫逸谨道："二哥说的什么话，我这不是跟二哥说笑嘛，旁人我自是不乐意的，若说是二哥，就算在三王府住上一年半载又何妨？不过……后面夫唱妇随的两位应该不会也要住在三王府吧？"

夫唱妇随？

这四个字说得阚静柔身子一僵，莫逸行脸色骤红，而莫逸谨则是立刻好转了心情，莫逸风依旧是淡然浅笑的神色。

"三嫂说笑了。"莫逸行红着脸道。

若影掩嘴一笑："我可不就是说笑嘛，别当真了。对了，今日你们怎会一起下朝过

来？莫非是有事？"

"可不是有事吗,那……"

"二哥。"莫逸谨正要说什么,莫逸风突然开口制止,莫逸谨打量了一下周围,这才道,"还是去书房详谈吧。"

若影满是疑惑,莫不是朝中又发生了什么事?

就在她迟疑着要不要跟去书房时,身侧的手突然被人执起,转眸看去,莫逸风已经拉着她提步朝书房走去。

"我可以去听吗?"毕竟她并非朝中之人,听政事似乎不妥,而阚静柔从来都是他的左膀右臂,自是不必避讳。

莫逸风一边走一边沉声笑言:"像你好奇心这般重,若是不带你一同参与,可能还会发生窃听之事,到时候丢的可不是你一个人的脸面。"

若影先是一怔,而后扯了扯唇角轻哧:"我可没这么多好奇心。"

她知道他指的是昨夜她去永王府之事,认为她是好奇冰蚊针,所以才做出了夜探永王府的举动。不过若影也没想过要解释,让他这般认为也不是什么坏事。

莫逸风听若影这么一说,缓缓松开她的手错愕道:"哦?没有这么多好奇心?"他随之抿唇点头,"也罢,那你自己去玩会儿,我先与二哥他们商议正事,稍后再一起用午膳。"

若影急忙反手拉住他的手昂首侧目:"玩什么玩,我又不是小孩子,既然你盛情相邀,我自是不能拂了你的面子,快走吧。"

莫逸风看着她认真的神色禁不住轻笑摇头。

"三弟,你们两个要恩爱也该趁晚上,大白天的在做什么呢?"

不远处,莫逸谨看着他们如胶似漆的样子忍不住低斥了一声,原本心头便不快,转头见他们二人这般亲昵,更是心里堵得慌。

若影听他这么一叫,脸色绯红,却只是对他没好气地瞪了一眼。

阚静柔在莫逸谨未发现他们二人这般亲昵之时早已看在眼里,心头一阵酸楚,脸上失了血色,却不动声色地跟着莫逸行进了书房。

丫头们上了茶点之后便退了下去,并且帮他们掩上了书房门,书房内便只剩下莫逸风、莫逸谨、莫逸行、若影、阚静柔和秦铭。

几人端起茶杯淡淡饮了一口,却谁都没有先开口,若影静静地看着他们几人的神色变化,虽是心中好奇,但也静等他们将话题打开。

莫逸谨将茶杯放下后首先气恼地打开了话题:"三弟,四弟也太过分了,被罚不用上朝理朝政,他便演了这么一出,根本就是有意要与你过不去。"

若影闻言背脊一僵,缓缓放下茶杯将手伸进了紫秋临走给她准备的暖手袋中,可是指尖却因为莫逸谨的一句话紧张地绞在了一起。转眸看向莫逸风,他却始终是淡淡地笑着,再看莫逸行和阚静柔,他们的眉心都紧紧地拧了起来。

"三哥,昨夜你应该没有去四哥府上吧?"莫逸行试探地问道。

阚静柔轻拧秀眉看向莫逸行,缓声开口道:"五爷怎说这样的话,三爷怎会半夜去永王府?若是当真去了,且为搜集四爷的罪证,又怎会不告知你我?"

莫逸行一噎,脸色微微一沉,并非因为莫逸风可能去了但没告诉他们,而是阚静柔自始至终都在帮莫逸风说话。

莫逸谨闻言亦是开口反驳道:"五弟,三弟昨夜定是没去过四弟府上,因为昨夜我与三弟都喝醉了,所以我才宿在了此处。影儿可是都清楚的,对吧影儿?"

突然被点到了名,慌神中的若影顿时一怔:"啊?哦!是。"

虽然她不清楚为何他们会谈及昨夜之事,可是昨夜他们的确是去了永王府,而且莫逸萧还惊动了全府的护卫,若是昨夜他们被发现了,估计还会大闹一场。

"影儿,你在想什么?怎么魂不守舍的?"莫逸谨疑惑道。

若影抬眸看了看他,尴尬地笑了笑:"我……没什么。"

阚静柔见状试探地问道:"侧王妃,昨夜难道是你……去了永王府?"

"别胡说。"莫逸谨骤然打断了阚静柔的话,"影儿怎么会半夜去四弟府上?"

阚静柔话语一滞,虽是脸色难看,但也没有再开口说下去。

莫逸谨的信任让若影更是红了耳廓,想要隐瞒,却不知该如何解释,早知道如此,她便不凑这个热闹了。

也罢,在场的也不是外人,她便也不想再否认,抬眸看了看他们几人,支吾道:"是我。"

"什么?"莫逸谨一怔,"影儿,你昨夜去了永王府?你去那里做什么?而且听四弟对父皇说昨夜闯入永王府的明明是三弟,为何会变成你了?你与三弟的体型相距甚大,四弟怎会认错了人?"

"我猜想四爷并非是认错,而是有意栽赃。"阚静柔淡淡开口,目光不经意地扫向若影,最后又落向莫逸谨,"四爷昨夜即使看见了侧王妃也会说是三爷,因为侧王妃去了永王府就是三王府的人去了永王府,归根结底就是三爷的人。而且说昨夜的刺客是侧王妃对四爷来说根本对他没有害处也没有益处,若说是三爷,那结果可就大不相同了。"

若影闻言背脊沁出了一丝冷汗,即使阚静柔没有再说什么责备的话,莫逸风也没有怪她,可是她依旧尴尬得抬不起头来。

"可是……影儿,这是真的吗?你果真去了永王府?"莫逸谨始终不相信。

若影抬眸看了看他们一眼,终是垂下头低声道:"是,我是去了……"

说话声音越来越小,最后便是一阵静默。

"其实昨夜四弟看到的那黑衣人的确是我。"莫逸风在众人的沉默中开了口,语气淡

淡，没有一丝起伏。

莫逸谨转眸看向他，根本就看不懂他这是何意。

"三弟，你们这是唱的哪一出啊？昨夜你和我不是一样喝醉了？难道半夜醒来后又去了？"

莫逸谨想不通，那酒虽然醇厚甘甜，却让他从醉倒之后便一夜睡到天明，而莫逸风和他酒量相仿，又怎会半夜醒来？除非……他根本没有喝多少，而是看出了若影的心思，所以才故意装醉。

"三弟，你是不是早就猜到了影儿要去永王府，所以你才偷偷跟去的？可是，你们到底去做什么？"莫逸谨问道。

若影错愕地转眸看向莫逸风，而后便又垂了头，若非他早已看出了她的心思，又怎会有后来的声东击西来搭救？

深吸了一口气，她突然有些挫败之感，跟莫逸风比起来，她的警戒心和功底当真是差远了。

莫逸风看了若影一眼，而后轻笑道："我昨夜其实也有了几分醉意，只是因为突然想到了四弟如今被父皇责罚不得上朝议政，心情低落必定疏于防备，所以才想去永王府寻找罪证，谁知道因为疏忽被四弟发现了，幸亏影儿及时前来搭救，我才免于被四弟生擒，所以今日四弟即使去禀报父皇说是我昨夜穿着夜行衣闯入永王府意图不轨也没有证据。"

"三嫂救了三哥？"莫逸行始终是难以相信。

"三弟，你怎么会擅自行动？平日里你总说我冲动，这次你怎么会有此举动？可不像你啊。"

阚静柔目光微闪，勾唇淡笑接上了话："是啊，三爷平日里考虑得都是最周全的，这次怎会突然夜闯永王府？更何况侧王妃的功底虽厚，也不至于能搭救三爷，莫非还有什么隐情？"

若影闻言呼吸一滞，咬唇看向阚静柔，正要开口反驳，莫逸风却抢先开了口："影儿搭救本王又有什么不可能的？当初文硕郡主不也救了本王一命？"

阚静柔错愕地看向莫逸风，他依旧是淡漠的笑意浮在唇角，可是在她看来却带着浓浓的寒意。

第36章　四爷请自重

而莫逸风此话一出口，众人都为之一怔，而最为震惊的却是坐在一旁局促不安的若影。

他方才竟然在为她说话！明明知道昨夜是她先闯入了永王府，若非他的及时出现，她早已被生擒，可是他却在袒护她。

她不知道他为何会突然有此改变，只知道这样的他是她想要的，一直以来她想要的不过是一个无论在任何时候都能站在她身边的莫逸风。

胸口突然涌上一股酸楚，竟是没出息地湿润了眼眶。

阙静柔望着对面的若影，心骤然一紧，面上风平浪静，可是指尖却逐渐冰凉。朱唇抿成了一条线，目光微闪却不敢再对上莫逸风的视线。

她终是明白了，为何莫逸风不愿娶她，原来他早已知道了真相。

莫逸行转眸看向阙静柔，眸中情绪万千，却终究只剩下了心疼之色，想要伸手拉住她的手安抚，却又将手缩了回去，因为他知道自己没有资格。

莫逸谨望着眼前的景象并未开口多言，心头宽慰之时却又有些堵得慌。莫逸风对若影好是他一直希望的，可是当他们当真恩爱地出现在他面前，为何心里总是忍不住的难受？

气氛一下子凝结，秦铭站在莫逸风身侧小心翼翼地看着他的神色变化。

良久，莫逸谨轻咳一声后沉声道："那个……三弟，你也太胡闹了，若是你被四弟抓住了如何是好？到时候也不知道四弟又会给你扣上怎样的罪名。"

"这不是没抓住吗？无凭无据四弟也只能凭着猜测跟父皇告一状罢了。"莫逸风笑言。

莫逸行闻言拧了眉心："三哥，我们兄弟几人中你是最顾全大局的，怎么现在倒是你最冲动行事了？"

"其实是……"若影刚想要说些什么，莫逸风便突然出声制止："好了，此事是我有欠

考虑，下不为例。"

莫逸风都这般说了，莫逸行自是不再说什么，虽是觉得好奇，但也没再死抓着不放。可是一旁的阚静柔却轻抿双唇，脸上浮上一层不悦之色。

莫逸谨望着若影的神色，渐渐看出了端倪，却也没有再说下去。

夜凉如水

若影躺在床上久久未入睡，转眸看向似是睡去的莫逸风，轻拧娥眉满腹疑云。

"怎么不睡？"莫逸风突然的开口将若影吓了一跳，支吾了半天，终是开口问道："为何今日要帮我说话？"

莫逸风缓缓睁开双眸看向她，唇角弧光点点："为何？难道我不该帮你吗？"

若影一噎，静默片刻后方开口道："不是不该，而是……这可不像你。"

虽然当初新婚夜她无端失踪，在他看来是她逃婚，而他依旧在玄帝面前说是自己的不是，可是当初的感觉和现在却完全不同，当初她一直认为他是怕被人知道她身为侧王妃却在新婚夜逃婚会让他丢了颜面，可是这一次她却看不明白了，即使让莫逸谨等人知道是她夜闯永王府而连累了他，他们也不会拿她怎样不是吗？为何他要替她承担下来？

莫逸风却是依旧一瞬不瞬地望着她，而后淡笑问道："那么在你心里，我又是怎样的？我今日怎么做才像我呢？"

若影目光微闪，被他看得有些不自然，转眸移开视线望向帐顶，长长一叹："在我心里？你又霸道又自我又不相信我说的话，整日里除了对我执行家法就是不停地数落我，也不管是什么人在场是在什么时候，反正是怎么看我怎么不顺眼。有时候我总是在想，或许那些贤良淑德的人才适合嫁给你，对你三从四德千依百顺，或许男人皆是如此。"

莫逸风静静地听着她的话，似乎也是第一次听她说这么多心底的话，原来他在她心里是这般蛮不讲理。

低低一笑，伸手将她拥入怀中，在若影开口抗议之际，他已俯首堵上了她的唇。

若影被他吻得一阵莫名，她从来都看不透他，就连现在亦是如此，方才还好好地说着话，现在却又突然吻了她。

在她的惊愕目光中，他缓缓放开了她沉声轻笑，却没有开口说什么。

若影抚了抚微微发烫的唇扯了扯唇，也不知道自己方才说的话究竟哪里可笑了。

"反正我不会那样。"若影看着他满是笑意的黑眸轻哼道。

莫逸风闻言低低再次笑开："你？恐怕这辈子都不可能做到了。"

"你小瞧我？"若影扬起脸朝他胸口送上一记粉拳。

"难道你能做到？那我拭目以待。"莫逸风笑得魅惑倾城，若影看着他的眉眼，竟是一瞬间看呆了，虽然她没有见过他的母亲，可是看着莫逸风的样貌，想来容妃定是生得极美。

"美色祸国，幸亏你不是君王。"就在若影看得失神之际，莫逸风扬眉看着她勾唇邪肆一笑。

若影闻言面色一红，这厮在人后总是这般没个正经，若是让人看见现在的他，定是以为认错了人。

"若我是君王，定然会让全天下的男子只娶一妻。"若影轻哼道。

"让全天下的男子只娶一妻？果然是奇思妙想。"莫逸风轻笑。

若影眯眸望向他那笑得云淡风轻的容颜，开口道："莫逸风，有时候我真想咬死你。"

有时候她无论说什么做什么，他总是这般淡定自若，而她却已气得火冒三丈，事实证明，她在他面前还真需要修炼几年。

莫逸风笑容一滞，突然想到了胸口的咬痕，扬眉望向她："你是属狗的吗？"

若影望着他不经意的动作微微一怔，而后扑哧一笑，抬眸道："不会还有印子吧？"

"你说呢？"莫逸风没好气地反问。

若影忍住笑挑了挑眉，眼波流转望向他："让我看看。"

"睡觉！"莫逸风没好气地抬手戳了戳她的脑袋，"也不知道你这脑子里都在想些什么，若是哪日二哥来了兴致又要让我陪他去山兰谷泡温泉，你说我该如何去？"

"山兰谷？"若影怔怔地望着他。

莫逸风提起被子盖住她，而后道："山兰谷是皇家所有，每年的冬季，父皇就会带着宠妃去山兰谷泡温泉，而各皇子自然也会带着家眷同去，山兰谷四面环山，池子都是一个一个被小山所隔，有一二十个池子，旁边搭建营帐之后便可以方便更衣，每个池子都互不相扰，而且山兰谷的温泉若是洗上一次便能使皮肤细如凝脂，所以那些妃嫔年年都想去，可是每一次父皇都只带两人。"

"那温泉真有这么好？"若影听得兴致勃勃。

莫逸风点了点头："所以二哥每年都会拉着我一同前去。"

若影怔怔地望着他，片刻，突然扑哧一笑："哈哈哈，人家都带着妻妾，你们两个大男人一同沐浴，不知道的还以为你们……"

"又口无遮拦。"莫逸风轻斥一声将她拉入怀中。

若影扬起脑袋看着他笑问："难不成二哥也想要肤如凝脂？"

莫逸风轻轻顺着她的背脊回道："山兰谷的泉水不仅能让人肤如凝脂，还能治愈百病。"

"治愈百病？"若影闻言一怔，有什么念头一闪而过。

"或许只是个传言。"莫逸风缓声道。可是，下一刻，他手上动作一顿，突然想到她的头疾之症，忙道，"再过段日子便是父皇带众人去山兰谷之日，你与我同去。"

若影点了点头，她正有此意，不过她想的并非是头疾，而是那冰蚊针。若是那山兰谷的温泉当真能治愈她的伤，倒真是大幸。

如此想来，她的心里为之一松，不管是不是传言，总归是有个希望。

"在想什么？"这一次换为莫逸风如此一问。

若影垂眸看向他，莞尔一笑，视线不经意落在他的胸口，唇角随之一扬。

"多个牙印多好，减少了你对他人动春心。"若影轻笑。

话音刚落，若影脑海中一个念头一闪而过，莫逸风听了她的话正郁闷，可是看了她的神色之后心头扬起了一抹不祥的预感。

"你……啊！"

果然，在他开口之际，若影突然趴在他另一处没有牙印的胸口又重重咬了下去，只听一声闷哼，待若影松口之时，他的另一侧胸口也出现了一圈深深的牙印，还带着点点血迹。

"这样看你还敢跟谁去泡温泉。"若影扬了扬下巴一脸的挑衅。

莫逸风看着自己的胸口脸色一黑，现在已经不是不能跟别人一同泡温泉，而是无论对着谁光着身子都不成了，就算是在战场要脱了战袍让军医上药恐怕都要遮着胸口这羞人的牙印。

"莫若影！"莫逸风大怒。

若影背脊一僵，每一次他连名带姓地叫她之时都没什么好事，看来他是真的生气了。

"还真是流血了……"若影讪讪一笑，见他正要起身，她心底一寒。

本以为他会暴怒，谁知下一刻，他便扣住了她的身子……

夜色撩人，房中的气氛一下子暧昧丛生，她抬眸望着他，尴尬得耳廓通红。

朝阳国今年的冬天相比往年更冷了几分，柳府中各处都备了好几个暖炉，可是依旧敌不过外处的寒凉，或许是因为这颗心越发沉了，身子也跟着冷了。

柳毓璃望着窗外飘着的鹅毛大雪目光涣散，许久，听到春兰的一声低唤后回过神来，眸中却隐隐藏着一股肃杀之气。

春兰吓得捧着暖手袋再不敢多说一句，低眉信手间伴着一丝颤抖。

就在这时，面前一道阴影盖过方才的光亮，春兰身子一僵，手上随之一空，方才欲呈上的暖手袋已被柳毓璃捧在手中。见她转身朝门口而去，春兰急忙跟了上去，却见她站在门外便顿住了脚步，只是望着天际恨意浓浓。

"记得去年也下了这样的一场大雪，一下就下了好几天。"柳毓璃缓声开口道。

春兰不知道她所言何意，只是附和着言道："是啊，白茫茫的一片，虽是不利于行，倒是美极了。"

柳毓璃目光一敛，紧抿了朱唇，良久，隐隐深吸了一口气道："记得去年下这场雪时他陪在我身边，嘘寒问暖，我以为我找到了一生的归宿。"

春兰心头一紧，轻睨了她的侧颜，便再也没有开口。

"今年同样是一场大雪，可是他身边陪伴的人却变了，才不过一年之久，为何会变这么多？他说是我变了，可是为何他不觉得是他变了？"

"他说会娶我过门，他说会让我成为他的妻，他说只有我才配做他的三王妃，他的三王府中还早已为我准备了'毓璃阁'，他连不为人知的秘密都只告诉我，为何到如今却是物是人非了？"

柳毓璃始终想不透，那若影究竟有什么好，为何他在遇到她之后就一切都变了。

当初的确是她提出两人不要再往来，可是她后来想通了不是吗？他也原谅了她不是吗？他说过他的心里只有她一人，他说过只有她才配做她的三王妃。

春兰见她一直钻牛角尖，忍不住开口劝阻："小姐，三爷虽然文韬武略一表人才，可是四爷才是对小姐最好的啊，小姐为什么就是不接受四爷？即使为妾又如何，四爷会全心全意对小姐的，说不定将来四爷成了九五之尊，小姐不是皇后也是皇贵妃啊。"

"你是要让我认输吗？"柳毓璃转眸瞪向春兰，"十多年的感情还比不上她的一年？"

"奴婢不是这个意思，奴婢只是觉得四爷虽然给不了小姐正妻之名，可是对小姐一定会宠爱备至。"春兰慌忙解释道。

柳毓璃轻哼一声紧了指尖："他是我的。"

就在这时耳边响起脚踏积雪的咔嚓咔嚓脆响，柳毓璃心头一紧，骤然转头望去，可是当看见来人之后顿时失去了眸中的光彩。

"你以为是他？"莫逸萧紧了紧负于身后的指尖勾唇一笑，却是带着浓浓的自嘲。

柳毓璃轻哼一声后没有回答他，径直回了房间，而莫逸萧却紧跟其后，还随手带上了房门。春兰自是不敢进去，只得默默地退了下去。

"四爷有何贵干，若是要看我笑话就免了。"柳毓璃冷声道。

莫逸萧脸色一变，下一刻便伸臂将她拥入怀中凝眸望着她。

"放手！你做什么？"柳毓璃因他的动作惹得呼吸一滞，抬眸望去，他的俊颜近在咫尺。

莫逸萧和莫逸风的长相算是最相近的，有时候沉闷的性子都十分相似，可是他不是他，即使再像终究不是莫逸风。

"毓璃，你知不知道我这些日子是怎么过的？可是你为何心里都只有他一人？你将我置于何地？"莫逸萧紧拥着她双眸一瞬不瞬地睨着她。

柳毓璃目光微闪，想要拉开他的手臂却无能为力。她的武功都是他教的，她又如何能敌得过他的内力？

"四爷请自重。"柳毓璃抿唇移开视线。

莫逸萧脸色一沉，伸手扣住她的下颚迫使她与他直视。

人人都将他这个一人之下万人之上的永王爷敬若神明，可是唯独眼前的她却不将他放在眼里，他不甘心，自己爱了十余年，追逐了十余年的人心里眼里脑海里都只有他的三哥，那个不招待见的三王爷。

"看着我！"他一瞬不瞬地盯着她，目光如炬，"告诉我，我哪里比不上他？"

柳毓璃心头一紧。同样是这句话，她也想去问莫逸风，她究竟哪里比不上那个野丫头，却不料莫逸萧却这般开口问她。

"你很好，但是……"

"但是你还是喜欢他对吗？"莫逸萧笑得讽刺，"若是他知道是你冒充了他日思夜想之人，你说他还会像以前一样对你吗？"

"你说什么？"柳毓璃一惊。

莫逸萧缓缓松开扣住她下颚的手，转而轻抚着她的面容："你以为你不说就没人知道吗？"

柳毓璃在他的目光中惊得浑身战栗，却始终一瞬不瞬地绞着他的视线。

莫逸萧勾唇一笑，在她盈盈目光中道出了所知之事："记得十多年前，我与你初见在柳府，你被我带入了宫中游玩，遇到了三哥后还叫了他一声'三皇子'，而后你又被我母妃留在她的寝宫。后来我与莫逸风发生冲突，母妃和父皇赶到之时你就在我身后，我记得当时你就一直看着莫逸风，不知道你在想些什么。"

柳毓璃在莫逸萧的话中忆起了当年之事，而那件事情也是她从来都没有忘却过的。

"而莫逸风昏睡醒来之前，正巧我再次将你带入宫中游玩，当夜宿在我母妃的寝殿，而第二天当你听到莫逸风醒来之时你便嚷着要去见他，我因为被桐妃娘娘叫住说了几句话，你便先进去了，当我进去的时候正巧听到莫逸风在对莫逸谨说着昏迷之前所见所言，那个荷塘中劝他好好活下去的小女孩，那个说会一直陪着他的小女孩，那个叫他'逸风哥哥'的小女孩。"

"你……"柳毓璃惨白着脸色想要说些什么，却被莫逸萧打断了话，"而后我见你非但没有进去而是转身离开，我便特意躲了起来，一开始我不知道你意欲何为，谁知后来却听见你不再叫他'三皇子'，而是叫他'逸风哥哥'。"

"我、我没有……我不知道你在说些什么，我当时什么都没听见。"柳毓璃对着他一阵低吼，极力地否认着。

"没听见？连站在你身后的我都听见了，你又怎会没听见？而且你既然说要去看他，为何听完了他说的话之后就转身离开了？"见柳毓璃想要逃避，莫逸萧扣着她的手腕偏要说与她听，"那夜你分明宿在我母妃寝殿，而且整夜都没有离开，又怎会是莫逸风口中陪他一夜的小女孩？你为了达到自己的目的居然冒充别人，若是让莫逸风知道了一切，我看他会怎么恨你。他花了十余年的时间去呵护一个冒牌货，你说他还会像以前那般视你如珠似宝吗？"

"不要说了！你不要再说了！你究竟想怎样？"柳毓璃从来不知道他竟然知道一切，而且是在早知道的情况下一直隐瞒着，"既然你早就知道，为何你当时不说？你现在又想怎样？"

莫逸萧神色一僵。

是啊，他当时为何不拆穿她？

他自嘲一笑。

只因为他不相信她会宁愿选择莫逸风而不选择他，只因为他以为她只是贪玩所以想要耍弄莫逸风，只因为他太爱她，爱到不忍去拆穿。

可是现在，莫逸风已经有了自己喜欢的女人，而她却依旧傻傻地陷进去无法自拔，他不忍，他不甘，他不愿再这么下去。

这段时间他受够了，他不能没有她，从小就只喜欢她一人。府中的妻妾都不是他想要的，都是玄帝安排的，不是为了巩固朝廷就是为了稳定边国，有时候他真是羡慕莫逸风，自己的婚姻可以不被主宰。

"你就这么想做他的女人吗？"莫逸萧深深地凝视着她，压下了心头的愤怒，终是换来一句平静的问话。

柳毓璃缓缓移开视线，显然并不想回答他的这句话。

莫逸萧一声低笑，缓缓抬起她的下颚与她对视，轻启薄唇挤出一句话："想做他的女人，就得先做我的女人。"

"什么？"柳毓璃瞪大了眼眸难以置信地望着他。

莫逸萧目光一敛："既然你这么想要做他的女人，我可以帮你，但是你得先做我的女人。"

"你疯了！"柳毓璃恼羞成怒地伸手将他推开。

他退后一步依旧紧紧望着她，唇角轻笑："是！我是疯了，都是被你逼疯的。"他再一次逼近，满身的寒气直逼得柳毓璃步步后退。

"你心里应该清楚，在这个世上除了我之外没有人能帮你，就算你去求父皇都没用，只有我才能让你达成所愿。"他一字一句掷地有声，可是谁也不知道他此时的心究竟有多痛。

柳毓璃抬眸望向他，惧怕、愤懑齐聚心头。

"做你的女人？"她轻笑，"做了你的女人他还怎么可能要我？你当我是那萧贝月那般好骗吗？"

莫逸萧骤然上前扣住她的手腕："等你想通了派人来我府上找我，但是只有三天的时间，三天后父皇会带着众人去山兰谷泡温泉，到时候我可以带你去。"

"带我去山兰谷和那件事情有何关系？"柳毓璃依旧怀揣着一丝怀疑。

莫逸萧转身走向门口头也不回地说道："这些你不需要多问，只要我得到我想要的，你得到你想要的便成，至于我用何种手段，你都不需要知道。"

说完，他便打开门径直走了出去。

柳毓璃看着他傲然的背影，伸手抓着门框，指关节森森泛白。她相信莫逸萧有这个能耐，可是要赔上自己的清白之身……值得吗？

莫逸萧走出柳府后站在府门口顿住了脚步，方才从柳毓璃的房中到府门口就这么短短的距离，可是他却走得何其艰难，抬首望向天际，一片白茫茫，就仿若他的心，随之空了。

三王府

若影从未碰到过下这么大的雪，才一夜之间，雪已经堆得十分厚了，脚踩下去竟能没过脚背，还会发出咔嚓咔嚓的脆响，对她而言的确是好玩极了。

来到东园，这里的树枝上也堆满了白雪，地上更是白茫茫一片，荷塘中已经结了冰，也不知人站上去会不会掉下去。

东园原本就是风景如画，如今被白雪所覆盖更是美不胜收。

"侧王妃，您还是快些把披风披上吧，一会儿三爷看见了又该心疼了。"紫秋看她玩得高兴，心里也甚是欢喜，只是她一玩起来便不管不顾，还嫌披风碍事，硬是把披风给解了，谁说都不听。

若影一边在荷塘边堆着雪人一边回道："他才没空心疼我，现在正和二哥说着大事，哪里顾得上我啊。"

红玉看了看无可奈何的紫秋笑言："侧王妃可别这么说，说不定一会儿三爷就该来找侧王妃了。"

"可不是，别人是一日不见如隔三秋，三爷是一个时辰不见侧王妃就如隔三秋，生怕侧王妃一转眼就消失了。"绿翠亦是掩嘴低低笑起。

若影闻言却是笑容一滞。

"侧王妃在想什么？"紫秋上前问道。

若影猛然回过神，牵扯出一抹笑容。方才她竟是怕他终究要娶妻，而她最终选择离开，与他形同陌路。

"怎又这般任性？"一声略带不满的低沉嗓音响起，众人随之一怔，急忙躬身退后一步唤了一声三爷。

若影只觉肩头一重，莫逸风已将披风披在了她的肩头，又细心地给她系上。

"你身子受不得寒，若是再病了，三日后的山兰谷可是去不成了。"他略带责备却又不失宠溺地笑言。

若影扬起脸莞尔一笑："三日后就要去山兰谷？这么快？我也能去吗？"

莫逸风笑着点了点头："你是我的侧王妃，又是三王府唯一的女主人，如何去不得？各王爷都是要带家眷前去，又怎会落下你？父皇其实早已准备了，只是今日又对大家提醒了一声，说是家眷只得带两三人，怕引起什么不便。"

若影也能明白，毕竟山兰谷的温泉池并不多，去的人一多也会分配不均，更何况帝王出游非同一般，闲杂人等若是太多，难免会有人鱼目混珠造成混乱。

"只带两三人？"若影突然想到了什么，掩嘴一笑，"那四爷府中的妻妾可是要争破头了。"

若影话音一落，紫秋等人随之忍不住低低笑起。

莫逸风也没有怪罪，只是笑着轻叩了叩她的头："你这脑子里为何总是装着一些乱七八糟的东西，她们抢破头与你何干？"

"自是与我无关，我不过是想要看好戏罢了。"若影弯眉轻笑，目光清澈，璀璨如星，"你瞧，其实有这么多妻妾也不是什么好事，一碰到只能带两三个家眷的情况下便要家无宁日了，说不定这三日就要引起一场血战，比如谁看谁不顺眼就给对方吃些巴豆，又或者让可以去的人脸上出些红疹、发个高烧什么的。"

"你从哪里听来的这些事？"莫逸风伸手揽住她低问，笑意中带着浓浓的宠溺之色。

若影扬了扬眉道："后宫的女人之间不都是耍这些花招吗？"

莫逸风笑容一滞，低眸深深地凝视着她，隐隐带着一抹担忧。须臾，他轻拍了下她的背脊低声一叹："后宫女人若是只用这些小伎俩就好了。"

若影狐疑地抬眸看着他，不知道他因何有此一说，但是她隐约觉得他是又想起了儿时不愉快之事，不由得心头一缩。

"我也只是随便说说，我又没去过后宫，哪里知道后宫女人用什么伎俩，只是想告诉你，男人有太多女人可不是什么好事，所以你应该庆幸你只有我，省得你为众多女人头疼了。"若影扯了扯他的衣袖轻笑道。

莫逸风敛回思绪朝她看去微微一笑："你一个可是能抵永王府中的所有女人，相比四弟，我的头疼程度可并不亚于他。"

若影望着他随之笑开，可是当反应过来他原来是在说她让他头疼之时骤然愣了愣，而后便双手叉腰侧眸道："你在嫌弃我？"

"不敢。"莫逸风弯眸一笑，"若是你哪天真的静下来，我倒是要担心了。"

这样的莫逸风若非是若影在旁又岂会轻易见到，可是纵使见过好多次他对若影的宠

溺，每一次仍是让紫秋等人愣忡在原地，好半晌都无法回过神来。

若影听了莫逸风的话这才满意了，上前拥住他将自己埋进他的胸膛。

闻着他的气息，听着他的心跳，便是她最心满意足之时。她总是怕这颗心何时会静止，她总是怕再也闻不到他的味道听不到他的声音，她怕极了。

若影一直没有说话，莫逸风也就只是静静地抱着她，若是他早些知道她就是她，事情是不是会不同呢？

想起这件事，莫逸风突然想到了柳毓璃，他始终不明白，为何当初她会知道一切。

望着白茫茫的碧空，他又紧蹙了眉心。

天空中又渐渐飘起了雪，他轻抚了她的背脊道："下雪了，快回房去，小心受凉。"

若影离开了他的怀抱抬眼望他，巧笑嫣然眉眼仿若星辰，转身拉着他道："看我堆的雪人，像不像你？"

莫逸风顺着她的视线望去，那一株古树旁、荷塘边，果然被堆了一个雪人，仿若坐在荷塘边在望着水面沉思。虽说堆得的确像个人，可哪里像是他？

"像吗？"他有些哭笑不得。

若影看着雪人咬了咬唇，而后目光一亮，笑言："还是给它穿件衣服，否则就像你被扒光了衣服，太不雅了。"

"噗……"一旁的紫秋、红玉、绿翠包括不远处的秦铭闻言都忍不住笑出了声。

莫逸风的脸色顿时一黑，而若影意识到自己又一次口无遮拦时急忙捂住了口，随后冲着他讪讪一笑，伸手解开自己的披风急忙去披在雪人身上。

就在她的披风要盖在雪人身上时，手腕突然被莫逸风扣住，而后披风又到了她身上。

"不准解了。"他的声音依旧低醇醉人，就是此刻隐隐带着一股不悦。

虽是如此，下一刻他竟是揭下了自己身上的披风，随后盖在那雪人身上。在若影的惊愕目光中，莫逸风起身看向她道："既然这个雪人是我，自然是要披上我的披风。"

若影怔怔地望着他，随后被他拉着手跟随着他的脚步朝书房而去。

周围的一切都似乎静了下来，唯独剩下他们的脚步声，她时不时地抬眸看他，只是一眼，便能让她忘了呼吸。浅浅勾起唇角，心头的喜悦随血液扩散到了全身。

莫逸风不经意地回眸看向她，又越过她看向那荷塘边的雪人，最后看向雪人上方被雪压低的树枝，唇角的笑意更浓了几分。

回到书房，下人早已备下了炭炉，他没有先顾及自己，倒是替她解开了披风后交给了待命的紫秋，伸手掸去她头上的雪花，随后让她坐在炭炉边烤火，最后才将自己头上的雪花轻轻掸去。

紫秋将二人的披风分别挂好，见到莫逸风的示意，她躬身退了下去，而周福则是命人上了茶点之后便替他们掩上了房门。

"呵呵。"若影坐在莫逸风身侧烤着火突然笑出了声。

"想到了什么这么高兴？"莫逸风不解地看她。

若影回眸笑意更浓："就是高兴啊。"

莫逸风看着她那两颗虎牙心头一悸，为何当初他没早点发现？为何现在才看清？柳毓璃根本就没有虎牙，她不过是笑得像而已。分明本人已经出现在他面前，他却为了别人硬生生让她从正贬为侧。

"你怎么了？"看着莫逸风失神地凝视着她，若影敛住笑容伸手在他面前挥了挥手。

莫逸风骤然敛回思绪，而后移开视线望向炭炉，片刻之后方言道："你会……"

他想问，若是你知道了真相，你会恨我吗？

然而话到嘴边他却始终问不出口，因为他知道她一定会。

虽然她一次一次地选择相信他，一次一次地选择忍下心中的不悦，可是他知道她对于此事定是难以忍受的。若是她知道了真相，他怕……

"会什么？"若影拧眉看着他，眼波流转凝眸细想，顿时不悦道，"不会！"

"什么？"莫逸风呼吸一滞。

若影轻哼道："我不会琴棋书画，不会舞刀弄剑，不会马上骑射，她们会的我都不会。"

莫逸风闻言松了口气，原来她指的是这个。轻笑一声缓声道："不会就不会了，也没指望你会那些。"

若影双手撑着下巴给了他一个背影："别以为我一无是处，我会的她们也不一定会。"

"哦？说来听听。"莫逸风低笑。

若影仔细想了想，突然有些丧气，她如今除了那无法再使用的武功外果然什么都不会，虽然学过心理学，擅于看透人心，可是对他们这些擅于隐藏内心的皇室中人还是无法看透。

望着她认真思考的模样，莫逸风再次忍不住轻笑，伸手将她揽进怀中："别想了，我又不是要才女，哪用得着你学那些，若是你要学我便请老师教你，若是你不愿意学就随你。"

若影闻言抬眸拧眉问道："莫逸风，我总觉得你哪里不一样了。"

莫逸风目光一闪："哪里？"

"以前你从来不会说这些话，对我的要求可是苛刻得很，最高兴的就是我犯错，这样你就有理由罚我了。"若影轻哼道。

"有吗？是因为你现在比较听话了，以前皮得都要上树了。"莫逸风笑言。

若影始终心头疑惑丛生，话虽如此，但她还是觉得哪里不对劲。

第37章 山兰谷之行

宝玉轩

莫逸萧独自坐在厢房内喝着闷酒,却是验证了一句话:举杯消愁愁更愁。

他最想要的始终得不到,十多年过去了,无论他付出得再多,她都视若无睹。

亥时,小二打着哈欠再次上楼走了进去,见他喝得酩酊大醉,不由得推了推他的身子道:"四爷,醒醒,我们要打烊了,不如四爷明日再来?"

"去拿酒。"莫逸萧醒过来的第一句话总是这一句。

小二苦着脸不知道该如何是好。虽然要打烊了,可是对眼前的人物他是怎么都得罪不起的,劝也劝了,可他终究不听,他也无可奈何。

下了楼,掌柜打着哈欠问道:"四爷准备走了吗?"

小二摇了摇头:"不但不走,还让我给他拿酒,你说这……"

"去永王府知会永王妃了吗?"掌柜无奈问道。

"已经去通知了,想必该来了。"小二道。

"四爷是在此处吗?"

就在他二人说话之际,门口来了一行人,还停着一辆豪华的马车,而站在门口的人一身锦衣华服,面容清秀雍容华贵,却是淡然如水。

掌柜和小二对视一眼,急忙上前行礼:"王妃娘娘,您可来了,四爷在楼上还嚷着要饮酒呢。"

萧贝月蹙眉朝楼上望了一眼,而后吩咐随行者在外守着,只带着两人上了楼。

走近厢房,熟悉的酒气扑鼻而来,她只是一瞬间蹙了眉,而后便恢复如常。见莫逸萧此时正趴在桌上说着胡话,她心头莫名一紧,吩咐两名护卫守在门外之后她提裙走了进去关上了厢房门。

"四爷。"她走上前轻轻推了推他的身子。

"给我酒……给我……"莫逸萧迷迷糊糊地说道。

萧贝月始终心疼着他，伸手将带来的披风盖在他身上为他系上："四爷，天色已晚，还是早些回去歇息吧。"

莫逸萧半眯着双眸看向萧贝月，突然伸手拽住她的手臂问她："我到底哪里不好？为何她就是看不上我？为何她就是喜欢他呢？"

萧贝月身子一僵，就这般怔怔地看着他。

良久，她望着又醉趴在桌上的他喃喃自语道："是啊，我到底哪里不好？为何你就是看不上我？为何你就是喜欢她呢？"

他们是这般有缘，她姓萧，他名萧；他们是这般有缘，她千里迢迢竟然能嫁给他为妻；他们是这般有缘，她一眼便倾心于他。可是，这么多年，只不过是落花有意流水无情。

"四爷，妾身扶您回去吧。"萧贝月深吸了一口气后欲将他扶起身，可是她原本就手无缚鸡之力，他又喝得烂醉如泥，所以根本就奈何他不得。

"本王不回去！"莫逸萧突然伸手将她推拒到一旁，随后又趴在桌上咕哝道，"回去了也没有她……没有……"

萧贝月闻言脸色一白，眼底泛起一丝潮红，扶他的双手带着一抹颤抖。

厢房内一片静默，只有倾倒的酒壶因为酒从壶中洒出而发出滴滴答答的声响。

她抿唇深吸了一口气，转头吩咐门外的护卫将他带回了永王府。

房间内，莫逸萧还时不时地嚷着要喝酒，萧贝月端着醒酒茶来到床榻前，却迟迟没有上前去喂他。

玉如心站在一旁很是担忧："姐姐，三日后皇上就要带着众人启程去山兰谷了，四爷若是每日这个样子，被皇上知道了又该挨责罚了。"

萧贝月闪了闪神，未语。

玉如心又道："四爷最近究竟是怎么了？这风口浪尖上怎能频频出错？"

萧贝月暗叹一声："四爷之所以会如此，还不是因为同一个人？"

玉如心话语一滞，而后愤懑道："又是那个妖女，整日里就知道迷惑男人，也不知道使的什么妖术，竟然能让三爷四爷这般为她争破了头。"

"住口！你若是敢再说一句，本王就将你杀了喂狼！"

一声低吼骤然响起，吓得玉如心扑通一下跪倒在地，她以为莫逸萧已经醉得不省人事，谁知道还是这般清醒，或者说他只为一人清醒一人醉。

"四爷饶命，妾身再也不敢了。"玉如心瑟瑟发抖地跪在地上连连求饶，自知莫逸萧说到做到，所以更加心惊胆战。

许久都未听到莫逸萧的声响，玉如心试探地抬眸望去，却见他再次半梦半醒地倒在床上。但是没有他的允许，她也不敢起身，转眸求救地望向失神的萧贝月。

"姐姐……"她轻唤了一声拉回了萧贝月的思绪，萧贝月端着醒酒茶看了看莫逸萧又看了看玉如心，而后道："你回去睡吧，这里有我。"

"多谢姐姐。"玉如心长长松了一口气，匆匆离开了房间。

萧贝月上前扶起莫逸萧，而后连哄带骗地让醉酒的莫逸萧喝下了醒酒茶，可是当她要离开之际，莫逸萧突然拉住了她的手腕。

"毓璃……别走……你到底愿不愿意……做我的女人……"

萧贝月心头一寒，此时此刻仿若承受着万箭穿心之痛。转头看向莫逸萧，他紧阖着双眸低低呢喃，可是手却仍旧死死攥着她的手腕，仿若一放手她就会离去。

"四爷……"萧贝月哽咽地转身低唤着他，将碗放置一旁后伸手拨开他的指尖。

"别走……你到底愿不愿意……"

萧贝月忍着哭出声的冲动，伸手一根一根地将他的指尖拨开，而后站在他床边哑着嗓音道："我不是柳毓璃，我是你的妻子。"

说完，她转身匆匆离开了房间。

站在房门外，她望向墨黑的夜空心中阵阵凄凉，她不会忘记那一日，他警告她以后没有他的允许不准来他房间。

她是他的妻子，他是她的丈夫，可是他的房间却在为另一个女人而留。

在出行山兰谷的前一日，柳府突然来人找莫逸萧，当时莫逸萧不在府上，当萧贝月得知是柳毓璃找他时，心骤然一紧，一丝不祥的预感油然而生。

而柳毓璃来找莫逸萧，府上的人都不敢怠慢，急忙去外面找莫逸萧。萧贝月虽然是永王妃，却也不敢阻拦，因为谁都清楚若是阻拦会有什么后果。

玉琼山庄

柳毓璃跟着莫逸萧走进山庄后便阵阵忐忑，她从来不知道莫逸萧还有这一处别致的山庄，和永王府相比，奢华程度有过之而无不及。

"四爷何时建这玉琼山庄的？"柳毓璃拧眉打量着四周问道。

莫逸萧轻哼道："在你眼里，只有莫逸风才会有私人山庄？"

柳毓璃抿了抿唇，不再言语。须臾，她顿住脚步转眸问道："为何带我来这里？"

莫逸萧负手而立，器宇轩昂，站在她面前遮挡了她所有的视线，可是对于她来说心头却是有一种危机在慢慢逼近。

"今日你派人来找我，不就是为了跟我做交易？"他一瞬不瞬地睨着她，眸色清冷，没有一丝喜悦之色，见她局促不安地站在他面前，他又道，"若是你觉得这里不合适，我倒是不介意去柳府。"

"不要！"柳毓璃脸色红白交加，沉吟了片刻，她咬了咬唇道，"就、就这里。"

若是在柳府被她父亲知道了，定是要让她嫁给他，而这里远离人烟，倒是不会让人发现。

"你就这么喜欢他？我到底哪里比不上他？"说这句话时，他几乎要咬碎银牙。

柳毓璃别开脸冷声道："请四爷信守承诺。"

"你……"莫逸萧脸色骤然铁青，见她下定了决心，沉了沉气攥紧了指尖道，"那还在等什么？"

"什么？"柳毓璃难以置信地打量着周围。

这里是花园之中，并非是房间，四周虽然没有任何人，可是不代表当真不会有人出现，更何况在这四周毫无遮拦之下让她宽衣解带？

"这里的人都已经被我遣走了，明日午时之前都不会回来，你大可放心。"莫逸萧看穿了她的心思，却说得波澜不惊。

柳毓璃颤抖着指尖望向他，双眸渐渐蒙上了一层雾气，语气带着从未有过的低声下气："可不可以去房间？"

"不行。"莫逸萧骤然打断了她的念头，"我就是要让你记住今天，让你看清楚你的初次给了谁，就是让你有一个与众不同的男欢女爱，免得你以后把我给忘了。"

听到莫逸萧的话，她应该是放心的，至少他承诺了会让她达成所愿，可是心头却是难以抑制地涌上一股心酸，为了莫逸风，她竟然要用身子当条件与他人作交换。

明明是自己做出的决定，可是心却跟着狠狠揪起，周围的雪依旧厚厚的一层，她的心就像周遭的积雪，被踩得坑坑洼洼满是疮孔。

当外衫褪去，她冷不丁地打了一个寒颤，却始终不敢抬眸看他。莫逸萧看着她的一举一动，心却比她更痛。

突然，柳毓璃感觉一阵天旋地转，双脚突然离开了地面，而她的身子已在他的怀中。

他终是不忍心看着她受委屈，终是不忍心看着她落泪的模样，他终究还是心软了。莫逸萧抱着她来到了花园中央，柳毓璃惊愕地发现那里竟然放着一个睡榻，而周围则是围着一圈炭炉，置身其中，竟是丝毫感觉不到冷意。

"这是为你备下的。"看着她错愕的神色，他沉声说道。

其实他没有把握她会答应，虽是让人备下了这些，心里却是矛盾万分。他不希望她答应，因为他不想看见她为了莫逸风什么都愿意做，他也希望她答应，因为他想要她，要她的所有，要与她有个难忘的男女欢爱，哪怕只有一次，哪怕此生只拥有一次，他死也甘

心了。

可是，当他得知她当真要见他时，心底的某一处彻底坍塌。

原来他想要她的心更胜于她的身，他已爱她入骨，入血，入髓。

翌日

莫逸萧带着萧贝月和玉如心坐着马车来到了柳府，玉如心原本因为莫逸萧带上她正受宠若惊，当马车停在柳府之时却是有些疑惑，转眸看向与她同坐一辆马车的萧贝月，她正蹙眉抿唇打帘朝外望去，也不知在想些什么。

"姐姐，咱们四爷不会要带那狐媚子一同去山兰谷吧？这无名无分的也不怕惹人非议。"玉如心咕哝道。

萧贝月的眉心骤然一紧，转眸望向玉如心提醒道："又口无遮拦了。"

玉如心一想到前夜，立即捂唇不敢多言。

萧贝月再次望向马车外时低低一叹："有四爷的呵护，谁又敢非议呢？"

玉如心顺着她的视线望去，却见柳毓璃轻移莲步正从柳府内走出来，而莫逸萧则是立即迎上前，竟是亲自扶着她上了自己的马车。

"四爷不与我们坐同辆马车，竟是为了她。"玉如心不满地咕哝了一句。

萧贝月无奈按住了她的手轻拍了一下，以示安抚。可是安抚了玉如心，谁又来安抚她？

马车内，莫逸萧见柳毓璃始终不开口也不看他，神色不由得黯然，伸手将她的手执于掌心，不容她闪躲。

"身子可还有不适？"虽然早已给她上了药，可是他始终还是不放心。昨夜他是过分了，然而他根本控制不住自己，心底一直叫嚣着要她，他竟是难以自控。

柳毓璃脸色一红，眼中却尽是怒意，转眸瞪了他一眼将手从他掌心抽出。

昨日从花园到房间，她已经不记得他要了她多少次，仿佛要让她此生都记得他所赋予她的一切。

莫逸萧手上一空之时脸色骤然黑沉，下一瞬，柳毓璃只觉腰间一紧，待她回过神之际唇上一重。

惩罚性地一阵啃噬之后他才放开她，看着她投来的满是怒意的目光，他铁青着脸怒道："别忘了你此行的目的，若是你想放弃，我倒乐意得很。"

柳毓璃虽然不知道他究竟意欲何为，可是听了这句话，终是紧咬着牙顺从地坐在一旁没有吭声。

三王府外，直到永王府的车马都离去了，莫逸风这才命人动身。

若影望着扬起的尘土冷哼了一声："这是要让我们吃他们的尘土吗？明明我们可以先走的，而且他不是排行老四吗？这么嚣张！"

莫逸风勾唇浅笑拉起她的手踏上马车，见她对莫逸萧这么不满，揉了揉她的发顶道："二哥不是还在我们后面。"

"二哥？二哥带了谁去？"若影疑惑地问道。

不是说可以带家眷？也不知莫逸谨会带谁前去山兰谷。

"孤家寡人。"正说着，莫逸谨的声音突然从马车外传来，还不乏一丝幽怨。

若影一听急忙打开帘子望去，果真瞧见是莫逸谨骑马而来，不由得满脸喜悦地唤了一声："二哥！还以为你触景伤情不会去呢。"

"触景伤情？此话怎讲？"莫逸谨挑眉问道。

若影扑哧一笑："前些年你都是和你的三弟一同前去，这次你的三弟归我了，真可谓物是人非，不是触景伤情吗？"

莫逸谨扯了扯唇角："我可没有龙阳癖，一会儿经过长春院把幻儿姑娘带上，到时候与她泡个鸳鸯浴，岂不是美哉美哉……"

"二爷……"果不其然，秦铭的声音从另一处传来，语气中幽怨更甚。

"秦护卫为何满脸焦急的模样？仿若自己的心上人被人抢了去。"莫逸谨明知故问。

秦铭涨红着脸吞吞吐吐："我……我哪有。"

"哦？没有吗？既然如此，长春院就要到了，我先行一步去接幻儿姑娘。"

"二爷！"就在莫逸谨作势要去接苏幻儿时，秦铭急得立刻拦住了他的去路。

"秦铭，你好大的胆子，居然敢拦本王的路。"莫逸谨突然沉了脸。

秦铭一惊，慌忙解释道："属下并无冒犯之意，只是……只是……"

"好啦！二哥就别吓他了，再不快点就赶不上了。"若影转眸对秦铭笑言，"你别听二爷胡说，若是他将幻儿姑娘带去山兰谷，皇上还不得打断他的腿？你也不想想皇上最忌讳什么，也亏你信了他。"

秦铭闻言顿时恍然大悟，而后讪讪一笑让了路，莫逸谨冲着若影撇了撇嘴，被拆穿了谎言甚是无趣。

"哎……影儿，为何总不见你为我说几句话心疼我一下，你的心是铁打的吗？"莫逸谨感叹道。

若影扑哧一笑："我的心是金刚钻，懒得理你。"

放下帘子笑着转眸看向莫逸风，只见他的脸色有些难看。

若影刚要开口问他发生了何事，脑海一闪，突然想起自己方才所言，这才意识到自己说错了话。

玄帝最忌讳青楼女子，而莫逸风何尝不是最忌讳这个？她竟然给忘了。

"我、我不是有心的。"她满脸抱歉地扯了扯他的衣袖。

莫逸风敛回思绪转眸看向她，方才的阴郁一扫而空，伸手将她的手执起，脸上仍是温润的笑。

等到了山兰谷，已经是入夜，所有的营帐都已经事先搭建好了，玄帝命人安排好了每个人的营帐之后，便让大家各自在营帐内稍作歇息。

若影坐在营帐内却是兴致恹恹，因为方才她看见了不想看见的人。

她当真是没想到柳毓璃有这么大的能耐，竟然可以跟随着莫逸萧一同来到了山兰谷，而方才在安排各户营帐之时，她的目光一直落在莫逸风身上。

不知是不是自己多想了，总觉得她此行并非泡温泉这么简单，从她的目光中可以看出分明是怀揣着某种目的，而这个目的就在莫逸风身上。

再看莫逸风，他的视线也分明朝她看去，但是她看不透当时他在想些什么。

镜中的自己映出了一副愁容，双眉紧锁心情低落，看着头上的发簪，她伸手取下，撇了撇嘴，她拿着发簪指着镜中的自己怒道："真没用。"

"谁没用？"一声醇厚的低笑自身后响起。

若影朝镜中看去，撇了撇嘴将发簪放置在桌上后起身道："说这簪子，除了会装饰之外没一点用处。"

"这发簪你还想要什么用处？"莫逸风笑着伸手将她带入怀中。

若影扬了扬眉，抬眸对上他的视线笑言："其实也有他用，比如可以用来一簪穿心，看谁不顺眼就朝他心口刺去。"

"净胡说。"莫逸风宠溺地捏了捏她的鼻子，"爱吃鱼的人是你，看见金师傅杀鱼说残忍的人也是你，再接下去你扫地都要恐伤蝼蚁命了。"

若影被他说得咯咯直笑，没想到他还有这般风趣的一面。

就在这时，营帐外有个黑影一闪，两人皆止住了声响，待出了营帐，却发现外面空无一人。

莫逸风蹙了蹙眉将若影带回了营帐。

虽然周围有巡视的人，但是所有的侍卫和高手都在保护玄帝、德妃、桐妃和莫逸萧，当然还有年纪最小的十四莫逸宏，所以其他的营帐都没有侍卫把守，也因为出行的王爷都身手不凡，所以只有侍卫的巡视，没有侍卫把守。

"会不会是刺客？"若影担忧道。

莫逸风摇了摇头轻笑道："可能是十四弟贪玩，又不好意思进来，便又回去了。"

"是吗？"若影始终觉得方才的身影虽然娇小，而且一闪而过，但根本不像是十四。

"好了，今夜累了就早些休息，没事就别出去乱走，外面地势险峻，若是走迷路了可能几天都寻不回你。"莫逸风提醒道。

若影微微一怔："不是说今夜要泡温泉？"

"急什么，大家会留在这里至少五六天，今夜不去明天再去也不迟，那温泉又不会跑了。"莫逸风笑言。

"可是……"若影还想说些什么，莫逸风却突然打断了她的话："好了，一会儿用好晚膳后你早些休息。"

"我早些休息？那你呢？"若影上下打量着他，一副要看出他是否要去偷腥的神色。

莫逸风无奈地摇头："我找二哥有事。"

晚膳过后，莫逸风便匆匆走了出去，若影看着他的背影扯了扯唇。这么多年来都是他和莫逸谨同泡温泉，莫不是今夜将她留在此处就是为了要私会莫逸谨？

思及此，若影忍不住扑哧一笑，若是她不认识莫逸风和莫逸谨，定会以为他们二人好男色，两人还是有着除兄弟以外的亲密关系。

不过他这般急着去找莫逸谨究竟所为何事？难不成真的趁着今夜二人去同泡温泉？

低眸沉思间，她目光一闪，若果真如此，她可要好好去瞧瞧。

再也克制不住心底的好奇，她弯唇一笑立即朝外走去。而就在她出营帐的那一刻，两道黑影一闪而过，却是向着两个不同的方向。

莫逸萧来到柳毓璃的营帐内，见她正坐在梳妆台前思忖着什么，他上前轻轻拥住了她。

柳毓璃一惊，急忙伸手将他推开，看了看帐外，脸色略显苍白："你进来做什么，也不怕被人瞧见。"

"瞧见又如何？你我独处也不是头一回，谁又敢说些什么？"莫逸萧因为她的推拒很是不满，蹙眉站定后抿唇睨着她。

柳毓璃牙关一紧，虽然她知道他指的是从小到大他们之间一直有往来，可是因为两人已经有了那种关系，她便总是会想到那一次。

"脸这么红，想到了什么？"莫逸萧明知故问地抚上了她的面颊轻轻摩挲。

"放手。"柳毓璃蹙眉挥开了他的手，脚步不由得向后退去，直到被身后的梳妆台挡了去路。

"你就这般不待见我？"莫逸萧脸色一沉。

柳毓璃移开视线冷声道："别忘了你答应我的事情。"

莫逸萧话语一滞，良久，终是开了口："我当然不会忘，就如同昨日。"

"你！"柳毓璃恼羞成怒地抬眸瞪着他，却连一句话都说不出口。

"怕什么？怕他知道吗？你说若是他知道了，他会如何？"莫逸萧不徐不疾地说着，神

色平静无常，只有那目光透着连他都难以抑制的痛。

"你答应过我的！"柳毓璃紧咬着牙提醒道。

"不用你提醒我。"莫逸萧也怒了，听着她一声声的提醒，他的心就如同被她狠狠地撕扯着。

柳毓璃吓得身子一颤，却很快恢复如常，抬眸对上他的视线问："那你还不走？"

莫逸萧脸色更是黑沉，须臾，他轻笑一声后道："陪我去泡温泉。"

"什么？"柳毓璃仿若自己听错了。

莫逸萧伸手一带，将她拥入怀中："既然来了自然是要去泡温泉的，难道你要一直待在这里吗？"

"莫逸萧！你出尔反尔！"柳毓璃感觉自己像是掉入了他的陷阱，一步一步朝深渊踏去。

莫逸萧轻笑："毓璃，你知道的，我最信守对你的承诺。"

柳毓璃目光一闪，抿唇未语。

他说得没错，他一向都极信守对她的承诺，从来都没有食言过。只要她说的，他答应的，哪怕违背皇上的旨意，他都会尽全力办到。

但是有个人对她也是如此，只要她想要的，他也会帮她达成所愿，从来如此。所以她从小就在两个皇子的呵护中成长，出入皇宫来去自如，府上皇子来往频繁，她的父亲更是前程似锦平步青云。

可是，那个人从什么时候开始变了，变得越来越没有她的存在了。每每思及此，她就难受得快要窒息。

"为何在我面前你还是会想他？"莫逸萧话音刚落，唇已落下，她来不及挣扎，他的舌已灵巧地探入。

她想要抗拒，可是他力道之大让她无从抵抗，身子被他紧紧地拥入怀中，仿若要糅进他的身子里。

玉如心在营帐中心头一阵忐忑，走到床前坐下之后想要就寝，却感觉睡意全无，沉思片刻，终是起身走出了营帐。

"姐姐。"来到萧贝月的营帐外，她低声唤了一声，听到萧贝月的应声，她这才走了进去。

"怎么不去歇着，来我这里做什么？"萧贝月虽是这么说着，还是亲自给她递了一杯茶。

玉如心坐下后接过茶水饮了一口，而后闷闷道："姐姐，四爷为何要带上那狐媚子嘛！"

萧贝月抬眸轻睨了她一眼，无奈摇了摇头，玉如心从来都是心直口快之人，若是要她改口，恐怕是难事。但也因为她这性子，才让她很是喜欢，至少她不会像府上其他的妾侍那般心机重、城府深。

"四爷要带谁是四爷的事，你我又没有权利阻拦，何必自寻烦恼。"萧贝月淡声道。

玉如心咬了咬唇："可是四爷会不会将来娶了她？现在都对她这般宠着，若是将来当真娶了她，我们不是连站的地方都没了？"

"四爷宠着她也不是一天两天了，听说从小便是如此，她与四爷的感情从来都是在你我之上，若是当真有那么一天……"萧贝月眸色渐渐涣散，"那也是命。"

"哼！我才不信命，我只知道妖女祸国，总有一天会……"

"如心！你不要命了？"萧贝月立即制止了她接下去的话。

玉如心撇了撇嘴，须臾，方闷闷道："那我们何时去泡温泉？四爷也不让人来说一声，难不成四爷他想要和那……"

"四爷如何安排你我无权干涉，能来此一趟已经是四爷的恩惠，无需强求许多。"萧贝月再次打断了他的话。

"知道了，那……我回去歇息了。"玉如心道。

萧贝月也没有留她，点了点头后提醒道："早些歇着，别随处走动，外面地势险峻且有野兽出没，没事就呆在自己的营帐内。"

"是。"玉如心低应了一声后便走了出去。

走出营帐，玉如心的心里终究有些发闷，她做不到萧贝月的豁达与隐忍，一想到莫逸萧对柳毓璃的恩宠，便心有不甘，想了想，终是转身朝玄帝安排的温泉走去。

若影一路朝莫逸谨的营帐走去，但如她所料的那般，帐内根本没有人，看来当真是去了温泉。

根据一开始的安排，若影立刻找到了属于莫逸谨的温泉池，周围四面环山没有人把守，亦是没有人经过，更没有人偷窥，果然是十分安全。

当然，除了她之外。

她暗笑一声顺着凹凸不平的石阶朝假山爬去，隐约听到了说话声，那声音分明就是莫逸谨的。

"哎……人人都是成双成对，为何我要孤男赏月、顾影自怜、冷冷清清？"

"三弟啊三弟，你见色忘义、见色忘兄、见色忘二哥啊！"

"影儿……"

听见莫逸谨言语一顿，又道，"叫她做什么？心里想想就算了。"

说完，又是一声长叹。

"哈哈哈……"若影趴在假山上听着他的哀叹声，看着他惆怅的模样实在忍不住笑出了声，全然忘了自己现在是个偷窥者。

"谁？"莫逸谨一怔，警觉地扫视一圈，最后将视线落在若影所藏之处，伸手从一旁取过一粒石子飞了出去。

若影迅速巧妙一躲，那石子竟是将原本遮挡她脸部的假山一角削去一片，若不是她躲得快，岂不是要破相了？不过刚才在她躲避之时，似乎某处有一股掌风刮过，可是她转眸看了看，并无旁人。

莫逸谨见来人迟迟不现身，怒道："敢偷窥本王的身子，看本王不挖了你的眼。"

就在莫逸谨从水中起身准备再次出手之时，若影忙开口道："二哥手下留情。"

莫逸谨一听这声音，身子骤然一僵，而后立即重新坐回了温泉之中，脸上不由得泛起一丝红晕："影儿！你、你怎么来了？"未等若影回答，莫逸谨看了看自己的身子又朝水中坐下去了些，方又问道，"难不成你是来偷窥我身子的？"

若影笑得前俯后仰："你那身子有什么好看的，看你的身子还不如回去看我家相公的。"

她此话一出，莫逸谨双眸一瞪，随后又朝自己的身子打量了一番，而黑暗处的某人闻此言脸色瞬间铁青。

"三弟如何跟我比，瞧他那满身的大伤小伤，就跟补丁的叠补丁的，你有没有眼力见？"莫逸谨也忘了如今他们的身份，竟是与她较真起来。

正在上前的某人听了莫逸谨的话，也不自觉地朝自己身上打量起来。

若影不屑地冷哧一声，却也觉得好笑。

因为细听着她的回应，所以他连若影的冷嗤也听在耳朵里，便更是不服气起来，可是当他看清楚若影身后的人时，眼珠一转，扬眉道："你若不信，我近身给你瞧个仔细。"

话音一落，他立刻朝她游去，而后迅速站起身。

就在这千钧一发之际，若影脸色一变正欲转身，突然有只大手比她先一步蒙上了她的双眼。

"胡闹！"

若影一怔，伸手盖上他的手背疑惑道："莫逸风？"

莫逸风转过她身子放开手后冷声道："不在房里待着，出来看二哥泡温泉？"

"啊？"若影张了张嘴，反射性地转身欲看向莫逸谨，却被莫逸风立即扳回了身子："还看！"

莫逸谨见状扑哧笑开。

若影看向莫逸风讪讪一笑："我哪里想看二哥泡温泉，更何况也没什么可看的。"

方才笑得开怀的莫逸谨闻言脸色一沉，扯了扯唇正要开口，莫逸风便教训道："二哥，影儿胡闹你也跟着胡闹。"

"我……我怎么了？"莫逸谨从水中站起身后擦干身子穿上了放置在一旁的衣衫。

"你说你怎么了，你还真想让影儿看你身子不成？"莫逸风气恼得指尖一紧。

"疼……疼啊……"若影感觉手臂就要被他捏碎了。

莫逸风虽是气恼，但还是放开了她，见她揉着自己的手臂，他长臂一伸，将她拥入怀中走下了假山。

莫逸谨穿戴整齐后走到他二人跟前满脸委屈道："三弟，你怎能这般不分是非黑白，被看去身子的是我，吃亏的是我，你们倒好，一个笑话我身材没你好，一个怨我让人看了身子，我招谁惹谁了，独自泡温泉都要惹是非。"

若影被迫倚在莫逸风怀中，却是笑得涨红了脸，看着他委屈的模样，她更是难以抑制地笑开了。

"影儿！你还好意思笑！女人怎能看男人的身子，你怎这般大胆！"莫逸风蹙眉低怒道。

莫逸谨扬了扬眉笑问："影儿究竟来此做什么？莫不是倾慕二哥已久，所以趁着三弟不在之时偷溜出来？二哥可是冰清玉洁之身，如今被你瞧去了身子，你说该如何对我负责呢？"

若影扯了扯唇角，看着他一副半真半假的神色，忍不住又是扑哧一笑，正要开口说些什么，只听一声声锣鼓声骤然响起。

三人面面相觑，神色皆为之一惊，下一刻便立即朝锣鼓声起处奔去。

来到莫逸风和若影的营帐处时，只见所有人都聚集在里面，若影转眸看向莫逸风，心中冉冉生起一丝不祥感。

"去看看。"莫逸谨蹙眉率先走了进去。

莫逸风抿了抿唇，拉着若影一同进入了营帐。

"你们可算是回来了。"莫逸萧一看见莫逸风和若影，立刻冲上去质问，"你们把如心怎么了？你们究竟把她怎么了？"

莫逸谨和莫逸行急忙上前拦住了他，才免得他伤了莫逸风和若影。

"究竟发生了什么事？"莫逸风拧眉扫视着众人。

眼前一袭明黄缓步而来，直到立于他们二人跟前，深邃的目光扫向他们二人，最后落在莫逸风身上："这么晚，去了哪儿？"

"父皇……"若影正要开口解释，莫逸风突然执住了她的手，而后淡淡道，"只是去外面走走。"

"去外面走走？"玄帝目光一敛，"你们三个人？"

他所指的三个人自然是莫逸风、若影和莫逸谨，而他的话语中不难听出他分明是不信

莫逸风所言，夜凉如水，又怎会三人出去散心？

若影闻言指尖一紧，反手将莫逸风的手握住，心却因莫逸风被玄帝质疑而刺痛。

深吸了一口气正欲上前说些什么，莫逸谨突然拦在她面前，问道："父皇，究竟发生了何事？"

第38章　怎舍得杀你

　　玄帝和莫逸风冷冷对视，须臾，方言道："你四弟的小妾玉如心下落不明。"

　　"什么？"莫逸谨一怔，而后疑惑道，"那与三弟有何关系？为何大家都来到了这里？难不成怀疑三弟将四弟的小妾藏起来了不成，这空空营帐，哪里能有藏身之地？又为何偏偏怀疑三弟？"

　　"因为这个。"莫逸萧愤怒地伸手指向一处，目光冷冽得几乎要将人吞噬。

　　莫逸谨、莫逸风和若影顺着莫逸萧所指的方向望去，骤然一惊，那地上竟是有着一摊鲜血，分明就是被拖动的痕迹。

　　若影骤然感觉手心发凉，难以置信地抬步要上前看个仔细。

　　她并非没有见过流血，更见过一个活生生的人死在面前，可是当这一摊鲜血出现在她和莫逸风的营帐时，她终是忍不住心头一颤，只因为玄帝对莫逸风太过仇视，她怕玄帝会因为此事而伤他。

　　可是，她刚上前一步，一个身影突然挡在她面前，她敛回思绪抬眸望去，却是看见柳毓璃满脸不善地睨着她。

　　"侧王妃方才当真是和二爷三爷去散心了吗？还是因为害怕所以才逃了出去？"柳毓璃冷声问道。

　　"你什么意思？"若影骤然蹙了眉。

　　柳毓璃抿了抿唇，眼底竟是泛起了一丝湿意："先前分明有人看见你急匆匆地从营帐独自跑了出去，莫不是你杀了人之后因为害怕才逃走去找人求救……"说出这句话时，她的目光越过莫逸风落在莫逸谨身上，而后又回眸道，"玉夫人这般纯良之人，你怎么下得了手？"

　　"你、你胡说什么！"若影瞬间变了脸色，而周围所有人的注视让她感觉快要窒息。

她不知道发生了什么事，她出去的时候还是风平浪静，可是为何突然之间玉如心会失踪了？而且这满地鲜血还被人说是她杀玉如心留下的？

就在这时，肩头一紧，她已被人拥入怀中，熟悉的气息让她的心渐渐平复，抬眸望去，莫逸风的脸色虽未见震怒，却是寒凉至极，只见他转眸一瞬不瞬地睨向柳毓璃，语气不急不缓，却字字掷地有声："你说的这些有何凭据？影儿杀四弟小妾动机何在？凶器又在何处？仅仅因为营帐中的一摊血迹就认定是影儿所为未免太草率了，为何你不认为是本王所为？为何你认定这血是四弟小妾的？"

莫逸风的话将柳毓璃问得怔在原地，他这般将自己置于险境而护若影周全是她始料未及的，身子一晃，她险些没站稳，莫逸萧急忙上前将她稳住身子，又不着痕迹地放了手。

莫逸萧冷哼一声道："我原本命人带如心去温泉池，谁知如心不在营帐，四处找也没有踪迹，我因为担心，就让五弟和文硕郡主帮忙一起找找，谁知道文硕郡主却在你们的营帐发现了这一摊血迹，而巡营的侍卫又看见你的侧王妃在先前急匆匆地跑出了营帐，你说这算不算合理的推断？"

众人闻言朝阚静柔望去，只见她拧了拧眉咬唇垂下了头。

若影紧了紧指尖，感觉危机越来越逼近。

莫逸萧见他们不作声，便继续道："至于她为何要杀本王的小妾，那就不得而知了，一个身份不明的人做出什么事不可能？说不定她原来就是个匪徒，只是将自己的身份隐藏了起来而已，而凶器么……自然是被她丢弃了。"

"信口雌黄。"莫逸风冷声怒斥。

莫逸萧转眸怒视着莫逸风道："三哥，你要娶妻纳妾我管不着，可是你也该查清楚她究竟是何人，今日四弟的小妾因为她而下落不明，明日是不是要轮到四弟的王妃了？"

萧贝月闻言背脊一僵，脸色瞬间苍白，一想到玉如心，她的眼泪又顺势而下。

柳毓璃听了莫逸萧的话，深深地吸了一口气，而后看向若影的神色变化，眸中带着浓浓的敌意。

阚静柔看了眼莫逸行，垂眸间目光一闪。

"影儿不会杀人，四弟与其在此揣测，不如先去找你那小妾，等找到了人，一切就会昭然若揭。"莫逸风自始至终紧拥着若影，眸色渐渐失了温度。

而若影没有言语，却将所有人的神色变化看在眼里。

就在这时，外面侍卫急报："启禀皇上，已在山脚下找到了玉夫人。"

众人一惊，急忙走出了营帐，可是当看见玉如心的尸体横陈在营帐外时，所有人都怔在原地。

"如心……"萧贝月颤抖着步子走向前去，当揭开蒙住玉如心脸上的白布之时，萧贝月整个人都瘫软在地，"如心……你醒醒……如心！"

她从来没有想到玉如心会有此结果，他们竟然……狠心至此！

虽然玉如心言语毒辣，可是她的心却十分善良，曾记得有一次她高烧不退，莫逸萧终日陪伴在柳毓璃身侧，婢女虽然侍奉妥当，但终究没有至亲之感，只有她——玉如心，这个被莫逸萧纳进府的小妾却是衣不解带地照顾着她，待她身体康健之日，她又埋怨起莫逸萧不该舍了妻房陪同旁人，毫不避讳地说着心底的不快，所以从那日起，她对她便视如亲妹妹，谁知道姐妹之情竟然只有短短两年，今夜便到了尽头。

她紧紧攥着手中的锦帕，伸手将玉如心冰凉的小手握于掌心覆上面颊，眼泪顺着手背蜿蜒而下。

柳毓璃看着萧贝月泣不成声的模样，不屑地低哼，转眸看向若影，她亦是捂口震惊地看着躺在地上一动不动的玉如心，咬了咬唇望向站在若影身旁的莫逸风，谁知这时莫逸风正巧转眸望来，两人视线相撞，她惊得身子一颤，却是瞬间逼出了眼泪。

阚静柔拧眉望向玉如心的尸体，当她看见玉如心胸口时目光一闪，转眸看向莫逸风，只见他亦是眸色一怔，看来他也注意到了。

"父皇，皇兄，你们在做什么？吵得人难以安睡。"十四睡眼惺忪地从自己的营帐内走过来，见许多人都围着一处，更是心头好奇。

"十四，莫要过来，快些回去。"桐妃见十四朝此处而来，忙将他拉住。十四年纪尚小，自是不能让他看见这种血腥。

可是，也正因为十四年纪小，好奇心便更重，见桐妃这般阻拦，立即挣脱了她的束缚朝人群中而去。

不过让众人意外的是，十四看见躺在地上的玉如心时怔怔地站在原地，并未吓得惊叫或昏厥，众人以为他被吓住了，谁知他只是转眸望向玄帝问道："她为何会死？有刺客吗？"

果然是皇家子孙，年纪虽小却还能如此处变不惊，众人皆是一惊、一叹、一喜，而若影心底却是一寒。

玄帝微微拧了拧眉，立即吩咐御医前来验尸。

片刻之后，御医回道："皇上，玉夫人全身都有骨折现象，伤得实在不轻，但是致命的应该是这胸口的伤，被人用发簪一簪子刺入了心脏而亡，而在死亡过后才被人扔下了山。"

萧贝月闻言瞬间晕了过去。

莫逸萧命人将萧贝月扶回了营帐，而后跪在玄帝跟前："请父皇替儿臣做主。"

莫逸谨和莫逸行皆为之一惊，他所谓的做主无非是要让玄帝处置莫逸风和若影。而杀人之罪何其重，又该如何处置？

"请父皇明察。"莫逸谨和莫逸行也立即跪倒在玄帝跟前。

莫逸谨想了想，立即道："父皇，戌时三弟和影儿一直与儿臣在一起，又岂会有时间做这杀人之事？此事必有内因，想来是有人栽赃陷害。"

莫逸萧咬了咬牙，眸中闪过一道杀戮之意，却在抬眸之际沉声言道："父皇，其实儿臣也不相信三弟会做这种杀人之事，还是请父皇让人查个仔细，以免让无辜之人受冤。"

玄帝虽是对莫逸萧的态度有些疑惑，但终是抿唇点了点头："起来吧。"

若影原本一心只在玉如心的死，可是当她望着玉如心那心口的发簪之时，身子骤然一晃。

莫逸风伸臂将她揽入怀中，垂眸看向她，示意她莫要担忧。

柳毓璃见莫逸风自始至终都在若影身侧护着她，心渐渐收紧，脸失去了血色，然而她终是不愿他卷入其中，上前低声对玄帝说道："皇上，三爷一向与人为善，也从未和玉夫人有过交集，想来不是三爷所为，请皇上明察。"

莫逸风没有开口，只是不顾旁人在侧，一直拥着若影微微颤抖的身子。而当若影听到柳毓璃这般说时，她也隐隐松了口气，因为她知道，莫逸风不会有事。

莫逸萧转眸看向柳毓璃，脸色微沉。

柳毓璃一瞬不瞬地望向十四，而十四也感觉到了有一道余光一直望着他，被看得好不自在，转眸看去，却见柳毓璃的目光一瞬不瞬地落在玉如心身上。顺着她的视线望去，十四惊愕道："咦？这发簪真是有趣，莫非是夜明珠所制成？竟是能发光。"

十四的一句话将众人的视线拉回了玉如心的胸口，而莫逸风也随之指尖一紧。

"这不是……"突然一道声音响起，却因为意识到什么又骤然止住了话语。

玄帝敛眸望去，见方才说话的是一小宫女，转眸沉声说道："继续说。"

小宫女听到天子发话，吓得扑通一声跪倒在地，忙回道："皇上，奴婢只是看着这发簪眼熟，仿佛见侧王妃今日戴过。"

"哦？"玄帝微微一怔，转眸朝若影望去。

若影苍白着脸色站在原地，转身对上了玄帝的视线，却在与他视线相撞之时又低垂了眉眼。

"果然是你。"柳毓璃蹙眉睨向若影。

"影儿，这发簪当真是你的？"玄帝问道。

若影原本想为了不惹是非而否认，可是只要他们拿着发簪去问三王府的人，她也无从抵赖，所以她也不想否认，镇定地对上玄帝的视线道："父皇，这发簪的确是儿臣的，可是这人不是儿臣杀的，儿臣与玉夫人并无过节，相反的相处还十分融洽，更何况即使对厌恶之人儿臣都没有动手，又怎会对相处融洽之人动杀念？"

柳毓璃还想说些什么，可是在看见莫逸风的冷峻神色后便不敢再多言，反正现在人赃并获，她已经脱不了干系。

玄帝抿唇未语，静默片刻，他方言道："将发簪给朕瞧瞧。"

"遵旨。"御医忙俯身去拔发簪，谁知那发簪刺得太深，竟是费了好大力气才将它拔出。冯德取出一块锦帕包裹住带血的发簪，这才将发簪连同锦帕一起呈给了玄帝。

玄帝将发簪执于手心端详，沉吟了片刻，开口道："刺得这般深，影儿又哪来这般气力，若非男子，怕是做不到吧？"

"皇上。"柳毓璃心头一急，生怕玄帝会将矛头指向莫逸风。

莫逸萧在柳毓璃开口之际脸色更是黑沉，刚要说些什么，却见若影仿若发现了什么，正俯身向玉如心伸手过去。莫逸萧以为她要做什么毁灭证据之事，可是，当他注意到若影的动作之时，脸色顿时一白。

未待莫逸萧开口，玄帝突然叫住了若影："影儿，朕突然记起你在离开营帐之时和老四的玉夫人说过话是吗？"

"父皇……"若影闻言止住了动作，起身看向玄帝不明所以。

玄帝又道："那时天色虽然已暗，可是这发簪在月色下依然能发光，所以朕记得你当时将这发簪送与了她，而后才离开了营帐，不知道朕是否有看错？"

若影更是纳闷不已，她何时在离开营帐时见过玉如心？又何时将发簪送给她了？他究竟是为了帮她脱罪，还是另有目的？

她怎么都想不透究竟是为何。

玄帝总是让她难以捉摸他的心思，有时候即使在笑，却让人看着发寒，而莫逸风又何尝不是像极了他。

突然想到自己方才所见，她眸中一怔，刚要开口，却被莫逸风给拉住了。

"父皇没有看错，那时儿臣正在周边查看，怕会有匪徒或野兽出没，想来影儿是许久见不到儿臣便出来相寻，而儿臣回来之时正好也看见影儿正与玉夫人有说有笑，手中还拿着玉簪给玉夫人，而后见影儿离开了营帐，儿臣便与影儿在月夜下散步，半路又遇见二哥，便同行了。谁知听到了锣鼓声，不知发生了何事，便匆匆赶了回来。"

玄帝微眯着目光看向躬身抱拳不卑不亢的莫逸风，片刻，浅浅勾唇："老四的玉夫人一向性子顽劣，朕猜测她是拿了这玉簪后便离开了营帐不慎走远了，谁料遇到了匪徒，玉夫人不忍玉簪被夺便与匪徒抵抗，却在争夺之时玉簪被插入了心口毙命身亡掉下了山崖。"说到此处，玄帝转眸看向莫逸萧问道，"老四，你说呢？"

莫逸萧原是有些魂不守舍，一听玄帝唤他，惊得身子一僵，忙支吾道："如心的性子的确如父皇所言，而父皇和三弟都看见了三嫂将玉簪给了如心，想来不会有错。"

虽是极力克制，可在莫逸风和若影听来，依旧隐藏不了他声音的颤抖。

若影拧了拧眉心，心里纵然不甘，终是没有违背莫逸风的意思。

莫逸谨和莫逸行面面相觑不知发生了何事，转眸看向莫逸风，见他蹙眉不语若有

所思。

玄帝深吸了一口气后，转眸道："好了，事已至此也无可挽回，冯德，派人将玉夫人抬回厚葬，加强巡营，尽除盗匪，以免此类事件再次发生。"

"是。"冯德领命后立即派人照办，而那些根本不存在的盗匪自然也是要去捉拿的。

此事算是告一段落，除了无辜丧命的玉如心外众人都安然无恙。

若影望着玉如心从眼前被人抬过，看着她指甲缝中的证据，紧咬着唇猩红了眼眸。

回到营帐，若影抬眸质问道："你为何要说谎？"

"既然父皇都不愿追究，何不就此平息风波？"莫逸风扶着她坐向床榻。

若影气恼道："不愿追究？平息风波？她死了！活生生的一个人死了！事情就这么结束了？"

"否则呢？"莫逸风轻问。

若影气得骤然站起身："她明明是被人谋杀的，我看见她的指甲中藏着证据，而那个处心积虑要诬陷我们的人才是真正的凶手，只要我把这件事情告诉父皇……"

"你以为父皇没看见吗？"

"什么？"若影的气愤情绪一下子凝结。

莫逸风轻叹一声，伸手将她碎发挖到耳后："父皇若是没看见，为何会说那些话？那个时候父皇正在泡温泉，又怎会看见你和她说话，还看见你将玉簪给了她？若当真一开始就看见，为何要等到你发现了证据才说？"

"你也看见了她指甲中的证据了？"若影很是错愕。

莫逸风点了点头。

"那为何……"她刚想问为何玄帝突然改了口，后来一想，顿时恍然大悟。

玄帝之所以如此，不过是为了包庇真正的杀人犯，而能让玄帝如此不惜做伪证而包庇的人，普天之下只有一个人。而玉如心，就这般枉死了。

一夜夫妻百夜恩，莫逸萧竟是为了陷害她而杀了与自己同床共枕过的妾室，该是多么心狠手辣，而她对莫逸萧来说并没有利益冲突，所以能让莫逸萧如此的也只有一个人，那就是柳毓璃。

若是她赔了性命，柳毓璃就可以无后顾之忧地嫁给莫逸风，而莫逸萧究竟是有多爱柳毓璃才能做如此的抉择？

思及此，若影不由得为玉如心而心痛不已，玉如心一心一意对自己的夫君，甚至为了能讨得自己夫君的欢心想尽一切办法，前段时日还说刚学了一首曲子，最适合与他琴剑和鸣，谁知今夜她的夫君便为了另一个女人而亲手杀了她，九泉之下的她究竟是恨多一些还是痛多一些？

而莫逸风，他应该也是极痛的吧？

玄帝在以为是莫逸风所为之时，竟是没有一丝怜惜地质问于他，若不是后来情况有变，恐怕他已经将莫逸风押回业城的天牢，可是当他看见属于莫逸萧的罪证之时，竟是立即替莫逸萧作了伪证，孰轻孰重，一眼明了。

难忍心中的痛，她扑进莫逸风怀里之时无声地落下泪来，莫逸风紧紧地将她拥在怀中，久久未语。

"莫逸风，我想问你一个问题，你不许骗我，一定要说实话。"若影抬眸看他神色认真。

"你说。"莫逸风一瞬不瞬地看着她，轻轻给她拭着眼泪。

若影轻垂了眉眼，心底百味杂陈，方才玉如心的尸体被抬出去的那一刻，她看见莫逸萧竟是松了一口气，毫无怜惜与内疚，她替玉如心不值，却也让她感觉到害怕。

深吸了一口气，她抬起仍然泛红的水眸看向莫逸风，轻启朱唇道："你当真那般喜欢儿时记忆中的小女孩？"

莫逸风不料她会有此一问，可是看着她的容颜，他轻笑一声抚着她的容颜低应道："嗯。"

若影也没想到他会答得如此干脆，也丝毫不害怕她会介意，不由得心底一阵失落。沉默片刻，她又试探地问道："如果哪天她真的出现了，她让你杀了我，你会怎么做？"

"我怎舍得杀你？"他无奈轻笑。

她微微一怔，又道："若是让你离开我呢？"

"你休想。"低沉的嗓音在她耳畔响起，下一刻他的唇便覆上了她微启的朱唇，蜻蜓点水之间已让他感觉安心。

"那如果我让你杀了她呢？"她怔怔地望着他，终究是难以从玉如心被莫逸萧害死这件事情上脱离。

"你不会。"他勾唇浅笑间俯身将她打横抱起，置于床榻之后倾身覆了上去，咫尺的距离，彼此呼吸可闻，见她似乎不太满意这样的答案，他轻啄了她的眉眼，淡笑言道，"不会有这样的事情发生，我不会允许任何人伤你。"

若影一瞬不瞬地望着他，整个人撞进他深不见底的双眸中。他从未说过这样的话，也从未对她许诺过任何事，而这并不属于情话的话，却让她顿时朦胧了视线。

柳毓璃一直等在营帐内许久，却终是不见莫逸萧前来，不由得来回踱着步子，指尖更是深深刺入了掌心。就在她等不及要去找莫逸萧时，外面突然传来动静，随后莫逸萧悄然进入了营帐。

"在等我？"莫逸萧笑着上前，正要抚上她的脸，她却气愤地伸手挥开。

"你终究是诓了我是不是?"见莫逸萧敛住了笑容,柳毓璃怒道,"当初是谁保证一定会让她不得好死的?为何到最后她还是平安无事?"

莫逸萧抿了抿唇,静默片刻,咽下心头的怨气沉声言道:"我说过,普天之下我不会负的人就只有你。"

"说得好听,那结果呢?你还真是赔了夫人又折兵。"柳毓璃一声轻笑,满是嘲讽之意。可是下一刻,她腰身一紧,他已将她拥入怀中,柔软的身子紧紧贴上他宽阔的胸膛,使得她脸色一变。

"毓璃,在我心里,只有你才是我的夫人。"他的声音环绕在耳畔,浓情蜜意却终是换来她的嗤之以鼻:"在我心里,只有莫逸风才是我将来的夫。"

莫逸萧的脸色骤然一白,心仿若被人紧紧攥在指尖。

"你还没有向我解释,为何突然改了口?皇上又为何会帮衬着他们?"柳毓璃冷声问道。

莫逸萧缓缓放开她,紧紧地凝注着她的视线,蓦地,又转过身去。就在柳毓璃以为他要离开之时,他突然开了口:"你没有看见你的香囊上掉了一颗小珠子吗?"

柳毓璃闻言立即垂眸望去,果然看见自己腰间的香囊上少了一颗用来点缀的香珠,而这种香珠是莫逸萧以前出使番外时替她带回来的,整个业城怕是只有她一人才有,可是,这与那件事情有何关系?

莫逸萧虽然没有回头,却已经猜到了她的疑问,未等她说出口,便说道:"父皇已经看见了,那颗珠子在如心的指甲中。"

"什么?"柳毓璃一怔,"那为何……"

"方才父皇找我去谈话,为的就是此事。也因为父皇已经看出了是你我所为,这才说了那些话,若是我再提出要细查,你以为你能逃得了吗?即使我有心保你,你也逃不过牢狱之灾。"

方才玄帝找他时他心里已经有了底,却没想到他还怀疑他和她有染,也幸亏他当时极力否认,这才免于柳毓璃被惩处。玄帝最忌讳的便是青楼女子,自然也忌讳不守妇道之人,一旦被发现了什么,恐怕柳毓璃的下场便是和当年的容妃一样了。

思及此,他终是有些后怕,虽然当时极想让玄帝赐婚,可是他知道他不能,她在他心里,终究是有着任何人难以超越的位置,若是她当真这般想嫁给莫逸风,他便如了她的愿,至少他曾经拥有过,哪怕是就现在这样的关系,他也心满意足了。

走出柳毓璃的营帐,他却感觉越发难以呼吸,心竟是这般痛。他没想到在她心里他竟然这般没有存在感,一丝一毫都没有,可是他却为了她……

今夜他与柳毓璃在永王府所属的温泉池边时,不料被前来泡温泉的玉如心撞见,他本想警告几句就放了她,谁知柳毓璃却怕事情败露,所以想要将玉如心杀了,莫逸萧原本想将她一剑刺死，柳毓璃却从袖中取出了一支玉簪插入了玉如心的胸口，莫逸萧怕被人查出是她所为，便又将玉簪直刺入心底，当时他还想将玉簪拔了，柳毓璃却说这样更好，反正玉簪不是她的而是若影的，莫逸萧向来纵容着她，便为了她将曾经同床共枕的小妾丢入了山崖，而后陪她演一出戏。

而玄帝找他谈话之时因为气恼而给了他重重一巴掌，为了不让她担心，他在来之前已经敷了药，可是脸上依旧有些红肿，然而她却视而不见，心里只想着莫逸风，只想做莫逸风的女人。

抬手覆上面颊，敷药之前都没有这般火辣辣的疼痛，现在竟是痛得把眼泪都逼了出来。

翌日，玄帝带着莫逸风他们去狩猎，萧贝月因为玉如心的惨死哀伤过度，所以提前回去了，若影虽然在临行前和她说了几句话，却终是没有问出些想要的答案。而后一想，萧贝月这般深爱着莫逸萧，即使知道了真相又如何，连玄帝都包庇着，她装作什么都没看见反而能保住自己的一条命。

看着她离去的背影，若影终究是惆怅万分。

经过莫逸萧的营帐时，若影脚步一顿，眼波一转正要打算进去，却被外面的守卫拦住了去路。

果然是当今圣上最宠爱的皇子，连待遇都与旁人不同，不过而后一想，那夜她在他的房间和书房都找遍了也没找到相关的医书或解药，他又怎可能将这些带到此处？

眼看着又要到十五了，她心里也急了，竟是有些乱了方寸。

耳边传来依稀的马蹄声和喝彩，她淡淡勾起了唇角苦涩一笑。朝阳国无论是男子还是女子，都擅于骑射，却唯独她这个不属于此处的人擅于开车，来到这里终究是无用武之地。

莫逸风临行前想要让她一同前去，但是一想到悲痛中的萧贝月，她还是选择留在了营地，可是萧贝月却不想再留在此处，隐约间像是为了某些人，所以思虑良久终是回去了，而此时此刻她倒成了孤家寡人。

眼看着夕阳西下，若影在四周溜达了一圈回来，那些喝彩之声却仍不绝于耳，看来玉如心的死除了让萧贝月和她心痛之外并没有影响到他们任何人。

想来他们还要好一会儿才回来，她干脆去温泉池沐浴一番，看看那温泉池是否当真如传言的那般好。

当她来到三王府的温泉池时，见池子似乎比莫逸谨的小了些，但是这些她都已经见怪不怪，也丝毫不影响她享受的兴致。褪下衣衫轻轻地踏入水中，当水的温度和外面冷冽的空气形成明显的温差，若影感觉全身都得到了放松，舒适至极。

约莫半个时辰，若影轻阖眼眸深吸了一口气，让她惊愕的是，自从她踏入了温泉池，她感觉心口处似乎没了之前的郁气，就好像恢复到了未中冰蚊针前。

心头一喜，她骤然睁开眼眸，正要起身找御医给自己再度把脉，耳边突然听到有人踏入了水中，她吓得立即缩了回去，转眸看去，她惊出了一身冷汗。

"你过来怎么也不出声？吓了我一跳，我还以为……"若影正抱怨着，莫逸风坐进池子挑眉睨了她一眼："莫非你以为是二哥？"

"胡说，二哥才不会。"若影气恼地从水面撩起一掌水冲他打去。

莫逸风微微侧脸躲去，水便打在了他的侧颜，而他却依旧淡然如水地转眸轻哼道："二哥当然不会像某些人那样有异常的癖好。"

某些人？异常的癖好？

若影突然想起了自己昨夜因为要去找莫逸风而去了莫逸谨的温泉池，而后莫逸谨又故意说了那些话，她不由得脸色一沉。

"谁有异常癖好了！"若影气得朝莫逸风扑了过去，却正巧被他拥入怀中坐在他身上。

"那你说为何去了二哥的温泉池？难不成事情重要到必须到那里去找二哥。"话虽这般问着，可是语气中却未见有怒意。

若影抬眸看了看他，思及当初产生的念头，不由得扑哧一笑。

"笑什么？"莫逸风好气又好笑地戳了戳她的脑袋。

若影止住笑后从实交代道："我不过是想起了二哥曾说往年都是你陪他泡温泉，而那夜你让我留在营帐自己却出去好久都不回来，所以才想看看你是不是偷偷和二哥泡温泉去了。"

莫逸风闻言扯了扯唇，正要开口，却听若影又道，"二哥到现在都不愿娶妻，莫非他当真爱上了你这个三弟不成？那还真是够死心塌地的，也难怪会一边泡温泉一边说着酸溜溜的话。那你在父皇未赐婚之时也一直没有娶妻纳妾，莫不是也被二哥的真情所打动了？"

"你当真这般觉得吗？"莫逸风原本因为她的话而有些郁闷，可是在看见她笑得前俯后仰之时，他的唇角却勾起了一抹邪肆的笑容。

若影在察觉到什么时，笑声戛然而止。只见她的脸色越来越红，身子却慢慢地想要从他怀中脱离。

"去哪儿？若是今夜不证明些什么，不是会被你误会了去？"莫逸风慢慢凑近她的耳畔，薄凉的唇若有似无地碰触着她的耳廓。

"别……我跟你说笑的，哪里会误会你什么……我只怀疑二哥总行了吧？"若影急得伸手去制止他的动作，而他却不由她抗拒地噙住了她的唇。

"莫……"

夜色撩人，星斗满天，她所有反抗话语都瞬间被淹没在了寂静的夜中。

第38章 怎舍得杀你 | 153

翌日清晨，若影被一声声吵闹声惊醒。就在她穿好衣衫之后，莫逸风从外走了进来，见她已经醒来，竟是端着洗漱水走了进来。

"是否把你吵醒了？"莫逸风满眼的宠溺，今日的他看起来比往日更是神清气爽。

"外面在做什么？"若影一边梳妆一边问道。

"昨日父皇狩猎一天有些乏了，今日众人便各自活动，所以十四弟便来了兴致，说要去对面的山头摘野果去，方才众人已经全都跟去了。我以为你还睡着，就没有叫醒你。"莫逸风将锦帕在水中洗了洗，而后来到若影跟前替她净脸，原本是纡尊降贵之事，可是在莫逸风和若影之间发生看起来竟是这般自然。

洗漱过后，莫逸风正要将那发簪给她插上，可是手停顿在半空，终是放了回去，又换了另一支发簪。毕竟这个是被人当作凶器使用见过血腥，实在太不吉利。

若影自是知道他的顾忌，也就没有阻止，却听莫逸风道："改日再去给你买一支新的。"

"好。"若影莞尔一笑。

说实话，一想到这个发簪被人插过玉如心的心脏，她的心底也有些发寒。

"大家都去摘野果了，我们也去吧。"若影兴致勃勃地拉着莫逸风便要出去，却被莫逸风又伸手拉了回来："用完早膳再去，否则你又该腹痛了。"

若影一怔，却终是点了点头。

虽然她这腹痛是自己瞎编乱造的，可是也不想引起他的怀疑，便只得乖乖用了早膳。

因为众人已经离开，便剩下若影和莫逸风二人前往，但这样倒是若影喜欢的，没了那些熙熙攘攘，两人成双行至山水之间，就连心情都愉悦了几分。

明明昨日她已经来过了此处，可是如今和他一同前来，却有一种别样的感觉。望着青山高耸入云，云雾缭绕在山腰，及那奇峰异石清澈流水，她骤然觉得自己仿若置身于世外桃源。

只是也不知是何原因，她总觉得自己的身子乏得很，没走几步路就有些微喘。心口倒是不疼，却是有些发闷。她微微变了脸色，以为是冰蚊针提前发作，可是又觉得不太像。

莫逸风转身望去，见她垂了嘴角，轻笑一声后返身走到她跟前蹲下了身子。

若影先是一怔，而后却又笑着趴上了他的背脊，任由他将她背起。

"等我到七老八十了，你还会这么背我吗？"若影笑问。

莫逸风勾唇一笑："会。"

若影闻言扑哧一笑："怕是到那个时候，你自己都走不动了，哪里还有力气背我？不说我拖你后腿就不错了。"

"若当真到了那个时候，你我干脆哪儿都别去，整日躺在床上得了。有你作伴，倒是

不愁寂寞。"莫逸风笑言。

若影顿时笑开，可是没过多久，她突然觉得他方才的话哪里不对劲，顿时脸色一沉，伸手就扯住他的两个耳朵不悦道："尽知道占我便宜！谁要与你整日躺在床上！"

"娘子饶命，为夫知错。"莫逸风故作疼痛得直叫唤，惹得若影咯咯直笑。

"大胆！"就在这时，一声厉喝划破此刻的温馨，若影惊得立即松了手。

第39章 冰火两重天

　　莫逸风闻声转过身去，当看见身后的竟是莫逸谨时，莫逸风忍不住瞪了一眼，而若影则是从他身上跳下去后便朝莫逸谨打去："二哥！你吓死我了，我还以为是父皇呢。"

　　方才那声音真是像极了玄帝，果真是亲父子。

　　莫逸谨一边用手抵抗，一边哈哈大笑："总算是出了一口气，谁让你不但不对我负责，还和三弟这般如胶似漆。"

　　若影动作一滞，转瞬间红了脸："二哥净胡说，我要对你负什么责？"

　　咕哝了一句后转身向着莫逸风走去，拉过他的手朝前走着，也不理会身后的莫逸谨。

　　莫逸谨疾走了两步跟上去后道："我这身子都被你看光光了，你也不想负责？"

　　"二哥！"这一次是莫逸风开口低斥了一句，"这种话也不怕被人听了去。"

　　"怕什么，此处也只有你我三人。"莫逸谨笑言。

　　莫逸风无奈地摇了摇头，他这种桀骜不驯他已习以为常，也所幸周围没有旁人，否则还不知会被传成怎样。不过莫逸谨自是不会伤害到若影，这一点他心里清楚，所以也就没有跟他计较。

　　就在此时，不远处的山顶上传来一声欢呼，放眼望去，原来是十四发现了果子，也不知是何新奇的果子，竟然让一群人都为之惊叹。

　　"我们也过去吧。"若影说着便朝前奔去。

　　莫逸风看她跑得飞快，与莫逸谨相视一笑，方才不知是谁连走路都没了气力，如今倒是来了精神。

　　"走吧！"莫逸谨笑着立刻和莫逸风跟了上去。

　　十四他们发现的果子是在半山腰，而等到若影跑到山脚下时，他们都已经朝山顶爬去，望着高耸入云的山峰，若影惊得扯了扯唇角。

"怎么，怕了？"莫逸谨走到若影跟前抱臂看着她，满脸的看好戏模样，转眸睨了一眼莫逸风，俯身笑言，"要不要背你上去？"

若影低哼了一声后别开脸道："要背也不会让你背。"

"真是好心当成驴肝肺。"莫逸谨闷闷地咕哝了一句后便朝山上走去。

莫逸风的脸上总是挂着淡淡的笑，看她艰难地朝山上爬去，他便跟在她身后护她周全。

可是才一盏茶的工夫，若影感觉胸口又开始发闷，每走一步都有些力不从心，全身就像被抽尽了所有气力，抬眸望向山峰，也不知是云雾的关系还是她视线已然模糊，望出去竟是雾蒙蒙的一片，就连山顶都在摇晃。

"你们在磨蹭什么？三弟，你好歹也是习武之人，怎和影儿一样弱得像是文弱书生大家闺秀？"莫逸谨转身见他们拉开了好远的距离，就开始嚷嚷起来。

若影苦笑着扯了扯唇角，却连斗嘴的力气都没了。

莫逸风闻言淡淡一笑，可是下一刻他就变了脸色。

文弱书生？大家闺秀？

抬眸朝山峰处望去，那一抹鹅黄色的身影正矫健地跟着众人朝上爬去。脑海中有什么一闪而过，脸色瞬间一白，转眸看向若影，眸色渐渐黯然。

若影深吸了一口气，咬唇欲往上爬去，可就在这时，群山在眼前晃动，莫逸谨的身影越来越小，她再也支撑不住自己的身子，整个人都朝后倒去。

"影儿！"两道惊呼声来自不同的方向却同时响起。

没有预想的疼痛，她只觉一道熟悉的气味环绕住整个身子，随后便失去了知觉。

迷迷糊糊间她感觉有人搭上了她的脉搏，有人进来有人出去，有人掉落了面盆，有人厉声责备，最终她又睡了过去。

"还不快去重新打盆热水。"莫逸谨沉着脸冲方才失手滑落面盆的小宫女一顿怒斥。他平日里极少发脾气，就算是发脾气也从不会对姑娘家，今日他是担心极了，看着若影到现在都没有醒来，他感觉整个人都慌了神。

莫逸风坐在床畔紧握着拳，指关节森森泛白，视线一瞬不瞬地落在若影脸上，静静地听着她的呼吸声，仿若自己一不注意她的呼吸便会消失一般。

柳毓璃和阙静柔望着莫逸风这般神色，脸色均有些难看。

御医为她把过脉后小心翼翼地看向莫逸风，心头忐忑不安。

"说。"莫逸风目光乍寒。

"三爷，侧王妃是因为……"御医吞吞吐吐，不知该如何是好，事实上他根本看不出若影有何病症，也不知她因何昏迷，只知道她的脉象时而紊乱时而平稳，行医多年，他从

第39章 冰火两重天 | 157

未见过这般奇特的脉象。

"因为什么，你倒是快说呀。"莫逸谨急得上前便扯住了他的衣襟。

"二爷息怒。"御医脸色一变，扣住莫逸谨的手腕便急急解释道，"其实侧王妃是因为气虚才致昏迷，应该过会儿就能醒了。"

"气虚？"莫逸谨自是不信，"昏迷前都还是生龙活虎的，为何突然会昏迷？若是气虚所致，理该整日没有精神才是，你究竟会不会诊治？"

阚静柔和柳毓璃见状急忙上前劝阻，可是莫逸谨却死死拽着御医不放手，势必要让他给个说法。

莫逸风起身上前拉住莫逸谨示意他松手，又让阚静柔和柳毓璃出去，而后看向御医道："当真是气虚吗？"

御医静默片刻终是开口道："三爷，侧王妃的确是气虚，而且近日里应该饮食也不太规律，只是这昏迷是否只因为气虚所致，下官尚不能下定论，侧王妃的脉象时缓时急，实在……太过异常……"

"那……是否跟她的胃疾有关？"莫逸风突然想起了上次她昏迷不醒，大夫太医都束手无策，可是待她醒过来后却说是因为自己患了胃疾才会如此。当时太医也附和着说是，后来去询问，也说是因为胃疾，可是他总觉得哪里不同于寻常。

而御医听到莫逸风这般问时神色一怔，转眸看向昏迷中的若影，支吾道："这……侧王妃没有胃疾。"

"什么？"莫逸风骤然瞪大了眼眸。

莫逸谨闻言怒道："一会儿说是因为气虚才导致昏迷，一会儿说没有胃疾，究竟是你医术不济还是因为你觉得活腻了？"

"二爷、三爷！下官说的是事实，这病怎能胡编乱造？只不过侧王妃最近饮食过少，导致体力不支而晕倒也是情理之中的事情。"御医有些欲哭无泪。

"没有胃疾？"莫逸风转眸看向若影喃喃自语，须臾，他又看向御医道，"可是上一次也是无端昏迷了，而且似乎是因为疼痛，连全身的衣衫都被汗水给浸湿了，若不是胃疾，究竟是什么？"

御医上前无奈地道："三爷，不知上次是哪位太医给侧王妃诊治的，不如待下官回去后与他确认一番，若当真是疑难杂症，下官定会竭尽全力医治好侧王妃。"

莫逸风紧握着若影的手，不着痕迹地为之一颤。

将那日的情景与御医说完后，莫逸风便让莫逸谨和御医离开了营帐，待众人皆离去之后，他伸手替她褪下了衣衫检查她的身子，生怕是因为上一次去江雁镇时她受伤留下的病根。

可是，伤口处虽然还留着疤，却已经痊愈，也没有病发的迹象，其他地方也没有受伤

的痕迹。他从头到尾细细查看，发现她除了左胸口有个小红点之外，她身上根本没有任何异样。

就在他要检查那小红点之时，若影渐渐醒了过来，而后急忙用被子盖住自己身子。

"你醒了。"莫逸风一喜。

若影一怔，这才想起自己之前昏迷了。

"为何最近总是会晕倒？根本就没有胃疾为何串通太医骗人？"莫逸风紧蹙了眉心看向她问。

若影闻言呼吸一滞，低垂了眉眼轻咬朱唇，就在她不知该如何解释之时，莫逸风又问："还有你胸口的那个红点是怎么回事？"

胸口红点？

若影掀开被子偷偷望去，顿时脸色一变，那个位置正是冰蚊针入体时的位置，他不说她还没有注意到，他这般一说，果然看见有个针眼大小的红点出现在她左胸口。可是，这个红点究竟是今天才出现的，还是在中了冰蚊针后就出现的？她自己都不是太清楚。

"那……那个一直都有。"若影目光闪烁不敢对上他的视线。

"胡说！"莫逸风沉声打断了她的话，"之前我怎么没看见？"

若影原有些不知所措，可是一听他的这句话，脸色更是绯红，忍不住咕哝道："你没看见不是很正常，全身上下哪有你都看见的印记。"

莫逸风突然伸手将她拉至身前，紧紧地盯着她低声道："你右胸口有颗红痣，左大腿内侧有胎记，后颈处有刺青，背上因为江雁镇遇袭有个疤，我都一清二楚。"

"你……"若影听得面红耳赤，然而抬眼看他，却见他满脸正色，并无任何邪念，这样的他让她更是局促不安。

她想要告诉他，却又害怕告诉他，思来想去，终是咽下了心头的话。

罢了，反正事已至此，即使他知道了也无法改变什么，她也不想徒增一个为她担忧伤神之人，更何况他已经放下了柳毓璃，看见她晕倒也会为她伤心难过，这就够了。

她最不想伤害的人就是他，最想给幸福的人也是他，只要他的人他的心都在她身边，一切她都能承受。

"真的没什么，只是这几天胃口不好，所以才晕倒了，那个红点那么小，或许你以前没有发现，哪有人盯着别人身子这么看的，害不害臊啊你。"为了引开他的注意力，她故意扯开了话题，身子一仰倒在床上，拉起被子就蒙住了头。

莫逸风听她这么说觉得也不无道理，于是也松了一口气，见她躲在被子下不出来，于是身子一倒也躺回了床上，并将她连被子一起裹入怀中："哪有盯着别人身子看，不过是看自己娘子的身子，有什么可害臊的。"

若影闻言从被子中钻出了头冷哼道："我可没有这么看过你。"

第39章 冰火两重天 | 159

"若是你觉得亏了，为夫现在就宽衣解带让娘子看个仔细。"莫逸风说着作势要宽衣解带，若影慌忙压住他的手："谁要看了，看你还不如看二哥去，瞧你的身子就像补了补丁的衣服，有什么可看的。"

莫逸风黑眸一瞪："二哥的话你倒是放在心上了，我的话你可一句都没放在心上，看我怎么收拾你。"

话音一落，他的手便从被子下钻了进去，一瞬间，整个营帐便是两人的欢笑声，就连巡营的侍卫闻声都面红耳赤地转移了方向。

午膳时，众人是在一同用膳，因为若影说自己没有食欲，而御医又说若影饮食欠佳，所以才导致了昏迷，莫逸风便更是不停地为若影布菜，也不顾旁人在场，看得个别人气白了脸。

玄帝对昏迷醒来的若影倒是很关切，不但吩咐宫人将若影爱吃的几道菜都放置在了她面前，还声声提醒若影要多吃些，身子好了才能为他添个皇孙。

若影听得面红耳赤，埋头便吃起了饭菜，平日里纵使再乖张，在此时也羞得不敢抬头看人。

转眸偷偷看向莫逸风，以为他会为她说几句话，谁知他竟是看着她勾唇笑着，似乎也盼着她早日为他生儿育女。

桐妃望着他二人，掩唇朝玄帝低笑道："看起来风儿也盼着能早些为人父了，说不定一眨眼皇上就能抱上皇孙了。"

"就算再快也要等十个月，怎可能一眨眼就抱上……"若影闻言竟是脱口而出，一桌人在她说完这句话后视线全落在了她身上。

莫逸风怔怔地看着她，莫逸谨闷闷地垂了头，柳毓璃已经黑了脸，阙静柔紧握着酒杯指关节泛白，德妃不屑地移开了视线，而玄帝……

"哈哈哈……"就在这时，玄帝突然哈哈大笑，他一笑，众人也跟着笑了起来，倒是把若影惹得红了耳廓。

桐妃亦是笑得弯了眉眼，不住地点头道："是是是，瞧本宫多糊涂，这孩子也不是一眨眼就能抱上的，不过若是十月后就能抱上，本宫可是高兴着呢。"

"母妃。"若影低声咕哝了一句，再看莫逸风直到眼底的笑，便再也说不出话来。

一顿午膳就在这欢声笑语和翻倒醋坛的冰火两重天中过去了。

经过午膳之事，柳毓璃越发沉不住气了，明明是自己送上的冰蚊针，可是见若影如今还安然无恙，便心急了，立即将莫逸萧约到了山水间。

"四爷，我想问你一件事。"柳毓璃正色道。

莫逸萧渐渐敛了笑容，抿唇深吸了一口气后方道："我还以为你约我出来只是为了让我陪你游山玩水。"

柳毓璃并未将他的话放在心上，走到她面前便问他："我记得你跟我说过，中了冰蚊针的人每到十五都会痛不欲生，而且冰蚊针此生无法取出也无药可解是吗？"

"为何有此一问？"莫逸萧反问道，见她眸色微闪，他顿时变了脸色，"那冰蚊针是我给你防身的，难道你……"

"是，我把它当成贺礼送给了那个贱人。"柳毓璃目光一瞪，恨不得将那张得意的脸撕个粉碎。

"毓璃！"此时此刻，莫逸萧根本不知道该对她说什么。但是事已至此，他也无力挽回，更何况那个女人他也实在看着不顺眼，中了冰蚊针也好，让她受尽折磨以解当初羞辱他之仇。

柳毓璃转过身看向莫逸萧，见他微微失神，就轻唤了他一声："四爷，究竟是否有解冰蚊针之方？你跟我说实话。"

莫逸萧微微蹙了眉心，却终究不舍对她发火，压下心头的怒气后言道："既然有冰蚊针之毒，自是有解冰蚊针之方。"

"什么？"柳毓璃听得一阵发蒙，也瞬间心头一紧，"那你为何当初跟我说无药可解也取之不出？"

"不过是为了让你不要随意而用罢了。"莫逸萧轻叹一声道。

柳毓璃的性子他是再了解不过，相比较莫逸风，他更是懂她，懂她的一切。因为柳毓璃在意莫逸风，所以在他跟前从来不表现真性情，即使心中不愉快，她依旧在伪装着自己，就怕莫逸风会厌烦。他心疼她也恼她，可最终还是不忍伤她。就因为如此，他更是清楚若是柳毓璃知道冰蚊针之毒有解，便会肆无忌惮地拿来使用，所以才没有对她说出实情。

柳毓璃想了想，仍是不信："可是三爷也是只知冰蚊针之毒却不知解冰蚊针之方。"

莫逸萧闻言脸色一沉："在你眼里他是无所不知无所不能吗？"

柳毓璃一下子语塞。

"当初有人知道我将冰蚊针盗了回来，所以我故意放出假消息，说一旦中冰蚊针便无药可医，免得中冰蚊针之人还想着来我府上盗解药。"莫逸萧说完，转身上前在她面前站定，俯首望着她再次开口，"毓璃，不是只有莫逸风才是聪明人，也不是莫逸风才是值得你托付终身之人。"

"我不想与你说这些，你只要告诉我，这冰蚊针之毒如何解？"柳毓璃在他伸手之时向后退了几步避开了他的碰触。

莫逸萧的手停在半空，静默片刻终是将手放下，缓缓负于身后开口道："冰魄丸，只

第39章 冰火两重天 | 161

要服了冰魄丸，冰蚊针就能溶解，可是这冰魄丸只有一颗，只能救一条命，难不成你要怜香惜玉去救她？"

"救她？"柳毓璃冷哼，"我恨不得她死。"

莫逸萧蹙眉不语。

"今日又非十五，她为何会晕倒？是否和冰蚊针有关？"她又追问道。

"冰蚊针只会在十五发作，一旦发作可不会让人昏迷不醒，只会让人痛不欲生，但是她这次昏迷竟是连御医都查不出原因……"莫逸萧低眸沉思，而后猜测道，"应该是和冰蚊针有关，但是她并没有……"

若是当真如他猜测的那般，那她身上应该会有变化才是。

柳毓璃见他暗自揣测，上前道："我之前在营帐外听到……"言至此，她心里涌上浓浓的不甘。

"听到什么？"他转眸看她。

柳毓璃回想道："我听说她的左胸口有个红点，以前没有现在却突然出现了。"

在营帐外，她只听到了这一句，也只听了这一句便再也听不下去了。

莫逸萧骤然一惊，而后眉心便蹙得更紧："我曾听师父说，若是男子中了冰蚊针，就会在胸口有个不起眼的黑点，若是女子中了冰蚊针，一开始不会有印记，除非……"

"除非什么？"柳毓璃急问。

莫逸萧看了看她，轻笑一声："除非身怀有孕，且孕期在两月左右。"

身怀有孕……

这个消息对于柳毓璃来说无疑是晴天霹雳，她万万没想到若影会这么快怀有身孕，她以为莫逸风好歹还会心中有她，为了她也不会这般快让若影怀上，谁知道一切都是她以为而已。

他们二人如今的感情究竟是有多好？

手中的锦帕被她揉得变了形，眼中的恨意越发浓烈。

"事已至此，你还要继续吗？为了这样的他，值得吗？"莫逸萧伸手揽住她的肩，不愿她再这般下去。

"他不过是被她迷惑了。"她咬牙切齿道。

"你还想要如何？如今他们都已经有了孩子。"莫逸萧微闪了目光。

"如果她死了，这个孩子也就不存在了。"柳毓璃低声一语，眸中闪过一道寒芒，转眸望向莫逸萧，问道，"你还愿不愿意帮我？"

"若是让他知道了，你觉得他会原谅你吗？"莫逸萧蹙眉道。

虽然他很想看见莫逸风恨她，可是，他担心这样一来一直隐忍着的莫逸风会伤她。他一直清楚，莫逸风并非没有能力反击，只是他念及旧情所以一直没有动手，虽然他心甘情

愿要保护她，但是她又只想着嫁给莫逸风，即使他要护她，也力不能及。

柳毓璃望着天际渐渐失神，沉默片刻，被一阵冷风一吹，方缓缓敛回思绪，唇角渐渐扬起一抹苦笑："只要她死了，他一定会回到我身边的，就像以前……"

"他爱的从来不是你，他爱的人只是那个陪儿时的他度过一夜的小女孩，可是你并不是。"莫逸萧毫不留情地开口破灭了她的幻想。

"够了！"柳毓璃瞬间红了眼眶，"我就不相信十年的光景还比不上一夜，而你，不要出尔反尔。"

她紧紧地握着拳，恨不得扬手打上去，咬了咬牙，转身便离开了。

莫逸萧看着她离开的背影，目光渐渐暗淡。

最后一夜，莫逸谨拉着莫逸风一起去了温泉池，离开时还转身给若影做了个鬼脸，满是得意的模样。若影扯了扯唇，对他的孩子气很是无语，可是下一刻便微眯了双眸以警告的神色看向他。

莫逸谨一怔，而后忙将莫逸风拉走，还说要与他把酒言欢到天明。

莫逸风不放心她一个人，但是若影笑着让他不要担心，虽然发生了玉如心的事情，但若是她好好呆在营帐内，周围又有侍卫巡营，莫逸风还让秦铭守护着她，想来也不会有事。只是一想到莫逸谨的话，她甚是觉得好笑，在温泉池把酒言欢到天明，也不怕把身子都泡熟了。

但是在他们离开后，若影还是忍不住低低一笑。也难怪在众多皇子中莫逸谨和莫逸风最投契，有这样的一个活宝，莫逸风也不愁寂寞。

转身回到营帐准备睡下，谁知一道黑影一闪而过，若影猛然一惊，急忙追了出去，可是外面又不见可疑之人。心中忐忑不安，犹豫着要不要找莫逸风，可是而后一想，他们兄弟二人也就今夜畅谈，前几日莫逸风都是陪着她，所以又打消了念头。

躺在床榻上，她的视线一直注意着四周，始终不敢闭上眼睛睡去。烛火依旧如往常一般没有熄灭，任由它在寂静的夜中跳动。

最近也不知道为何，身子越发疲倦，一直在打瞌睡，哪怕白天睡得再多，一到夜里眼皮就直打颤。

不知不觉间，若影终是轻阖了双眸睡了过去。

莫逸风和莫逸谨在温泉中饮了几杯酒，莫逸风便开口道："回去吧，不早了。"

莫逸谨闻言酒意全无，骤然怒道："不到半个时辰你就要回去，你这是在提醒我你要回去抱美人了吗？"

莫逸风不由得一笑："既然这般羡慕，为何不自己娶妻纳妾？"

第39章 冰火两重天 | 163

"唉……"莫逸谨长长一叹,"若是我也能在半路上捡到一个像影儿这样的丫头,娶妻足矣。"

莫逸风微微一怔,随后勾唇浅笑从温泉池中站起身。

"你还真的走啊?"莫逸谨一急。

"你自己慢慢泡吧。"莫逸风说着便穿上了衣衫。

莫逸谨见状也只得起身更衣,脸色却满是哀怨。一个人泡温泉又有什么意思,若是像那夜某人突然出现陪他聊天倒也罢了,可惜今夜某人已经早早睡下了。

"二哥,哪里来的青烟?"莫逸风望着不远处身子一僵。

莫逸谨穿好衣衫望去,骤然一惊。

"影儿!"两人异口同声。

那处正是若影的营帐,此时正冒着一股股青烟,隐约地有盈盈火光闪动着。而在他们离开时她说先睡了,难不成现在她还在起火的营帐内?

两人脸色一变震惊得倒抽了一口凉气,不耽误片刻,飞身朝营帐而去。

"着火了,快救火!"一声声呼喊此起彼伏,众人来不及穿戴整齐,皆冲出了营帐。

当所有人都赶至起火的营帐时,顿时震惊了。

"风儿和影儿在不在里面?快救火啊!"桐妃回过神来急忙吩咐身边的人去救火。

德妃先是一怔,而后淡淡勾起了唇角站在玄帝身侧。

柳毓璃和莫逸萧对视了一眼,又淡淡收回了目光,却是杵在原地没有动弹。

等到莫逸风回来,想必看到的只是一具焦尸吧?

思及此,柳毓璃的唇角扬起一抹弧度。

阚静柔望着火光脸色一变,忙转身去打水救火,谁知刚打了一桶水,下一刻竟看见莫逸风飞奔而来。

"三爷,你没在里面。"阚静柔一怔又一喜,水桶从手中滑落。

莫逸风没回答,视线扫过众人,心更是一紧:"影儿……影儿还在里面。"

莫逸风和莫逸谨两人正要上前,桐妃急忙将他二人拉住:"别进去,万一伤到怎么办?"终究是自己的孩子,又怎忍心看着他们踏入火海?

"影儿在里面,若是再不进去就没命了。"莫逸谨猩红着眼眸怒吼。

"那也不能进去,若是你进去了也会没命的,你是要弃母妃于不顾吗?"桐妃哭着抱住莫逸谨,怎么都不愿让他进去救人。

莫逸风拨开桐妃的手想要冲进去,手臂却被人紧紧拉住。

"三爷,你不能进去。"阚静柔紧紧地抓着他苦苦哀求,"一定来不及了,若是你进去了也会没命的。"

"放手!"莫逸风奋力甩开她的钳制,可是阚静柔竟是冲到他面前挡住他的去路,"三

爷,你不要命了吗?"

莫逸风猩红着双眸拽住她的手臂往旁边一甩,阚静柔惊呼一声整个人朝一旁摔去,重重摔在疾步而来的莫逸行怀中。阚静柔转眸望去,却见莫逸风提起刚才她打的一桶水朝自己临头浇了下去。

刺骨的冰水浸湿了他全身,却不见他有任何寒意,阚静柔正要再次上前阻拦,却为时已晚,他就这般冲进了火海。

"三弟!"

"三哥!"

莫逸谨和莫逸行的声音同时响起,看着熊熊火光,两人想要去救,却已经来不及了。

桐妃震惊地看向那夜色中的大火,颤抖着身子上前拽住玄帝的手臂苦苦哀求:"皇上,快救风儿!快救风儿啊!"

玄帝望着眼前的一切,在这一片火光中逐渐朦胧了视线:"婉儿,朕的婉儿……"

桐妃的哀求声就在玄帝说出那句话时戛然而止,转眸望向那一片火海,指尖骤然一紧。

他终是没有忘记十一年前的那场大火,那一场让他最爱的女人,还有那个比皇子还备受宠爱的女儿枉死的火。可是如今他的儿子闯入了火海生死未卜,他怎能只记得枉死的宠妃和爱女?

"皇上,风儿是您的儿子啊!无论是什么原因,请皇上快些救风儿!快救他……"桐妃哭得声嘶力竭,德妃却突然上前呵斥道,"桐妃,这火势这么大,你让皇上如何救?生死有命,难道你还要让皇上涉险不成?你是何居心?"

"可是风儿和影儿都在里面,两条性命在里面啊。"桐妃移开视线望向玄帝,她并不是希望他冲进火海,只是此时此刻她已经乱了阵脚,就怕莫逸风会遭遇不测。

玄帝在听到影儿二字时,似乎渐渐从哀伤中回过神来,立刻吩咐众人务必将人救出。

众人一听玄帝发话,岂敢怠慢,纷纷加快了救人动作。

原本守护若影的秦铭从远处疾步而来,看着眼前的一切,顿时变了脸色,他竟是中了调虎离山计。听人说莫逸风和若影在里面,也顾不得危险,抬起水淋头浇下,正要冲进火海之时,莫逸风抱着若影从火中冲了出来,若影已经处于昏迷,而衣服也有被火烧过的痕迹。而在他们二人冲出火海之际,身后的营帐瞬间倒塌。

"御医!"因为被烟熏过的关系,莫逸风的声音已是低哑,刚开口喊了御医,就开始剧烈地咳嗽。

柳毓璃见莫逸风竟是将若影救了出来,脸色有些难看,而德妃更是脸色一沉,还以为莫逸风会葬身火海,没想到竟然会安然无恙。

"风儿。"桐妃止住哭泣急忙奔了过去。

莫逸谨更是一个箭步冲到了他们面前蹲下身子望向莫逸风急问："影儿怎么样？"

让人没想到的是，玄帝看见他们二人逃离了火海，竟然带着凌乱的脚步奋力推开众人来到若影身旁："御医！快来御医！快救她！必须救活她！"

他连正眼都没有看自己的儿子一眼，竟是径直朝自己的儿媳冲了过去，那眼中满满都是慌乱和惧怕。

惧怕！惧怕失去，惧怕她不能醒来。

这样的眼神已消失了十一年之久，今日竟是在一个不受待见之子的侧王妃身上再次出现。

御医自是不敢怠慢，立即冲上去给若影探脉并检查伤势。

"怎么样？"看着若影一动不动地躺在他怀中，莫逸风的话音都带着颤抖。

"侧王妃是因为被浓烟给熏晕了过去，并无大碍，只是不知道是否有被烧伤，还是要检查一下才能知晓，只是此次出行并无医女，微臣……怕有些不便。"御医垂眸言道。

"桐妃，你给影儿检查一下，不论大伤小伤都不得掉以轻心。"玄帝道。

"谢父皇关心，此事便不劳母妃，儿臣会给影儿查看伤势。"莫逸风低哑着开口，起身将若影打横抱起。

柳毓璃闻言苍白了脸色了，眸中的恨意越发浓烈。阚静柔紧了紧指尖，唇色发白，心底满是酸意。

可是又能如何，他们终究是夫妻，看个身子也是再正常不过之事，可是当亲耳听到莫逸风这般说时，她们心里终究是酸得难受。

营帐内，桐妃来到若影跟前，见莫逸风坐在床畔忧心忡忡，她上前拍了拍他的肩道："风儿，你也让御医瞧瞧，方才听你嗓子都哑了。"

"我没事。"莫逸风淡淡一语，伸手替若影解开衣服。

桐妃轻声一叹："你也别怪你父皇，其实他也很担心你，所以让我来替影儿检查伤势，并且让你去让御医瞧瞧，就算没有外伤，这嗓子也要好好医治。"

莫逸风淡淡一笑，笑容不达眼底，他自是不会相信这些是玄帝所言，让她进来替若影检查伤势倒是真的。

玄帝对若影的喜欢超乎他的预料，但他能看得出，他是真心极喜爱她的。

"我刚才检查过了，影儿只是颈部有些烫伤，我去御医处拿些药。"莫逸风说完便立即起身走了出去。

桐妃点了点头，坐到床畔后给若影提了提被子，听莫逸风说她只是颈部有些烫伤，她也算放了心，但还是去检查了一下。

可是，当桐妃看见若影颈部的刹那间，她整个人都怔在原地不得动弹，脸色瞬间苍白如纸。

鹰翅刺青，竟然是鹰翅刺青。

这个是飞鹰门的标记，只要是属于飞鹰门的人就会有这样的刺青，而且随着在飞鹰门的资历越深，刺青越全，刚进飞鹰门就是单鹰翅，而后便是双鹰翅，紧接着鹰身、鹰脚，当最后有完整的猎鹰就是飞鹰门的门主。

原先她是不知情的，可是十一年前发生了那件事情之后玄帝便让人去调查，得知那女子是飞鹰门的人，便在一夜之间将飞鹰门全部灭口了。而与此同时，容妃也被昭告"病死"在宫中，死因不明。

望着若影后颈处的鹰翅刺青，桐妃的思绪渐渐飘向了十一年前……

第40章 原是飞鹰门

那一夜，瑶华宫外锣鼓震天，漫天火光仿若鲜血将整个夜空染得红透，宫人们一个个慌乱地四处奔逃，叫喊声、哭闹声响彻整个瑶华宫。

当玄帝和德妃坐着龙辇急速而来之时，整个瑶华宫已经火势汹汹直逼云霄，最终还是没有挽回习嫔和婉儿的性命。

当夜，刺客被抓了起来，临死之前还指认是容妃指使她纵火杀了习嫔母女，而德妃却在那时突然来到那女子跟前拉开她的后颈衣领惊呼："皇上您看，这女子颈部有刺青，看来她的身份不简单。"

"秦统领，你去看看究竟是什么刺青。"玄帝震怒。

御林军统领秦万成检查之后转身道："回皇上，这个刺青乃是飞鹰门的标记，看来此女子是飞鹰门的人。"

"飞鹰门？"德妃震惊道，"容妃竟是……飞鹰门的人。"

秦万成心头一惊，忙开口道："皇上，容妃娘娘根本不懂武功，又岂会是飞鹰门的人？说不定是有人栽赃陷害。"

德妃闻言轻哼："就算不是飞鹰门的人也定然和飞鹰门脱不了干系，你没听刚才这人怎么说吗？这一切都是容妃指使的。"

秦万成指尖骤然一紧，想要帮容妃说几句公道话，却不知该如何开口。

可是让他没想到的是，即使他不多言，脏水也同样泼到了他身上，只见德妃轻移莲步上前打量了他一圈后悠悠说道："秦统领，本宫知道你和容妃的关系一向很好，可是如今皇上的习嫔和小公主都葬身火海了，你还要包庇罪魁祸首吗？"

"娘娘说话可要三思，容妃娘娘待人一向谦和，下官也只不过是对主子投桃报李罢了。"

"主子？你的主子不是皇上吗？为何成了容妃？你将皇上置于何地？"德妃冷冷一句，却带着浓浓的讥笑。

"德妃你……"

"够了！"一声震怒惊得众人浑身一颤，玄帝猩红着双眸瞪向他二人，"你们再敢说一句，朕就让你们去给习嫔和婉儿陪葬。"

德妃心头一颤，转身走到玄帝身侧再也不敢吱声。

"秦统领，朕命你立刻去调查此事，三日内向朕回禀。"

"微臣遵旨。"

不远处，一个小女孩看着眼前的一切浑身战栗，脑海中一片空白。

火依旧熊熊燃烧着，而她的世界似乎静止了。

"娘……"刚一出口，嘴就被人从后捂住，而后便逐渐失去了知觉。

那夜，她让秦万成将那小女孩秘密送出了宫。

秦万成心里明白，若是他将这个小女孩送到玄帝跟前，玄帝自然会将婉公主的死发泄到她身上，所以他冒着欺君之罪将那小女孩护送出宫，并且秘密教她武功，并且告诫她不得让人看见她颈部的刺青。可是有一天她却突然消失了，他派了许多人都找不到她，她就像是凭空失踪了一般。

一阵寒风吹了进来，桐妃渐渐敛回思绪，望着她颈部的刺青，还有刺青旁的那颗红痣，她知道她没有认错人，眼前的若影就是当年那个小女孩，当时她大概六岁，如今竟是长这么大了。更是没想到她竟然嫁给了莫逸风，兜兜转转还是逃不开与皇家的纠葛。

"影儿怎么样？还没醒吗？"

桐妃闻声心头一紧，急忙伸手捂住若影的刺青，而后迅速用被子盖住她的身子。

"参见皇上。"她立即起身向不知何时进来的玄帝行礼，身子却不由自主地带着一丝微颤。

见桐妃如此反应，玄帝立即上前坐到床榻上："影儿是不是伤得很严重？"

"皇上！"见玄帝的指尖碰触盖在若影身上的被子一角，桐妃吓得立即冲了上去，"皇上，影儿没事，只是有一点点烫伤，风儿已经去取药了，没什么大碍。"

"没大碍你这么紧张做什么？"玄帝眸色一冷。

桐妃呼吸一滞，故作镇定地为影儿提了提被子后莞尔一笑道："臣妾只是怕皇上担心。"

看着桐妃的指尖一直没有离开被角，玄帝眉心一蹙冷声道："放手。"

桐妃身子一颤，在玄帝的怒视中缓缓松开了手，见玄帝想要查看她方才遮挡的地方，她立即开口道："皇上，影儿毕竟是女儿身……而且臣妾已经查过了……"

"在朕眼里，她只是朕的孩子。"说着，他掀开了被桐妃方才刻意掩盖的被子一角，而后轻轻抬起她的肩检查她的后颈。

可是下一刻，他的脸色骤然惨白如霜。

桐妃阖了阖双眸，看来所有的恩怨又要开始起纠葛了。

"来人！"玄帝突然站起对外怒吼了一声，两名侍卫立即抱拳单膝跪在玄帝跟前。

桐妃闻言猛然一怔，急忙跪在他面前苦苦哀求："皇上，影儿不过是个孩子。"

"孩子？当初飞鹰门被灭门之时就漏网三个人，算算她的年纪，她根本就是那个贱妇的孩子。"提及当初放火烧了瑶华宫，害得习嫔和婉公主葬身火海的女人，玄帝便恨不得将她挖出来鞭尸。转眸看向仍然昏迷中的若影，想到他那死在她母亲手中的女儿，他的骨关节都咯咯作响。

"皇上，就算影儿是那个女人的孩子，可是影儿是无辜的啊，皇上又怎能将此事怪罪到一个不知情的孩子身上呢？皇上一向深明大义，还请皇上能放影儿一条生路。"

桐妃知道玄帝一旦要动杀念，便谁也阻止不了，可是若影是莫逸风的侧王妃，若是玄帝杀了她，他们父子势必要反目成仇了。虽然玄帝因为当初之事一直不待见莫逸风，可是莫逸风却始终不曾有过背叛的念想，他心里一直想要得到这个父亲的肯定。可是，若是今日他杀了若影，莫逸风定然不会再如同往常，说不定还会有一场更大的风波。

此时此刻，玄帝却听不进任何话，瞪着床榻上的若影咬牙切齿："放她一条生路？可是当初那个贱人可没有想过要放婉儿一条生路，如今是老天将她送来给朕，让她一命抵一命。"

"皇上，就算是老天将影儿送到皇上跟前，也定是因为担心皇上思女心切，才让影儿代替婉公主来陪伴皇上，而且皇上不是也喜欢影儿吗？皇上怎么忍心……"

"是朕看走了眼，竟然将仇人之女视如亲生，婉儿在天之灵也定不会原谅我这个父皇。"

玄帝说着，伸手从侍卫腰间抽出了长剑。

刀锋刮过刀鞘发出了骇人的声响，桐妃和侍卫都为之一惊。见玄帝正要走向若影，桐妃急忙抱住他的腿不让他过去。

"皇上，若是皇上杀了影儿，风儿一定不会原谅皇上的，风儿一向敬重皇上，哪怕皇上对风儿不像对别的皇子，风儿也从来没有过半句怨言，可是如今风儿难得碰上一个可以让他心仪的女子，皇上若是将之一剑杀之，风儿会恨皇上的啊。"桐妃哭着哀求，"皇上，死者已矣，与其杀了影儿，不如让影儿代替婉公主一生孝顺皇上，岂不是更好？"

"让开！"玄帝抬脚将桐妃给踢开，因为愤怒竟是没轻没重。

就在两人纠缠之时，莫逸风从外走了进来，见他们二人如此模样，先是一怔，而后蹙眉上前将桐妃从地上扶起，转身看向玄帝问道："父皇因何如此动怒？不知母妃做错了什么？"

垂眸看向玄帝手中的长剑，他的眉心更是蹙得紧。

玄帝紧握着长剑几乎要将剑柄握碎，见莫逸风看见若影的被子没有盖好就立刻转身替她盖上被子，他满眼愤怒地开口问他："你知不知道她是什么人？"

莫逸风闻言微微一怔，而后却是淡淡回道："儿臣不管她以前是什么身份，只知道现在她是儿臣的侧王妃，是儿臣的女人。"

其实他曾经也想过这个问题，若影儿时便出现在皇宫的荷塘边，而且是深夜，若是一般的官宦子女被邀请去宫中游玩，定然不会如此大胆爬到树上，玄帝和其他嫔妃也不会谁都认不得她。

他想，她有可能是刺客的女儿，可能因为从小习武且机智，又可能是因为其他原因不能将她独自留在宫外，所以才会被一直带在身边。

可是，正如他刚才所言，无论她以前是什么身份，他只知道现在她是他的女人。

"你……"玄帝气得手都在颤抖，伸手将长剑指向若影对莫逸风道，"你知不知道，她、她是杀人凶手的女儿，她的母亲杀的就是你的皇妹还有习嬛！"

"什么？"莫逸风猛然一怔，"不可能。"

"不可能？她后颈处的鹰翅刺青就是飞鹰门的证明，她想方设法要嫁给你，定然是有所图谋，说不定就是为了伺机替她母亲报仇。"

"父皇，影儿从来没有想方设法嫁给我，当初是父皇自己下的赐婚圣旨，难道父皇忘了吗？"莫逸风转眸冷冷地望着玄帝，尽管此时此刻他的内心澎湃如潮，可是脸上却依旧波澜不惊，反而有种逼人之势。

玄帝闻言身子一晃，脸色越发难看起来。

"风儿，不得无礼。"桐妃吓得上前制止，可是这两父子都是倔脾气一根筋。

营帐内的气氛一下子凝结，谁都没有开口，而两名侍卫早吓得冷汗湿透了背脊。对于刚才所听到的一切他们自然是不敢说出去半句，可是就怕玄帝为了发泄将手中的剑朝他们刺过来。

片刻之后，玄帝突然冷声笑言："好！既然当初是朕赐的婚，今日朕就再下道旨，你们和离。"

桐妃脸色一变，若影他们二人当真和离了，若影就是孤立无援，那么这条命自然是保不住了。转眸担忧地看向莫逸风，只见他的薄唇抿成了一条线，垂于身侧的手紧紧握着拳，隐约能听到骨关节摩擦的声响。

就在她以为莫逸风要发怒之时，他却转身朝着床榻坐了上去，而后伸手轻抚着若影的面颊淡淡一语："儿臣不会和离。"

"你……逆子！果然是逆子！朕当初还真是没有看走眼。"玄帝话音一落，只听哐当一声脆响，长剑被他奋力丢在地上，帐帘被甩下的那一刻，桐妃长长松了一口气，见跪在地上的两名侍卫不知所措地看着她，她扬了扬手示意他们下去。

玄帝走出营帐回头望去，眸中闪过一道寒芒。

他倒要看看，他们是否当真如此情比金坚，她对他而言是否当真重要到胜过一切。

若影在翌日一早便醒了过来，当莫逸风告知她昨夜之事，并问她知不知道谁纵火时她却一无所知，只知道这几夜睡得沉，根本不知道昨夜起了火。莫逸风见她如此便也没有再追问下去，见若影心事重重，反过来安慰她说可能是烛台被风吹倒而后点着了营帐。

在离开山兰谷前，若影拉着莫逸风去采了许多果子回来，说是难得的野味，带回府去给紫秋和周叔他们也尝一尝。

莫逸风笑而不语，心底却隐隐沉重。

正当她们将行囊都收拾好放入马车后，便看见玄帝从营帐中走了出来，若影一喜，立刻拿起其中一袋果实。

"做什么？"莫逸风见她想要走向玄帝，急忙拉住了她。

若影拿起包裹莞尔一笑："这个就是给父皇采的，我拿过去。"

莫逸风来不及阻止，若影已经疾步向玄帝奔了过去。

桐妃见若影朝她和玄帝跑过来，脸色顿时一白，越过若影朝莫逸风望去，见他也紧拧了眉心跟上了她，但心底还是为其担忧。

"父皇，我和三爷一早就去采摘了野果，这份是给父皇的。"若影弯着眉眼笑着将手中用包袱装的果子递上去。

玄帝看着她手中的包袱，目光清冷。

冯德看了看神色毫无异常的若影，再看向玄帝，最终低垂了眉眼不敢吱声。

"哦？给朕的？"玄帝淡淡一笑，然而笑容不达眼底的同时还蕴藏着一抹若影看不懂的情愫，见他久久都没有接手，她才知身为帝王是不可能上前直接取物，于是又笑着将手中的包袱递向了冯德。

冯德见状闪现一抹迟疑，转眼看向玄帝，见他微微点了点头，这才谢过之后接下了果子。

若影咬了咬唇敛住嘴角的笑容，心里突然空落落起来，总觉得在她昏迷醒来之后玄帝对她的态度不似往常。

莫逸风蹙眉看向玄帝，心底终究是隐隐不满，伸手揽住若影欲转身回去，一个声音却打破了僵局。

"什么野果，还一早去采摘的，怎么也不叫上我。"莫逸谨从自己的营帐而来，见冯德手中抱着一大包果子，不由得醋意横生，转眸便问若影，"有没有我的份？"

若影轻哼道："没有。而且叫上你做什么？你若是想要人陪就该让父皇赐你个王妃，

也免得你一直在我和三爷跟前转悠。"

"真是没良心的丫头，我这还不是怕你被三弟欺负，你倒好，不给我留些果子也就罢了，居然还嫌我碍事。"莫逸谨故作生气地冷哼着准备离开，若影却信以为真，一时竟是手足无措起来，正要上前告诉他方才她只不过是说笑罢了，当不得真，玄帝却突然沉声笑着开了口："既然老二喜欢这些果子，朕就借花献佛赏赐给你。"

众人为之一怔，若影瞬间敛住了笑容，而莫逸谨反应过来后讪讪一笑道："儿臣怎敢夺人所好，这些是影儿特意给父皇采摘的，若是儿臣拿了去，父皇心疼不说，影儿说不定也会气得杀了儿臣。"

"二哥！"

"谨儿！"

莫逸风和桐妃同时开口，两人的脸色皆不同于往常。

莫逸谨再次一怔，视线在莫逸风和桐妃之间一个来回，而后好笑道："母妃和三弟这是怎么了？"

桐妃目光一闪，挤出一抹笑道："没、没什么，只是你这孩子怎能这般口无遮拦，影儿是弱质纤纤，怎可能动你分毫？"说话时，桐妃不由得偷偷睨了玄帝一眼，心里却开始慌乱起来。

"儿臣不过是说笑而已，影儿就算有这个能耐她也没这个胆量，瞧她平日里连看见杀鱼都觉得残忍又怎敢动刀子，若不是已经嫁给三弟，凭她的慈悲之心恐怕都能出家当尼姑了。"莫逸谨不知道昨夜之事，依旧如往常一样逗着若影。

若影自认为也算是伶牙俐齿，可是在莫逸谨跟前还是相差甚远，一时间竟是不知道该如何回话。

"好了，二哥若是想要野果马车上还有，到时候尽管来三王府拿便是。"莫逸风开口道。

"还是三弟知道体贴人，不像某些人这般没心没肺。"莫逸谨笑着轻睨了若影一眼扬了扬眉。

"其实影儿说得极是。"玄帝突然沉声开了口，而他的话也使得莫逸风和桐妃为之一怔，就连不远处的莫逸萧和柳毓璃都为之错愕。而在众人的注视下，玄帝转眸看向莫逸谨后笑言，"你也老大不小了，你的皇兄和皇弟大多都已娶妻纳妾，就你和老五还孤家寡人，朕回去就去给你们二人准备准备，看看哪家的千金能与你们相配。"

莫逸谨和莫逸行闻言瞬间变了脸色，莫逸行看了看旁边不为所动的阚静柔，抿了抿唇终是上前道："父皇，儿臣还不想娶妻。"

"是啊父皇，一个人多自在，府中多了女人实在是不便。"莫逸谨瞪了若影一眼后一脸苦笑着看向玄帝。

第40章 原是飞鹰门 | 173

玄帝闻言却冷哼道："多了女人不便？朕看你倒是不嫌长春院的女人给你造成不便。"

"父皇……"莫逸谨还想说些什么，桐妃突然开口打断了他的话："从来婚事是父母之命媒妁之言，哪容得你同不同意，更何况你父皇日理万机还要操持你的婚事，你理该谢恩才是。"

莫逸谨还想说些什么，见桐妃对他使了个眼色，他也只得噤了声。而一旁的莫逸行见深受玄帝器重的莫逸谨都无法抗旨，自然也不敢多言，只能等回去之后再与他说明自己已经心有所属。

原本以为此事已经告一段落，谁知玄帝又将视线落在若影和莫逸风身上，目光深不可测。

莫逸风目光一闪，正要带着若影告辞回马车，谁知玄帝却先开了口："老三，你虽然已经娶了侧妃，可府上终究人丁单薄，等回去后朕也替你甄选一下合适的姑娘家，看看谁适合做三王妃，谁能给你做妾室。"

若影恍然感觉自己听错了，抬眸怔怔地看向玄帝，却见他笑得云淡风轻，再看向莫逸风，他也是微微一怔，随即脸上又恢复如常，只是眉心紧紧蹙起。

不远处的柳毓璃闻言唇角弧光点点，而阚静柔低垂了眉眼不知心中在想些什么。

片刻，莫逸风淡然一笑："谢父皇为儿臣费心，只是儿臣与影儿才成亲不久，若是这般急着再娶妻纳妾，怕是要惹人非议。"

玄帝静默片刻，而后沉吟一声道："嗯……你说的在理，那就等过段时间再议，影儿也做好心理准备，等正妃入门可要与其好好相处，切不可多生事端。男人三妻四妾乃寻常之事，不得任性而为。"

若影望着玄帝身子一晃，做梦都想不到玄帝会跟她说这些话。在她的记忆里，玄帝对她的好比莫逸风有过之而无不及，可是一夜之间为何全变了？昨夜究竟发生了什么？这样的转变让她一时间难以接受。

愣忡中，冯德在她跟前唤了好几声，她缓缓敛回思绪转眸望去，冯德讪然一笑道："侧王妃在想些什么，皇上在跟侧王妃说话呢。"

若影看了看冯德，又将视线扫过桐妃和莫逸风，最后将视线落向若有似无浅笑着的玄帝，心骤然像被一只无形的手攒紧。

她知道此时此刻她不能开口反驳，否则就会连累整个三王府。

"儿臣谨记。"这一刻，她感觉连呼吸都为之顿住，脸色更是惨白如霜。

回去的时候，莫逸风一路都拉着若影的手，只觉她的手心一阵冰凉，而若影感觉到的是，他的手紧紧地将她的手裹在手心，视线落在前方，眸色深远。

"母妃，父皇究竟怎么了？他不是一向最疼爱影儿吗？今日怎么变了？"莫逸谨看着德妃陪着玄帝上了马车，不由得心中起了狐疑。

桐妃拧了拧眉，看了莫逸谨一眼后道："谨儿，你陪母妃坐马车，母妃有话要与你说。"

"母妃……"莫逸谨虽然不知道桐妃要与他说些什么，可是见她发了话，便也没有忤逆她，将马交给奴才后便扶着桐妃坐上马车。

莫逸萧想要与柳毓璃同坐一辆马车，柳毓璃却拒绝了，莫逸萧知道她的心思，虽然不甘心也没有资格阻拦，转身坐上自己的马车后便紧跟着桐妃的马车离开了。

看着莫逸风离开，柳毓璃也上了马车，谁知下一刻却被一个人给叫住了。

"柳姑娘。"

柳毓璃转身望去，竟然是阚静柔，不由得疑惑道："文硕郡主？"

"不知我能否坐上柳姑娘的马车？"她笑着开口，见柳毓璃微微一怔，她转而笑言，"回业城还要许久，两人作伴也不愁寂寞。"

柳毓璃抬眼看向不远处的莫逸行，而后又看了看眼前的阚静柔，低眸沉思了片刻淡然一笑："文硕郡主请。"

不远处，莫逸行见阚静柔果真上了柳毓璃的马车，疑云丛生之时也很是失落，暗叹一声后坐上马车跟随其后。

"文硕郡主怎么不坐五爷的马车？方才我看见五爷还等着郡主过去呢。"柳毓璃笑言。

阚静柔的双眸不着痕迹地闪过一道情愫，而后却是淡淡勾唇柔声反问："那柳姑娘怎么不坐上四爷的马车？方才见四爷正要带柳姑娘过去，而且来时柳姑娘也是坐着四爷的马车不是吗？这辆马车可是德妃娘娘的。"

柳毓璃被问得话语一滞，轻咬了唇不知该如何接话。

阚静柔见她变了脸色，再次开口道："柳姑娘不必在意，我来只不过是想和柳姑娘说说话而已。"

"你想与我说什么？"柳毓璃轻睨了她一眼后笑着猜测道，"莫非是想说……皇上准备给三爷赐婚一事？"

阚静柔笑而不答，柳毓璃微微敛住笑容，而后轻哼一声笑道："哎，三爷现在心里只有莫若影一人，岂能容得下他人，就算皇上赐婚，也不知入门后会过着怎样的日子。"

"柳姑娘当真是这么想的吗？"阚静柔轻轻摆弄着手中的锦帕，话语淡淡，却直达柳毓璃心底。

柳毓璃原是故作不屑的神色骤然一敛，转眸看向阚静柔平静的神色，心却是紧了紧。

"郡主这话是什么意思？难不成文硕郡主还能知晓我心中所想？"她敛住思绪轻笑一声，却是笑得干涩。

阚静柔抬眸看向她，目光依旧波澜不惊，轻弯唇角，缓声言道："我是否知晓柳姑娘心中所想并不重要，重要的是三爷心中还是否容得下别人。若是三爷容不下别人，哪怕皇上赐婚，也不过是守活寡而已。"

"郡主是在提醒我吗？"柳毓璃虽是笑着，却寒气逼人。

阚静柔笑着摇了摇头："不，我只是让柳姑娘不必担心。"

柳毓璃骤然蹙眉："什么意思？"

阚静柔不紧不慢地掀开帘子朝外望去，须臾，不知看到了什么，淡淡勾唇一笑之后放下帘子开口道："当初皇上那般喜欢若影姑娘，那种宠溺胜过亲生父女，可是皇上却赐封她为三爷的侧妃……"

"她一个不知从哪里冒出来的野丫头，既没家世又无靠山也想做正妃，她也配！"柳毓璃冷哼道。

阚静柔却道："只要皇上喜欢，就是最大的靠山。"

柳毓璃闻言骤然噤声。

她说得没错，无论若影是什么身份，只要有皇上撑腰就是最大的靠山。也正因为如此，她才不甘心，她们家财大势大，竟然比不上一个野丫头。

阚静柔见柳毓璃失神，轻笑一声后问道："不过这样都只是一个侧妃，柳姑娘觉得是什么原因？"

"这……或许……皇上还有其他更合适的人选。"柳毓璃猜测道。

"难道柳姑娘忘了在失火那天皇上说了什么？"见柳毓璃怔怔地看着自己，阚静柔道，"皇上提到了婉公主，皇上看着失火的营帐念着婉公主的名字，说明皇上是把那若影当成了婉公主，所以皇上赐了她皇家姓也就不足为奇了。"

"这与皇上赐一个侧妃之名有何关系？"柳毓璃很是不明白。

阚静柔笑言："一个让皇上当成最宠爱的婉公主的人都只是被赐封侧妃，难道柳姑娘到现在都以为是皇上的意思？"

"除了皇上自己的意思还有谁能左右皇上赐封？"柳毓璃轻哼，可是，当她看见阚静柔唇角淡淡的笑意时，她蓦地一惊。

想当初莫逸风为了她跪求在宫内，终是求得一个郡主之名，难不成侧妃也是莫逸风的意思？

她震惊地看着阚静柔试探问道："你是不是知道什么？"

阚静柔不动声色地一笑："我除了和桐妃娘娘话话家常外也不与旁人深交，又岂会知道什么？只不过是猜测罢了，看柳姑娘对三爷一往情深倾心相许，也就说些我猜测的事情让柳姑娘安心，仅此而已。"

柳毓璃打量着眼前平静如初从不起波澜的阚静柔半晌，终是暗暗一笑。说什么与桐妃话话家常，说不定就是桐妃与她说了些什么。

阚静柔再次抬手打开帘子将视线落在窗外，唇角弧光点点。

"你就不怕皇上赐封我为三爷正妃?"柳毓璃试探一问。

阚静柔回眸淡笑:"柳姑娘父亲是兵部尚书,叔辈又是将军,柳大人门生布满大半个朝廷,嫁给三爷为妻也是迟早之事,而我……家中父母双亡,承蒙三爷为我争取郡主之名,已是我三生有幸,将来若是能陪伴在三爷身侧,哪怕是妾又如何?到时候还要仰仗柳姑娘照拂。"

柳毓璃一瞬不瞬地望着阚静柔,终是相信了她的话,只是想到如今的莫逸风对待若影的态度,仍是不敢相信他是为了她请求玄帝空出正妃之位。

"他当真是为了我而空出正妃之位吗?"她望着前方目光涣散喃喃自语。

阚静柔权当没有听到柳毓璃的话,望着窗外悠悠说道:"五爷一直说喜欢我想要请皇上下旨赐婚,可是近日我却发现他对另一个女子甚好,改日我要设计试探一下他的真心,看看在最危急的时候他会选择救我还是救那个女子。"

"试探?"柳毓璃错愕地望向她。

阚静柔目光一闪过后微微一怔:"哦,我是觉得在最危急的时候选择救下的人才是对方心尖上的人,所以才想试探一下他。"见柳毓璃思忖着什么,她忙笑道,"我只是随便说说的,柳姑娘不要放在心上,反正我也没想要嫁给五爷,也无需试探些什么。"

柳毓璃弯了弯唇角,却没有作声,转眸却想着她方才的话。

阚静柔见她不开口也就没有继续再说下去,唇角弧光点点,一瞬间心情似乎好了许多。

若影回到府中有些闷闷不乐,一想到玄帝对待她的态度和对她说的话,心底总是不太好受。

"父皇究竟是怎么了?昨夜究竟发生了什么?为何父皇对我的态度完全变了?"若影坐在莫逸风的书房中一边烤着暖炉一边喃喃自语。

莫逸风合上书卷走过去坐到她身侧,伸手将她的手裹在手心,微微一笑:"父皇终日政务繁忙难免会影响情绪,我猜想可能是昨夜收到了大臣们送来的奏折,所以今早才会如此。"

"真的是这样吗?"若影始终觉得哪里不对劲,刚转头看向火堆,突然觉得颈部又开始一阵疼痛。

"是不是又疼了,我去拿药。"莫逸风转身便走向案几,随后从抽屉中取出了一瓶药过来,"来,再涂些药,明日就不会疼了"。

"怎么你书房都备着药?"若影一边任由他给她上药一边言道。

莫逸风低低一笑:"谁让有些人三天两头都在受伤,若不是每个房间都备上常用的药,怕到时会措手不及。"

第40章 原是飞鹰门 | 177

若影闻言扯了扯唇，转头轻哼道："就算受伤也肯定与你有关，想当初还不是天天被你打，否则哪里来的伤？"

"我几时天天打你了？你天天闯祸倒是事实，若不是好好看着你，怕你都要上房揭瓦了。"莫逸风收起药瓶捏了捏她的脸，无奈地笑起。

若影却弯着眉眼笑道："上房揭瓦？我可没有这个本事。"说到此处，若影突然眼前一亮，兴奋道，"对了，你不是会轻功嘛，是不是飞来飞去特别容易？"

"你想做什么？"莫逸风警惕地望着她。

若影看着他的神色，有些泄气，若是她没有中冰蚊针，倒是可以和他学学轻功，也不知用轻功是什么感觉。

可是她的话还没有说出口，莫逸风却打消了她的念头："别想着学轻功，不会轻功都成天找不到人，若是你会了轻功，怕是连影子都找不到了。"

若影看着莫逸风那认真的神色，忍不住扑哧一笑，而后却道："我可没说要学，只不过想要在今夜让你带我去上房……看星。"

莫逸风被她惹得沉声笑开，伸手将她揽在怀中。

夜凉如水，繁星满天

虽然之前下了好几天的雪，地上的积雪都没有融化，但是因为前两天天气晴朗，屋顶上的雪都已经融化了。

莫逸风和若影坐在房顶望着天际，两人皆没有开口，只希望时间就静止在此刻。也因为外面天气寒凉，所以若影感觉被烫伤的地方已经没了痛感。

"冷不冷？"虽然已经让她披上了披风，可仍是怕她受了风寒，也不等她开口，顾自打开自己的披风后将她裹入怀中。

若影笑着抬眼看他，而后依偎在他的怀中道："这里的月亮真大，这里的星星真亮。"

莫逸风低低一笑："这里？只许你今夜上房看星，以后可不准了。"

"我只是上房看星，又不是上房揭瓦，这都不准？"若影无辜地撇了撇嘴表示抗议。

"那也不能寒冬腊月的到这个四周不蔽风雨的房顶啊，你也不怕受风寒。"莫逸风又帮她裹了裹身上的披风。

若影笑着点了点头，抬眸望向夜空，心中却感叹："我希望以后都能和你一起看星星看月亮。"

"嗯。"

"我希望以后你只和我一起看星星看月亮。"

"嗯。"

"我希望你不要再娶别人。"若影转眸看向他，见他蓦地一怔，她敛住了唇角的笑容

道，"我不介意自己是侧王妃还是正王妃，只要你不再娶别人，只要你是我一个人的，我不介意这些无聊的名分。"

对于她而言，这些所谓的名分真的不那么重要，若是她当真在意，当初也不会同意嫁给他，只因为她实在太爱他，所以只要在他身边，只要他是她一个人的丈夫，这就足够了。

莫逸风低眸看着她，一时间竟是不知该如何回答，良久，终是低低应了一声。

今日玄帝说了那些话，明着让若影有所准备，事实上也是说给他听的。玄帝想要让他和她和离，而他当时没有同意，所以他定会想尽一切办法让他们分开，而一旦他们分开了，若影的生命就岌岌可危了。

不过他也没有想到若影当真是飞鹰门的人，她的母亲竟然是当初纵火烧了瑶华宫，烧死习嫔和婉公主的杀人凶手，他无论如何都想不到若影的身份竟是如此。

当初在幽情谷碰到她，她已经失忆了，而她对于他来说并不是那么重要，只是一个心里的慰藉而已，所以他并没有去查她的身份。而后来她寻回了记忆，性子也转变得不像从前，根本就是判若两人，可是他依旧没有去查，只因为她是她，无论她是什么身份，只要她留在他身边就好。可是事情转变得太快，他当真想不到她的身份竟是如此。

"影儿，你还记得小时候的事情吗？"莫逸风思虑了片刻，终是问出了口。

听了他的话，若影的思绪渐渐飘远。

"算了，想不起来就别想了，我只是随便问问。"莫逸风见她神色缥缈，以为她是想到了儿时不愉快之事，便不忍心再问下去。

"莫逸风，你除了柳毓璃这个青梅竹马之外还有别人吗？"若影淡然笑着问他，目光却落在天际。

莫逸风垂眸看着她，见她神色不似在生气，像是问着寻常的话，便也没有再多想，摇了摇头："没有。"见她痴痴一笑，他亦是勾起了唇角反问道，"那你呢？"

刚问出这句话，莫逸风便有些后悔，无论她之前有没有，此生她都是他的。可是，他刚要开口说让她不必回答，若影却笑着道："有。"

莫逸风背脊一僵，随后蹙眉问道："谁？"

感觉到肩膀处的指尖骤然一紧，她渐渐敛回思绪，转眸看向他笑言："若是你知道了又如何？"

"我……"莫逸风张了张嘴，终是把话咽了下去。她说的没错，若是他知道了又如何？总不能将对方杀了，只是一想到她有心仪之人，而且可能是那个导致她当初不愿嫁给他的人，他心口就堵得慌，见若影的唇角尽是笑意，望着夜空的眼中尽是情意，他心里更是发闷，开口便问道，"他叫什么名字？"

说出这句话时，他才发现自己的言语中竟是带着酸意。

"他叫……"若影看了他一眼，笑意逐渐加深，依旧靠在他怀中，只是话语逐渐温柔，"无名氏。"

莫逸风拧了拧眉，只是觉得心里很不舒服。

静逸的月夜中，他脑海中一直猜测着她心中之人，恨不得立刻将其杀掉。

若影又看了他一眼，而后顾自低低笑了起来，他竟是当真了。

"他究竟是谁？你们是怎么认识的？现在他在哪儿？你们可还有联系？"见她但笑不语，他竟是有些急了，"影儿！"

若影无辜地眨了眨眼："你问了这么多，让我怎么回答你？"

"那你一个一个回答。"莫逸风蹙眉道。

"回答什么啊？你刚才问了什么我都忘了。"若影竟开始装傻充愣起来。

"你……"被她这么一说，莫逸风只觉无力，最后闷闷地嘀咕了一句，"那、那你……那你还……唔……"

就在他挣扎着想问她心里还有没有那个人时，唇突然被她给封住，所有的话语都被她堵了回去。

她的动作很笨拙，可是他的心却在刚才那一刻漏跳了一拍，抬眼怔怔地望着她，全身的血液瞬间凝结。

若影缓缓放开他，满眼笑意，看着他愣忡的模样，笑容更是逐渐加深。她喜欢看他呆愣的样子，喜欢看他生气的样子，喜欢看他深情的样子，喜欢他的一切，若时间就此停止，她便不会有往后的痛不欲生，若她知道接下去会发生什么事情，她会选择早早放手成全。

可是世上没有后悔药，她更不会未卜先知，所以此刻的她是满满的欢心，满满的幸福。

"都不知道你在说什么，哪有人敢觊觎你三爷的人，不想活了吗？"若影说完咯咯笑起，谁料下一刻腰间骤然一紧，眼前的俊颜瞬间放大，在他堵住她的唇之时他笑言："嗯，我想也是。"

半个月内又下了好几场雪，今年朝阳国的冬天雪下得竟是如此频繁，这是她以前从来都没有看到过的，所以她也更是觉得新奇，虽然身子时常疲惫，但是依旧抵不住想要出门玩的心。

可是今日才没过多久，她又打起了哈欠，转身便兴致恹恹地回了房间，嘴里一直咕哝着："我这身子是怎么回事，弱不禁风的，才一会儿又想睡觉，难不成被养得金贵了？"

紫秋掩嘴一笑："侧王妃身子本就是金贵的，觉得累就睡一会儿吧。"

若影点了点头，回到房间没一会儿就入梦了。

早朝过后，莫逸谨来到景仁宫给桐妃请安，桐妃见他又是一人前来，不由得好奇问了一句："多日不见风儿，他最近在忙些什么？难不成又让你父皇叫去了御书房？"

莫逸谨摇了摇头轻叹："也不知父皇最近是怎么了，天天要见三弟，难不成真要让三弟和影儿和离了才高兴？"

"你父皇其实一直放不下当年之事，若不是如此，当初也不会……"桐妃说到一半，顿时止住了话。

莫逸谨看着桐妃终觉得她在隐瞒些什么，一再盘问之下她才说出了实情："虽然你父皇并未向外说是容妃派人烧死了习嫔和婉公主，但是在你父皇心中却已认定了这个事实，所以才赐了容妃毒酒。如今你父皇知道了影儿是当初杀人凶手的女儿，又岂会轻易放过？若只是让老三与影儿和离倒也罢了，至少保全了一条命，怕只怕……"

"就怕和离后也保不住影儿那条命。"莫逸谨担忧地紧拧了眉心。

桐妃也不再说什么，只是隐隐叹息了一声。

御书房

玄帝将奏折重重合上，抬眼看向莫逸风，脸色黑沉至极，开口喝道："婉儿毕竟是你的嫡亲皇妹！"

"影儿是儿臣的妻子。"莫逸风蹙眉回道。

"血浓于水，她不过是你的侧王妃，你若是放手，朕会给你再赐婚。"其实这几日玄帝能用商量的口气与他说话已经实属不易，只是没想到莫逸风的性子与他一般固执，认定了就不愿再退让。

"死者已矣。"莫逸风站在御书房中央始终与他对视着，不卑不亢。

"你……逆子！"玄帝的脸色蓦地铁青，一旁的冯德吓得身子一颤，想要上前相劝，终是退缩了回去，却听玄帝咬牙切齿道，"死者已矣？那朕也命人放火烧死她，看到时候你是不是还会说死者已矣。"

"父皇。"一向从容淡定的莫逸风闻此言终是神色一变，骤然紧了紧垂于身侧的指尖。

看着他的神色，玄帝再没有心情与他说许多，目光乍寒低斥一声道："出去！"

莫逸风走出了御书房后脸色十分不好，却又在御书房外看见了莫逸萧，见他走出去，莫逸萧这才走进了御书房，与他擦肩而过之时，莫逸萧的脸色也十分黑沉。

若影在房中睡了约莫一个时辰便醒了过来，睡久了也觉得腰酸背痛，可是身子却越来越乏。她平日里便是好动之人，如今却感觉玩起来也力不从心。

不过说来奇怪，这个月的十五冰蚊针发作时竟然没有上一次那般痛得撕心裂肺，不知是自己痛得麻木了，还是真是因为上次去泡了那个传说中能治百病的温泉关系，若那温泉当真有效，看来以后每月她都要去上几回才行，说不定还真的能消了她体内的冰蚊针。

"侧王妃醒了？"紫秋走进房间见若影从床上坐了起来，便上前将手中的纸条呈了上去，"侧王妃，这是外面一个小孩子说有人给您的。"

第41章　被掳藏凤山

"小孩子？给我的？"若影睡眼惺忪地接过纸条，缓缓打开一看，骤然扑哧笑出了声。

紫秋不明所以地探头望过去问道："侧王妃是看到什么好笑的事了？究竟是谁写的？"

若影突然来了精神，立刻站起身坐到梳妆台前："紫秋，快帮我梳妆。"

"瞧侧王妃如此眉开眼笑的，小心被三爷看见了下令禁足。"紫秋笑着拿起梳子一边给她梳妆一边笑道。

若影扬了扬眉道："这可是三爷自己约我出去的。"

紫秋错愕不已："三爷？瞧三爷那木讷的样子，怎会做出这些来？不是直接回来接侧王妃，反倒是让一个小孩子来传信笺，难不成……"紫秋突然坏坏一笑，俯身凑到若影耳边低声道，"难不成三爷是想要告诉侧王妃，其实三爷是想要一个孩子了，奴婢瞧着那孩子长得眉清目秀的，正猜想着是哪家的，原来是特意挑选的啊，原来如此……"

若影被她说得面红耳赤，伸手把玩着面前莫逸风给她买的首饰，轻咬着唇畔就如同一个待嫁的姑娘。

梳妆完毕后，见紫秋还笑得欢，若影伸手戳了戳她的脑袋道："我倒不知三爷有此心思，我只知道一会儿我定会将你说三爷木讷的话告诉三爷，看三爷怎么收拾你。"

紫秋闻言为之一惊，忙拽住她的手臂哀求道："侧王妃，好主子，您可千万不能说啊，您若是说要收拾谁，三爷还不全听您的吗，若是奴婢再因为被打而在床上躺个十天半个月的，侧王妃没想奴婢，奴婢会想死侧王妃的。"

若影闻言扑哧一笑："算你会说话，我哪里舍得让人打你？"

"奴婢就知道侧王妃最好了，奴婢这就去准备软轿，一会儿陪侧王妃过去。"紫秋笑着转身正要出去，若影却叫住了她："紫秋，你就给我准备一顶软轿，一会儿我自己去就好。"

"那可不行，之前都是奴婢不在侧王妃才出事的，这次无论如何奴婢都要陪您去。"一想到新婚夜之事，紫秋仍然心有余悸，更是懊恼当初没有守在一旁。

若影笑着将纸条递给紫秋道："你看，这是三爷的笔迹，是三爷说让我独自前往，你若是去了岂不是逆了他的意？而且只是约我去当初与三爷初识之处，又不是没有去过，一定不会出事的，更何况三爷都说让我独自前往，他都不担心你担心什么？"

紫秋想了想，虽是不放心但也不好违背了莫逸风的意思，他让若影独自前往，说不定就是嫌她碍事，若是她执意要跟去，那就是她这个做奴才的不懂事了。

"那好吧，奴婢就送王妃坐上软轿出王府。"紫秋算是妥协了。

若影轻笑一声点了点头，一想到莫逸风竟然还会做这样的事情，脸上终究掩不住笑意，但是出了这个门，又觉得有些纳闷。

他若是想要约她去幽情谷，为何不回府接她一同去，而是要绕这种圈子？还说什么初识之处相见，他又不是莫逸谨，可不会那种吟风弄月，今日倒是出奇了。

轿子一路颠簸朝幽情谷的方向而去，若影因为不放心，还特意打开轿帘朝外望去，见没有任何异动，这才放心地放下了轿帘继续靠着一侧轻阖双眸。

不知过了多久，若影在一阵剧烈的震荡中醒来，睁开惺忪的眉眼，发觉软轿已经被放了下来，外面竟是一片寂静。

她试探着打开轿帘，侧耳倾听外面是否有动静，在确定没有声响之后躬身走出了软轿。

可是这里根本就不是幽情谷，是她没有来过的山头，环境虽美，却透着一丝瘆人的寒凉，更是没有看见莫逸风的身影。转身再看那些轿夫，竟是连半个人影都没有。

若影感觉有些不对劲，正准备转身离开，就在这时，身后突然一道人影闪过，她刚要转头却被捂住了口鼻，随后便失去了知觉。

当莫逸风回到府中之时，紫秋好奇地迎上前问道："三爷，怎么您一个人回来了？侧王妃呢？"

莫逸风听不懂她在说些什么，蹙眉问道："侧王妃出门了？你怎么没跟着？"

虽然近日她的精神总是有些不济，倒也在府中安定了不少，没想到才几天的工夫又留下紫秋一个人偷溜出去了。

紫秋听了莫逸风的话脸色一变："不、不是三爷让人传纸条约侧王妃出去的吗？"

莫逸风猛然一怔，瞪大了黑眸看向她："你说什么？什么纸条？本王何时让人做这些事了？"

今日他出宫后便一直留在十里香独自饮酒，直到现在才带着微醺的酒意回府，谁料一

回来就听到这个消息，他的酒意瞬间消失得无影无踪。

紫秋也知事态严重，立刻从袖中取出那张纸条交给莫逸风后道："这是一个孩子送来的纸条，他送完纸条后人就不见了。"

莫逸风看着纸条上的字，眉心渐渐蹙起，立刻让秦铭带上人马出去搜寻。也就在这时，宫中有人快马加鞭而来传玄帝口谕，让他即刻进宫面圣。他紧紧地握着纸条本想抗旨，可是一想到这几日玄帝的警告，他不得不再次策马进宫。

到了御书房，莫逸风没想到莫逸萧也在，他蹙眉抿唇站到莫逸萧身侧，正要开口与玄帝说明，谁知玄帝却先开了口："柳尚书的千金在今日被人掳走了。"

"什么？"莫逸风一怔，他没想到在同一时间柳毓璃和若影竟然同时被掳走。转眸看向身侧的莫逸萧，只见他脸色微沉，垂于身侧的手紧紧握着拳。

"父皇可知是何人所为？"莫逸风问。

既然玄帝急召他入宫，必定是有他的用意。虽然心中焦急万分，可是看玄帝的神色似乎已经有了目标。

玄帝缓缓走到他们跟前后道："柳千金是因为去庙中进香而在半路上被人掳走，她的丫鬟说是贼人朝藏凤山的方向逃去了。"

藏凤山，是采花山贼所居之处，采花山贼每年正月初一会掳一名貌美女子上山头做压寨夫人，凡是被掳走的人没一个能回来的，而前去相寻的家人也都会音讯全无，所以到最后只要是未出阁的女子或貌美的女子都不敢在正月初一出门，即使失踪之后家人都不敢朝那山头寻去。

朝廷虽然多次派人企图剿灭藏凤山，但是发现藏凤山上机关颇多，山贼的武功也个个不弱，所以至今都没有成功剿灭这些盗匪。

可是，今日并非是正月初一不是吗？

虽然如此，他也不敢再多耽搁，上前便对玄帝道："父皇，影儿也不见了，请父皇恩准儿臣立刻去藏凤山寻人。"

玄帝微微错愕："影儿也不见了？莫非和柳千金一起被藏凤山的采花贼给掳去了？"

"父皇，时辰紧迫，请父皇恩准儿臣立刻出宫。"莫逸风躬身抱拳沉声一语。

"父皇。"莫逸萧也蹙眉开了口，"请父皇加派人手剿灭藏凤山救出毓璃。"

玄帝看了看他二人，沉思了片刻后道："你们二人立即带齐人马去藏凤山，务必要保全柳爱卿的爱女安全无虞，若有丝毫损伤，唯你们是问。"

"是，儿臣定会救出毓璃，不会让人伤她半分。"莫逸萧躬身抱拳一礼，见玄帝点了点头，便立即转身离开了御书房。

莫逸风在玄帝的一句话后心头沉重，但是也没有再说什么，转身欲跟着莫逸萧一同出去，谁知玄帝却在此刻叫住了他。

若影醒来之时，发现自己的双手被绳索反绑在身后，努力挣扎了几下却终是未能成功，转眸打量了四周，发现自己竟是在一个山洞内，里面的地方倒是挺大，而且……

"放开我！你们这些匪类！"

骤然一声怒骂拉回了若影的思绪，转眸望去，她错愕地发现柳毓璃竟然也被掳了过来，此时她虽然衣衫完整，可是脸色却十分难看，精神状态也不是太好，看起来是刚醒过来的模样。

当柳毓璃看见若影之时眸中闪过一道情愫，而后原先的烦躁渐渐隐去，轻哼一声后勾起一抹冷笑："想不到你也被掳来了，看起来三爷对你的保护并非旁人看起来那般好啊。"

对于柳毓璃的冷嘲热讽若影根本无心理会，此时此刻她只想要快些离开这个鬼地方。

打量了四周，身后有一块大石头，她努力挪动着身子往大石头移去，而后将手腕上的麻绳在大石上来回磨着。

眼看着就要成功了，谁知突然听到柳毓璃的一声惊呼，而后她身旁的灯座突然倒在了地上。若影心头一惊，转眼担忧地朝内看去，果然看见两名匪徒疾步而来，见她们意图逃走，立刻将她们从地上拽起绑在了一旁的石柱上。

"来了藏凤山还想逃？"一个盗匪轻笑，"就你们这能耐还想逃出去？痴心妄想。"

另一个盗匪将若影绑好之后扣住她的下颚仔细端倪了一番，而后嘲讽道："长得这么水灵，与其花心思逃出去，不如想想今夜如何伺候咱们老大。若是让咱们老大开心了，以后有你们吃香的喝辣的，若是你们还想动心思逃出去，休怪我们打断你们的腿。"

提起这事，两个盗匪来了兴致。

"今夜咱们老大是有福了，两个姑娘都长得这么漂亮，就跟天仙一样，也不知老大回来后是先享用哪个，要是我，还真不知道怎么选了。"

"要是我，就选穿水蓝色衣服那个美人，那眼睛，简直能把人的魂都勾了。"

若影闻言看了看自己一身的水蓝色锦服，不由得心底一寒。

"瞧你那样，口水都要流下来了，到时候老大享用完了指不定会送你一个。"

"哈哈哈……要是这样，兄弟我也不会忘了你的。"

他们一边说着一边往里面走去，可是听着他们方才的话，若影便一阵反胃，想到一会儿有可能清白不保，她简直恨不得用眼神将柳毓璃给杀死，要不是她刚才将灯座撞倒，她已经磨断了麻绳而后逃出去了。

"成事不足败事有余。"她愤愤地咒骂了一句。

"你说谁呢？"柳毓璃青白了脸色。

"说那个引来盗匪注意又害我被绑在这石柱上的白痴。"若影骂得毫不留情。

柳毓璃咬牙切齿道："你以为我愿意吗？"

若影转眸死死瞪着她，直看得她心虚地移开了视线。

约莫一盏茶的功夫，若影急得心慌意乱，眼看着时间一点点过去，却始终没有看见莫逸风过来救她，她当真是担心一会儿莫逸风没来这山贼的老大却先回来了。

就在她急得直跺脚时，柳毓璃却酸酸地丢出一句话来："那两个人也不知道什么眼神，你这种也算是美人，真是笑话。"

若影简直无语至极，这个时候她还计较方才那两个匪徒没有说先选她，气恼之下冷声道："我也觉得你适合去伺候他们。"

"你！贱人！你才适合去伺候他们，要不是你这贱人，我怎么会受这种罪，都是你！"柳毓璃的脸色一阵比一阵难看，口中更是不停地冒出秽语。

若影拧眉打量着她，对她的态度很是不满，可是她说的话也让她疑云重重，她被人抓来与她何干？

但是这些都已经不重要了，重要的是她该如何逃出去，而莫逸风又是否会知道她被抓来此处，即使他看了那张纸条，也可能会如她一样想到了幽情谷，那是他们初识之处。

柳毓璃见若影竟然没有搭理她，顿时有些恼羞成怒，见她一直低眸思忖着，她冷声道："我告诉你，即使三爷来了他也主要是救我，就算救你也不过是顺便而已。"

若影敛回思绪睨了她一眼，也不知道她哪里来的自信，对她所说的话觉得十分可笑。若是以前，她会相信莫逸风最担心的是柳毓璃，救她会是其次，但是现在，她相信他一定会担心她，现在一定在加派人手到处寻人。

见她没有恼怒反而勾唇淡笑，一脸的不屑模样，柳毓璃气得银牙咬碎。沉默片刻，见她始终爱搭不理的模样，突然冷声笑道："你说，若是你我同时掉进水里，三爷会救谁？"

若影闻言不由地扑哧一笑，未答。

等了半晌也没见若影给出答案，而且还是一副根本就不想给答案的态度，柳毓璃气恼地深吸了一口气，而后冷冷道："那我就先告诉你，让你以后有个心理准备，三爷会救真正爱的那个，不会去救一个替身。"

若影微微蹙了蹙眉，有些莫名地看向她，不知道她想要表达些什么。

柳毓璃见她总算是看了过来，扬了扬眉道："难道你没有想过当初为何三爷会将你带回王府吗？"

若影淡淡地收回了目光，只觉她聒噪。

如今她已经不想去猜测莫逸风，她只相信自己的感觉，无论当初是因为可怜她也好，还是因为他家中不缺养一个人的米粮也罢，只要能和他在一起度过此生，她便足矣。

可是，柳毓璃却丝毫不放过此时此刻这个机会："你每日照镜子就没有发现你的容貌有几分与我相似吗？"

若影突然觉得可笑，也不去看她，只是淡淡回敬了一句："很抱歉，我还没瞎。"

柳毓璃被若影的话一噎，顿时有种失了颜面之感。

方才她是突然想起了阚静柔"无意"之间的一句话："柳姑娘，我突然发现你笑起来和侧王妃有些相似，也难怪当初一向对女人感情淡漠的三爷会把她带回王府了。"阚静柔在说完这句话后突然表现得自己像是说错了话，急忙掩嘴轻咳了一声后转移了话题。

若说阚静柔当初是言者无心，她却是听者有意了，所以方才看见若影的笑，突然就冒出了方才那句话。

"就怕你是连该有的自知之明都失去了，抑或你是愿意当别人的替身，毕竟现在贪慕虚荣的女人还挺多，看着三爷是个王爷，而自己只是个平民女子，就想方设法地留在三爷身边，哪怕是做个替身都愿意。"说到此处，见若影果真变了脸色，柳毓璃突然感觉痛快至极，"不过替身终究是替身，就怕到时候我这个正牌入了门，替身连站的地方都没有。"

柳毓璃一口一个替身说得若影心里发堵，可是片刻之后她便只是淡淡一笑。如今她与莫逸风已经是名符其实的夫妻，他对她也极好，只要他从今往后的心里只有她，这就足够了。

正当两人各怀心事之时，突然听到洞门口传来一声吩咐："把她们两个人带出去。"

若影蹙眉望去，凭感觉猜测他便是这个山的头目。

可是，为何是带出去？

若影心头一阵发寒，就怕会有更恶劣的事情发生。

当那些山贼将她们利刀架颈带出洞外之时她便发现外面只有两个人，一个是莫逸风，一个是莫逸萧。而山的周围不知何时冒出了不下百个山贼，他们所站之处并不是能做任何抵抗的地方，若影唯一能想到的就是哪里都有机关，只要他们按动机关，无论上来多少人恐怕都会命丧于此。

若影环顾着四周，又将视线落向莫逸风，满眼担忧。

他们只是上来两个人，又如何能与这上百来个山贼抗衡？就算是以一抵十，他们也最多能抵二十人。

思及此，她不由得冲莫逸风怒吼："莫逸风！你疯了吗？你怎么敢单枪匹马过来？"

莫逸风张了张嘴，脸上情绪万千，若影看不懂他此刻的神色究竟是什么意思，她只知道自己现在很担心，就怕他有事。

她若是死了没关系，反正她也不属于这里，可是他不一样，他是朝阳国的三王爷，满腹才华文武双全，他还有好多事情要做，他不能出事。

山贼头听了若影的话之后轻哼了一声，而后看向眼前的二人道："好了，两个人你们只能选一个，决定吧。"

若影震惊地看向山贼，不知道他为何会这么说，更不知道为何莫逸风和莫逸萧没有反驳，难道说他们达成了什么共识？

"逸风哥哥，救我！"柳毓璃低眸望着架在她脖子上的利刀吓得声音都带着颤抖。

莫逸萧闻言脸色一沉，却只是紧抿着唇不作声。

若影在柳毓璃的呼喊声下猛然敛回思绪，转眸望向莫逸风，只见他的视线在她和柳毓璃之间好几个来回，最后与她视线相撞。

不知为何，看着他现在的神色她心中忐忑不安，但是随后一想，又渐渐定下心神。

"还磨蹭什么，若是再磨蹭，我就把你们四具尸体推下山去。"山贼头似乎没了耐心，手上也做了防备，看着他们沉默不语，以为他们要耍花招，便立刻示意手下将刚才出声的柳毓璃脖子上的刀又紧了紧。

柳毓璃只感觉一丝温热从脖子处蜿蜒而下直流到胸口，她吓得面如土灰，颤抖着声音看着眼前的两人开口："我、我不想死。"

莫逸萧见柳毓璃被刀划伤，眸中涌上一团怒火，紧握着拳对那些盗匪大吼一声："把她放了。"

"哦？做好决定了？那这一位呢？"山贼头转眸看向莫逸风，"我可是看在你们是官又送上十万两银子才答应放掉一个人，太阳也快下山了，你若是也决定救这位姑娘，我便放你们离去。"

莫逸风看着若影，指甲深深嵌入掌心，没有人知道他此刻的心境，没有人知道他此时的为难，面上平静无波澜，可是他的心却泛起了惊涛骇浪。

"你还在想什么！"一声低沉的怒吼在他耳边响起，莫逸风骤然敛回思绪。

若影也在这一刻发觉自己的心在渐渐下沉，莫逸萧始终如一地选择了柳毓璃，可是莫逸风……

她不知道他在想什么，只知道他的每一刻犹豫都让她心如刀割。

莫逸萧明显感觉到莫逸风的身子始终紧绷着，以为他要反悔，正当莫逸萧欲再度开口之时，莫逸风缓缓抬起了手："放了她。"

若影难以置信地顺着他所指的方向看去，柳毓璃面色蓦地一喜。

她不敢相信，她不敢相信自己的眼睛，不敢相信自己的耳朵，不敢相信眼前发生的一切。

山贼头沉沉一笑道："原来她才是你的女人，虽然放了她我很舍不得，但是好在还有一个，今夜也能尽情享用了，给你……"

话音落下，他示意手下将架在柳毓璃脖子上的刀放了下来，而后伸手将她推入了莫逸风的怀中。

"逸风哥哥，我就知道你会救我的。"柳毓璃靠在莫逸风的胸口嘤嘤哭了起来，而莫逸萧则是沉着脸给她解开身后反绑的绳子。

这一刻，若影感觉天地都在旋转，周围静得只剩下柳毓璃的哭泣声和她自己的呼吸声。她不相信眼前的一切，可是这一切又是真真切切地发生了。

如果她和柳毓璃同时遇难，莫逸风会救谁？

这个问题方才柳毓璃才问过她，而她却自信满满地觉得莫逸风一定会救她，可是此时此刻她觉得她的自信、她对莫逸风的信任都成了一个笑话，可笑至极！

"还不快走！"山贼见他们还没离开便开始催促。

莫逸风最后看了若影一眼，转身便离开了。若影感觉胸口猛然一滞，看着他们离开的背影，她的视线逐渐模糊。

他们是多么相配的一对啊！连莫逸萧都退出了不是吗？可是她却没有自知之明地一直赖着他，哪怕他曾经再怎么伤她，只要他对她好一些，她都会对之前的伤害抛诸脑后。可是，现在是性命攸关啊，她的命都在这些山贼手上，而他却只顾着救柳毓璃。

不仅如此，她还要搭上自己的清白。

难道他没有听到山贼方才说了什么？他说："好在还有一个，今夜也能尽情享用了。"

听到这样的话他竟然还无动于衷，此时此刻竟然带着柳毓璃转身回去了，就将她一个人丢在这里。他究竟有多无情，他究竟知不知道她已经嫁给了他？

不！他怎会无情，若是他无情就不会救柳毓璃不是吗？柳毓璃从来都是他心尖上的女子，一直都是，只是她一直以来都在自我欺骗而已。他很专情，可是他的这份专情却没有给她。

两行温热从双颊划过，若影突然痴痴地笑了起来，感觉自己的整个心都像掉入了冰窟，被千年寒冰所冻结，再也无法融化。

"走吧！看什么看，你以为你是谁啊？他们想救的人都救走了，还会在意你吗？一会儿你就好好伺候本爷，若是让本爷高兴了有你吃香的喝辣的。"山贼头一边催着，一边将她推着往里面走去。

若影踉跄着脚步被他们生拉硬拽走进了山洞，脚步虚浮得使不出一丝气力，整个身子几乎是被他们提着走了进去。转身再朝他看去，视线模糊间，她看不清他的神情，可她早该想到这个结局，只是心还是怀揣一丝希冀，却终是痴傻而已。

当他们将她关入房间之后，她整个人开始浑浑噩噩。阖上双眸，他离开时决绝的背影挥之不去，望着自己身处的环境，这一刻她终于失声痛哭起来。

她觉得自己好累，身心俱疲，腹中突然一阵绞痛，就连心口、头部都跟着痛了起来。

或许是疼痛唤回了她的一丝理智，她渐渐止住了痛哭，看了看周围的环境，她必须及早逃出去才行，否则她当真会被这些山贼给……

思及此，她不敢有丝毫懈怠，颤抖着身子从床上坐起身，打量着房中的每一个角落，四周都是石壁，根本就无法逃离，唯一的出路就是那扇门，或许是那些山贼觉得她是个手无缚鸡之力的弱女子，所以门口也未安排人把守。可是虽然如此，她要逃出这座山也绝非

易事，方才她在被带出去时查看了周围的地形，此处应该是设了层层机关，也难怪官兵只是守在山脚下并未敢上来。

一想到她被拽回洞中时山贼说官兵已经尽数撤离，她的心便像被一只无形的手给死死地攥着，几乎要让她窒息了。

她深吸了一口气紧咬了唇努力让自己保持清醒和冷静。

想当初在遇到莫逸风前她还不是一个不需要任何人照顾和保护的人？为何碰到了他之后就变得处处依赖着他？而此时此刻她除了靠自己还能靠谁？

想着想着，双眸又不由自主地蒙上了一层雾气。她止住想哭的冲动在桌前转过身，用被反绑的手拿了碗之后丢在地上。碗落地之时发出一声清脆的声响，顿时四分五裂。她蹲下身子捡起碎片，用碎片去割开绑住她双手的麻绳。

就在这时，门突然被人给一脚踹开，她心头骤然一紧，麻绳被割开的同时盗匪也来到了她跟前。

"想逃？"山贼头冷冷一笑道，"被我们抓来的姑娘可是没一个能逃出去的，有的人刚逃出这个洞口就被我们给抓了回来，后来你知道结果是什么吗？"

若影指尖一紧，身子不由自主地朝后缩去。

山贼头伸手钳制住她的下颚冷笑道："后来她的腿断了，再也逃不了了，而且我还把她赏给了我的一众兄弟，让她欲仙欲死。"

若影惊得瞪大了眼眸看着他，他所说的景象就仿若近在眼前，凄惨的叫声，打断的双腿，席卷着血腥的空气……

然而此时此刻，她的眼中虽然有惧意，可是那凌厉的目光终是将那丝丝惧意给压了下去。

多少危急时刻她都经历过了，还怕这些吗？

"哈哈哈……有意思，真有意思！"

不知为何，一直一瞬不瞬眄着若影的山贼头突然大笑起来，缓缓放开她的下颚后不住地点头说道："那两个人没选你真是可惜了，比起另一个庸脂俗粉，像你这样刚烈的女人倒是更让人感兴趣。"他缓缓凑到她耳边暧昧低声道，"就像是脱缰的野马，有种让男人想要驯服的欲望，今晚就让本爷好好驯服驯服你这匹野马。"

"你做梦！"若影咬牙切齿地怒瞪着他低吼一句。

山贼头突然伸手一揽将她拥入怀中，轻而易举地将她从地上抱了起来。

若影一个转身快速避开他的钳制，随后与他保持了几步之遥的距离。

"哟！居然还懂武功！这下可更有意思了。"

若影的性子倒是很合他的口味，她越是这般冷若冰霜地徒手反抗他越是心痒难耐，可是没过几招，若影就感觉心口的冰蚊针突然刺入了心口，痛得她脸色顿时惨白如霜，也就是在这一个空隙，山贼头将她给制伏了。

"没力气了？虽然野蛮了点，但是我就是喜欢你这种小野马。"他将她压在床上近距离地看着她精致的五官和起伏的胸口，不由得吞了吞口水，"也别等晚上了，刚才你的床下功夫我已经领教了，不如现在就让你尝尝本爷的床上功夫。"

"放开！你敢动我一下，我就……"

"你就如何？那种寻死的把戏还是忘了吧，我再告诉你一件事情，被抓来这里的人不但逃不出也死不了，若是哪个人想寻死觅活的，我就让她全家给她陪葬。"山贼头警告道。

若影一边推拒着他的身子一边冷笑道："可惜，这个世上只有我一人，没有人能让你们杀了给我陪葬。"

当若影说出这句话后山贼头显然一愣，而后却扣住他的手腕将她压制在身子两侧后猜测道："难道是因为那两个人中间没有一个是你的相好？我猜你肯定是因为他们都选择救那个庸脂俗粉才生气了吧？"见她脸色一变，他的眉眼竟是笑意，"小野马，有什么可生气的，生死关头都没有选择救你，说明那种人也不值得你去喜欢。"

"滚！"被戳到了痛处的她更是脸色剧变，拼命将他推倒在床上后想要起身，却又被他压了回去。

"放开我！畜生！"

就在两人撕扯中，门突然被从外踹开，两人皆是一惊止住了动作。

山贼头警觉地瞬间站起身做好了防备，却见一个人单枪匹马地竟然闯入了他的藏凤山。

若影微颤着身子朝门口看去，一瞬间心中百味杂陈。

莫逸风，既然你已经做了选择，还来做什么？你现在前来又是什么意思？

她就这样衣衫不整地靠在床上，也没有去理会现在是有多狼狈，却只是用着似笑非笑的目光打量着他。

莫逸风被她这样的眼神看得很不自在，可是刚才的那一幕也深深刺痛了他。他以为自己还能再快一点上来，可是终究还是低估了这些山贼，哪怕他第一次上山之时已经做了精密的考察，终是晚了一步。

"你怎么上来的？"山贼头见莫逸风堂而皇之地站在他的房间，顿时有些慌乱。

莫逸风目光一敛，周身笼罩着一股寒气，当他看见若影这般模样之时，他的眼底瞬间冉冉生起浓浓的阴霾，仿若来自地狱的勾魂使者，下一刻就要让他魂飞魄散。

他没有开口说话，竟是径直朝若影走去，而若影只是一瞬不瞬地看着他，仿佛想要将他看透，却终究觉得隔着厚厚的一层障碍，怎么都无法看清他。

被完全无视的山贼头见状顿时恼了，就在他要触及若影之时迅速将若影拽到怀中，伸手从床头取过宝剑指向莫逸风。

莫逸风因他的惊人速度怔了一下，不过而后一想，能在这藏凤山为王自是有他的本事，否则这几年官兵也不会拿他没辙。

"放人。"莫逸风蹙眉沉声一语，那气势仿若要震动天地。天生的王者之气让人从心底冒出一股股寒意，却唯独一人除外。

若影看着他此时的行为，心底泛起阵阵酸楚，又是阵阵苦涩，庆幸他及时赶来，又恼他太晚赶来。

及时是因为她还没有失身，太晚是因为她终究成了如今的模样。

可是，及时也好，晚来也罢，又有什么关系呢？他的第一选择并非她不是吗？

她应该是要感激他还能想到藏凤山还有她这个人，她还不至于卑微到让他忘却了她的存在。她应该高兴不是吗？可是，她为何笑不出来？此时此刻若是有选择，她宁愿从他眼前消失，而不是如今的对峙。

山贼头虽然看着这样的莫逸风心头一颤，可是他也并非没见过这样的场面，冷笑一声将若影拥入怀中用剑指着莫逸风道："都说官不如匪讲信义，果然如此，你们都答应了拿十万两换那个姑娘了，现在又想做什么？难道想要出尔反尔吗？"

若影在他手中，莫逸风也不敢轻举妄动，冰冷的唇畔抿成了一条线，指关节森森泛白。

"你想要多少？"静默片刻，他终是开了口。

若影突然低声一笑，而后便噤了声，目光不由得落在了别处。

山贼头闻言失声笑起："想要多少？要你的全部行不行？更何况，就算你用再多的钱也换不了我手中的这匹小野马。本爷可是对她很上心，更何况，你都有了那个美人还不知足，还想要我手中的小野马？做人也不能这么贪啊。"

若影浅浅勾唇自嘲一笑，莫逸风见到若影的神色变化后指尖一紧。

就在此时，外面的打斗声越来越近，不是一处，而是四面八方。

"你……"山贼头脸色一变，伸出的长剑突然架在若影的脖子上，"你竟然敢带人杀来，立刻让你的人都撤退，否则我立刻杀了她。"

莫逸风目光一闪，看着那把紧贴在若影脖子上的剑，背脊始终紧绷着。

突然，莫逸风冷嗤一声："杀了便杀了，本王过来不过是要拿回属于国库的十万两银子，若是你将银子藏在何处告知本王，本王立刻就撤兵。"

第42章 孩子没有了

"你是王爷?"山贼头做梦都没有想到自己招惹上的竟是一个王爷。

若影在莫逸风的话音落下之际骤然抬眸凝视着他,她怎么都没想到莫逸风会说出这样的话,他此行的目的竟是那十万两银子而非她……

十万两银子……她竟然还不如那冷冰冰的银子。

莫逸风没有回答他,他的眸色冰冷到了极致,此时此刻她不知道他所看之处是那山贼还是架在她脖子上的剑,但是她已经无力去想,她只知道全身痛得快要窒息。

"你是王爷,那另一个莫非也是王爷?没想到你们身为王爷竟然这么言而无信。"山贼气得双眸赤红,而莫逸风的身后正好有个小山贼被一剑毙命,此时此刻已变成了一具尸体躺在门口。

当秦铭赶过来时看到的就是眼前的景象,顿时吓得想要上前,莫逸风伸手制止,山贼手中一紧,隐约间有利刃划破了她的脖子,可是她已经感觉不到了痛。

呆呆地看着眼前既熟悉又陌生的人,手脚早已冰凉。

"你若是放我走,我就放了她。"山贼始终不相信他们此行并没有打算救人。

莫逸风看着他双手负于身后淡声道:"秦铭,将他抓住送去给父皇交差。"

若影心口一滞,而秦铭更是难以置信地看向莫逸风,以为是自己听岔了。

山贼头也是为之一怔,转而阴沉着脸朝若影凑近,并一步步朝身后走去,口中不知道在说些什么,而若影则是在山贼头动唇之际脸色渐渐泛白。

"爷……"秦铭还想说些什么,却见莫逸风丝毫没有要改变主意的意思,心中不由得一恼,可是,当他余光扫见莫逸风的指尖之时,这才恍然大悟。

转眼间,莫逸风指尖的银针急速飞出朝山贼头的手腕射去,山贼躲闪不及,很快就被刺伤手腕掉落了架在若影脖子上的利剑。秦铭上前要擒拿,山贼再次想要劫持若影,莫逸

风朝若影睇了一眼，猛然一掌击上去……

只听一声闷哼，若影瞪大了水眸捂着胸口一瞬不瞬地看向莫逸风，一口鲜血从口中喷出。

"影儿……"莫逸风大惊失色。

他只是想要击中山贼，他没有想到要伤她半分，她不是最擅长以敏捷的速度逃脱吗？刚才他给她使了眼色，就是要让她在他出掌之时朝左躲避，可是他没想到她丝毫没有躲闪，只是怔怔地看着他，而他的那一掌竟然击中了她。

秦铭也顿时惊在了原地，那一片鲜红也同样刺痛了他的双眼，转眼看向山贼，他目光一敛飞身上前，谁料就在这时，山贼突然将若影朝前一推，而后转身朝转眼间出现的密道逃去。

若影整个身子就像空中的一片树叶般朝前落下，却在落地前落入了一个人的怀中。

"影儿！我马上带你去找太医。"莫逸风褪下方才的淡然自若，慌乱地躬身欲将她抱起。

若影看着他突然笑了起来："莫逸风，你不累吗？"

莫逸风动作一滞，垂眸不解地望着她。

若影痛得惨白了脸色，却依旧勾唇带着浓浓的嘲意："到此为止吧。"

莫逸风不知道她说的究竟是何意，或许是误会了什么，但是此时此刻容不得他多想，她这个样子把他给吓住了。可是让他更没想到的是，若影缓缓抬手捂着腹部，紧咬着唇满脸的痛苦，原本清丽的面容此时此刻已经因痛而变得扭曲。

莫逸风低眸望去，整个人都蒙在原地。

此时此刻她身下的罗裙已被红色所晕染，而臀下的地上也渐渐流出了一条血水。

"影儿……怎么会这样……"莫逸风颤抖着双唇看着地上的鲜红，手脚冰凉背脊僵硬。

她竟然怀孕了，他竟然不知道她怀孕了，而他根本没有尝试到当父亲的喜悦，这个孩子便没了。

若影顺着他的视线望去，眸色一惊，抬手看向指尖上带着温热的鲜血，渐渐笑出了声，眼前越来越模糊，耳边隐约听见他的呼唤，感觉到他将她抱起，又是一阵凌乱的脚步声后，她便再也没了知觉。

莫逸风是抱着全身是血的若影回到三王府的，顿时将所有的下人包括周福吓得面如土色。

"快去宫中请太医。"莫逸风怒吼一声，众人立刻如惊弓之鸟，有的去请太医，有的去烧水，有的则是不知所措地跟在别人身后瞎忙活。

莫逸风根本顾不得她现在是什么情况，抱着她直接冲向了雅歆轩将她放在了床上。

周福看着眼前的情况，隐约间明白了什么，虽然将小产之人安置在男人的房间实为不妥，但是一众人谁也不敢说些什么。

"影儿，影儿你醒醒！"莫逸风不停地唤着她，可是她却只是一动不动地躺在床上，任凭他怎么唤她都没有得到任何回应。

若影在睡梦中胆战心惊，整颗心冰冷至极。

"杀了便杀了……"这几个字就如同梦魇一般缠绕在她脑海挥之不去，而那一片鲜红也惊得她恍若掉入了无底深渊。

"莫逸风……"她呢喃叫着他的名字，眼角瞬间划过一丝温热，也就在这时，她的手被人突然握紧，而她却不愿再度醒来。

也不知睡了多久，待她再度醒来之后床前只有哭成泪人的紫秋，而房间的这扇门发出吱呀一声，随后便是悄无声息，仿若有人刚出去一般。

"紫秋……"她虚弱地唤了她一声。

紫秋闻声止住哭泣，见若影终于醒了过来，立刻扑到她跟前，眼中带着泪脸上带着笑："侧王妃终于醒了，可把奴婢吓死了。"

若影怔怔地看着她，那日的景象依稀映入脑海，伸手摸了摸小腹，目光渐渐朝下望去。

紫秋刚止住哭声，见她如此举动又忍不住哽咽起来，伸手握住她的手安慰道："侧王妃别担心，太医来看过了，说侧王妃身子无恙，只是有些虚弱，等过段时间还是可以有孩子的，侧王妃和三爷还年轻，以后要多少孩子都会有的。"

若影缓缓收紧指尖，将手从她手心抽离，目光涣散地望向帐顶，不知道在想些什么。

紫秋终究是害怕看见她这般模样，立刻开口岔开话题："侧王妃，刚才三爷出去了一下，奴婢这就去告诉三爷侧王妃已经醒了。"

若影还来不及阻止，紫秋已经努力笑着奔出了房间，而她在紫秋离开后脑海中一直盘旋着紫秋的话。

身子无恙，只是孩子没了？还年轻，以后要多少孩子都会有的？

她渐渐勾起了唇角，手又不自觉地覆上了小腹。她甚至先前都不知道这个孩子的存在，此刻就这样让孩子成了一摊血水。

就在她沉思之时，门吱呀一声被轻轻推开。熟悉的脚步声熟悉的气息渐渐靠近，而后在她床畔坐下，即使她没有回头也知道是他。

"醒了？"他坐在床沿迟疑了一下，终是拉过她的手包裹在自己手心。

若影缓缓将手抽出，只觉得此时此刻连他手心的温度都能让她刺痛。

手上一空，莫逸风眸色一痛，伸手替她盖好被子，声音依旧是让她心安的醇厚："还有没有觉得哪里不舒服？"

若影没有开口，原先望着帐顶的双眸缓缓阖上，与他隔绝。

莫逸风知道她此时并不愿意与他说话，缓缓站起身之时说道："我让紫秋进来照顾你，若是哪里不舒服一定要说，别……"话至此，他突然顿了顿，而后转身走到门口又缓声道，"别总是一个人受着，至少让我知道。"

若影淡淡勾起唇角，眼泪终是不争气地顺着眼角滑落下去，被子下的指尖深深嵌入掌心，若是她现在有力气站起身，若是此时她手中有刀剑，她一定会指着他问，他究竟有没有心？他到底哪句话才是真，哪句话是假？她对他而言究竟算什么？

"侧王妃。"紫秋来到若影身边时带着浓浓的担忧，方才看见莫逸风走出门口时脸色很差，却又没有恼怒，究竟是怎样的情愫笼罩着他，她也看不明，只知道一定和若影有关。

听到紫秋的声音，若影缓缓睁开眼，还没等紫秋开口，她便缓缓启唇道："我想见二爷。"

"侧王妃，这……不太好吧。"紫秋为难地看向她。毕竟她现在算是在坐小月子，若是在这个时候见别的男子难免惹人非议。

若影不再说什么，只是侧过身面向床内侧阖了眼眸。紫秋无奈，只好躬身一礼后转身走了出去。

刚一出房门，就看见莫逸风还站在门口，紫秋抬眸道："侧王妃她……"

"去吧。"莫逸风没有再说什么，只是转身走向了书房。

紫秋看着他离开的背影，不知为何感觉萧条了许多，还带着浓浓的凄凉。他们根本不知道在藏凤山发生了何事，只知道那日当莫逸风抱着若影回府之时她已满身是血，虽然将她从藏凤山救了回来，可是孩子却没了。

深吸了一口气，她咬了咬唇最终还是去找了莫逸谨前来。

当莫逸谨知道是若影想要见她时，一颗心始终忐忑不安，来不及多想她找他的目的，更来不及多想此刻是否方便两人见面，他只知道若影一醒来就找他一定是有急事。

快马加鞭急急赶去三王府，跨进府门还没等丫鬟们引路，他便顺着抄手游廊一路来到了月影阁。也没有先去找莫逸风，更抛却了世俗，伸手推门而入。可是抬眼见若影还躺在床上，他骤然顿住脚步。转身轻轻关上房门便疾步上前，脚步在床前顿住，见她轻阖着双眸仿佛是睡着了，他一时间有些手足无措。

正在考虑究竟是要叫醒她还是要先出去等她时，她缓缓睁开了眼眸。

莫逸谨心头一急，立刻坐在床沿，原本还在顾虑些什么，可是一看到她那苍白的脸色，也顾不得许多，伸手拉住她的手急问："影儿，你终于醒了，你知不知道你已经昏迷多日了，我还真怕你醒不过来了。"话至此，他突然觉得自己失言，立刻咒骂一声，"瞧我这张乌鸦嘴，你醒来就好，我总算是安心了。"

若影自始至终都只是一瞬不瞬地望着他，没有开口说话，视线却渐渐模糊，听着他关切的话语，若影终是忍不住鼻尖一酸，眼泪顺势而下。

莫逸谨看见她突然无声掉起了眼泪，立刻慌了神，一边给她擦拭着眼泪一边柔声安慰："这是怎么了？是不是哪里不舒服？我去让人请太医，你先等着。"

若影见他转身要出去，立刻反手将他的手握住，见他回头担忧地看着她，她紧紧地握着他的手摇了摇头。

她又不说话又一直掉泪，这可吓坏了莫逸谨："乖影儿，你别哭啊，有二哥在，不怕。"

莫逸谨的话无疑是触到了若影心底最柔软的一面，忍不住泪如泉涌。

"没事的没事的，孩子没了以后还会有的，别哭坏了身子，我、我、我该怎么办？"莫逸谨看着她这个样子心里难受至极，虽然平日里极其会讨姑娘家欢心，可谓是情场高手，可是在她面前他却总是手足无措，就比如现在，一看见她哭成了泪人，他就感觉手心冒汗慌乱至极。

看着他这个呆愣的样子，若影突然笑了，不知为何，每一次看见他总能让她喜笑颜开，他也总有办法让她展露笑颜。

"二哥。"她低哑着声音唤了一声。

莫逸谨一愣，见她总算是开了口，竟是激动地握着她的手笑得像个孩子："你这丫头总算开口了，还真是吓到二哥了，是不是哪里不舒服？"

若影摇了摇头，此时他给予她的不仅仅是手心的温度，还有让她继续在这里存活的勇气。

"二哥，那个人……怎么样了？"她始终紧紧地握着他的手，问出这句话时带着一抹急切。

莫逸谨微微一怔："那个人？哪个？"

若影深吸了一口气后道："藏凤山上的那个山贼头……他逃走了吗？"

莫逸谨恍然大悟，而后安慰道："放心，秦铭将他抓到了，如今正在刑部牢房中，择日问斩。像他这般恶贯满盈之徒怎能放过？更何况他害得你这个样子，若不是已经交给官府，我恨不得将他碎尸万段。"

若影一直凝视着他，看着他的神色变化，就在莫逸谨要问她有何话要说之时，她缓缓启唇道："能不能想办法救他？"

"什么？"莫逸谨以为自己听错了，她竟然要救一个匪徒，不由得蹙了眉心，"影儿，别说他抢了这么多姑娘家已经犯下了罪行，就只是他害得你没了孩子已经难以饶恕，我没有将他千刀万剐就不错了，你怎么还要救他？你是不是发烧给烧糊涂了？"

若影摇了摇头："没有烧糊涂，而是让自己清醒了。"

"那怎么还想要救他？你究竟在想些什么？"莫逸谨望着她满腹疑云。

若影转眸望着门口，苦涩一笑："他其实并不坏。"

"他可是采花贼！影儿，你……"莫逸谨实在不知道该说她什么才好。

若影支撑着想要坐起身，可是浑身没有气力，莫逸谨急忙抱住她起身让她半坐在床上，取来软枕靠在她身后。

"我的孩子不是因为那采花山贼而没有的，而是……"说到此处，若影忍不住哽咽，抬眸迎向莫逸谨的目光，却怎么都说不下去。

"到底发生了何事，你告诉我，影儿，如果你还把我当二哥，无论有什么不高兴的事情都告诉二哥，二哥一定会帮你撑腰的。"莫逸谨急切地说道。

看着他担忧的目光，若影缓缓敛去了心中的疼痛。告诉他是莫逸风所为又如何？他和莫逸风是最好的兄弟，她自然是不愿意看见他们反目成仇，她不想背负红颜祸水的骂名。

"二哥，其实那个山贼真的没有那么坏，他虽然是做错了事，可是罪不至死，当时他也并没有要伤我之意，哪怕是面对莫逸风和秦铭之时，他还是跟我说……"

"他对你说了什么？"莫逸谨急问。

若影的思绪渐渐飘远，就仿若那一日就在当前："他对我说，有时候伪君子要比真小人更可怕，那些女人的确是他抢来的，可是他不过是想要找个愿意与他留在山上的人罢了，他还说，一会儿会放我走，若是有缘再会。"

说到这里，若影的脸色渐渐泛白，那山贼说得没错，伪君子要比真小人更可怕。

其实那山贼当时凑在他耳边还说了一句："他心里没你，你好自为之。"

就连一个山贼都看出了莫逸风根本不爱她，而她还在自欺欺人地努力着。

莫逸谨闻言不以为意："一个山贼的话岂能当真？或许他当时看逃生无望，所以才说了这些话。"

"我知道你们都不会信。"若影苦笑，"他当时可以将我一剑杀了，可是他没有，哪怕他说的都是假的，至少他还心存善念。你可以去看看那些被他抓去的女人，我相信每个都完好无损，并没有受到虐待。"

莫逸谨抿了抿唇，顿时没了话。

当时莫逸风剿灭藏凤山匪众后秦铭带着人将里面的女子尽数救出，那些女子虽然没了清白身，但的确都完好无损，而且各个穿金戴银被好生照顾着。那些女子虽然不愿意做压寨夫人，可是面对已经失去了的清白身和山上的丰衣足食，她们也就没有了逃出去的念头。

可是，无论如何他都是山贼，还是采花淫贼，又如何能救？

房间中突然陷入一阵沉默，静得落针可闻。

紫秋在外唤了一声后走了进来，将清粥端上来后说道："侧王妃，您昏迷了几天几夜了，三爷让奴婢熬了清粥，让您趁热喝了。"

第42章 孩子没有了 | 199

若影没有回话，见他久久没有开口，晃了晃他的衣袖急道："二哥，放了他吧，让一个人从善不是比杀他更好？"

"影儿，你就是太善良了。"莫逸谨无奈，伸手接过紫秋手中的清粥后抬手示意她下去，而后舀了一勺粥送到她唇边，"就算他没有杀人是事实，他终究还是强抢民女，这一次又伤了你和柳蔚的千金，这条命算是保不住了。"

"二哥也没办法吗？"若影眸色一沉，很是失望，每当想到他最后跟她说的那些话，她到底还是狠不下心见死不救。

莫逸谨轻叹："把粥喝了再与你说。"

莫逸谨最终还是没能忍心拒绝若影的苦苦哀求，在她喝完粥后便答应了她，她苍白着脸色会心一笑，可是这笑却是这般虚弱无力，他不由得心头一缩。

走出月影阁，便看见莫逸风一动不动地坐在院内的石凳上不知在想些什么，莫逸谨一看见他便沉了脸色，阔步上前坐到他面前，落座之际质问道："怎么不进去？"

莫逸风闪了闪目光，伸手握住面前的茶杯淡饮了一口，沉声道："影儿她……没事了吧？"

"没事？"莫逸谨忍不住拔高了嗓音，却又怕房中的若影听见，又努力压抑着心头的怒气，"影儿现在半条命都要没了，你居然还敢问是不是没事？"

前几日因为得知若影小产，他当天便要赶去看她，可是因为礼法不容，他便只得在自己府中干着急，没有看见若影也不知道她的情况，问莫逸风又是只字不提，莫逸谨只道是他在自责，便也没有多责备，可是今日看到若影这般模样，再加上莫逸风不敢走进房间，他便心头生疑。

"那天究竟是怎么回事？我想应该不是你和四弟去救人这么简单吧？是不是还有什么我不知道的事情？"莫逸谨追问。

莫逸风手中一顿，看了他一眼，缓缓放下茶杯，转身朝门口看了看，莫逸谨道："她已经睡下了。"

他目光微闪，沁凉薄唇抿成了一条线，而后点了点头，静默片刻，他终是开了口："影儿就是当年的那个小女孩。"

"什么？"莫逸谨一怔。

当年莫逸风跟他说这些话时他还一直说肯定是莫逸风在做梦，没想到竟然是真的，想了想，又觉得不对劲，抬眸问他："那柳毓璃又是怎么回事？"

"我前几日问过母妃，请她回想一下当年之事，母妃说我昏迷醒来之日毓璃和四弟都去了景仁宫看我，只是当时毓璃先走了进来，而母妃和四弟说了几句话后才让他进来，可是当时我们并没有看见他们两人中的任何一个。"莫逸风说到此处，眼底闪过一丝阴霾。

"难怪柳毓璃知道你和那小女孩之间发生的事情。"莫逸谨沉吟了片刻,蹙眉问道,"不过这和我刚才问你的有何关系?那日你和四弟去救人,为何是柳毓璃先被救出?你竟然把影儿留在那采花贼手上,你究竟在想些什么?"

说到最后,莫逸谨忍不住低吼了起来。

莫逸风抬眸看向莫逸谨,眸色黯然:"你还记得我昏迷的那一夜,瑶华宫失火了吗?影儿也是在那一夜出现的。"

"这又如何?难不成还是影儿放的火?推算一下,那个时候的影儿不过五六岁,她还有这能耐放火烧人又逃离宫中?"莫逸谨气恼地反问。

莫逸风转眸看向天际:"是啊,那时候的她不过是五六岁,她又有何能耐进宫?又有何能耐在宫外出现?"

莫逸谨原是有些不耐烦,可是一听莫逸风这般说,顿时没了话,迟疑了片刻之后支吾道:"你是说……"

"听说当夜被抓住并且被当场刺死的刺客是飞鹰门的人。"莫逸风道。

一听到飞鹰门,莫逸谨突然想了起来,那日回业城之时桐妃让他与她同乘一辆马车,便告诉他若影是飞鹰门的人,让他去查一下还有没有飞鹰门的余党,她怕那些人对若影不利。当时若影的母亲被当场毙命之后若影在飞鹰门眼里便失踪了,而后飞鹰门一夜之间惨遭灭门,飞鹰门的人可能会以为若影母女是叛徒,而后会对她们不利。

他当时也的确是派人查了好几日,可因为拿不到飞鹰门的名册,所以根本无从查证,而且若影在三王府已经有一年,根本没有嫌疑人出现,更何况在三王府也算是安全之地,他也就放心了。

可是现在莫逸风突然提及此事,他不由得疑虑丛生:"那个刺客是影儿的母亲,可是当时影儿还小,也无人知道她的存在。"想了想,莫逸谨有些没了耐性,"三弟,你究竟想要说些什么?说了半天我也没有听明白。"

莫逸风轻叹一声:"当时虽然无人知道影儿的存在,我也不知道究竟是谁把影儿救出去的,可是现在父皇知道了。"看着莫逸谨惊愕的目光,莫逸风又继续说道,"那日得知影儿和毓璃同时被掳,父皇让我无论如何都要保住毓璃的安全,不得有丝毫损伤。"

"就因为这样你就先救了柳毓璃?你让当时同样遭受生命危险的影儿如何想?你让她以后怎么面对你?你又如何向影儿交代?她才是跟你同床共枕之人,你怎么可以这么对她?"莫逸谨气得站起身冲莫逸风一阵怒吼。

当日若不是玄帝拖着他议政,他早就冲上山去救她了,哪里会让她承受这些?

莫逸风摇了摇头:"二哥,难道你还没明白吗?父皇已经知道了影儿是当初杀害习嫔和婉公主的杀人凶手的女儿,他怎么可能放过她?那日父皇警告我,必须要把毓璃先救出来,若是毓璃有个三长两短,他会让影儿……陪葬。"

莫逸谨闻言缓缓跌坐在凳子上，置于石桌上的手缓缓握紧了拳头。

他自然是相信玄帝说到做到，就如同当初玄帝那般宠爱容妃，可是后来被诬陷隐瞒自己身份，原是青楼女子之时他便将她打入冷宫，而那些负责甄选秀女的官员也一并受到惩处。后来那刺客说一切都是容妃指使之后，玄帝经过调查便将容妃以鸩毒之酒赐死，毫不留情。

如今他已经知道了若影的真实身份，又岂会轻易饶了她？他说柳毓璃一旦有事就会让若影陪葬，那么若影便不会活命。

沉默片刻，莫逸谨抬眸问道："当时……真的没有别的办法吗？"

莫逸风摇了摇头："藏凤山遍地机关和埋伏，四弟选择救毓璃，我若选择救影儿，那么她们二人都会没命，若是选择救影儿，毓璃遭遇不测，到最后父皇也不会让影儿活命，所以我只能先让他们将毓璃放了。"

说到此处，莫逸风眸色沉痛，他知道若影当时心里一定难受，当他看见她眼中绝望的眼神时，他真的涌上一股冲动要当场将她救出，可是他知道凭他一己之力根本就不可能，所以在他转身下山之际，他感觉自己的手都在颤抖，只希望她不会有事，他会立刻前去救她。

"其实在和父皇派去的官兵一同赶往藏凤山之前，我已经联络了秦铭，让他带着死士设计将几个小山贼骗下山，而后将他们杀了之后伪装成那些小山贼的模样，我让四弟将毓璃带回去后便立刻会合秦铭，随后我说带着二十万两银子要赎回影儿，那些小山贼便将我带去了山上，而后我与秦铭里应外合将藏凤山上的山贼一网打尽，也同时救出了影儿。"

"既然事情都十分顺利，为何影儿会……小产？是不是那个山贼？"

闻言，莫逸风心口一阵锐痛："不，不是山贼，是我……错手……"

莫逸谨骤然倒抽了一口凉气，随后便是恨不得将他一拳击倒在地，蓦地站起身支撑着石桌冲他一阵怒吼："你！你让我说你什么好？也难怪影儿会哭成那样，她一定是以为你故意不要她的孩子。"

莫逸风惊愕地抬眸看向莫逸谨："怎么可能……我怎么可能不要这个孩子？我根本就不知道她怀了身孕。"

"即使这样，那个孩子也是因你而没有的，影儿怎么可能原谅你？更何况你一开始就选择救柳毓璃，影儿一定是觉得自己在你心里根本就无足轻重，后来你又错手伤了她，孩子没了，她心也凉了，你让我说你什么好！"

虽然当时的情况根本不能选择，或许换成他也无可奈何，可是一想到若影的心情，莫逸谨就替她难受起来。

莫逸风缓缓收紧指尖，心中一团纷乱，抬眸看向愤怒中的莫逸谨，低声恳求道："影儿现在根本就听不进我说的话，所以请二哥……帮我……"

"我才不会帮你，你自己看着办，我还有事要做。"说完，莫逸谨气呼呼地转身就要离开，可是刚走几步便顿了顿，而后丢给他一句话，"你最好看好影儿，这段时间她情绪低落，别让她做傻事。"

做傻事？

莫逸风眸色一惊，转身朝月影阁走去。

可是一到房间，他又不知道该说什么好，方才对莫逸谨说的话到她跟前又有些难以启齿，因为无论什么样的理由，他终究还是伤了她，所以到最后，他只是默默地坐在床榻边看着她，明知道她在装睡，他却依旧不敢惊扰。

翌日下朝后，莫逸谨见莫逸风转身要去找刑部尚书，便立刻疾步跟了上去。

"二哥你……找邱大人有事？"莫逸风看了看他问道。

"的确有点事。"莫逸谨点到为止，也不再说下去。

莫逸风看得出，他根本就是故意隐瞒。不过他也没有太在意，因为他有更重要的事情要办。

紧走了两步赶上邱尚书后莫逸风开口喊住了他："邱大人请留步。"

邱尚书转身疑惑地看向他二人，随后躬身抱拳行礼："两位王爷，不知有何要事找下官？"

莫逸风的目光淡扫，见其他大臣都已经三三两两地离开，便道："邱大人，藏凤山的那个山贼是否还关押在刑部大牢？"莫逸谨闻言微微一怔，不料他也要去找那山贼，正要开口相问，却又听莫逸风开口道，"不知本王可否去见上一见？"

邱尚书抬眸看了看他，微微有些为难："三爷，那山贼虽然伤了柳姑娘和侧王妃，可是……终究还是要依法处置。"

莫逸风淡淡言道："邱尚书放心，本王不过是因为侧王妃的一个重要的东西被他给掠夺了，所以想要问他究竟放在何处。"

"那……下官替三爷去盘问那山贼。"邱尚书向来公正廉洁，自然是怕他会因为自己的女人被掳劫而报复，若是人犯死在大牢，他也不好交代。

莫逸风淡淡一笑，云淡风轻："若是那山贼在本王离开后有任何损伤或死于非命，本王一力承担，邱大人也尽管去参本王一本。"

话已至此，邱尚书也没有理由再阻止，既然他堂堂王爷都做了这样的保证，他又何惧之有。

去刑部大牢的路上，莫逸谨问道："你要找那山贼做什么？"

"要问问当日之事。"莫逸风眸色一敛。

"当日？"莫逸谨垂眸细想，突然怔了怔问道，"难道是影儿被掳劫的那日？"

"嗯。"思及那日，莫逸风的指尖骤然一紧。他总觉得那日不寻常，只是一直找不到任何证据，如今只剩下那山贼一个有力的人证，而且他关押在刑部大牢，由邱尚书管辖，自是不会有事。

一连三日，莫逸风和莫逸谨都无法自那山贼口中得知真相，看他的样子，根本就是在故意隐瞒也不屑与他们说，可是，当第三天他们要离开之际，他却突然开了口，仅仅一句话："我要见三王爷的侧王妃。"

被关押进来的当天，他就知道了莫逸风的身份，还有若影的身份，所以此时此刻他也不多加描述，直接说出了想见之人。

莫逸风脸色一黑，气得握紧了拳恨不得将他一拳毙命，可是偏偏对方是个不怕死的，根本不把他们放在眼里。到最后，莫逸风气恼得拂袖而去。

莫逸谨急忙追上了他，紧走了两步站在他面前："三弟，你冷静点。"

"冷静？都这个时候了他竟然还动歪念，不说实话也就罢了，居然还要见影儿，难道你要让我为了真相而把影儿带来让他们见面吗？"莫逸风气恼道。

莫逸谨沉沉吸了一口气后道："若是如此，有何不可？"

"二哥！"莫逸风有些看不懂他，"你明明知道影儿如今在生我的气，若是我再让她前来，她会怎么想？"

"我当然知道，可是或许影儿也想见他呢？"莫逸谨看着他缓声道。

"什么？"莫逸风难以置信地望着他。

"不如我去和影儿说，而且她也已经好多天没有出门，就当散散心。"莫逸谨道。

"可是……"莫逸风还想说些什么，莫逸谨已经疾步朝外走去。

让莫逸风没想到的是，莫逸谨跟若影说完之后若影居然当真答应了，这让他有些百思不得其解，见若影正要踏上马车，莫逸风急忙跟了上去拉住她："影儿。"

虽然知道她这几日身子已经痊愈，可是他还是有些不放心。

若影转眸淡淡扫向拽住她手腕的手，缓缓将之拨开，而后踏上了马车。

莫逸风心头一紧，见她钻入马车，他立刻跟着坐了进去。

若影坐在马车内一语不发，感觉到他坐在她身侧，她也没有反应，只是轻阖双眸假寐起来。

"影儿，我……"他很想把真相告诉她，可是她知道真相后想必会难以接受，而且她似乎已经将儿时之事忘得一干二净，所以他也不想唤回她当年丧母的记忆。

与其让她痛苦，不如让她恨他，他再想办法让她原谅。只是他没有想到若影这么多天以来竟是一句话都没有与他说过，无论他怎么和她说话，她只是淡淡地移开视线。

这样的她让他怕极了，就好像她正渐渐地从他的生命中消失一般。

马车很快到了刑部大牢，莫逸风下了马车后伸手要去扶她，可是她却没有伸手，独自

下了马车后朝站在刑部大牢门口的莫逸谨走去。

莫逸谨见若影走到她跟前,便说道:"我也不知道他要跟你说些什么,刚才我进去过了,他说只要见你一个人,见到你才会说。"

若影点了点头,而后走进了大牢。

第43章　自行拟休书

莫逸风见状急忙走上前，却被莫逸谨拉住了："别靠太近，否则他什么都不会说。"

"可是影儿……"

"别担心，我们就站在他看不见的地方，影儿也不会进大牢，所以不会有事的。"

这样一来那山贼会说出想说的话，而他们也能听到一切，又能护若影周全。

那山贼头因为是重犯，所以是单独关押，若影来到关押山贼的大牢前，虽然已经做好了心理准备，可是眼前的景象还是让她呼吸一滞。

原本一脸霸气满脸络腮胡的山贼此时此刻已经被打得遍体鳞伤，而且那络腮胡上也满是鲜血。

"听说你是三王爷的侧王妃？没想到你会愿意前来。"那山贼见到若影前来，眼前闪过一道诧异的目光，而后便是勾唇一笑。

若影没有开口，只是面无表情地看着她，可是她的目光骗不了人，她带着同情，带着难以置信，带着不忍。

山贼顺着她的视线打量着自身，而后自嘲一笑："你果真和我想的一样，都这个时候了还在同情我。"

若影目光一闪，移开视线，却仍是静静地站在他的牢房前。

山贼吃力地支撑起自己的身子站在若影跟前，因为距离太近，所以若影回头看见他近在眼前之时还是退后了一步，不过脸上倒是未见太大的惧意。

"比起那些庸脂俗粉，你的确是十分特别，虽然心地善良，可是够有胆识。"山贼竟是不住地夸赞起来。

站在不远处的莫逸风脸色越来越铁青，也不知道那山贼意欲何为。若影只是紧蹙着秀眉望着他，等着他后面的话。

山贼低低一笑，上下打量了她一番过后问道："身子好了？"

若影闻言眸色一怔，随后竟是不自觉地点了点头。

莫逸风和莫逸谨又何尝不是错愕不已，两人对视了一眼，莫逸风的愧疚渐渐浓烈起来。

见她竟是愿意回答他，山贼敛住了笑容转而深吸了一口气说道："知道我为何要见你吗？"

若影摇了摇头，而不远处的莫逸风和莫逸谨也是在洗耳恭听。

山贼说道："因为我想在死之前说出真相。"见若影有些疑惑地望着他，他继续说道，"我不相信那两个人，说不定那两个人是那个人的同党。"

若影一怔，低眸思索，想来他说的"那两个人"是莫逸风和莫逸谨，但是"那个人"又是谁？

"其实那天是有人故意设局，我原本就没有要抓你和那个女人，是有人让我这么做的，还说只要我答应了和他合作，就有十万两银子给我们藏凤山。这么好的事情我当然不会错过，所以才会按照计划行事，没想到我是着了他的道，还……还害得你没了孩子。"一想起那日他被秦铭抓住后顺着密道走回房间时，看见淌在地上的她身下那一摊血迹，他也是愣在了原地。

若影一听到孩子这两个字，不由得眸色黯然。

沉默片刻，她终是开了口，却很是平静："究竟是谁？那个人是谁？"

山贼说道："就是那天上来的两个王爷中说要救另一个姑娘的王爷。"

他只知道莫逸风是三王爷，可是并不知道莫逸萧就是四王爷，所以他也只得如是描述着。

莫逸风一听山贼这么说，顿时心头一慌，恨不得上前和若影解释清楚。但是他终究还是隐忍了下来，静静地听山贼后面的话。

若影听山贼这么一说，第一个想到的就是莫逸萧。不知道为何，即使到了这个时候，她竟然还偏向着他。她恨透了这样的自己，可是又无可奈何。她可以恨他，可是她却无法做到在这样的情况下不相信他。

"他究竟说了什么？又为何要这么做？"她无力地问他。

莫逸风紧了紧负于身后的拳头，不知道为何若影不再问下去究竟是哪一个，难道她已经认定了是他？不过山贼的话还是让莫逸风和莫逸谨为之一怔，只是不知道莫逸萧这么做的目的究竟为何。

山贼听若影这么问，便也不想有任何隐瞒："那个王爷说，只要到时候我派人说要十万两换一个人的命，随后将你们二人带出去后命人将刀同时架在你和那位姑娘的脖子上，并且说只能换一个，否则谁都不能活，事成之后我就能得银子，而他则得美人，说是为了得到美人心的苦肉计。虽然我不知道为什么要把你搭上，但是我还是失策了，没想到人被救走之后三王爷带人剿灭了我的藏凤山，兄弟们死的死抓的抓，而我也逃不过此劫。"

他的话落下之后，若影久久都没有开口，也不知道该问些什么，而设此局之人的目的也已经显而易见，只是她却赔上了自己那未出生的孩子。

垂于身侧的手缓缓攥紧了拳头，有一股浓浓的恨意冉冉升起，可是，她应该去恨谁？莫逸风？柳毓璃？莫逸萧？

而她恨又该如何？如今她武功尽失，而他们三个之中两个是王爷，一个是兵部尚书千金，原先疼爱她的玄帝如今不知为何对她这般疏离，眼眸隐约带着一抹让她惧意丛生的情愫。

莫逸谨对她虽好，可是他毕竟和莫逸风和莫逸萧是兄弟，她从来都不希望他因她而为难。

心中很想要报仇，自己却力不能及，这种感觉让她一再痛恨自己的无能。

掌心被指甲深深嵌入，可是她已经感觉不到疼痛，此时的心就好似掉入了万丈深渊，痛得窒息。

缓缓转过身，踉跄着脚步正要离开，手臂突然一紧。若影淡淡回眸望去，莫逸风和莫逸谨却是怔了怔，他们不知道那山贼究竟意欲何为，可是在莫逸风要上前之时，莫逸谨再次制止了他，并用眼神示意他静观其变。

大牢中没有窗子，周围虽是掌了灯，光线依旧十分昏暗，可就是这样昏暗的灯光，衬托得若影此刻的神色寒凉至极。

山贼也被她的方才转眸轻睨惹得怔在原地，一时间竟是忘了要开口说些什么。

"说。"若影冷声开口。

山贼猛然敛回思绪，竟感觉眼前的人和他初识那日判若两人。

见若影依旧望着他，神色中带着不耐烦，仿若在警告他，若是再不说，她就要出去了。他急忙将抓住她手臂的手松了松，就在莫逸风和莫逸谨松了一口气之时，却见他突然抓过若影的手腕随后迅速在她手心写了两个字。

"这是我的名字。"他松开她的手之后说道。

若影虽然不知道他为何要将字写在她的手心，可是他的名字因为比较简单，所以她看得也十分真切——左昌。

左昌一瞬不瞬地望着她姣好的面容，见她似乎没有放在心上，他急忙道："你可要记住了，我的名字，别忘了。"

"我为何要记住你的名字？"若影淡声问。

左昌纠结地抠了抠面前的铁栅栏，小心翼翼地睨了她一眼后支吾道："我兄弟都死了，就算没死的也离死不远了，我怕自己死了之后就真的没人记住我了，这样子就像是白

白在世上走了一遭，要是一个人死了还有另一个人记着，也死得其所了。"

莫逸风闻言拧紧了眉心，纵使他这么多年来最擅长的就是控制自己的情愫，可是此时此刻他还是忍不住从齿缝中挤出了一句话："淫贼。"

莫逸谨睨了他一眼，凉凉丢出两个字："活该。"

莫逸风回眸瞪向莫逸谨，可是莫逸谨因为若影这件事情变得和他明着对峙起来，双眸更是瞪大着与他四目相接。莫逸风也从他的神色中看出了他是在怪他，不由得心虚地移开了视线看向若影的地方。

若影缓缓收住指尖，将他的名字包裹在手心。

曾几何时她为了学用毛笔写他的名字练了好多天，甚至还向刘文远讨要了"莫逸风"这三个字的写法，拿到刘文远的字条之后她便一直练习，而且只练他的名字。有一次半夜醒来，她握着他的手在她手心里写上了那三个字，觉得自己写得不错，便高兴得怎么也睡不着了。

"我记住了。"若影看了他一眼后道。

左昌欣慰地笑了笑，就在她转身离开之际，他的视线又朝某处望去，那里躲着的两个人他并没有感觉，而是他人之将死，自然也不会再顾忌许多，只是在看见某件熟悉的衣袍时，他下意识地蹙了蹙眉，随后对着若影喊了一声："姑娘，有些人该离开的还是趁早离开，那个男人根本不值得你因为他伤心难过。"

若影闻言呼吸一滞，顿住脚步的同时瞬间朦胧了视线。

"谢谢。"此时此刻她除了这两个字之外不知道该说些什么，而他的话也刺中了她内心最痛的一点。

莫逸谨也未料到左昌会说这样的话，可若换了身份，他或许也会这么想。转头看向莫逸风，他的眸中此时迸发着将人燃尽的怒意，若不是那山贼即将被处死，想必他会不顾一切地冲过去将他一掌击毙。

可是，随着那一袭水蓝色的裘袍慢慢靠近，莫逸风的怒意也渐渐消失，取而代之的是深深的愧疚。

这几日她没有与他说过一句话，他便命人熬制最好的滋补品给她送去，幸亏她没有如他想象的那样怒不可遏地将所有的碗碟都摔碎，反而是静静地将所有的补品都吃了下去。有时候他会亲自喂她，可她总是闭口不食，所以后来他便让紫秋伺候着，而他则是看在一旁。

除了那些上等的滋补品，再加上她原本就年纪轻，所以她的身子也恢复得极快，只是碰到这次的事情，她现在更显得清瘦了，而她的话也少得可怜。不过她越是这么不吵不闹，他心里越是没底，总觉得有什么事情要发生一般。

若影走到他们面前时并未抬头看他们二人，只是握着拳绕过他们朝外面走去。

莫逸风一瞬不瞬地看着她握拳的手，知道那是方才牢中之人给她写的名字。就在这一刹那，他突然想起了曾经送她去书院，而她的书中夹着一张纸，那上面只有他的名字，而她所练习的字中也只有"莫逸风"这三个字。

心头一悸，他回过神来急忙抬步跟了上去。

就在他们要离开刑部大牢之时，不远处出现了秦万成的身影，而他原本想要就此离去，发现他们几人都看到了他，也就不好再视而不见，紧走了两步上前抱拳行礼："二爷、三爷、侧王妃。"

"秦统领不必多礼。"莫逸谨开口并虚扶了一下。

莫逸风正要开口，却发现秦万成的视线有意无意地一直在朝若影看，从他喊出"侧王妃"三个字时便开始神色闪烁。

"秦统领与本王的侧王妃相识？"莫逸风带着疑惑开口，却听不出是喜是怒。

秦万成闻言将视线落在若影脸上片刻，却是支吾着不知该如何说才好，因为看样子她是不记得他了，而如今的情况他也不适合与她相认，毕竟当初是他违背了旨意将她留了下来，若是让玄帝得知，受牵连之人甚多，不仅他们二人会没命，就连桐妃也难逃一死。

若影看向秦万成好奇地蹙了秀眉，对于眼前的人她倒真有几分熟稔，可就是想不起是在哪里看到过的。不过刚才莫逸谨叫他秦统领，而秦铭的父亲便是御林军统领，再看秦万成，他们父子二人相似极了，或许就因为如此她才会有这种熟悉感，只是……

若影再次打量了他一番，特别是他看她的眼神，仿若他们之间有着怎样的关系或者发生过什么事情。

不过已经不重要了，从她没了这个孩子开始，旁人的事情都与她无关。

她对秦万成微微福了福身子，而后绕过他走向了前面的马车。

莫逸风原本还想问些什么，见若影离开便对莫逸谨使了个眼色，随后跟着若影朝马车走去，可是当他赶上去要将她扶上马车时，她已经自行走了上去，看着她的略显萧条的背影，他的脸色终是忍不住微微一变。

"秦统领似乎还有什么话没有回答。"莫逸谨笑着将手搭在他的肩上，还有意无意地按了按。

秦万成闻言脸色变了变，余光见若影的马车已经离去，讪讪一笑过后躬身抱拳："二爷，下官还有要事在身，先行告辞。"

"欸！别走啊！"莫逸谨岂是那种容易被忽悠的人，见他找借口离开，他立刻一个转身又挡在了他面前，"秦统领，你方才站在那里应该好久了吧？若是有要事，岂不是早被你耽误了？信不信本王去父皇那里参你一本。"

"下官……下官是因为……"秦万成心里本来就藏着事，而莫逸谨这般半真半假地说着，他更是吃不准他的心思。

"难道……"莫逸谨微眯着双眸看向秦万成低声问道,"你想对本王三弟的侧王妃意图不轨?还是你对她别有心思?"

"不不不!二爷可不能这般胡言,若是让旁人听了去……"秦万成吓得脸色一阵红一阵白。

"那真相究竟是什么?"莫逸谨抱臂看着他。

秦万成自知一些事情只要被他发现了必定会追查到底,所以也不能说谎话蒙骗过去,可是真相若是从他口中说出,他又怕殃及秦氏满门,思来想去,他轻叹一声后道出了当年的真相。

马车上,若影低垂着眉眼心事重重,而她一闪而过的寒芒也被坐在她身侧一直看着她的莫逸风看在眼里。

莫逸风不忍她背负得太多,伸手过去将她的手执于掌心:"一切交给我。"

若影的指尖不着痕迹地一颤,她没想到善于隐藏心思的她在他面前还是暴露了,回想起以前,她若想要隐藏,谁又能看得清她的想法?为何一直以来只有他能一眼看出她心中所想?可偏偏这样的他将她伤得千疮百孔,而她要离开还要想尽一切办法。

缓缓将手从他掌心抽离,面无表情地看向窗外的景象,为何此时此刻她听到集市上的叫卖声会觉得如此聒噪?

放下帘子干脆阖眸假寐,隐藏住眼底的情愫。

望着空空的掌心,他心头一阵失落,开口想要说出那日他那样抉择的原因,可是此时此刻若是由他说出难免会有狡辩之意,她也不会听进去,到时候就会适得其反。

他太了解她,隐藏在冷漠背后的是一颗脆弱的心。

晚膳过后,莫逸风来到若影的房间,见她竟然看着《内训》,不由得一怔,直到紫秋在一旁唤了他一声,他才愣愣地回了神,随后朝若影走了过去。

若影依旧借着烛火看着曾经莫逸风让她看的书,头也未抬一下。

莫逸风看着她看《内训》的认真神色,心底突然一刺,却说不出个所以然来。

房间里瞬间陷入了一片寂静,紫秋给他们二人上了茶之后便躬身退了下去,在关上房门之际疑惑地朝他们看了一眼,也不知他们如今究竟要怎样才能和好如初。

房门被掩上发出的轻微响声划破了房中的寂静,莫逸风渐渐敛回思绪开口道:"稍后我出去一下。"

若影没有回答,只是随手翻过了一页,随后又继续认真地看着。

莫逸风抿了抿唇,又道:"我很快回来,若是有事就让人到宝玉轩来找我。"见她依旧不作声,莫逸风缓缓站起身道,"周围我已安排了人守着,不会再有事发生。"

从今天起,他不会重蹈覆辙,有些事他决不允许再让其发生。

直到他离开月影阁,都未听到她的一声回应,心底虽然失落,但好在她好好地呆在他身边。

当房门再次传来合上的声响,若影这才从书本上移开视线,转眸看向那扇紧闭的房门,随后又淡淡收回视线,直到感觉莫逸风已经出了王府,她才缓缓合上书本站起身。

"侧王妃。"紫秋见莫逸风出去后便进来侍奉她盥洗就寝。

"你下去睡吧,我还要去一下书房。"若影淡淡开口,听不出任何情愫。

紫秋将铜盆放置在架子上后走上前:"奴婢陪侧王妃过去。"

若影轻抿朱唇蹙了秀眉:"我想一个人静静。"

言下之意就是让紫秋莫要跟随,她只想一个人去书房。而这段时间紫秋也不敢造次,听她这么一说她便应声后退了下去,只留她一人在房中。

若影拿起桌上的《内训》,面无表情地朝门外走去,走到门口,她刻意扫视了一下四周,却未见莫逸风所说守着她的人,看来是隐卫。

她也未再想许多,顺着抄手游廊来到了书房,游廊四周都挂着红灯笼,天一黑就会被点上烛火,那是莫逸风曾经替她考虑的,怕她在夜里去书房找他时怕黑。

曾经她因此而感动万分,可是从那天开始,她开始茫然,她对他究竟意味着什么?若只是柳毓璃的一个替身,他对她似乎过分好了,对她如此,那他对柳毓璃又好到了什么程度?

每每思及此,她的心就锐痛得不能呼吸,即使再想要冷漠对待,眼泪却总是被心口的疼逼出眼眶。或许是因为心里藏着事,又担心莫逸风会突然回来,所以她感觉从月影阁到书房的路似乎比平日里长了许多。

总算是到了书房,她伸手推开了书房门,里面一片漆黑,那一股惧意再次席卷而来。伸手慌忙从袖中取出火折子,吹亮之后立即朝案几上的灯座走去,当房间被瞬间照亮,她的心隐隐安稳了些。走到书架前,将手中的《内训》归位,随后转身坐在椅子上伸手取过一旁的一碗清水倒入砚台中,拿起墨条打圈研磨。

看着清水慢慢变黑,她心头越来越沉,直到感觉到墨水的浓稠,她方铺开一张白纸后拿起毛笔书写着。

她知道自己的字写得跟他的并不像,可是只要有他的印章,一切都不是问题。

而对于莫逸萧,她相信莫逸风会有办法将他扳倒,可是对于柳毓璃,他不会舍得,柳毓璃不仅是兵部尚书的女儿,还有莫逸萧和莫逸风的守护,谁又能动得了她分毫?如今她惹不起,她只能躲,只希望能尽快将心口的冰蚁针解决了,否则她要做什么都没有这个能耐。

休书一式两份,她取来他的印章盖了上去。

当印章落下他的名字的那一刻,她的指尖终是克制不住地颤抖了一下。

莫氏若影，有夫莫逸风，因其终日善妒、口多言、并此生无所出，故立此书休之，此后各自婚嫁，永无争执。恐后无凭，自愿立此文约为照。立约人：莫逸风，玄帝二十一年。

莫逸风来到宝玉轩后依旧心事重重，他明明已经派人看好她，并且交代只要有刺客，杀之。可是他还是感觉有隐隐的慌乱，也不知怎么回事。

"三弟，怎么这么慢？都等了你许久。"莫逸谨见到莫逸风，对他的姗姗来迟有些不满。

莫逸行唤了他一声后上前相迎，随后为他沏了一杯茶。

莫逸谨打量着他，见他脸色不是很好，不由得问道："怎么回事？是影儿有什么事吗？"

莫逸风摇了摇头："没有，只是不放心。"

"喊！"莫逸谨轻哼，"现在你倒是有心了。"

莫逸风闻言没有再说什么，只是抿唇端起面前的茶水饮了几口，脸色依旧有些沉。

"二哥，你就少说两句，三哥已经很难受了。"莫逸行终是不忍莫逸风这个样子，忍不住替他说起话来。

秦铭站在莫逸风身后，见莫逸风默不作声地接受着莫逸谨的数落，不由得替他有些难受。

莫逸谨看了看莫逸风，也就没有再寒碜他："好了好了，我不说了，说正经事。今天我去问了母妃，知道了秦尚书和影儿的关系。"

"真的？"莫逸风错愕地看向莫逸谨，"究竟是怎么一回事？"

秦铭也顿时一怔，抬眸看向莫逸谨，不知道他要说的究竟是什么，为何他的父亲和莫逸风的侧王妃扯上关系了。

莫逸谨轻叹道："其实当初在宫中发生纵火案时，是秦统领将影儿救了出去，将她安置在香林后面的山脚下，不仅教她武功，还一直照顾着饮食起居，只是不知道为何一年前突然消失了，秦统领找了许久都没有找到，没想到会嫁给了你。"

莫逸风细细回想，一年前就是他和她相识之时，他不知道为何她会爬到树上去，又为何能爬上去却下不来，而他当时也因为柳毓璃的转身而伤心不已，又因为她酷似柳毓璃的笑容而将她带回了王府。没想到她竟然跟秦万成有这么一段渊源，只是为何她见到秦万成就好像见到陌生人一般？照理说秦万成是她的救命恩人，她不应该有之前的反应才对不是吗？

"就打听到这些？"莫逸风问道。

莫逸谨转眸看向莫逸风，随后说道："听说四弟最近不仅和柳蔚走得近，还在和几个营的将军来往密切。"

莫逸风轻笑："他在心急什么？难道他还感觉不到父皇对他的偏爱吗？"

莫逸行道："因为前几日父皇夸十四弟长进，父皇还说与他当年十分相像。"

莫逸风浅浅勾唇："就让他去折腾吧。"

"就是。"莫逸谨也嘲讽一笑："南北两个营早已是我们的人，他就算忙活半天也没用，更何况我们还有清禄书院那帮学子——未来的国之栋梁，到时候等他们都做了官，朝廷中便是我们的人居多，即使他如今和远在修真山上为皇后守丧三年的太子联手，也不会是我们的对手。"

一想到太子，莫逸风的脸色又为之一沉。

他从来不想跟任何兄弟反目成仇，可是在几年前也不知为何，向来以仁德著称的太子竟然偏帮起莫逸萧来，这让他行事极其不便，也不知太子是为了要牵制他们二人，还是因为别的他不知的原因。

"科举就要开始了吧？"莫逸风缓缓敛回思绪后淡声问道。

莫逸行想了想，回道："听父皇说准备在下月初二，具体的日子尚未定，就连监考的大臣也会在当天宣布，以防有人收受贿赂。"

莫逸风闻言点了点头："如此甚好。"

他一向对清禄书院中的学子很有信心，特别是刘文远教出的学生，他更不会担心他们的学识和人品。而这么一来他便更加有自信不会有人徇私舞弊，清禄书院的学子定能拔得头筹。

"上次藏凤山劫人一事既然那山贼指认是四弟所为，三哥为何不将此事告知父皇？"莫逸行有些看不懂了。

"若是那件事情本来就是父皇默许的呢？说了有何用？"

莫逸风的话让莫逸行变了脸色，他很想说不可能，可是这么多年来玄帝对莫逸萧的纵容明眼人都看在眼里，所以他也不得不信。

"三哥，我是越来越看不懂父皇了，四弟做了这么多坏事，父皇除了斥责几句之外就再无其他，而对三哥你也太不公平了！父皇究竟是因为当年习嫔娘娘和婉公主被杀时那刺客诬陷容妃娘娘所指使的关系，还是因为当年你与四弟儿时之事介怀？若是那件事情，都过去了那么多年了，父皇也不至于嫉恨到现在啊。"

"怎么不会，帝王最忌讳的就是有人图谋那张宝座，而我那时候中了四弟的圈套，再加上我母妃一事，便百口莫辩了。"莫逸风深吸了一口气后目光涣散，恍若回到了那一日。

记得那个时候，容妃刚刚被诬陷是青楼出身，入宫隐瞒了真实身份，而他这个三皇子也就跟着被打入了冷宫，无人敢靠近。

有一天，莫逸萧带着几个人前来找他玩，他喜出望外，便立即答应了，谁知莫逸萧是

要演一台戏，他自己演皇帝，而让他演乱臣贼子，最后被皇帝处斩，莫逸风不答应，虽是单枪匹马，却指着莫逸萧训斥道："我是你三哥，长幼有序，就算做皇帝也是我，你才是臣子，我才能把你杀了。"

而这个时候玄帝不知为何会出现在他身后，当他反应过来之后只见玄帝满脸铁青，他从未见过的盛怒，莫逸风开口解释，说莫逸萧故意惹恼他，所以他才失言了。玄帝却说，只有愤怒之时才会说出心底最真实的言语。

也是从那天开始，玄帝对他便有了防范，哪怕当时他只是一个孩子，作为帝王的他还是难失疑心。也是从那天开始，莫逸萧知道玄帝不再疼惜他，所以更加肆无忌惮。

他后来也曾想，或许就因为这件事情，他才故意宠着排在他前后的莫逸谨和莫逸萧，就为了他那句"长幼有序"，宠爱莫逸谨，因为他是二皇子，长幼有序也轮不到他这个三皇子，宠爱莫逸萧是为了告诉他，只要身为帝王的他一句话，哪怕是排行在他后面莫逸萧也能继承大统。

虽然只是他的猜测，可是也并非不可能。

而他，也从那个时候开始知道了什么是隐忍，该怎样隐藏自己的心。

可是久而久之，他也慢慢忘却了自己也是有情感之人，也有喜怒哀乐，也有七情六欲。

他以为自己的心再也不会起伏，也不会为任何人而动情绪，直到碰到她，他才知道原来他还会无可奈何，还会喜不胜收，还会哭笑不得，还会暴跳如雷，一切的情绪似乎都因为她而变动。

"三哥！三哥！"恍然中，莫逸行的声音在耳畔回绕，莫逸风回过神后转眸望去，却见莫逸行和莫逸谨正用一种奇怪的眼神望着他。

"怎么了？"莫逸风疑惑道。

莫逸谨单手撑着脸另一只手叩着桌面道："你已经神游太虚好一会儿了，不会在思春吧？"

莫逸行忍不住干咳了几声，唇角轻扬忍住了笑。

莫逸风瞪了口不择言的莫逸谨一眼，冷哼道："只有你才会思春。"

"也是。"莫逸谨受伤地叹了口气，"你都有佳人在侧了自然是不需要思春，可怜我孤家寡人⋯⋯"

"那二哥喜欢怎样的姑娘？也总不能一直这么孤家寡人，父皇虽然宠着你，可是科举过后便可能会为你操持婚事了，到时候就算你不乐意都不行。"莫逸风提醒道。

莫逸谨闻言嘴角挂了下来："我喜欢的不是被你给占去了，除非影儿还有什么双胞胎姐妹，否则⋯⋯"

"二哥又在胡言乱语。"莫逸行无奈地打断了他的话，"也幸亏是三哥，若是换成四哥，也不知道会闹成怎样。"

"喊！"莫逸谨听闻莫逸萧，很是不屑，"他府上的那些庸脂俗粉送给我我都不稀罕，他那王妃，根本就是个牵线木偶，四弟说什么是什么，都没有自己的想法，四弟纳了这么多妻妾，她也从来都不抱怨一句。"

"那……女人不就是应该这样相夫教子的吗？男子三妻四妾本来就是常见之事，更何况四哥是永王，娶妻纳妾更是理所应当的，为何四嫂要抱怨？"莫逸行疑惑道。

莫逸谨伸手轻叩了他的脑门："所以说你是情场中的白痴，就跟个木头似的，和你三哥真是半斤八两，女人若是连吃醋都不会只有三个原因。"

"哪三个？"莫逸行摸了摸吃痛的额头问。

莫逸谨扬了扬眉："其一，那个女人根本就不爱那个男人。"

"不可能，我见四嫂看四哥的眼神，就不像是没有感情的。"莫逸行道。

"其二，那女人背地里偷汉子，有情郎，所以对于自己丈夫娶多少妾室都不放在心上。"

"那更加不可能，四嫂温柔贤惠大门不出二门不迈，哪里来的情郎？"

"其三，那女人是个傻子，根本不知道跟别人分享一个男人意味着什么。"

莫逸行闻言张大了嘴怔怔地望着他，正听得认真的莫逸风听到第三点之后嘴角忍不住抽搐。

"好了，天色已晚，我先回去了，你们也早些回去吧。"莫逸风起身道。

"这么快就要回去了？"莫逸谨抬眸看着他。

莫逸风道："这段时间发生了太多事情，我担心影儿一个人在府上会有危险。"

莫逸谨和莫逸行点了点头，这段时间的确不太平，还是小心为妙。

走到门口，莫逸风顿住脚步转身道："科举之事还是盯着点，以免被钻了空子。"

"放心，我们会留心的。"莫逸谨放下银子后起身走上前。

有些事情原本想要再晚个一年半载，可是最近莫逸萧太猖狂，所以他们不得不将计划提前，不过东、西二营还是柳蔚的人，所以他们要增加扳倒莫逸萧的胜算，必须要从文官着手。

莫逸风回到三王府后便径直朝月影阁而去，可是当他来到月影阁时，发现房中空无一人。他心头一惊，急忙走出房间示意隐卫出现，当隐卫告知他若影去了书房后，他隐隐松了一口气，随即转身顺着四处挂着红灯笼的抄手游廊朝书房而去。

书房内果然亮着灯火，莫逸风方才悬着的心也算是落下了。伸手推开了书房门，却见若影坐在他的座椅上阖眸睡着了。

莫逸风淡淡勾唇而笑，轻轻走上前去欲将她抱回房间，可谁知他刚走到她跟前，她就猛然惊醒了，仿佛遇到刺客般震惊地看着他且伸手做了防备。见状，他不由得心头一刺，

从何时起，就连在三王府她都不安心了？

"怎么在这里睡着了？"他抬手轻捋她的发丝，眼中掩去方才的刺痛，换上了无尽的宠溺。

若影抿了抿唇，低眸打量着自己，没想到方才一时头晕竟睡着了。也幸亏她在睡前已经将那两张休书藏于衣襟，否则他这么站在她身侧，早就看见了。

"很抱歉，占用了你的书房。"她缓缓站起身，有礼却疏离地与他说着话，看不见他眼底闪过的沉痛，转身朝书房门口走去。

可当她正要开门之际，一只有力的手扳过她的肩并将她拥入怀中。

"影儿，那天的事情我可以解释。"看着她对他越来越疏离，他终是忍受不了了。

第44章 山贼有人性

他不喜欢这样,从来都不喜欢她这样,他想要看见那个一直黏着他的傻丫头,他想要看见那个一直蛮不讲理的傻丫头,他想要看见那个一旦他对别的女人好,她就气得跺脚的傻丫头。如今的她对他就像是个陌生人,就如同他第一天将她带回府,她对别人的态度那般,这让他不舒服极了。

久久未能得到她的回应,莫逸风担忧地放开了她些许,低眸捧起她的脸让她与他对视。

若影因为他的一声"解释"心头锐痛不堪,指尖缓缓攥紧,指甲深深嵌入掌心,连带着脸色都丝丝苍白。她始终都没有开口,也不惧怕与他对视,静静地等着他继续说下去,看他作出怎样一番解释来。

莫逸风原本有千言万语要与她说清楚道明白,可是,看着这样一双隐隐带着恨意的双眸,他竟是一句话都无法说出口。

他该怎么解释才能让她原谅?说是父皇的意思?说万不得已?说因为听了那山贼的话之后气恼得想要将他一掌击毙?说自己是一时失手才会让她没了他们的孩子?

万般解释都无法弥补这一切,就算是他听起来也像是在狡辩,他又有何面目得到她的谅解?

"影儿,我知道说再多也无用,但是你相信我,从今以后,没人能再伤到你,没有任何人。"莫逸风从来不是一个善于表达的人,更不是一个善于向别人解释的人,从十岁那年他便失去了那样的能力,所有的事情他只会做却不会说。

他现在终于知道了为何只有眼前之人能让他有抓狂的冲动,也只有她有这个能耐,因为她是她。

若影自嘲一笑,方才她竟然还期待着他说出什么万不得已的苦衷,原来他也知道一切

的解释是如此苍白无力，而他的保证她已经不会再如往日那般坚信不疑。

"多谢三爷。"她淡淡弯了弯唇角，笑容不达眼底，转身想要离开，可是身子却依旧被他紧紧拥在怀中。

"影儿，你别这样。"他担忧地看向她似笑非笑的容颜，感觉眼前就像是个陌生人。

若影抬眸看向他，淡声反问："那三爷要让我怎样？读那些让女子三从四德的书？还是不要蛮不讲理？我想这些我已经做到了，三爷还有何吩咐？"

"我……"莫逸风突然发觉他之前的确是说了许多次这样的话，可是此时此刻她当真做到了，他又觉得这些并非是他想要的。

原来他并非真的要那样的她，他要的还是原来那个不知天高地厚，有时候气得他火冒三丈的率真样。

"不需要这样，我收回当初的话。"莫逸风是真心想要让她变回以前的样子，哪怕是她怪他、责备他、打他，也会让他觉得她还是真真实实的存在。

若影闻言轻笑："收回？所以你不小心让我怀了身孕，也就想办法解决掉了我肚子里的孩子？"

"我没有！"

"这次虽然是莫逸萧的设计，可是你就将计就计趁机除掉了我的孩子，好让你将来的正妃拥有嫡出长子是吗？"言至此，她的眼眶顿时一红。

莫逸风感觉眼下当真是百口莫辩，他不能将当初她母亲谋杀习嫔和婉公主之事告诉她，因为担心她记起了当初伤心往事而崩溃，可他又不能任由她误会是他故意而为之，否则她此生都不可能再原谅他。

万难的境界下，他紧紧扣着她的双肩一字一句让她听个仔细："影儿，我真的没有想过要这样对你，我也不知道你已经有了身孕不是吗？若是我知道了你怀了我的孩子，我高兴还来不及，又怎会舍得杀死他？什么正妃侧妃，我最期盼的是我们的孩子。"

"你想要知道我怀孕还不容易，太医上次给我把脉之时就应该已经诊断出了不是吗？只不过我是被蒙在鼓里而已。"想当初她为了隐瞒冰蚁针之事谎称自己胃疾发作，如今想来还真是可笑至极。

"没有，真的没有！太医根本没有诊断出喜脉，而未诊断出喜脉的原因是……"原因是她中了冰蚁针，只有冰蚁针能够紊乱脉象，所以太医根本无法诊断出是喜脉还是其他病症。

可是这个真相他刚要说出口，却又难以启齿，因为即使他知道了冰蚁针一事也于事无补，他根本没有能力将她心口的冰蚁针取出，这一点让他挫败极了，所以他更加不想让若影知道，他已经知道了她中冰蚁针一事，他还失败得无法救她。

曾记得她亲自去永王府，却没有跟他解释任何原因，也是那一天他让她熟读《内训》

这样的书，直到后来他才知道，原来她是为了自己找解冰蚊针之方，而她也没有将希望寄托在他身上。

前段时间他也多次夜探柳府搜查相关解药或者医书，却依旧空手而回，那时候他恨不得将中了迷魂香的柳毓璃杀了，可是他不能。只要柳毓璃还活着，只要莫逸萧还活着，若影就还有希望，所以他不能让他们这么快死。

所以到现在，他不想告诉若影他已经知道真相的事实，不想让她觉得他是一个不可信之人，不可靠之人。他想要抓紧时间尽快找到解冰蚊针之方，以此来求得她的原谅。

他终于明白为何高高在上的莫逸萧在柳毓璃跟前永远像矮了一截，并非是因为害怕，而是因为在乎，而他此时此刻不就是如此？

书房里陷入一片寂静，若影的心一点点下沉。

"可能是因为当时你胃疾发作的关系，太医又被我给吓住了，所以才乱了心思竟是没有探出喜脉。"莫逸风想了想，终是想出了一个理由。

若影听到"胃疾"二字，顿时脸色一变，低眸细想，心底的不安越来越强烈。

难道是冰蚊针导致了太医无法探出喜脉？

思及此，她心头一跳，再看莫逸风，她目光闪烁地移开视线，随后淡声道："嗯。"

看着她的神色变化，他知道她也猜到了，可是她还是没有说，而她的眼中似乎隐藏着一抹怕他知道的神色。这个感知让他心头一悸，却说不出个所以然来。

她终是受不了这样的压抑气氛，转身走出了书房，而莫逸风亦是立即跟了上去，却只是默默地跟在她身边走着。直到走到月影阁，她伸手推开卧房门，知道他一定会跟上，她也没有将他拒之于门外，全然是一副相见如陌路的模样。

她的眼波淡淡扫向身后却没有回头，转身走到屏风后面换了寝衣，随后走到梳妆台前缓缓摘下发簪等饰品。

在镜中看见莫逸风依旧傻傻杵在原地，若影顿住手中的动作淡声道："三爷是在等妾身替您更衣吗？"

莫逸风背脊一僵，抿了抿唇走到屏风后。

趁着莫逸风更衣的功夫，若影急急地将衣襟中的两张休书藏到了梳妆台最底下的首饰盒内，而等莫逸风更衣出来之时，她已经躺在床上面朝里阖眸睡了。

但是莫逸风很清楚，她只是不想面对他而已。

面对着她侧身睡下，突然想到那山贼的狂妄态度，他忍不住蹙了眉心，却终究是一道低醇的声音溢出唇瓣："为何要救那山贼？"

若影睫毛微颤，淡淡拧了拧眉心随后又恢复如常："因为他有人性。"

莫逸风顿时没了声息，抬手挥落帐幔，心渐渐下沉。

帐幔落下，将他们与外界阻隔，可是他们的心似乎是咫尺天涯。

入夜，若影突然被噩梦所困，梦中她又在被那两个人追杀，听着他们一直喊着"叛徒"二字，她很无助，不知道该何去何从，而她也根本不是他们的对手，到最后她竟然逃到了一个熟悉的地方。

若影最终被噩梦惊醒，视线环顾了一圈，发现自己在床上，理清思绪之后才想起这里是三王府，这才长长松了一口气。

"做噩梦了？"莫逸风坐起身帮她拭去额头的汗，撩开帐幔下床取了一杯热茶过来递到她唇边，她苍白着脸接过茶杯喝了几口，总算是定了定神。

"还是那个梦吗？"莫逸风问。

若影闻言一怔，转眸朝他看了一眼，随后摇了摇头并将茶杯递给他。

莫逸风接过茶杯放好之后转身再次上了床榻，见她仍是心事重重的模样，他伸手将她揽在怀中轻问："又梦见了什么？"

若影刚张了张嘴，却又止住了话，听到那一声声熟悉有力的心跳，她感觉有些窒息。即使是莫逸萧和柳毓璃设计的圈套又如何？他还不是入了局？这说明什么？她不过是高估了自己在他心中的位置而已。

从他怀中直起身子，她转身缓缓躺下，提了提被子盖住自己，显然是不想与他说太多。

莫逸风见她不愿开口，便也没有强求，他知道这次的事情对她打击很大，可是他不知道自己该怎么做才能消除她对他的芥蒂。

翌日下朝后，群臣相继出了宫门，莫逸谨故意留在了最后，见玄帝朝御花园而去，他便偷偷叫住了冯德。

"冯总管，父皇稍后可有召见之人？"莫逸谨问。

冯德看着轿辇朝御花园而去，回道："回二爷的话，皇上今日并未召见任何人。"见莫逸谨神色，冯德偷偷说道，"皇上近日似乎心情不错，特别是今天，否则照往常下朝后皇上就该去御书房批阅奏折了，今日倒是有兴致去御花园逛逛。"

莫逸谨笑了笑："多谢冯总管，就知道冯总管对本王最好，改日再带您老去宫外转转。"

"得！"冯德又好气又好笑，"奴才可没这个福气，奴才可没忘记二爷上次带奴才去了什么地方。"

莫逸谨扑哧一笑："好了好了！上次是跟您老开个玩笑，下次一定带您老去好吃好喝好玩之处，保准您老流连忘返，不会再带您去长春院了。"

"一言为定？"冯德扬了扬眉。

莫逸谨眨了眨眼："一言为定，一会儿找个合适的机会告诉父皇本王想见他。"

冯德点了点头："行，二爷先在醉花亭候着，奴才一定办妥。"

"多谢冯总管，到时候本王会请父皇早日给您配个对食。"莫逸谨勾唇一笑。

"瞧这张嘴。"冯德虽是这么说着，脸上却乐开了花，"那奴才先过去了。"

莫逸谨点了点头。

当冯德疾步跟上去并悄悄来到玄帝跟前时，玄帝正轻阖着双眸。可是，他刚松一口气，玄帝突然开了口："有事？"

冯德心头一紧，随后躬身笑言："是二爷，说许久都没有和皇上您私下说上话，还以为皇上把他给忘了，心里正失落着呢。这几日一直想要面圣，却又担心皇上日理万机，所以一直不敢打扰。今日就问奴才，皇上近来龙体可安康，还交代奴才要提醒皇上别太过劳累，若是皇上累倒了，就唯奴才是问。"

"哼！"玄帝轻哼一声，冯德一怔，悄悄抬眸望去，见他唇角弧光点点，这才松了口气。

沉默片刻，玄帝睁开眼缓声道："亏他还有这份心。"

冯德附笑道："二爷虽然平日里顽劣了些，可是心里还是十分关心皇上的，就像每一次二爷出宫若是遇到新鲜货，总忘不了给皇上送来，什么会唱歌的喜鹊，七彩的花，礼轻情意重啊。"

"嗯……"玄帝低低应了一声，转眸见冯德笑容璀璨，不由得说道："也忘不了给你送去。"

冯德笑容一僵，片刻，又满脸堆笑道："奴才还不是沾了皇上的光，只是那父子间闲话家常的美事奴才这辈子都指望不上了，不过能看见皇上和王爷间父慈子孝，奴才也替皇上高兴。"

玄帝闻言轻笑："你这奴才是越发像只老狐狸，难怪和小狐狸这般投契。"

冯德先是一怔，而后便随即笑开。

来到御花园下了轿辇，玄帝负手立于鹅卵石道上，轻阖双眸任由阳光打在他的身上，静默片刻之后缓声开口道："让那小狐狸过来吧。"

冯德扑哧一笑，随即应声后转身去传了莫逸谨。

莫逸谨出宫后便立即去了三王府，来到东园，见若影正躺在摇椅上晒着太阳小憩，而莫逸风则是执笔在画着什么。这样的景象让他不忍上前惊扰，而莫逸风和若影此时此刻就仿若是画中之人，美得连他看着都觉得惊艳。

他悄悄走上前，试图要看清楚莫逸风画中为何，岂料莫逸风早已有所防备，转眸便看见他鬼鬼祟祟地伸长脖子张望，但是他也没有想要有所隐瞒，大大方方地让他看了去。

莫逸谨看了看画像，又看了看若影，不由得惊呼："简直是鬼斧神工，像极了。"

莫逸风立刻朝若影看了一眼，见她还在沉睡，才稍稍松了口气。

莫逸谨也意识到自己方才的一惊一咋，讪讪一笑后压低嗓音道："早知道那个时候和你一起学作画了，说不定将来做不成王爷还能去给人画像糊口饭吃。"

莫逸风轻睨了他一眼："说不定到时候卖画糊口饭是我。"

若是当真让莫逸萧继承了皇位，别说这个王爷，就算是这条命都不见得能留下。抬眸看向若影，他淡淡扬起了唇角，就算是只能活一人，他也会让她活下去。

莫逸谨闻言正要开口，莫逸风突然道："不过……我不会让这样的事发生。"

"你们和好了？"沉默片刻，莫逸谨敛回思绪转眸问他。

一提这事，莫逸风再次蹙了眉心，缓缓摇了摇头。

"怎么会？难道你没有跟影儿说？"莫逸谨有些疑惑，若是若影知道了事实的真相，定然不会怪他，而且孩子没了也只是个意外，虽然当时莫逸风高估了若影的应变能力，也的确是因为失手才导致了他们第一个孩子小产，但是事情毕竟已经过了这么多天了。

"我怕影儿会认为我在找借口，而且说再多也于事无补，毕竟孩子的确是我失手打掉的，她怪我也是理所应当的，我唯一能做的就是等她消了气之后再跟她解释，只是……每次话到嘴边我都不知道该如何去说，毕竟是因为父皇……"

莫逸谨突然明白过来莫逸风为何宁愿让若影误会也不想对她说明，他怕她再度受伤。

"影儿是不是不记得小时候的事情了？"莫逸谨试探地问。

莫逸风点了点头："应该是，既然已经忘记了儿时不愉快的经历，我又何必为了让她原谅而揭开她的伤疤。"

莫逸谨无奈一叹："父皇也真是的，这跟影儿有什么关系，不过是上一辈的恩怨，更何况影儿什么都不记得，之前对父皇就好像是对自己的亲生父亲一般依赖，父皇却为了陈年往事这么对影儿，太过分了。"

"虽是陈年往事，毕竟是父皇最宠的嫔妃和女儿，有些人并不会因为失去而淡忘，有些思念会随着记忆越来越浓烈，只是不知道父皇还记不记得我那被诬陷后以毒酒赐死的母妃。"一想到自己的母亲，莫逸风的眼底划过一丝恨意，挥之不去。

也幸亏这里是三王府，玄帝和莫逸萧安插的眼线都已被他找借口除尽，否则他刚才那一番话可就要被扣上意图谋反的罪名。

莫逸谨伸手拍了拍他的肩安慰道："放心，我和五弟都会帮你的，一定会为容妃娘娘洗脱罪名，让她安葬于皇陵。"

莫逸风伸手覆上他的手背点了点头，也幸亏有他们这两个兄弟，否则他当真不知道要如何撑下去。谁知就在他抬眸之际，却发现若影睁着眼眸望着他们二人，也不知道他们方才的话她究竟听进去了多少。

"影儿,你醒了?"莫逸风放下笔将面前的画像交给一旁的秦铭,示意他放进他书房。

若影蹙眉看了看他,又看向莫逸谨:"二哥,你说话也不知道小点声,难得做个美梦都被你吵醒了。"

莫逸谨看了看莫逸风,而后讪讪一笑道:"哦?做了什么美梦?"

若影淡淡勾唇:"我梦见二哥带我浪迹天涯,吃遍天下美食,住遍天下酒楼,赏遍天下美景。"

莫逸谨话语一滞,莫逸风更是脸色一变。

莫逸风知道她是故意这么说的,可是他惊的是她听到了他们说的话,她从莫逸谨的胡言乱语开始就听到了,说明她后面的话都听了进去,只是不知道她明白了多少。

"影儿,你早醒了?"莫逸谨试探地问,"那……你都听到了?"

若影轻笑:"听到什么?我一梦见那么美好的景象就觉得你聒噪,谁要听你说话,原本想要继续做那个梦的,谁知你竟是说个没完没了,刚睁开眼就被你们给发现了。"

她似真似假地说着,让莫逸风和莫逸谨两人心里都没了底。

见他们愣怔地望着她,她慵懒地坐起身问道:"二哥今日前来是不是有什么好事要告诉我?"

莫逸谨故作犹豫了一下,见她没有等到她要等的好消息后又失落地躺回了摇椅上,他忍住不笑言:"别一副失望的表情,二哥办事你还不放心吗?"

若影一听,立即坐起身惊愕道:"父皇当真答应了放他?"

莫逸谨摇了摇头:"像他这样将官府玩弄于股掌之中的人要父皇放了他谈何容易?"见若影嘴角一沉,莫逸谨急忙又道,"不过……父皇答应让他从军改邪归正。"

若影闻言总算是一喜,可随即又轻哼道:"什么改邪归正,说得好听,不过是让别人为国效力罢了。"

"不过总好过人头落地不是?"莫逸谨咧嘴一笑。

若影从摇椅上坐起身后微微一笑道:"知道二哥已经尽力了,感激不尽。想必你们兄弟二人还有事情要谈,我就不打扰了。"刚走一步,她微微侧眸淡淡道,"我和紫秋出去逛逛,顺便看看万宝阁有没有新到的首饰。"

莫逸风看着她款款离去的背影而愣怔,她刚才分明是在告诉他她的去向,是不是表示,她原谅他了?

"人都走远了,还在看什么?"莫逸谨没好气地伸手在他面前挥了挥,难掩一股酸意。

莫逸风敛回思绪看向莫逸谨,心中甚是担忧:"影儿她……听到了吗?"

莫逸谨抿了抿唇看向她离去的方向:"可能听到了,也可能没有听到。"

"此话怎讲?"莫逸风满腹疑云。

莫逸谨轻抿了一口茶道:"若是没有听到,她又怎会说出我之前说的话?若是听到

了,又怎会只字不问?所以……我想她是听到了,但是听得不真切,又因为我们说过要瞒着她,所以她觉得问了也得不到任何结果,干脆就不问了。"

"若是以前,她一定会追问我的。"莫逸风淡淡一语,目光深远。

莫逸谨转眸扫了他一眼,轻笑:"你似乎很失落。"

莫逸风扯了扯唇角自嘲地一笑。他的确是很失落,因为她不再什么都跟他说,心里有事也不再找他商量,就像这次她想要救出那山贼,她宁愿找二哥也不找他帮忙。究竟是他在她心里没了依赖感,还是她已经不愿再依赖他了?

"关于秦统领……母妃怎么说?"莫逸风话锋一转,掩去心中的阴郁。

就在这时,秦铭也走了过来,方才若不是紫秋临走前塞了一碗羹汤给他喝,他也不至于姗姗来迟,可是一走近就听到他们在谈论他的父亲秦万成,不由得紧走了两步。

莫逸谨看向秦铭,道:"秦铭是自己人,那本王也就不避讳了。"

秦铭感激地点了点头。

莫逸谨见四下无人,便又继续道:"其实当年是母妃救出了影儿,而秦统领见影儿孤苦无依,便一直在香林后面的山脚下建了屋子抚养着……"

他将桐妃和秦万成对他说的真相一一告诉了莫逸风,而震惊的不仅仅是莫逸风,还有站在他身旁的秦铭。

"原来当年我爹是在照顾侧王妃,那个时候我和我娘还以为……"秦铭欲言又止。

莫逸谨轻笑:"你和你娘是不是以为你爹在外面养了女人?"

秦铭脸色一红,支吾着说道:"因为爹一到休息的日子就会往外跑,从不待在家中,我娘到现在都以为我爹有了中意的女人,还答应我爹让那个女人过门,好过我爹一直往外跑,不过那个时候我爹似乎很生气,后来我娘也不再提了,只是不知道为何一年前我爹秘密派了许多人出去,像是在找人,却原来我爹找的人已经来到了三王府,而我爹也知道了这件事情,难怪直到前几天才消停。若是我娘知道了这件事情的真相,还不知道把她乐成什么样了。"

"唉!这事可不能告诉你娘,否则你爹和本王母妃的命也就没了。"莫逸谨提醒道。

欺君是死罪,而且牵连甚广,他不得不小心为妙。

秦铭闻言保证道:"两位爷放心,属下必定守口如瓶。"

莫逸风看向秦铭,缓声道:"本王信你,等事情圆满解决的那一天,本王准许你将真相告诉你娘,也让她老人家解了心结。"

秦铭张了张嘴怔怔地看着他,一时间竟是手足无措起来,最终还是单膝跪地叩谢了他。

对于男子而言,这种事情根本不值得一提,可是对于女子而言,却是至死难忘之事。从何时起,他莫逸风也懂了这些道理?看起来还真是拜某人所赐。

若影离开了三王府后在街上漫无目的地逛着,她方才不过是找了借口出来罢了,因为听到他们所说的话,她的思绪全被打乱了。

其实当她睁开眼的那一刻,她当真是有那一股冲动要去问个清楚,究竟他们说的是什么?究竟什么事情他们不想让她知道?

虽然她将他们的话全听了进去,可是她并没有太明白,但是她唯一能肯定的是,那日莫逸风选择救柳毓璃是出于玄帝的指示,并非出自本意。可是她不明白,玄帝为何要这么对她,而他难道就因为玄帝的一句话就让她面临险境吗?若是他那日晚来了一步,她岂不是就失了身?

耳边嘈杂的人声、谈话声、叫卖声都渐渐飘远,她感觉自己陷入了一个困境,而且越陷越深。

"侧王妃。"紫秋见若影如此失魂落魄,不由得唤了她一声。

若影骤然回过神来,这才发现万宝阁就在她身边,这才转身走了进去。

入夜,御轩宫

玄帝屏退了众宫人之后将冯德唤到身边问道:"最近三王府中可有动静?"

冯德迟疑了一下,而后缓声道:"回皇上,奴才听说三王府中近来比较平静,更何况府上只有一个侧王妃,也闹不出个什么事来,而且……自从上次三爷将皇上安插的眼线除去之后便不太好再安排人到三王府了,如今的三王府被管得甚严。"

"尽除眼线,他是要准备有所行动了吗?"玄帝目光一寒。

冯德小心翼翼地朝他看了一眼,而后讪讪一笑:"这个奴才倒是没有听说,而且三爷也没有与各大臣多走动,以前最多也就是陪着侧王妃去集市逛逛,自从上次发生了绑架案,想来侧王妃受了打击,所以三爷下了朝后就一直留在府上没有出来过。"

"哼!"玄帝听闻此事显然极其不悦,眉心骤然一蹙,是盛怒的前兆。

"皇上息怒。"冯德急忙说道。

玄帝转身坐上龙榻,冯德立即上前为他脱了龙靴,却听他冷声道:"不过是个女人,他竟是这般执迷不悟,难不成没了那个女人他还不了了?"

冯德抬眸看向玄帝,目光微闪,却不敢将心底的话在此时说出。

玄帝朝他睇了一眼,道:"想说什么?"

冯德掩去心中的惧意,笑言:"其实奴才觉得在众多皇子中,三爷是最像皇上的。"

"你说什么?"玄帝脸色一沉。

冯德附笑道:"奴才只是觉得三爷重情重义,虽然只是一个女人,可毕竟是同床共枕之人,即使是侧王妃,也算是夫妻,三爷如此不舍得侧王妃受委屈,正是因为三爷重感

情,这不就是像极了皇上?三爷小时候虽是皇子,但亲近的人少,桐妃娘娘仁德对三爷如同亲生,可是对三爷而言毕竟是寄养之子,心里总是有些落差,所以碰到了侧王妃这样知冷知热的女子,自是会珍惜着。"

"朕还以为你只会帮衬着老二和老四。"玄帝话里有话。

冯德憨憨一笑:"奴才只会帮衬着对皇上好的人。"

夜凉如水

东园的凉亭上,若影倚着美人靠抬眸望着星空久久沉思,却始终理不清头绪来,可是她也不想回房,因为如今的心境她不知道怎么样面对他才好。在今日以前,她可以怀着恨意对他视而不见,可是听到了他和莫逸谨的话之后,她当真不知道该怎么办。

今夜遣了紫秋回房休息后她便独自来到这里,夜很深,风很凉,可是她感觉自己依旧无法清醒。

究竟玄帝为何突然要这么不待见她?不但想要给莫逸风安排妻妾,还要让他在危难之时一定要先救柳毓璃。究竟是因为柳毓璃是兵部尚书千金的身份,还是因为别的原因?

若只是因为如此,为何之前他对她这么好?就像是对亲生女儿一般。

而莫逸风……她不相信他只是因为玄帝的一句话才任由她身陷险境,她真的不相信。

也不知过了多久,肩头突然一重,她这才敛回思绪转头望去,没想到是莫逸风来了,还为她披上了狐裘。

"天这么冷,在这里做什么?"虽是一句责备的话,可是他的声音却透着低哑的柔和。

若影转眸看了看肩上的狐裘,伸手取下后搁置一旁,随后站起身绕过他准备离开。

"影儿!"他转身拽住了她的手臂,因为她的冷漠而脸色微沉,却也因为她的冷漠而不知所措,最后从美人靠上取回狐裘裹在她的身上,"就算恼我,也不该伤了自己的身子。"

伤了自己的身子?

若影瞬间朦胧了视线,抬眸冷冷地凝视着他,月光下,她的眼角泛着银色泪光。

莫逸风自知自己说错了话,指尖微微一紧,薄唇抿成一条线,对视良久,他终是开口道:"我从来都没有想过不要你我的孩子,从来没有。"

当伤痛再被揭开,若影感觉浑身骤寒,那一股股凉风丝丝钻入她的每一个毛孔,就连最小的角落都在痛。

莫逸风伸手将她拥在怀中,试图用自己的温度去暖她的心。

他知道她终是哭了,只是她依旧只是静静地落泪,不愿发出任何声响,他唯一能做的就是紧紧地拥着她,让她知道他并没有过一丝要遗弃她的念头。

直到她的眼泪浸湿了他一大片胸口的衣衫,她才缓缓止住了抽泣,伸手抵在他的胸口与他保持了一段距离后方抬眸看向他哑着声音问:"我问你,当初究竟是你心里就只想着救她，还是因为父皇的意思才救她的？"

因为哭过，她的眼睛红肿不堪，可是在月色下，她那双水眸依旧亮如星辰。

莫逸风抬手为她擦干脸上的泪迹，捧着她的脸神色极其认真："我从未想过让你身陷险境，如果两个人只能活一个，我一定会选择救你。"

"可是你当时却选择了救她不是吗？父皇究竟说了什么让你违背了自己的意愿？"见他神色一滞，若影骤然沉了嘴角，言语哽咽，"你这样让我如何相信你？根本就是你自己想要救她，你根本就从未放下过她。无论我怎么做，在生死一线之际你只会让她平安无事，而我的死活在你眼里根本就是轻如鸿毛是不是？既然这样，你又为何不让我走？这么折磨我能让你得到什么？我一无所有，更没有价值，你究竟想要在我身上得到什么？"

她不停地质问着，说着自己心里闷了许久的话，可是越说下去心就越疼，心越疼身子越寒，最后连她的心也如置于万年冰窟，痛得她连呼吸都能让她战栗。

第45章　掌捆莫逸风

　　莫逸风心疼地一把将她拥入怀中，捧着她的脸俯首覆上她的唇，他的每一个动作每一个呼吸都像是在诉说着自己的心意。可是她不懂，不懂他的行为，不懂他的心，原来她根本不了解他。
　　气恼之下她伸手欲将他用力推开，而他却在那个时候缓缓放开了她，抬手轻轻抚过方才被他亲吻的朱唇，最后将她的手执于手中，双眸一瞬不瞬地凝视着她，眼底有她看不懂的挣扎。
　　"我想执子之手，与子偕老。"他的声音如夜间箫声，低醇悠扬，醉人心扉。
　　若影一时间竟是呆愣了，从未想过他竟然想要与她执手偕老。
　　"父皇说……必须要保她毫发无伤，否则……就让你偿命。"他知道玄帝说到做到，他当初连自己的亲兄弟都能赶尽杀绝，他当真不敢拿她的命去赌。
　　"父皇为何要置我于死地？"她一直都想不明白。
　　莫逸风一怔，知道他定是听到了白天他和莫逸谨的对话，抿了抿唇沉声言道："影儿，原谅我不能告诉你，但是你相信我，我真的没有想过置你于不顾。"
　　若影闻言心头一缩，沉默良久，又问："就因为这样？你就不怕我被抓回去后遭遇不测吗？你不担心吗？"
　　"我怕，可是当时父皇的人一路跟随着，若是我选择让那些贼匪先放了你，到时候父皇一定不会放过你。我若选择先救你，你必死，我若选择先救她，我就还有救你的机会。而且那时我已经命秦铭安排好了一切，只要柳毓璃跟着四弟回去，父皇的人离开，我就立即与秦铭里应外合。"
　　"可是……你若是晚来一步，我可能就失了清白……"
　　"对我而言，你的命比什么都重要。"

她因为他的一句话止住了声音，震惊得再也说不出话来。

"可是，当时是你一掌打在我身上的不是吗？那个时候哪里来的旁人，只有你！只有你！"若影一声低吼，气得眼泪顺势落下。

莫逸风一想起自己当时的行为，懊恼不已："因为你平日里行动如影，所以我以为你当时会看懂我的眼色及时避开，而且那个时候我被那山贼的话惹恼了，看着他对你动手，听着他口出秽言，我就恨不得将他碎尸万段。"

"我记得我跟你说过，我以后都不会用武了，而且……"

若影没有说下去，而莫逸风却已经明白了她当时为何没有及时避开。

她中了冰蚊针，不能动武，即使在危急时刻可以奋力一搏，但因为他先前先行离去造成了她看见他时乱了心思，所以才会如此。

沉默片刻，他眸色沉痛地保证："不会有下一次，我不会再让你身陷险境，一定不会。"

突然，"啪"的一声重响，划破了寂静的夜。

莫逸风微微偏过头，脸上火辣辣地疼着，可是他却释然了，因为她总算将心底的怒火发了出来，不会如同之前那般对他视如陌路。

"莫逸风！我相信你最后一次！"

书房

若影一连几日都翻阅着莫逸风所藏的书籍，想要细细了解一下这个朝阳国，只可惜这里所记载的都是上几朝的史记，若要知道本朝之事，除非是去史官处了解，可是她一不认识史官，二不是朝臣，本朝之事史官即使记载也是机要文书，又如何能得到？

虽然她昨夜没有再追问莫逸风关于玄帝要除去她一事，可是她心里还是疑云重重，并非不相信莫逸风的话，而是她找不到任何一个玄帝要杀她的理由。

思来想去，她还是想要去秦府拜访，哪怕是旁敲侧击，也要得出个所以然来，否则哪天被玄帝杀了她都还不明所以。

秦府离三王府并不远，所以她坐上软轿没一会儿就到了，现在她也不担心出门，因为她能感觉到，每次她出门都会有人跟随着，那便是莫逸风派出的隐卫。

到了秦府，紫秋上前去敲了门，走出来的是一个中年男子，听说是三王府的侧王妃拜访，立刻将她迎了进去，并且立即派人去通知秦夫人。

秦夫人一听三王府的侧王妃到访，立即带着人来到了前厅。刚一踏入门槛，便看见身着一身浅蓝色锦服的女子正抬眸看着上方的匾额。

一代忠良

"妾身见过侧王妃。"秦夫人向着若影的背影微微福了福身子。

若影一听身后来人，敛回思绪立即转过身去，见秦夫人低眉垂手恭敬有礼，她急忙上前相扶："秦夫人不必多礼。"

"多谢侧王妃。"秦夫人淡笑着直起身子抬起头。

可是，当秦夫人看见若影的样貌的一瞬间，顿时惊得面色苍白。

"侧、侧王妃？"秦夫人怎么都没想到眼前的人竟然成了侧王妃，想当初她还是……

若影看着她异样的神色心头疑惑，可是当看清了秦夫人的面容之时，她隐约间觉得自己与她似曾相识，只是具体是什么时候见过却怎么都想不起来。

突然一个人影在脑海中一闪而过，究竟是谁站在远处的山上偷偷看着她，而她又是身在何处？

"侧王妃。"紫秋见若影失了神，走到她跟前轻唤了她一声。

若影骤然敛回思绪，又将视线落向秦夫人，问道："秦夫人，我们是否在哪里见过？"

秦夫人闻言脸色更是一白，不着痕迹地退后了半步，讪讪一笑："想必是侧王妃记错了，妾身从未与侧王妃见过面。"

"是吗？"若影垂眸呢喃了一声。

"是啊。"秦夫人笑言，"侧王妃大驾光临，妾身有失远迎，侧王妃请上座。"

"秦夫人也入座吧。"待秦夫人谢座之后，她方开口道，"我此次前来不为别的，只为了两件事情。"

"侧王妃请讲。"秦夫人道。

若影顿了顿，微闪了目光，迟疑了片刻，方道："一来是要谢二老让秦铭这么多年来一直陪在三爷身侧护三爷周全。"

"能为三爷效力，是秦氏一族之幸。"秦夫人莞尔一笑。

"二来……"

秦夫人心头一悸，张了张嘴，终是等着她的后话。

若影莞尔一笑："二来是想来见见秦统领和秦夫人，并无别的意思。"

秦夫人有些震惊地抬眸看向若影，虽然她脸上并没有表现得有多么异样，可她心里总是忐忑不安。

"秦夫人在想什么？"若影疑惑地看向秦夫人，总觉得从她一开始进门秦夫人就满怀心事。

秦夫人讪然一笑："侧王妃请见谅，只是近日妾身身子抱恙，所以总觉得精神恍惚。"

"可有找大夫医治？"若影倒真是有些担忧。

"谢侧王妃关心，有看过大夫，这几日都有服药。"秦夫人抬手揉了揉太阳穴微闪了目光。

若影抿了抿唇略带责备道："秦铭也真是的，自己母亲身子不适也不知道照顾着点，

第45章 掌掴莫逸风 | 231

回去我一定会好好说他，也让三爷给他放几日假回来陪陪二老，照顾一下夫人。"

秦夫人受宠若惊，立刻起身站在若影跟前欲下跪叩谢："这、妾身多谢侧王妃体恤。"若影急忙将她扶起示意她坐下，秦夫人笑言，"其实也没什么大不了的病，那小子若能帮上三爷的忙才是妾身最欣慰之事，而且这照顾双亲之事作为儿子还真是只会帮倒忙，记得有一次他好心给妾身煎药，谁知把药罐都给打翻了，还有一次说要给我捶背，结果手劲大得快把妾身的骨头都要打散架了。以后啊，妾身是再也不敢让那混小子添乱了。"

秦夫人的话惹得若影和紫秋忍不住笑开，真是有其主必有其仆，瞧他那愣头愣脑的样子。

"哎……"秦夫人笑着笑着偷偷看了若影一眼轻叹了一声，"只可惜妾身没有生个女儿，否则也能得到女儿的贴心照顾。"

若影止住笑弯了弯唇角："是啊，若是我母亲健在，我也一定会好好地照顾她，只可惜……"

"侧王妃的母亲……"秦夫人试探地问。

"已经亡故了。"这是她第一次这么说自己的母亲。

"亡故了？"秦夫人显然没想到会是这样的结果，她记得之前她的夫君秦万成一直会往外跑，为的就是要见那个女人不是吗？可是为什么她刚才说……

"侧王妃的母亲是何时亡故的？"秦夫人压抑住心头的急切缓声问道。

若影垂眸轻叹："久得连我自己都记不得了。"

亡故已久？

这个结果让秦夫人很是错愕，不由得又追问道："那侧王妃的父亲如今在何处？"

若影被赐给莫逸风为侧王妃的身份是孤女，所以众人都以为她当真无父无母，只有她知道"真相"，可是若影如今就在她眼前，所以她想要亲耳听到若影说出口，说出她认为的那件事情。

人就是这样，在朦胧之际便想要寻出头绪、寻找真相，可是当真相摆在眼前时，自己又不一定能够承受。

"我父亲……"

"下官参见侧王妃。"

就在若影欲开口之际，一个声音从门口响起骤然打断了若影的话。

原本正准备洗耳恭听的秦夫人心头一怔，见是秦万成回来了，急忙上前迎了上去："老爷怎么现在回来了？"

"我向皇上告了假，回来时给你买了些安神茶，药吃多了对身子也不好。"秦万成一边说着一边将手中的安神茶递过去。

秦夫人接过他手中的安神茶，原有千言万语，终究归为一句："谢谢老爷。"

转身将安神茶交给侍婢,见若影站在他们身后笑着看他们,一时间竟是红了脸:"让侧王妃见笑了。"

"这有什么见笑的,我只是在替秦夫人高兴,有这么一个体贴的夫君,是夫人之福。"她说完,笑着看向秦万成道,"秦统领这是特意告假照顾夫人的吧?"

秦万成讪讪一笑,目光中总是隐藏着一些情愫。

"秦统领特意告假半日,若是我耽误秦统领一些时辰,不知可否?"若影笑问。

秦夫人脸色微微一变,担忧地看向秦万成,而秦万成顿了顿之后仍是答应了……

离开秦府之时,若影笑着对秦夫人道:"其实夫人何必叨念女儿,若是有一个好儿媳,那可是比女儿还要珍贵。"

秦夫人轻叹:"妾身也想,只是那混小子如今一直朝那污秽之处跑,怎么都劝不听,也幸亏老爷不知情,否则不知道要发怎样的脾气了。"

若影笑容一滞,想着秦夫人所谓的污秽之处,想来是青楼,而能让秦铭去那种地方的,也只有长春院了,因为长春院有苏幻儿。

倒是不知秦铭竟是这般长情,也不忌讳苏幻儿是青楼出身。

不过她也没想到秦夫人会提秦铭去青楼找苏幻儿之事,转眸看向紫秋,果然见她脸色青白交加。她知道感情之事不能强求,可是紫秋喜欢秦铭她也早已看在眼里,这还真是让她有些棘手。

"夫人放心,想必秦铭做事定有分寸,不会让秦统领和夫人担忧的。"说到这时,秦万成也换了一身便服出来相送,见他走到跟前,若影方道,"今日我先告辞了,若是夫人觉得烦闷,不如去三王府找我聊聊天,我还正愁没人陪我话话家常。紫秋虽然是个贴心的丫头,但毕竟没成家,也解不了我的烦闷。"

若影的一句话让秦夫人的注意力转到了一旁的紫秋身上,紫秋微微一怔,忙抬眸朝秦万成和秦夫人行了礼,面容清秀举止大方得体毫不输给那些大家闺秀小家碧玉。

回到三王府,若影还是有些郁闷,那秦万成当真是玄帝的人,说话做事也太过严谨了,问了半天,她根本没有问出个所以然来。

趴在桌上烦闷地玩着桌上的茶杯,也不知道何时才能解开心中的谜题。

想着想着,她竟是趴在桌上渐渐入睡了……

"别跑!叛徒!你和你娘害得我们飞鹰门一夜灭门,你还想活命?"

"没有!我不知道你们在说些什么,你们找错人了。"

"找错人?你的后颈还有飞鹰门的标记。"

若影一怔,就在这时,两个人同时将她抓了起来,一个人正要准备将她一剑毙命,另

第45章 掌掴莫逸风 | 233

一个男子却道:"就这么杀了她太可惜了,不管怎么样都要让她尝尽折磨才能杀了她。"

"你说怎么做?"

另一男子睨着她的面容满脸淫笑:"没想到当初不知死活的小丫头如今长这么大了,还长得这般标致,也不知道尝起来味道如何?"

"好主意!"

"不要!你们放开我,否则我义父不会放过你们的。"若影吓得浑身发颤。

两个男子同时顿住了动作,对视了一眼后道:"义父?她竟然连义父都认上了,以为有了靠山我们就动不了她了?"

话音一落,两人哈哈大笑起来。

"我告诉你,不管你的义父是谁,他都保不了你,你娘所犯下的罪行是要灭九族的,除非你认皇帝为父。"

"别说笑了,听说她那个死去的娘当初不但被当场一剑刺死,还被鞭尸喂狗了。"

"你们胡说!你们胡说!"虽然若影已经不记得儿时之事,可是那个时候她却感觉心一阵阵地紧缩着,好似一只无形的手将她的心攥在手心。

一个男子一边将她绑在树上一边道:"我管你信不信,今天你是逃不掉了,一会儿要是让爷两个高兴了,或许还会考虑考虑放了你,否则……"另一男子目光一寒,抬手将袖中的匕首拔出刀鞘,一下子插入了距离若影耳侧一公分的树上,"你娘怎么死的你也就跟着怎么死,想必那些野狗也会很高兴吃到你的肉。"

若影脸色阵阵惨白,余光看见那匕首上寒芒,背脊沁出了冷汗。

"天黑了,去捡些柴火,一会儿也好看清楚她这衣服底下的细皮嫩肉。"说完,他们再次看着瑟瑟发抖的若影淫淫笑了起来。

树底下,若影看着他们前去捡柴火,渐渐陷入绝望,他们时不时会朝她看来,见她还在,也就放心地继续去捡柴。就算她逃走了,他们也有自信将她抓回来。

看着他们笑着在交谈着什么,若影知道若是她再不想办法就逃不走了,转眸看向一旁树上的匕首,眼眸一转急中生智,微微侧过头一边注意着那两个男人一边张嘴咬上匕首。

因为匕首被插得很紧,所以她要用咬来拔出匕首需要费很大的力气,到最后,直到牙齿咬出了血才把匕首拔了出来。转眸见那两个男人似乎已经捡了一堆柴,她立刻抓紧时间脱了鞋子,随后张开嘴把匕首丢在脚边。她不敢脱了足衣引起他们注意,所以只得用穿着足衣的脚去将匕首夹起,紧接着抬起脚送到手上。

也就在她刚穿上鞋子的时候,那两个男人回来了,或许是因为他们的心思都在一会儿的欲望上,所以没有注意到她旁边的匕首不见了。

趁着他们生火的工夫,她用锋利的匕首割断了绑住她的绳索。

两个人正聊得起劲,突然这时发现身后有一股凉风袭来,待他们回头之际,若影趁其

不备迅速地割破了他们的喉咙，他们还在挣扎之时，她又在他们的心口补了一刀。

直到他们不能动弹，她才惊慌失措地退后了几步看向自己沾满鲜血的双手。

她杀人了……

他们说她娘也杀人了……

不会的！义父说她无父无母，她从小就生活在山下，因为发高烧而失去了记忆，怎会突然之间全变了？

看着面前的火堆，她脑海中闪过一个熊熊燃烧着的宫殿，她吓得面无血色，惊叫着逃离了现场。

她不知道自己跑了多久，身上的血迹虽然已经被洗净，可是她依旧感觉浓烈的血腥刺激着她的每一根神经，而她的耳边不停地回响着那两个男人的话。

心越跳越快，明明已经将那两个男人杀死，可是她依旧感觉有人在不停地追着她。

跑着跑着，不知是不是因为惧怕而产生了幻觉，她的眼前出现一个山谷，环境清幽得好似世外桃源。她渐渐放满了步子走了过去，直到身子倚着大树慢慢滑落。

耳边总算是安静了，溪水潺潺鸟语花香，可是她感觉自己好累，累得好似连呼吸都没了力气。眼前的景物越发模糊，朦胧中，她感觉有人在靠近，她心头一紧，立即支撑着一跃而起躲进树枝中。

不远处的一个男子白衣胜雪翩翩而来，仿若是天神般向她靠近，可是渐渐地她连睁开眼的力气也失去了，缓缓阖上双眸失去了知觉。

"影儿！醒醒！影儿……来人，快去请大夫！"

是谁在不停唤着她？是谁将她抱起又放下？是谁的手不停地摩挲着她的脸？

她吃力地睁开双眼，朦胧中，眼前的人似曾相识，就是那个向她走来的白衣男子。

"影儿，你醒了？"莫逸风用锦帕不停地擦着她额头的汗，见到她醒过来脸上一喜。

"是你……"当若影看清楚眼前是莫逸风时，开口呢喃一句。

"你说什么？"莫逸风被她的话惹得一头雾水。

若影一瞬不瞬地看着莫逸风，抬手覆上他的侧脸："若是我那天没有去幽情谷，若是我那天没有叫住你，若是我那天没有跟着你来到这里，我们的结局是不是会不一样？"

莫逸风神色一变，抬手覆上她的手背将之紧紧握在手中："又说什么胡话。"

她轻抿着双唇未语，眸中却隐藏着许许多多未说出口的话。

莫逸风伸手替她盖好被子，粗糙的指腹摩挲着她的容颜："有没有听过'缘分天定'？"

若影目光一闪。

"许多事情都是上天注定的，没有那么多假设，上天让你我相遇，就是注定的缘分。"他的声音依旧美得打动人心，他的浅笑也依旧那般迷人，她竟是一时看痴了。

"可是，如果我没出现在你的生命中，你就不用因为父皇赐婚而娶了我，你现在应该和你喜欢的那姑娘……"她的话尚未说完，唇上一重，他的气息喷洒在她的脸上。

"三爷，大夫来了……"紫秋的声音出现在门口，可是当她看见眼前的景象之时顿时傻了眼，只听身后的大夫哎哟一声后立即转身走了出去，而紫秋也因为大夫的低呼而回过神，脸色瞬间涨红，转身便走出去并给他们关上了门。

看来现在是不需要大夫了。

若影自是听到了紫秋和大夫的声响，一下子尴尬得红了耳廓，伸手想要将他推开，他却越吻越深，直到她近乎窒息，他才缓缓将她放开后深深凝视着她："我不是因为父皇赐婚才娶你。"

他想要告诉她，他喜欢的那个女孩就是她，可是他如今却又不能说。若是他说她是那夜的小女孩，依然失去当年记忆的她定然会去想过往之事，若是当真想起，就如同揭开已经结痂的伤。而且他也担心寻回当年记忆的她会因为当年他的父皇那般残忍地对待她母亲而做傻事，虽然是她母亲先将习嫔和婉公主烧死在殿中，可是他知道此事并非那么简单，而幕后黑手也一定不是他的母妃，唯一有可能做这种事情的就是德妃。

可是他现在根本就没有任何证据能证明自己母妃的清白，更不会让她冲动涉险，所以他唯一能做的就是继续让她封锁悲痛往事。

如今的她伤痕累累，他又怎么忍心……

只不过……她刚才说"若是我那天没有去幽情谷，若是我那天没有叫住你，若是我那天没有跟着你来到这里，我们的结局是不是会不一样"？

"影儿，你是不是想起了什么？"莫逸风一急。

若影垂下了眼眸："我刚才又梦见以前的事，我想应该是我以前的事，因为太过真实，就好像昨天才发生一样。"

"究竟梦见了什么？"莫逸风的言语虽然依旧低醇沉稳，可是眸中的神色却是带着急切。

若影深深地吸了一口气，支撑着身子想要起来，莫逸风急忙将她扶起让她半坐在床上，随后又提高了被子盖住她身子。

"我又梦见那两个人一直追杀我，这一次他们说我是飞鹰门的人，我娘也是飞鹰门的人，还说我娘犯了灭九族的大罪，后来他们还想要非礼我，我就把他们杀了，可是我一直感觉他们还在我身后，我就一直逃一直逃，直到逃到了幽情谷，再后来……我似乎听到有人靠近，所以我就躲到了树上，看见你在慢慢朝我走来，我就没了知觉。"

莫逸风细细地听着，这才明白过来为何他见到她的第一眼她会在树上，而且他根本就没有察觉，只因为那个时候她晕了过去，气息十分弱，所以才会如此。

"你说我真的是飞鹰门的人吗？为什么我没有印象？还有我娘她当真犯了灭九族的罪吗？可是又是什么罪呢？那我在这里会不会给你带来麻烦？"自从认识莫逸风，她所担忧

的就只有他了。

莫逸风原本想要笑着说她又在胡思乱想，可是当他听到她说的最后一句时，他的笑容顿时僵在了嘴角。到了这个时候，她还在想会不会给他带来麻烦，她却不想想若是她的母亲犯了灭九族的罪，她又该如何活下去？

他从来都是沉着冷静理智之人，可是这一刻他却因为她的一句无心之言而猩红了眼眶。

沉默片刻，见她依旧甚是担忧，他勉强挤出一抹笑道："只不过是个梦，你还当真了，若是你母亲当真犯了灭九族之罪，父皇又怎会为你我赐婚？"

若影想想倒也不无道理，只是那个当真是梦吗？为何真实得连现在她都能清晰地感觉到自己心口的剧烈疼痛？

莫逸风看着她沉思着，拧眉凝视着她："以后别说连累或者带来麻烦这种话，我宁愿你为自己多想想。"

若影渐渐敛回思绪，而后笑言："我？我反正孑然一身，没什么好顾虑的，你是王爷，当然不能有麻烦……"

她不知道自己说错了什么，莫逸风突然脸色一沉，转身坐在床畔似乎很是气恼。

"怎么了？"她坐起身凑过去低声问。

莫逸风沉默片刻，转眸睨向她问道："若是你孑然一身，我又算什么？"

"我……"若影话语一滞。

她没想到他会气恼她的这句话，一时间竟然不知道该如何解释，看着他带着愠怒的侧颜，她轻咬朱唇缓声道："我不是这个意思……我的意思是……"

她想说她的意思是她来也空空去也空空，即使离开了这里也会有她的去处，即使死又有何惧？可是他不一样，他是天生的王者，他若是因她而被连累，她就是千古罪人。

"以后不准再说这样的话了。"见她满脸的委屈，他终是不愿再责备她，伸手将她的手执于手中紧了紧。

若影抬眸看向他，莞尔一笑点了点头。

连着下了几场雨，天总算是放晴了，从乐馆出来后若影有些无力，没想到这里的姑娘家竟然琴棋书画无所不会，像她这种除了唱一些流行歌曲一无所长的人在这里就像是一朵奇葩。

有时候她也会怀疑，莫逸风究竟喜欢她什么？她又不会琴棋书画，又不会"四书五经"，唯一的武功也因为柳毓璃而不得用，还成了一个废人。

"侧王妃，咱们要不要现在回去？这天才放晴一会儿，好像又开始阴云密布了。"紫秋看了看上空说道。

若影抬眸看了看，果真又有阴云朝此处飘来。

"嗯！"她点了点头。

可是，她刚要离开，两个熟悉的身影就出现在她的视线内，柳毓璃和阚静柔，她们的感情似乎非同寻常了。

看着她们二人，若影轻蹙了眉心，但须臾便恢复如常，抿了抿唇不再看她们，转身就要离开，谁知身后的某个人似乎不太想要轻易放过她，开口便将她叫出。

"侧王妃，怎么见到我们就要走？"柳毓璃轻移莲步走上前。

若影淡然一笑："那柳大小姐想要怎样的结果？"

柳毓璃微微一滞，却随即掩唇一笑："我想要的结果不都如愿了吗？"

若影心知她指的是那日危难之时莫逸风选择救她一事。

若是换作之前，她或许会被她伤得转身就走，可是此时此刻，她却心静如水地莞尔一笑："哦？真的如愿了吗？"

她故意拉长的语调使得柳毓璃眉心一蹙，指尖一紧，气得一时间说不出话来。

她承认先前她的确得到了自己想要的结果，她也以为自己在莫逸风心里才是最重要的存在，可是这么多天过去了，莫逸风并没有到柳府找过她，仿若那日之事从未发生过一般，而莫逸萧也不知为何最近忙得不见人影，之前总觉得看见他就气恼，可是当真几日都不见踪影，她莫名地比见到他还要心烦气躁。

"侧王妃。"阚静柔见气氛陷入了僵局，上前对若影福了福身子微笑着打招呼。

若影淡扫了她一眼，浅浅勾唇："若是两位没什么事，我就先告辞了。"她微微颔首，嘴角轻扬。

"等一下！"柳毓璃突然拦住了她的去路。

"还有何事？"若影淡淡地看着她。

柳毓璃见她如此心高气傲的模样，更是恼了几分，唇角勾起一抹讥笑看着她道："别这么得意，好戏还在后头。"

"那就拭目以待。"若影不徐不疾地微微一笑。

柳毓璃也不知道自己是怎么了，对于她如今的这种态度简直气恼至极，她宁愿看见她愤怒，看见她痛哭的模样，也不要看见她像现在这般自以为胜券在握的样子。

咬了咬牙，她也顾不得许多，在若影刚抬步要离开时她突然又拦住了她的去路，上前便道："有件事情或许只是身为侧王妃的你还不知道，要不要我好心告诉你？"

"柳姑娘！"阚静柔上前扯了扯她的衣袖，示意她不要说。

若影看着她们二人迥异的神色，心头一阵揣测，目光微闪，脑海中快速一转，却终是猜不出到底还有何事是柳毓璃知道而她不知道的。

柳毓璃见她神色微变，掩嘴轻笑："既然你想知道，我便告诉你……"

"很抱歉，我没兴趣。"若影毫不留情地打断了柳毓璃即将出口的话，噎得她青白了脸色。

若影知道柳毓璃无论想要对她说什么，终究是一些会让她不痛快的事情，那么她又何必去听？

看着她傲然离开的背影，柳毓璃紧走了两步仍是说出了口："你知不知道原本皇上赐婚是让你做三王妃的？是正妃！"

若影脚步一顿。

"柳姑娘，别说了。"阚静柔劝阻道。

柳毓璃走到她跟前笑容渐渐放大："怕什么，她不是以为什么都在她手中吗？我就让她活得明白些，别自欺欺人。当初皇上赐婚让你当三爷的正妃，是三爷拒绝了，是三爷让你做了侧妃，是三爷觉得你不配做正妃，是三爷觉得你配不上他！"

若影闻言脸色一白，脚步不由得一踉跄。

"侧王妃……"紫秋立即伸手将她扶住，转眼恨恨地瞪向柳毓璃怒道："柳小姐别太过分了，咱们侧王妃好歹也是三爷的人，你如今这么欺负侧王妃，若是让三爷知道了……"

"紫秋，柳姑娘心直口快，希望你和侧王妃都不要放在心上。"阚静柔见状上前打圆场，转身偷偷对柳毓璃使了眼色。

柳毓璃原本就在紫秋提起莫逸风之时便变了脸色，所以在阚静柔开口之后虽是不满还是轻哼着带着丫鬟离开了。

阚静柔见柳毓璃走远，转眸看向若影莞尔一笑："侧王妃不要在意，柳姑娘是太在意三爷了，才会这般口不择言。"

紫秋看了看阚静柔，不悦地别开了脸。

"侧王妃没事吧？要不我陪侧王妃回府吧？侧王妃现在这样我也不放心。"阚静柔开口道。

若影渐渐回过神来，见阚静柔难掩的殷勤，浅浅勾唇言道："多谢文硕郡主关心，我出来了这么久，要是再不回去三爷该找来了，先行告辞。"

"侧王妃。"阚静柔再次叫住她并走到她跟前道，"前几日听说歹徒劫持了侧王妃和柳姑娘，我听了十分担忧，生怕侧王妃出了事，曾去三王府拜访，可是三爷都不让人与侧王妃相见，不知道侧王妃是否无恙？"

若影似笑非笑地看着她道："身子自是无恙。"

阚静柔微微一怔："无恙？听说侧王妃小产了？桐妃娘娘还派人送去了许多补品和药材。"

"文硕郡主了解得倒是仔细，不过万般皆是缘，这说明我与这个孩子无缘，更何况我与三爷都还年轻，来日方长。"若影淡淡一笑。

"侧王妃不恨三爷吗？若是三爷当时选择先救侧王妃你的话，这个孩子也不会就这么没了。"她脸上尽是心疼。

若影见她目光灼灼，她却甚是坦然："三爷那么做肯定是有自己的原因，只是他到现在都还是陪在我的身边，我又何所求？"

阚静柔没有想到她会这么说，一时间竟是不知如何开口，见她就要走，她立刻讪讪一笑抬手覆上若影的手臂："侧王妃也不要在意柳姑娘方才所言，就算是事实，也请侧王妃不要怪三爷。"

她的温柔，她的善解人意，此时此刻看在若影的眼里却是那般虚伪。

"这一点郡主多虑了，别说怪三爷，我根本就不会相信柳毓璃的只言片语。"她看着阚静柔秀丽的容颜微微一笑，伸手拨开她那只覆在她手臂上的手。

"不信？"阚静柔言语一滞。

若影不再回答，只是笑着转身离开了。

阚静柔拧眉看向拨开她的手离开的背影，脸色瞬间黑沉。

第46章 谁在算计谁

若影回到府上时莫逸风好像也才从外面回来，他看到她这么快就回府了，走上去问道："今日倒是难得你早早回来了。"

"三爷。"紫秋上前朝莫逸风福了福身子，拧了拧眉张口就要对莫逸风说方才之事，却被若影打断了话："三爷怎么也这么早就回来了？"

莫逸风抿唇一笑道："事情处理得很顺利，所以就早些回来，今日十四弟也出宫来玩，还让我将这本书带给你。"

若影疑惑地看向他手中的书，接过之后粗略翻看了下，心头一喜："图文并茂，我喜欢。"

莫逸风轻笑："你的喜好倒是和十四弟一样，也难怪十四弟一直惦记着你。"

若影弯眸笑言："这里的字本来就难识，许多想要了解的字还是问二哥才知道的，更何况书中有图也不至于郁闷。"

"书中自有黄金屋，书中自有颜如玉，又怎会郁闷？而且为何不认识的字要去问二哥？"他一边宠溺地捋了捋她那垂于胸前的青丝道。

若影合上书抬眸看他："你每天都这么忙，我怎么好打扰你，府上能识那么多字的人也没有，也就二哥能随叫随到。"说到此处，她蹙了蹙眉思索道，"不过……为何同样是王爷，你这么忙，他这么空闲？"

莫逸风无奈地一笑："以后无论发生什么事，我希望你第一个想到的人是我。"

若影脚步一顿骤然敛回思绪，转眸看他，须臾，笑着点了点头。

紫秋看着他们离开的背影，庆幸若影阻止了她方才的冲动。

有些人的话似乎真的不用太放在心上，有些事情或许不提才能防止失去。她想，或许现在的若影对莫逸风当真是信任的，所以她选择了漠视她们两人的话，选择继续平静地过着现在的日子。

御轩宫

玄帝刚躺到龙榻上阖眸就寝，却听得帐外一声异动，他没有任何动作，只是淡淡启唇道："说。"

帐外之人抱拳回道："启禀皇上，昨日四爷又去了南营。"

本以为他听了这话之后会震怒，谁知他却不夹杂任何情绪地再次开了口："还有呢？"

"柳尚书对四爷说，只要他有办法坐上皇位并且让他的女儿做皇后，南北二营的人都会听命于四爷。"

"继续。"

"三爷那里并无任何动静，无论南北二营还是东西二营都未曾去过，只是从上次侧王妃被三爷救出之后三爷就一直陪着侧王妃，二爷也经常去三王府探视，而侧王妃与三爷的感情也日益增长，并未见不和。"

寝殿中一片静逸，他的话音落下良久，玄帝未曾开口。

"下去吧。"终于，他下了赦令，来人便躬身退了下去。

待来人离开后，玄帝方缓缓睁开了眼眸，那深不见底的瞳孔中划过一抹寒光，借着一豆烛火，他抬起手臂看了看象征着皇权的明黄色衣衫，双唇抿成一条线。

翌日

玄帝在宫中设了家宴，莫逸风和莫逸萧都带着家眷出席，这也是若影在山兰谷之行后第一次见到玄帝，因为知道了玄帝的心思，她在见到他时显得有些小心翼翼，不像以往那样笑着跑过去喊着"父皇"。

玄帝望着座下的五个皇子，脸上扬着淡淡的笑容，眼底却是一片寒凉。

众人的酒杯中被斟满了美酒，可是玄帝没有动，众人也就都没敢出声，毕竟今日并非是什么特别的日子，帝王突然设下家宴，众人都怕是一场鸿门宴。

生在帝王家，哪怕是父子和兄弟间也不乏猜忌之心。

玄帝看着众人个个怀揣着心思的模样，不由得一声轻笑："也不知是朕这几日身子略感不适的关系，还是因为年岁渐长，竟然时常想着让众皇儿陪朕一同用膳话家常，所以今日设了家宴派人召皇儿们携眷而来，顺便看看你们这段时日是否有所长进。"

众人闻言面面相觑，一时吃不准他说的是真是假。

十四皇子莫逸宏因为年纪最小，所以说话也就没了顾忌："父皇也真是的，儿臣不是天天在宫中，若是以后父皇想要儿臣陪父皇用膳话家常，只要派人传唤儿臣，儿臣立刻就飞到父皇跟前。"

十四的话惹得众人沉声笑开，玄帝也顿时弯了眉眼，可是口中却轻哼道："传唤你？也不知道你是去地上抓蛐蛐了还是去树上掏鸟蛋了，等你来朕跟前，怕是膳食都要等凉了，好的不学，净与你二哥学那些顽劣的性子。"

玄帝的话再次让众人笑起，而十四却是涨红着脸，莫逸谨无辜被连累，更是不满地对玄帝说道："父皇！怎好端端地说起儿臣来了？儿臣可没有像父皇说的那样。"

"哦？不是像朕说的那样，那你近日做了些什么？"玄帝看似不经意地一问，却让莫逸风眸色一沉。

莫逸谨眼波一转，笑言："儿臣这几日都在温书练武！"

若影忍不住轻哧了一声，也幸亏声音不大只有坐于她两侧的莫逸风和莫逸谨听了进去。

莫逸谨带着一丝警告的神色瞪了眼若影，而若影却扬了扬眉移开了视线，气得莫逸谨差点当场开口警告她不得揭他的短。

"哈哈哈……"众人都未揭穿他，倒是十四捧腹大笑起来，"温书？练武？二哥说得跟真的一样，昨日我去三哥府上，还看见二哥抢着要看我送给三嫂的闲书。"

"十四弟！"莫逸谨警告地冲他瞪了一眼，谁知那鬼小子却是朝他吐了吐舌头做着鬼脸，莫逸谨被他惹怒得差点生出要端起酒杯朝他砸去的冲动。

"父皇，不是像十四弟说的那样。"莫逸谨苦笑看着玄帝。

那日他不过是和若影闹着玩罢了，见她总是捧着书笑个不停，丝毫不理会他，他才要去夺她手中的书说要看，谁知那景象却被十四给看见了。

玄帝闻言并未立即责备他，而是微微沉了脸，话虽对着莫逸谨说，可是他的眼睛却看着若影："今后可要注意言谈举止，做出任何事情都要看看自己的身份，那些闲书可不是身为皇家之人该看的。"

莫逸谨刚要开口，却发现玄帝的视线并未落在他身上，顺着玄帝的视线望去，若影轻抿了朱唇垂下了眼眸。他心头一悸，立刻道："父皇教训得是，儿臣谨记。"

十四知道自己的一句玩笑话闯了祸，不敢去看莫逸谨投来的杀人眼神，立即转头移开视线。

"老三呢？近来可好？"玄帝言语关切，语气却淡得不夹杂一丝情感。

"谢父皇关心，儿臣很好，只是不知父皇近日身子欠佳，未曾前来给父皇请安是儿臣的疏忽，还请父皇见谅。"

莫逸风的话说得不卑不亢，又巧妙地避开了玄帝问话的意图。若影看着莫逸风淡笑着回话的模样，始终看不透他心中所想，而玄帝更是微眯了目光。

"你有心就好。"玄帝淡声一语，像是随口一说，又像是意有所指。

若影一直觉得这次家宴并不简单，可是近日又无事发生，莫逸风更是几乎天天在府上陪着她，也不知道玄帝究竟是何意图。

"影儿。"正当若影沉思之时，突然有人唤了她一声，若影心头一缩，抬眼见玄帝正凝视着她，忙回道，"父皇。"

"见你气色不错，看来未曾因为被掳劫一事吓到，朕也就放心了。"玄帝若有似无地轻笑一声。

若影闻言心头一刺，看着他唇角的笑意，她紧了紧置于腿上的指尖，指关节森森泛白。

莫逸风蹙了蹙眉，伸手覆上她的手背。

"谢父皇关心，儿臣自是不会被匪徒这等拙劣的行径吓到，因为儿臣知道，哪怕三爷无法及时将儿臣救出，父皇也不会坐视不理的。"她对着玄帝莞尔一笑，反手将莫逸风的手握住。

玄帝深深地凝视了她一眼，而后又道："听说上次小产了，身子可恢复了？"

闻言，莫逸风的眉心蹙得更紧，转眸想要说些什么，若影紧了紧握住他的手，转眸对玄帝道："回父皇，儿臣身子已无碍。失去孩子心里自是难受，幸亏这几日三爷一直陪伴在侧，也让儿臣放宽心了不少。"

玄帝轻叹一声惋惜道："只可惜……老三的第一个孩子就这么失去了。"

莫逸风敛住眸中寒芒开口道："儿臣和影儿尚且年轻，以后还会有自己的孩子，儿臣也决不允许再有这样的事情发生了。"

他的话音一落，玄帝抿唇淡笑着看他，只是那目光落在他身上许久都未曾离开。

莫逸萧望着他们二人，不屑地移开了视线。

"老四。"玄帝轻笑一声后将视线落在了莫逸萧身上，莫逸萧微微一怔，微微颔了颔首应了一声，玄帝便开口道，"多日都不见你进宫来见朕，不知道在忙些什么？老三这几日都在府上陪着自家侧王妃，莫非你也陪着你家王妃不成？"

莫逸萧讪讪一笑："儿臣的妻妾都知书识礼，并不需要儿臣相陪，只是听说因为近来国泰民安，南北大营的将士有些放任散漫，所以儿臣便去了南北大营让他们好生操练，俗话说养兵千日用兵一时，不能在用到之时才发现溃不成军，到时候后果不堪设想。"

他原本不想承认自己去过南北大营，可是他安插在御轩宫的眼线在今早他来赴宴之时告诉了他玄帝已经知道了他去过南北大营一事，所以他也就没有隐瞒，只是找了个能够搪塞的理由。

玄帝闻言沉声笑起："看来还是老四最体恤朕，你们可都要向老四学学，朕整日里政务缠身，也不见你们前来帮朕。"

莫逸谨看了看玄帝那似真似假的话，忍不住扯了扯唇角。

作为帝王的政务，他们哪里敢随意提出要帮衬？弄不好就要被扣上意图篡位的罪名。

可是毫不理会，又让人觉得帝王之子无一可依。当真是最难生于帝王家。

一顿家宴，众人吃得心事重重，满是猜度之心，就连一旁的冯德都有些糊涂了，也不知玄帝究竟藏的是什么心思。

在回去的路上，莫逸谨和莫逸风、若影坐了一辆马车，三人都满怀着心事。

若影从来都不想卷入他们父子兄弟的争权夺位之中，可是事情却似乎渐渐超出了她的控制范围，抑或说她开始对于自己的命运再也难以掌控。

原先不知玄帝为何宠她如亲生女儿，现在又不知为何排斥她如仇敌。更是不惜揭开她失去孩子的伤疤，毫不顾忌她的感受，或者说，他根本就是故意要让她痛。

莫逸风知道若影心里难过，从她方才没吃几口菜就能看出，可是他不知该如何安慰才能让她忘记失去孩子的痛苦。更是不满玄帝竟然当面说了那番话，虽然看似关怀，实际上的意图他比谁都清楚。

莫逸谨见莫逸风一直望着若影，知道他也和他一样担心着若影。

再这样下去，他担心若影又会想起那次的意外而再受一次伤害，见两人都不说话，他故作轻松地对若影道："影儿，听说集市上又新开了一家酒楼，厨子都是从外地请来的，菜肴都非本土菜，倒是新鲜得很，要不要去试试？"

若影因莫逸谨的话渐渐敛回了思绪，转眸看向他，似是想要问他说的是真是假。

莫逸谨扬了扬眉道："难道你连二哥的话也不信了？"

若影怔怔地看了他片刻，缓缓勾唇一笑："二哥的话我怎会不信。"

"这才对嘛！"他拉开帘子朝外看了看，立即道，"幸亏说得早，就是前面这家。秦铭，一会儿在聚仙楼停车。"

"是。"

若影顺着莫逸谨的视线望去，果真见到了一家新开的酒楼，名字也甚是雅致，而聚仙楼的意思应该是指聚集了各地的美食，将美食比喻成了仙。

下了马车走进酒楼大厅，这里不仅是名字取得好，就连装潢都十分独特。

"如何？"莫逸谨看着若影震惊的神色，满是得意地问她。

若影笑着看向他，见他一副得意的样子，敛住笑容轻哼道："门面倒是不错，就是不知道会不会是金玉其外败絮其中。"

"这位客官，若是本店的菜不好吃，今日分文不取，我还会倒贴十两银子。"说话的是一个年纪轻轻仪表堂堂的贵公子，听他的语气好似这家酒楼是他所开。

"好大的口气。"若影看着他微微一笑，上下打量了他一番后道，"我可不会因为你有几分姿色就把难吃的菜说成好吃了。"

莫逸风和莫逸谨闻言对视了一眼，莫逸谨打量着眼前的年轻男子轻哼了一声："这也算有姿色？"

第46章 谁在算计谁 | 245

莫逸风则是微蹙了眉心。

年轻男子自称姓苏，名君之，祖籍河南，继承了祖上家业，并且将店面扩展到了天子脚下，倒是年轻有为。

若影打量着四周，大厅中并未有多少客人，不由得轻笑道："就你这生意，也敢说刚才那些话。"

苏君之笑言："因为本店的菜目前只有像几位客官这样的身份才吃得起，所以生意自是少了许多，而且楼上的雅间每一间都十分独特，只要有钱，包君满意。"

"见钱眼开。"若影还从未见过像苏君之这般大言不惭又敢明目张胆表现自己爱财的人。

苏君之对若影的话不以为然，笑着带若影一行人进了名为"鸟语花香"的雅间，一到门口，若影看着匾额就咕哝了一句："干吗带我们来'鸟间'？"

话虽说着，她人已经走了进去，却留下身后的四人面容一抽，这简略地说也不能这般简略，听着甚是不雅。

待他们全都入座后，苏君之介绍到："因为除了这位公子外几位客官是第一次来，所以鄙人带各位来此品尝本店第一特色菜，待下一次各位再来，可以到另一个雅间，不同雅间尝试不同菜肴，若是想要打破规律，除非用翻倍的银子。"

若影扯了扯唇角看着眼前年纪不大却满脑子都是银子的年轻人，一边叩着桌面一边说道："像你这样的人，若是不发财老天都会为你落泪了。"

"多谢客官褒奖。"苏君之嘿嘿一笑，随后又道，"此处的每一个雅间都具有较强的隔音效果，无论在此房间如何高谈阔论，外面或是隔壁雅间都不会听到丝毫声响，所以本店并非没生意，而是达官显贵都在各个雅间内，看各位的身份应该不低，想必很需要这样的房间才是。"

不得不说苏君之的眼力极佳，头脑也灵活，若是到了官场，说不定还会掀起一番风云。

"好了，说这么多一道菜都没见到，什么时候能上菜？"若影被他说得开始嘴馋起来。

苏君之闻言又道："因为本店的菜非常昂贵，所以……"

莫逸谨因为来过，所以也知道规矩，从钱袋中取出了十两银子放在桌上作为订金，多退少补。

若影震惊地看着苏君之拿着十两银子走了出去，简直难以想象这业城竟然还会有像苏君之这样的生意人。起身走到墙边敲了敲墙面，随后又侧耳贴着墙听着，果然什么都听不到。

"影儿，你做什么呢？"莫逸谨问道。

若影回头看向他："我听听看是不是真的什么都听不见。"

"那你可有听到什么动静?"莫逸风笑问。

若影轻哼着回到座位上说道:"说不定是隔壁根本没人,什么有隔音效果,他根本就是个会赚钱的骗子。"

莫逸风淡笑着摇了摇头:"不,他说的是真的。"

"真的?"若影有些难以置信。

见莫逸谨也点了点头,她这才闷闷地嘀咕道:"哪有人又有姿色,又会赚钱,又这么会说话的,什么好事都被他占全了。"

当莫逸风再次从若影口中听到她夸赞苏君之有姿色之时,脸色微微一沉,看向若影突然问道:"他很有姿色?"

若影漫不经心地点了点头:"不错。"

莫逸风被噎得当场没了话,莫逸谨郁闷地凑过去问道:"那跟二哥比起来谁有姿色?"

若影闻言转头看向他,不知道为何他要做这个比较,但是她这么一问,她倒也没想太多,打量了一下他道:"这怎么能比?"

莫逸谨的脸一下子便绿了,他竟然连一个开酒楼的男人都比不过,他那一张从小引以为傲的脸,竟然无法跟那个臭男人比!简直气得他五脏六腑都开始翻腾。

莫逸风看着若影张了张嘴,原本要问些什么,可是当莫逸谨得到了这样的答案之后便没有再开口,只是不知为何心里堵得慌。

这聚仙楼的菜果然美味,一顿饭吃得若影不住地啧啧赞叹,莫逸风也似乎心情极好,他这个从不夸赞膳食的人竟然也夸了若影喜爱的几道菜确实美味,而莫逸谨则是被晾在一边,看着一桌的菜再也没了胃口。

走出聚仙楼,若影看见街上有烟火卖,竟是兴冲冲地跑了过去。见此状,莫逸风的笑容僵在了嘴角。

莫逸谨淡淡扫了他一眼,凉凉一句:"你不是最该高兴的吗?怎么绷着一张脸?"

莫逸风让秦铭跟上若影以防发生意外,转头对莫逸谨道:"今日是十五。"

莫逸谨闻言也是脸色一变:"这么快又一个月了,当真是没办法了吗?"

"除非得到四弟手上的药,否则……"

"四弟手上的东西谁能得到?就算是四弟妹也不可能,除非……"莫逸谨睨了他一眼,低声一叹,"让柳毓璃去拿,怕是要有条件交换吧?她知不知道你已经知道了影儿中冰蚊针一事?"

"若是让她知道了,怕是要有所防范了,只是若再不快点得到解药,怕影儿受不了那样的折磨。"莫逸风担忧地看向若影,眸色沉痛。

每到十五,她就找借口要一个人睡,每一次他都站在门口,听着她努力压抑的呻吟,他就恨自己无能,不能减轻她的痛苦。

第46章 谁在算计谁 | 247

"既然暂时不能治本，那有治标的药吗？听说冰蚊针发作之时能让人痛不欲生，真不知道影儿这样一个弱女子如何承受。"莫逸谨看着眼前正在摊位前讨价还价的若影心头锐痛。

莫逸风抿了抿唇道："前几日我让刘太医配了一个药方，只是……就算能减轻痛，却不能完全止痛，最多也就是让疼痛的时辰缩短一些而已。"

就在这时，若影拿着一把烟火来到他们跟前道："你们看！没想到这里的烟火这么好看，都不舍得点着它们了。"

莫逸风淡淡勾起一抹笑，未语。

莫逸谨弯眸笑言："这烟火不点着它们欣赏，难不成还要放府上供着？"

"二哥！你怎么净是与我唱反调？"若影轻哼了一声后不再理会他。

莫逸谨忙上前道："姑奶奶，我哪里敢欺负你啊，你不欺负我就不错了，要不晚上我陪你放烟火？"

"二哥！"莫逸风沉声唤了一声。

莫逸谨回眸看去，这才发现被若影这么一闹竟是忘记了刚才和莫逸风所说的话题。今日是十五，一到晚上她就要冰蚊针发作了，她又不想让他们知道，他们就装作不知道，又如何能在今夜做放烟火这种事情。更何况，他也不忍心看见她痛苦的样子。

"对了，我记起来了，今晚我还有要事，你还是和三弟放烟火吧，我先走了。"莫逸谨说着，转身便离开了，不等若影反应过来，他已经走远了。

"二哥这是做什么？不陪我放烟火就算了，干吗走这么急？"若影看着莫逸谨离开的背影嘀咕道。

莫逸风伸手拉着若影一边走向马车一边道："二哥很忙，别打扰他了，今天想必你也累了，晚上你早点休息，这烟火放着又不会坏，改日再让十四弟过来陪你放烟火。"

若影原是点了点头，突然觉得不对，转头眯眯看向莫逸风闷闷道："你是说我跟十四弟一样像个孩子吗？"

莫逸风淡淡一笑："只是想让你早点休息，若是你想让我陪你，你让人来书房找我。"

若影蹙了蹙眉，不知道他为何今日如此惆怅，倒也没有问许多。直到她到了房间之后，才惊觉今日是十五，几个时辰的折磨又要开始了。

伸手抚了抚心口，眸色一惊，也不知道莫逸风和莫逸谨是不是已经知道了她中冰蚊针一事。可是，若是他们已经知道了，应该不会像今日这么平静，毕竟他们都没有说什么。

入夜，若影很快用好了晚膳，和莫逸风说了句要早些就寝后便回到了房中，但是没过一会儿，紫秋便送来了一碗黑漆漆的药，见若影精神恍惚地坐在床上，紫秋将药碗放下后立刻上前问道："侧王妃是不是身子不适？要不要奴婢去请大夫？"

若影回过神来看向紫秋淡淡一笑："没事，我想睡了，你下去休息吧。"

紫秋见她无恙，这才将桌上的药碗端过来道："侧王妃先等一下，三爷命人煎了药给侧王妃服用。"

"好端端的喝什么药？放着吧。"她的意思再明显不过，就是不愿意喝药。

紫秋为难道："三爷说侧王妃体弱，怕今后会落下病根，所以才命人煎了这补身子的药，还吩咐奴婢一定要看着侧王妃喝下，否则奴婢不能去休息。"

若影转眸看了看时辰，只得接过药碗将药喝下，紫秋见她把药都喝完了，还给了她一颗蜜饯，说这也是莫逸风吩咐的。直到见她把蜜饯也含入口中，她这才放心地拿着药碗退了出去。

夜渐渐深了，预料的疼痛终是毫不留情地袭来，很快，若影的脸上已血色全无，躺在床上看向门口，仍是怕莫逸风会突然闯入，忍着剧痛走到房门口，伸手上了门闩，却在转身之际无力地靠着门滑落下去。

她满头是汗地努力深吸了一口气，弓着身子踉跄着脚步爬到床上。

其实这一次痛到这个程度她已经满足了，至少比前几次减轻了不少，她揣着一丝希冀指望着每个月都能减轻一点疼痛，哪怕只是一点点。

听着房内压抑着的痛苦呻吟，站在门外的莫逸风眸中沉痛不堪，心口一阵阵抽搐，仿若是痛在他的身上。

那碗药虽然可以减轻疼痛，可是并不能止痛，也不能根除，哪怕他用尽一切办法，都不能找到那冰蚊针的解药，更找不到莫逸萧的师父。

不知过了多久，房间中陷入了一片寂静，他缓缓推门而入，却见一个身影蜷缩在床角已然晕了过去。

朝她每走一步他的心便沉了几分，直到将她拥入怀中，感受着她的体温，他悬着的那颗心才真正落下。

为什么？为什么他没有早些认出她来？为什么他没有预知到柳毓璃的险恶？为什么他没有阻止发生在她身上的灾难的到来？

但是，他一定不会轻易放过那些伤害她的每一个人，一个都不会放过……

"影儿，相信我，不会很久……"他哽咽着在她的耳边低声呢喃，却已红了眼眶。

业城的雪已经融化，日头高高悬挂在半空洒下一片金黄之色，四处都显得春意盎然，初春已然来临。

莫逸风依旧在下朝后便径直回三王府，偶尔看见街上卖一些她喜欢的零嘴或者小玩意儿，也会特意让人去买些回去，只是若影每一次拿到之后都会嘀咕一句"我又不是小孩子"，可是每一次都会如获至宝地接下。

就比如现在，路上小贩的一声吆喝，让莫逸风又不由自主地打开了轿帘，原来是在卖刚做好的小碗糕，记得她以前吃这个时满脸的好奇，说从未吃过这么精致的东西。

她从来不求名贵的吃食或首饰，就是像小孩子一样喜欢新鲜的东西。

下了马车，他亲自来到摊位前，要了两份小碗糕后让小贩打包准备带回去，却在转身之时见柳毓璃正朝他走来，他蹙了蹙眉心，紧了紧手中的袋子，转身踏上了马车。

柳毓璃走到他马车边时停了下来，风吹开了他的窗帘，露出了他俊美无瑕的侧颜，她依旧还是会看得失神，只是此时的他却是看着方才打包的小碗糕露出了宠溺的笑容。

"秦铭，回府。"他低醇的声音一落，马车由缓至急地朝三王府的方向而去。

马车带起一阵凉风吹进柳毓璃的后颈，她忍不住打了个寒战。

转眸看向莫逸风离开的方向，眸中闪过一道寒芒。

翌日，御花园

柳毓璃和玄帝坐在园中饮茶，两人已闲聊了片刻。因为柳毓璃的年纪也和婉公主相仿，而她又很会讨人欢心，儿时便在宫中走动，和莫逸萧又是青梅竹马，所以玄帝也会经常让她来宫中游玩。

但是因为上次玉如心的事情之后他便没有再与她这般闲话家常，虽然莫逸萧说与她无关，而她也坚决否认，莫逸萧又将所有的事情都掩藏得极好，所以他也就没有再查下去，毕竟只是他的一个妾室而已。

不过今日是柳毓璃说自己失眠症又犯了，所以来宫中想请太医给她医治一下，玄帝得知后便召见了她。

见柳毓璃面容憔悴，玄帝不免担心道："太医瞧了如何？"

柳毓璃莞尔一笑："回皇上的话，太医说臣女是因为终日郁郁寡欢，忧思过度所致，并无大碍。"

"忧思过度？有何心事不妨说与朕听听。"玄帝道。

柳毓璃低垂了眉眼苦涩一笑，抬眸看向玄帝，几度欲开口，几度又咬唇，思虑半晌，终是言道："也不怕皇上笑话，还不是因为三爷。"

"为了老三？"玄帝恍然大悟，"是因为老三至今再未提及要娶你一事？"

一听"再"字，柳毓璃想到了当初父亲对她说过莫逸风和莫逸萧征战归朝时同时要请玄帝赐婚娶她一事，如今想来不由得憋屈，若是当初玄帝将她指婚给莫逸风，如今莫逸风下朝后在街上买碗糕回去所给之人就是她了，哪里还有那个若影什么事？

想到昨日所看见的景象，柳毓璃不由得心头一酸，抬眸看向玄帝便道："皇上，臣女与三爷从小青梅竹马，彼此倾心了十多年，也不知道哪里冒出来的野丫头，竟是将三爷迷得神魂颠倒，臣女是真担心三爷，以前三爷根本不像现在这样。"

"现在怎样？以前又怎样？"玄帝笑问，可是眼中却异常平静。

柳毓璃咬了咬唇道："以前三爷兄友弟恭，对臣女也好，可是现在……"

"现在对你不好吗？朕记得上次在危难关头老三可是选择救你的。"玄帝虽然知道这一切都是莫逸萧为了柳毓璃而为之，但依旧没有说穿，毕竟这些都不是他所关心的事情，他要的是莫逸风对若影放手，而他则让若影可以和她的亡母一起陪习嫔母女。

柳毓璃不知玄帝心中所想，提及上次虽然能让她欣慰，可是到现在为止莫逸风都没有去找过她，这让她很是不安，见玄帝提起，便继续说道："虽然如此，但是三爷却忘了曾经的承诺，三爷说过会娶我做他的妻子，可是已经过去了这么久，三爷依旧只想着如今的侧王妃，也不知道以后是不是只要有一个若影就什么都不要了，那个若影究竟有多好，竟然让三爷这般护着她，还愿意为她放弃一切。"

"放弃一切？"玄帝闻言眉心不着痕迹地一蹙。

柳毓璃点了点头："是啊，有一次三爷误会是臣女对侧王妃不利，就来警告臣女不得伤害侧王妃半分，否则就让臣女自食恶果，还有一次，臣女正好在集市撞见侧王妃和三爷，听到侧王妃说不喜繁文缛节，但是三爷是王爷，繁文缛节又是在所难免，三爷就说只要侧王妃高兴，不必在意那些没用的规矩，若是在宫中在所难免，以后就不进宫，大不了放弃这个王爷的身份。"

"他……当真这么说？"玄帝难以置信地轻问。

柳毓璃莫名地点了点头，虽然这句话并非是她说这么多的主要目的，可还是老老实实地点了点头。

玄帝没想到莫逸风会说出这样一番话来，他竟是连所有人都重视的"权"都能放下。原本应该是高兴的，放心的，可是莫名地他有些恼怒，或许只因为他愿意放弃权势只为了那个女人。

"朕知道了。"玄帝淡笑着站起身，"你身子不适就早些回府休息，朕稍后命人多送些安神的药到你府上去。"

"谢皇上。"柳毓璃虽然不知道玄帝所说的"知道了"是何意，可是看他的样子不像持反对的态度。但是转念一想，他也没有赞成不是吗？

思来想去，她又开始惴惴不安起来。

玄帝朝外走了没几步，突然顿了顿，转头看了看她之后似笑非笑地轻言道："朕看你和老三倒是挺般配。"柳毓璃刚一喜，却又听玄帝道，"不过老四那小子似乎也对你挺上心。"

柳毓璃心中一急，福了福身子后说道："皇上，臣女和四爷亲如兄妹。"

虽然和莫逸萧已有肌肤之亲，虽然莫逸萧对她也极好，可是她就是想要莫逸风，就是要那个三王妃的位置，就是要让那莫若影被她踩在脚底下。

"嗯。"玄帝低应了一声后转身离开了御花园。

柳毓璃起身后看着玄帝离开的背影，耳畔回响着他方才的低应声，唇角弧光点点。

昨日她因为莫逸风的漠视而心情烦躁，阚静柔却在那以后不多时出现了，并且与她去了茶楼，原以为她身为兵部尚书千金对于阚静柔这样一个习武的粗俗女子不可能投契，没想到她安慰的话还真让她心安了，可是阚静柔一定不会想到，她无意间提及的莫逸风为了若影可以抛却一切这件事情竟让她拿来利用了。

她当然看得出，阚静柔想嫁给莫逸风是很早以前就有的念头，只不过那样一个愚昧之人又怎能如愿？所以她便想着巴结她去达成所愿。

忍不住深吸了一口气后掩嘴一笑，突然感觉心情无比舒爽。

不远处，桐妃原本与阚静柔伴着日光在御花园散步，见玄帝召见了柳毓璃，便没有走过去，可是桐妃也没有离开，借着看初开的花之名站在离他们不远处侧耳倾听，因为对柳毓璃总有种防范之心，所以总觉得她会对莫逸风不利，谁知道竟是听到了她主动说想要嫁给莫逸风。

经过上次山兰谷之行，她以为柳毓璃已经选定了莫逸萧，谁知道她的心思还在莫逸风的身上，虽然因为隔得远，有些话听得不太真切，可是她切切实实听到她提到了莫逸风，还提到了他的承诺和莫逸风的妻子。

长长吐了一口气，她面色不悦地转身回了寝宫。

身为习武之人的阚静柔，自是将柳毓璃的话听得一清二楚，看着柳毓璃高兴地离开了御花园，她的唇角不着痕迹地一勾。

三王府书房

莫逸风、莫逸谨、莫逸行和阚静柔齐聚一堂，事情似乎发展得十分顺利，所以每个人的脸上都洋溢着喜悦之色。

"三弟，看来最近父皇对四弟是越发防范了。"莫逸谨一边吃着一旁的点心一边笑言。

莫逸风尚未开口，莫逸行笑道："可不是，四弟如今越是患得患失，越是自乱阵脚，也就给了我们可乘之机。"

"话可不能这么说。"阚静柔看了莫逸行一眼后纠正道，"即使四爷没有像如今这般自乱阵脚，凭三爷的本事也能达成所愿，怎能用'可乘之机'这四个字。"

莫逸行的笑容微微一滞，而后轻笑道："是，是我用词不当。"

"五弟其实也没说错，四弟平日里做事一向谨慎，若不是因为近日里父皇越发看好十四弟，四弟也不会像现在这般心急，我们也不能将他收拢人心一事传到父皇的耳朵里。"莫逸风低笑一声言道。

阚静柔笑容一滞，随后扯了扯唇角。

"三弟，那接下来我们要不要乘胜追击？"莫逸谨问道。

此时正是削弱莫逸萧势力的最佳时机，若是这个时候能再给他致命一击，想必能事半功倍。

岂料莫逸风却摇了摇头，说："还不急。"众人有些不明白地朝他看去，却见他低眸一笑继续说道，"让南北二营的主帅假意答应成为他的人，随后将消息命人告知父皇。"

"若是父皇不但没有生气，反而赞赏四弟的处事能力又当如何？"莫逸行仍是担忧，毕竟上一次家宴，玄帝就当着众人的面赞许了莫逸萧。

莫逸风摇了摇头并没有丝毫担忧之色，抬眸看向莫逸行道："听说四弟近日要修葺永王府？"

莫逸谨没好气道："可不是嘛！原本就好好的，也不知道为何他要修葺，四弟好大喜功爱面子，还真是做绝了。"

"听说四爷是要在永王府修葺一座'金屋'。"阚静柔淡淡一语，不夹杂一丝情愫，仿若是无心之言，仿若是猜测，又仿若是一个事实。

"金屋？难不成他想要金屋藏娇？"莫逸谨忍不住轻哧，"他府上都那么多如花美眷了，难道这次是他自己看上了谁家的姑娘？"

虽然莫逸萧府上有许多妻妾，可是谁都知道那是玄帝所赐，无一是他真正自己想娶之人。

阚静柔抿唇一笑："四爷和三爷一样痴情，喜欢一个人可不会这般轻易改变的，这金屋恐怕只为了一个人……"

就在众人心中明了之时，外面传来一声声嬉笑声，虽然离得远，可是书房中的所有人都能分辨这是谁的声音，也因这一声声嬉笑，众人的注意力都向着声音的来源处而去。

第47章　罚写一百遍

不远处的空地上，若影正蒙着双眼和众人玩闹着，地上被拦出了一块空地，所有人都在圈内躲避着被蒙眼的若影，若是有人越界，就会被旁边的人揭发，揭发的人就有赏，而那个人的赏银就是从被揭发的人处扣，所以此时此刻一旁的紫秋正闷闷地从钱袋中取出了一个铜板放进秦铭的手中，那眼神还真是可以杀死人了，若影却是笑得前俯后仰。

因为玩得尽兴，也因为离得远，所以谁都没有发现书房中的人已经在注视着他们。

若影再一次蒙上双眼，张开双手又开始抓他们，所有的人都立刻四散开，而紫秋因为庆幸躲开了刚才若影的突然袭击而笑出了声，要知道如果被抓到了，那罚银是双倍的，若是越界了同时被抓到，罚银就是三倍，若是游戏结束一次都没有被抓到的人，赏银就是十两，所以虽然有被罚银的可能，他们还是向往着那十两银子尽兴地玩着。

可是游戏中有男有女，欢笑声此起彼伏，因而乍一看确实不雅，因为这样的游戏难免会有肌肤之亲，就比如现在，若影抓到了秦铭后还朝他脸上狠狠捏了一把，痛得秦铭忍不住哀嚎。

"侧王妃，轻点！"秦铭捂着脸满脸委屈。抓到罚银也就算了，怎么还体罚了？

若影拉下蒙眼布看着他两侧被捏红的脸，扑哧笑出了声："紫秋，帮我把罚银收下，今天抓到秦护卫好几次，得到的赏银都够咱们出去好好吃一顿了。"

"侧王妃说得对，瞧秦护卫平日里身手敏捷的，也不知怎么每次玩都被侧王妃抓到，看来是嫌月俸太多了。"紫秋努力从秦铭手中夺下了他不愿放手的最后一个铜钱，随后还对着铜钱吹了口气后才放入了钱袋，一脸总算报了仇的神色。

"侧王妃，属下这个月的月俸都罚没了，今天就别玩了吧。"秦铭无奈道。

他也不知道怎么回事，就像紫秋说的他习武身手敏捷，可是只要若影一走到他跟前，他就连躲都忘了躲，于是钱袋中的银子就越来越少了，直到现在连最后一个铜板都没了。

若影却笑道:"这个月的月俸罚没了就拿下个月的预支吧,若是你心疼,以身抵债也行。"

闻言,正向他们走近的莫逸风面部一阵抽搐,而他眼中的那一道寒芒则是直直朝秦铭射去。说什么躲不开,分明就是故意不想躲。平日里见他看若影的眼神就不对,没想到还真是包藏色心。

莫逸谨看着瞪大了眼眸,想不到秦铭在三王府还有这等艳福,他都没让他家影儿捏过脸,真是便宜了这小子。

莫逸行则是紧蹙了眉心,原本做事就循规蹈矩的他对眼前的景象哪里看得下去,他也不知道莫逸风为何会这般纵容若影,竟然让她与府上的小厮、护卫这般胡闹。

阚静柔见状低低一笑:"难怪像侧王妃这样的性子还能乖乖地待在府中,原来在这里竟有这般有趣的事,可比我府上热闹多了。"

莫逸风沉沉吐了一口气,脸上更是黑沉。

也没有不许她玩闹,可总该注意分寸,怎么连男女授受不亲都不懂了?

若影正玩得起劲,自是没有发现靠近的几人,只是突然发现周围一片沉默,静得落针可闻,不由得顿住了动作,片刻,她突然笑道:"别以为你们不出声我就抓不到你们。"

说完,她在感觉到面前有人时整个人都扑了上去,还兴奋地叫了起来:"抓到你了吧!看我怎么收拾你!"

可是,当她把手捏到对方的面颊时,突然发现不对劲,面前的人脸部肌肉异常僵硬,她不由得蹙了蹙眉:"秦铭,不就是罚几个铜板,用得着将脸绷成这样吗?真像是死人脸。"

一旁的秦铭闻言嘴角一抽,看着被若影捏着面颊的人脸色铁青地瞪着他,他不着痕迹地退后了两步垂下了头。

莫逸谨看着若影的动作,听着她的话,还见着此时此刻莫逸风的表情,他当真是快憋不住笑出声了。

若影慢慢将手移了下去,顺着他的双肩摸到他的手臂,再抬手摸了摸他的头,总觉得哪里不对劲。似乎眼前的人比秦铭要高大,身材也比秦铭魁梧,那张脸更是再熟悉不过的冰山脸。

意识到刚才被她蹂躏的人是谁之后,她轻咳了两声道:"那个……今天就不玩了,大家都散了吧。"

除了秦铭之外一听若影这般说,众人皆作鸟兽散,而那些小厮和护卫更是连滚带爬地逃走了,谁也不敢多逗留半刻。

"不玩了吗?"莫逸风冰冷的声音从喉中挤出,让人冷不丁地身子一寒。

原本想要逃离的若影身子一僵,伸手摘下蒙眼布之时却是轻哼了一声,转身之时却已换上了一脸笑容道:"你想玩?"

莫逸风的脸整个黑沉到了极致。

看着他的脸色急剧变化,若影才知自己方才故意而为的举动做得过分了些,虽说她是江湖儿女不拘小节,可毕竟男女授受不亲,皇家对于礼法更是极为重视,可事情已经发生了,她也无法挽回,见他一副要吃人的模样,若影朝站在一旁偷笑的莫逸谨挪动了步子,直到躲到了他的身后。

"二哥……我今晚能不能去你那里住?反正你的王府那么大,给我腾出一个房间应该不难吧?"她紧紧攥着莫逸谨的衣服恳求道。

莫逸谨却是低咳一声故作正经道:"影儿,虽然我也希望你到我府上住上几日,可是今天怕是不行了。"

"为什么!"若影很是不悦,在这个关键时刻他竟然要弃她于不顾见死不救。

莫逸谨看着莫逸风铁青着脸站在他面前,他讪讪一笑道:"我怕到时候连我都会没有栖身之所。"

若是今天他让若影住他府上去,怕是莫逸风非要与他翻脸不可,说不定连他的王府都要被他给拆了,当然,还包括他这一身骨头。

"二哥……"若影转头看了看拧眉不悦的莫逸行和一脸看好戏的阚静柔,顿时欲哭无泪。

"叫二哥也没用,出来。"莫逸风低斥一声,显然是怒了。

"三弟,影儿只不过是闹着玩,你别吓到她。"莫逸谨若有似无地将若影护在身后。

"二哥,今天就商议到这里,你们都回去吧。"莫逸风一瞬不瞬地看着莫逸谨身后的若影,沉声开口道。

莫逸谨看了看莫逸风还想要说些什么,却见他在看到若影躲在他身后之时脸色更沉,便没有再帮倒忙,想来他也不会对若影如何,所以只是反手拍了拍拉住他手臂的手,随后告辞离开。

莫逸风已经下了逐客令,莫逸行和阚静柔自是不敢多逗留,所以也随之离开了三王府。

若影心虚地睨了他一眼后小心翼翼道:"我回房休息了。"

"站住。"莫逸风伸手将她拉至跟前训斥道,"你真是太胡闹了。"

"我哪里胡闹了,只不过随便玩玩而已。"她鼓着嘴嘀咕道。

"随便玩玩?说得倒轻巧,有你这么玩的吗?有你这么捏着男人的脸玩的吗?传出去像什么?你知不知道男女授受不亲?"或许是因为气急,所以他的问句一个接一个,话到最后,连他自己都不知道为何会这般气恼。

若影睨了他一眼轻哼道:"什么男女授受不亲,你还不是经常跟别的女人在一起,什

么女子不得干政,你还不是经常跟别的女人谈论政事,至少我是在青天白日下,哪知道你们关起门来做些什么?"

"胡言乱语些什么?"莫逸风被她说得脸色更是难看,原本要训斥些什么,脑海中一个可能一闪而过,下一刻低眸凝视着她问道,"你是故意的?"

若影心头一虚:"什、什么故意的?"

她不敢抬眼看他,只觉得现在的他浑身都笼罩着阴霾,就连原本高照的日头都被他整个挡住了,她则在他笼罩的阴影下没出息地心越来越虚。

可是自己的丈夫跟一个倾慕他的女人同处一室,这种感觉谁能承受?即使有莫逸谨和莫逸行,她也不愿意看见阚静柔出现在三王府,虽然她知道她是小气了些,可是阚静柔给她的感觉太阴了,总觉得她的城府太深,而她似乎一直在算计着什么。

她想要参与他们的谈话,可是莫逸风却说是政事,她不便参与,所以她才会气恼得故意做了方才的行为,只是没想到莫逸风会出现在她面前,而她却将他当成了秦铭。

抬起手看了看自己的指尖,似乎还残留着捏他脸的触感,不由得噘了噘嘴一脸嫌弃的表情。

两人一阵沉默,谁都没有开口,可是当莫逸风看见她的这个神色之时,立刻想到了什么,于是那张原本黑沉的脸便更是黑沉了。

"做什么?"他沉声一问。

若影啧啧两声捏了捏指尖嫌弃道:"太粗糙了。"她不仅嫌弃他的皮肤粗糙,居然还将"太"字咬得极重。

"是吗?"莫逸风突然冷笑了两声。

若影心头一悸,抬眼朝他看去,不由得讪讪一笑:"没有,我瞎说的。"

她真不知道一个人的笑为何可以比怒还恐怖,简直让人有毛骨悚然之感,也让她感觉灾难临头了。

"'男女授受不亲'罚写一百遍,若是想滥竽充数,再罚。"

果然,他毫不留情地下了命令,不容许有任何反驳。

"那你是不是该写八百遍?"她不悦地怒道。

凭什么他可以随意与别的女人接触,甚至共处一室,而她却连碰都不能碰?凭什么?

"两百遍。"他负手而立微微侧了侧头,虽是放低了语气,却让人心底更加发毛。

"不写!"她咬牙切齿地对上他那双深不见底的黑眸,却感觉整个人都被他融了进去。

可是,即使是这样,她还是不会妥协的!

绝不!

酉时

若影正趴在桌上埋头苦干，紫秋在一旁叫苦连天："侧王妃，奴婢没力气了，手好酸。"

"要不我们换换？"若影气恼地瞪了她一眼，抬眼望向窗外，天已经擦黑，而她的脸也被她给擦黑了。

紫秋颓废地垂着脑袋颤抖着指尖继续磨墨，口中不停念叨道："奴婢若是会写，一定会帮侧王妃早早写完了，不过是六个字，怎么要写这么久？"

"六个字，三百遍，就等于是一千八百字，早知道一开始就不要反抗了，否则也不至于从一百遍变成三百遍，六百字变成一千八百字，真是自作孽。"说完，她又长长哀叹了一声。

要知道，莫逸风想要对付人可有的是办法，她竟然还拿鸡蛋碰石头。

"奴婢早就劝侧王妃都听三爷的，不要老是和三爷作对，否则也不会像现在这般受罪了。"紫秋放下墨条揉了揉自己的指尖，一连研磨了几个时辰，当真是手指都要残废了。

若影闻言却是气恼地将毛笔啪地一声用力置在桌上，对着外面就大怒道："凭什么他可以跟女的亲近，我就不能和男人亲近？只许州官放火不许百姓点灯，残暴！"

紫秋哭笑不得："侧王妃这话说得……男人是男人，女人终究是女人，男人是天，女人是地，男人可以三妻四妾，可是女人却不可以啊。"

"三妻四妾？"若影突然胸口一滞，转眸看向紫秋，低问，"难道你愿意与人共侍一夫？"

紫秋咬了咬唇，似乎想到了什么，垂眸道："奴婢只是个丫鬟，又如何能做别人之妻，就算是有幸成为别人的妻子，也免不了夫君纳妾，只是……若是自己喜欢之人，哪怕是做妾也好过和一个不喜欢的人生活一辈子。"

"是吗？"若影转眸看向那一片漆黑的夜空，低声呢喃，"若是我喜欢的人，我更加不愿意与人共侍一夫，哪怕失去，也不愿将就，不愿痛苦地熬过一辈子。"

"侧王妃……"紫秋担心地看向若影，心知她定然不愿意与他人共侍一夫，只是她本就是侧王妃，就注定了做人妾，被正妻所压制。

若影深吸了一口气敛回思绪，突然双手垂在身子两侧脸趴在桌上，心一下子沉到谷底。

"不写了，没心情。"她不悦地嘀咕了一声后闭上了眼睛，真是厌烦了面对现实。

"侧王妃……"紫秋知道若影此时的心情并不好受，可是她也不知该如何安慰，眼看着就要去用晚膳了她还没写好，也不知一会儿又会受怎样的处罚。

就在这时，门吱呀一声被从外推开，紫秋急忙上前行礼，莫逸风抬了抬手示意她出去，随后走到若影跟前。

若影依旧趴在桌上一动不动，睫毛轻颤缓缓睁开了眼眸，听到他拿起了她所写的一张纸，随后发出了一声轻哼。虽然她写的毛笔字是不好看，可是也没必要这么瞧不上眼吧？太伤自尊了。

蓦地从桌上直起身子，抬眸见他一张张看着她的成果满脸的嫌弃的神色，不由得从椅子上跳起抢过他手中的纸置于桌上后道："既然这么瞧不上眼，还有什么好看的！"

莫逸风轻哼："那你为何不用心写？就这么六个字，居然还能写得这般千奇百怪。"

"我又不是去考状元，写那么好看做什么？你要好看的字，找某些名门千金去要啊。"若影因为莫逸风的嫌弃而甚是恼怒，转眸移开视线不再看他，心里憋了一肚子火，虽是已经努力地压抑着，却还是将情绪摆在了脸上。

莫逸风看着她却是不怒反笑，若影疑惑地转眸看他，也不知道他在笑些什么，但是他眼底当真是泛着浓浓的喜悦之色。

"饿了吗？"他看着她的脸笑问。

若影虽是满腹疑云，却也挡不住此时的饥肠辘辘，点了点头低应了一声。也算他还有良心，能想到她会肚子饿。

莫逸风忍着笑道："那先去洗把脸。"

若影不悦道："不过是用个晚膳，难道还要沐浴净身？你就这么嫌弃我？"

莫逸风被她说得一怔，随之却是捧着她的脸无奈地低低一笑："知道你已经很用心写了，记在心里就成，也没必要写在脸上，若是让旁人看见了，还以为是我虐待你在你脸上刻了字。"

他抬手用汗巾细细地替她擦着，满眼的宠溺。

若影闻言愣了愣，这才想起方才她的脸趴在桌上之时她的脸下方正是一张她刚写好的字纸，上面还有"男女授受不亲"六个字，还真是尽数印在了她的脸上，若是走在大街上，还以为她是受了刑罚被文面了。

莫逸风见她也意识到了，笑着将汗巾在面盆中打湿，随后又替她擦拭着。在他的细心之下，她的脸才恢复了往日的光洁，他这才放下锦帕欲拉着她去用膳厅。

若影却是脚步一顿，莫逸风回头看向她时，她已是满脸的忧虑："莫逸风，你以后会不会也会对别人这么好？"

她目光灼灼，直入他心底，刺到了他心口最柔软的一处。

"又在胡思乱想些什么？"明明心头揪痛，他却依旧故作轻松地笑着开口。

若影怔怔地望着他，片刻，苦涩一笑："你是王爷，以后对别人好也是正常的是不是？"

"影儿……"莫逸风张了张嘴，发现自己根本难以忍受她的这种失落的眼神。

若影未等他继续说下去，她突然跨前一步伸手抱住了他的腰，将脸紧紧地贴在他的胸口:"莫逸风,不管你怎么看我,不管你怎么认为,我都要对你说……我只想你对我一个人好,只对我一个人。我不管你以前对谁好过,你以后也只能对我一个人好,哪怕我哪天死了,你心里最爱的那个人也必须是我。"

"说什么死不死的,我不会让你死。"他眸色沉痛地将她紧紧拥在怀中,因为她的话让他感觉仿若一放手,他便会失去她一般。

若影不知道他指的是她中冰蚊针一事,只道是他在指玄帝要她死这件事,所以她庆幸地勾了勾唇,幸好他不知道她中了冰蚊针,否则他若是知道了,又不能帮她得到解药,他一定会责怪自己。她不知道的是,其实他们此时此刻所指的根本就是同一件事。

她莞尔一笑抬眸看向他撇了撇嘴道:"要是你对别人好,我会很生气的,哪怕只是好一点点,我也会很生气的。"

"这么小气?"他无奈地一笑。

"是啊,小气着呢。"因为想通了一些事,她心情明朗了,笑容也扩大了。

莫逸风但笑不语,看着她高兴,他也跟着一扫布满阴霾的情绪。

若影弯唇一笑,突然伸手捧着他的脸踮起脚尖将唇印上了他的唇。就在他尚处惊愕之中,她却缓缓放开了他大言不惭道:"莫逸风,本人有洁癖,你这张嘴是我的,不能亲别人。"

在她警告声中,他邪肆一笑,突然扣住她的后脑重又覆上她的唇。

"三爷、侧王妃,该用晚膳……了……"

可就在这时,一个不该在此时出现的身影竟是因为紫秋出去时没有关上房门而出现在了房中,也因为看见了不该看的一幕,竟是呆愣在原地忘了动弹,随即涨红了老脸夺门而出,却又不敢离开,只得站在门口等着受罚。

莫逸风和若影走出房间时看到的就是这样的景象,若影原本就脸皮薄,见状更是红透了耳廓,咬了咬唇迅速朝用膳房而去,可是没走几步就被莫逸风拉住了手。

"都怪你,人家都看到了。"若影低声埋怨,却是连头都不敢抬一下。

莫逸风脚步一顿,就在若影的惊愕中,他竟然突然揽住她的腰将她拥入怀中,俯首便噙住了她的唇。

她惊得忘了呼吸,而原本跟在他们身后的周福更是瞠目结舌地顿在原地,等到他反应过来之时莫逸风已经放开了她。

"你……"

"你本就是我的人,又何惧让人看见?谁若是有心要看,我就让他永生见不到日光。"

莫逸风淡淡笑着,可是不知为何,让人无端生出一股寒意,明明是说笑的话,他却说得极其认真,仿若是在说与自己听,又仿若是在警告着某些藏在暗处之人。

周福闻言吓得脸色一白,急忙移开了视线,却不知道该将视线落在何处,最后竟是扬

起头看向夜空。

片刻，秦铭走上前顺着周福的视线望向夜空，问道："周叔，今天的夜色很美吗？"

周福一愣，回眸望去，见莫逸风和若影早已不知所终，见秦铭仰头顺着他方才的视线看向夜空，他以拳抵唇低咳一声，随后将手负于身后大摇大摆地离开了。

聚仙楼

莫逸谨找来了莫逸风、莫逸行和秦铭，见他们进来，他神色有些凝重。

"二哥，是不是发生了什么事？"莫逸行上前便问。

莫逸风坐下之后正要开口，聚仙楼的老板苏君之便走了进来，还给他们上了几道招牌菜，看了看他们几人后笑问："今日怎么不见三王妃？"

莫逸谨瞋了他一眼，示意他下去，而莫逸风则是不耐烦地转头瞪向他反问："关你何事？"

"没有，只是问问，三爷何必这么介意？还真像打翻了醋坛子。"苏君之笑着退了出去，却在为他们掩上房门之时笑得意味深长。

当房门被关上的那一刻，莫逸风气得脸都绿了，竟然有人敢说他像是打翻了醋坛子，他如何像了？

"扑哧！"莫逸谨和莫逸行终究忍不住笑出了声，见莫逸风转眸死死瞪了他们一眼，他们只得忍住笑端起面前的茶杯转身饮了口茶，只是依旧抵不住那笑意袭来。

"笑够了就说正事。"莫逸风冷声一语，显然是怒了。

莫逸谨和莫逸行深吸了一口气后放下茶杯，也不再去笑话他。

"今日有一个坏消息和一个好消息。"莫逸谨看向莫逸风和莫逸行道。

"坏消息是不是大哥回来帮四弟了？"莫逸风问道。

莫逸谨点了点头："不仅如此，就连那柳蔚也准备将兵权交给四弟。"

莫逸行骤然蹙了眉心："有了柳蔚和大哥的帮忙，四哥就是如虎添翼了。"

见莫逸风没有反应，莫逸谨问道："三弟，你就不担心吗？"

莫逸风淡然一笑，并没有接上他的话："科举结束了，状元、榜眼和探花都是清禄书院的学子。"

莫逸行虽是心头疑惑，但还是说："虽然三甲都被清禄书院的学子夺得，但是他们毕竟刚入仕途，现在还没办法用到他们。"

"父皇不是对他们三个赞赏有加？明日就该给他们官位了。"言至此，莫逸风转眸看向莫逸谨，"二哥，父皇一向喜欢听取你的建议，找时间跟父皇说一下，将他们安排去各部，另外三甲以外的就安排去大哥和四弟的门下，以后可以与我们里应外合。"

莫逸谨担心道："就怕……时间不够。"

莫逸风却并不这么认为："大哥在外三年，回来整顿人手也不是一天两天的事，柳蔚若是当真将兵权交给四弟……"莫逸风微微蹙了蹙眉心，"这一点就比较棘手，毕竟东营和西营的人和南北大营无论从人数还是能力上讲都旗鼓相当，除非在四弟接手之前盗取兵符拖延时间，只是……"

只是东西二营并没有他们的人，若要盗取兵符绝非易事。

莫逸谨见他蹙眉沉思，突然笑言："三弟急什么，我方才不是说有一个好消息和一个坏消息？方才坏消息都说了，也该说说好消息了。"

"那还不快说？"虽然莫逸风不知道莫逸谨所说的好消息能否结束眼前的困境，但终是抱着一丝希冀。

"好消息就是，曾经被放走的左昌如今做了东营的副将。"莫逸谨道。

莫逸风心头疑惑："左昌？哪个左昌？"

他认识的人里面可没有一个叫左昌的人，而且还是东营的副将。

莫逸谨更是错愕："难道影儿没有对你说？"

"这和影儿有何关系？"莫逸风觉得他越说越离谱，可是话音一落，他顿时一怔，转眸看他问道，"难道是……那个山贼？"

莫逸谨笑道："人家现在可不是山贼，当初我请求父皇放了他，父皇将他安排去东营充军，没想到他这般有出息，竟然因为征战立功做了副将，若是东营也变成了我们的人，那区区一个西营又算得了什么？"

"话虽如此，只是那个叫左昌的山贼会愿意帮我们吗？"莫逸风有些怀疑。

"怎么不会？"莫逸谨胸有成竹，"他这条命算是影儿给的，你又是影儿的夫君，不看僧面看佛面，他也定然会帮你。"

虽然莫逸谨说得胸有成竹，可是莫逸风的脸上却没有喜色，一想到左昌那嚣张的样子，还有他看若影的眼神，包括当初他差点就要占有若影，他就恨不得将他阉了。

莫逸行见莫逸风蹙眉沉思面有不悦，也猜出了他的心思，轻叹一声劝道："三哥，现在不是计较的时候，还是快点拿主意吧。"

莫逸风抬眸睨了他一眼，抬眸道："他虽然已经升为副将，但也不能保证他能拿到兵符，而且依他的品性，我不认为是个可靠之人，更何况若是一旦事败，他要赔上一条命，他也未必会愿意。"

莫逸谨正要说什么，莫逸风又道："我有一个两全其美的办法。"

莫逸谨等人听了莫逸风的办法后微微错愕，他这个方法不仅会让莫逸萧翻不了身，就是柳蔚也脱不了干系。众人都知道莫逸风就算要对付谁也不可能对付柳氏家族，可是这一次他却毫无顾忌，分明还有一种欲置人于死地之感。

"真的……要这么做吗？三哥不是最不想伤害柳姑娘了吗？怎么会……"莫逸行吞吞

吐吐地说着，只因为他对柳毓璃并不了解，更不知道她对若影做了什么，只知道以前莫逸风再怎么样都不会将矛头指向柳蔚，因为他是柳毓璃的父亲。

"有问题吗？"莫逸风反问。

莫逸行闻言看向莫逸谨和秦铭，他们二人亦是面面相觑，随后却是欣慰一笑。

"是不是有什么我不知道的？"莫逸行有些郁闷，虽然他的年纪比他们小几岁，可是他们做事从来都不会隐瞒，但是这一次他知道一定有什么是他们知道而他不知道的。

莫逸风没有回答，只是想到了若影心头就隐隐沉痛，抬眸看向莫逸行，知道这件事情还是不能让太多人知道，以免漏了口风后被人拿去利用。

"五弟，以后你要做什么都不用再顾忌，放手去做。"莫逸风神色认真。

以前莫逸行就说过若想事半功倍还是要从柳蔚着手，而且柳蔚根本不想将柳毓璃嫁给他，所以莫逸行一直劝他不要再护着柳蔚，如今想来，莫逸行是对的。

柳蔚做人做事虽然狡猾，可是也出了很多纰漏，若不是他替他兜着，想必早已被玄帝知晓，哪里会有如今这般安生。

莫逸行听了莫逸风的话，顿时心头一松，面露喜色："三哥，这可是你说的，别到时候又舍不得了。"

莫逸风浅浅勾唇，笑容苦涩。

莫逸谨看了看他，笑言："五弟的脑子还是不开窍，如今能让你三哥舍不得的也只有一个人，哪里轮得到那个女人。"

莫逸行听了喜笑颜开："这才是我的三哥，只是……"莫逸行挠了挠头问道，"二哥说的'只有一个人'是哪个人啊？"

莫逸谨和秦铭对视了一眼，忍不住笑开。

果然也是一个感情上的木头，也难怪对阚静柔只知道喜欢却不知道表达，总有一天会等到失去了才后悔。

莫逸风从来都是个喜怒不形于色的人，可是这段时间他的心情似乎极好，不但陪着若影逛夜市，还会带她去外面的草地上放纸鸢，兴致来了还会跟她比谁的纸鸢飞得高。

若影问他究竟发生了什么事，可是他每一次只是一瞬不瞬地望着她，随后将她紧紧地拥入怀中。

她不知道他在想什么，也问不出个所以然来，所以后来干脆就不问了，只要他高兴就好。似乎他高兴比她自己高兴还要让她兴奋。

不过有一次她不小心听到了莫逸谨和莫逸行前来三王府走向书房的路上说的话，说什么柳蔚送去四王府的材料已经用上几天了，再过两天就是看成效的时候了，还说什么这一次就不信扳不倒他们。

第47章 罚写一百遍 | 263

虽然只是短短两句话，若影已经听出了一个大概。也难怪莫逸风这几天心情极好，想来是快要将莫逸萧给扳倒了，只是她心里也有疑问，只不过是区区一些所谓的材料，能扳倒备受圣宠的莫逸萧？还有柳蔚，莫逸风不是一直护着他吗？这一次怎么把柳蔚也扯进来了？

　　并不是她心软，而是她担心莫逸风一下子对付莫逸萧和柳蔚两个人会吃亏，更何况听说太子在前段时间也回来了，正在整顿自己的部下。而太子之所以会帮莫逸萧，想必是他根本无心做储君，有心要将储君之位让给与他一向交好的莫逸萧。

　　在山上为自己母亲守孝三年，想必并非完全是为了守孝，而是要远离宫中的勾心斗角，远离那个让他母亲心灰意冷离世的父亲。

　　皇后虽然贵为一国之母，可是除了有皇后之权外根本一无所有，后宫的女人要的是皇帝的圣宠，可是玄帝却将圣宠给了德妃、桐妃、习嫔等人，当然还有已故的容妃。花无百日红，曾经的结发妻对于皇帝而言又如何比得上一个个娇艳欲滴的新人？听说皇后是因终日郁郁寡欢才离世的，可是中间究竟还发生了什么，众人便不得而知了，但是有一点可以肯定的是，太子是恨玄帝的，否则也不可能三年都不下山。

　　见莫逸谨和莫逸行朝莫逸风的书房走去，若影原本想要跟去，不为好奇心，只为心里担心着莫逸风，可是她终究还是顿住了脚步，因为她始终相信莫逸风有这个能力与所有人对抗。

　　不过这一次她倒是有些惊讶，因为阚静柔居然没有跟来，她突然心情大好，因为她知道这一定是莫逸风的示意，否则像阚静柔这样的女人根本不可能因为她而放弃。

　　几日后是莫逸萧的生辰，向来好面子爱铺张的莫逸萧这次竟然说不想办了，为了开源节流，这让玄帝有些微愣。

　　金銮殿上，玄帝睨了他好半晌，看得众人心头没底，若是以前，他早就夸赞莫逸萧，并且让众人以他为例，好好学着点，可是今日他却因为莫逸萧的话而沉思了起来。

　　片刻过后，玄帝沉沉笑起：“难得老四体恤百姓疾苦，愿意用这些钱来拨款赈灾，只不过你每年都过生辰，只是今年不过似乎有些说不过去，不如今年就在永王府设宴，只要自家兄弟携同家眷出席便可，你看如何？”

　　莫逸萧有些为难，以前都是在宫中摆宴庆生，而这次因为他正事繁忙，哪里顾得上生辰？更不便众兄弟带自家前往永王府，所以才推脱了，却没想到玄帝会想出在永王府设宴庆生。

　　虽然莫逸萧说不想要铺张，只是在永王府的前院摆了几桌酒席，另外请了戏班子前来唱戏，府上被简单布置了一番，相比较他过往的生辰，当真是节俭了许多，可是对于一般的几位王爷来说已经是铺张了，因为所谓的简单布置所用的装饰品都是价值不菲的宝物，

单就一株花草就够普通百姓一年的花销。

因为玄帝金口玉言，所以莫逸箫不得不宴请了所有的皇兄皇弟，包括他们的妻妾，无论亲疏。

当若影收到请帖之时，她不屑地丢掷在一旁，她记得去年莫逸风生辰时不过是请了莫逸谨和莫逸行两兄弟，还有一直做他左膀右臂的秦铭，当然还有阚静柔，三王府上也就做了几道家常菜，几人便围着桌子小酌了几杯。可是听说莫逸谨宴请了所有的王爷和家属，还是玄帝金口玉言，她心里便替莫逸风不平，同样是儿子，为何待遇差这么多？

可是又能如何？谁让玄帝喜欢他呢？

莫逸风跨入门口时见她还在梳妆，便站在一旁看着她。紫秋上前欲行礼，他伸手制止，示意她继续给若影梳妆。

"亏你还笑得出来。"若影从镜中看见他看着她嘴角轻扬，不由得嗔了他一眼。

莫逸风却是不以为意道："今日是四弟的生辰，算是喜事，我自然是替他高兴。"

若影闻言眉心一蹙，手中把玩着发簪不满道："你别总是四弟四弟的，人家可没有叫你一声三哥。"言至此，突然觉得自己失言，她试探地望了他一眼，见他没有生气或失落，这才咬了咬唇转了话锋，"听二哥说左昌做了东营的副将？"

莫逸风轻睨了她一眼，上前一步将她手中的发簪拿起后插在她发间，看了看镜中令人怦然心动的她，略带酸意道："做什么这么关心一个山贼？"

"他现在可不是山贼。"若影反驳道。

莫逸风扬了扬眉，语气更酸了几分："看来以后不能让你和二哥多接触了，连说话都一个样。"

方才她的这句话分明就是莫逸谨前几日反驳他时所言，就连那语气都如出一辙，怎能不让他郁闷？

"二哥也去你那四弟的寿宴吗？"她起身笑问。

"难不成你去不去还要看二哥是否出席？"莫逸风反问。

紫秋看他两人这一来一往，好不有趣，忍不住掩嘴轻笑躬身出了房间。

第48章 其心可诛之

永王府

门前恭贺之人络绎不绝，小厮喜笑颜开地不断收礼，忙得不亦乐乎，果然是皇帝最受宠的儿子，全朝阳国第一个有封号的王爷，溜须拍马之人数不胜数。

莫逸风轻轻打开帘子望着一个个送礼的大臣，唇角弧光点点。

若影转眸看向莫逸风的神色，心头疑云重重，顺着他的视线望去，见平日里没有到访过三王府的大臣如今齐聚一堂，她似乎明白了什么。可是他的笑又是何意？若说是苦笑，似乎不像，若说是坦然，又似乎不是。总而言之，他笑得意味深长。

下了马车，若影被他牵着走向永王府大门，送上贺礼之后在小厮的异样目光中被迎去了摆宴的大院，众宴席前就是戏台，当真是古色古香。只是这一路过来所有的下人看他们的眼神都太过异样，惹得若影满腹疑云。

莫逸风拉着若影欲转身朝宴席落座，谁知刚转身就听到了一声声熟悉的"啧啧"声，转身望去，果然见莫逸谨抱臂摸着下巴站在他们身后，眼睛还扫了扫他们紧握的两手。

"二哥，还以为你早到了，做什么这么怪里怪气的？"若影睨了他一眼问道。

莫逸谨长叹一声道："方才听这永王府的下人说三爷和侧王妃手牵着手来贺寿，还手牵着手去宴席，原本我还不信，没想到当真如此，你们想要亲近就不能避讳着些？好歹这里也是大庭广众不是？这瓜田李下……"

"二哥越说越离谱，我与影儿本是夫妻，说什么瓜田李下的。"莫逸风见若影想要松手，却是更紧地握住了她的手反驳了一句。

莫逸谨闻言走上前，绕着他们二人走了一圈，随后又是啧啧称奇："三弟，你还是我的三弟吗？这可不像你啊，曾几何时你还教训影儿说什么大庭广众之下也不知避讳，还说什么男女授受不亲，更是让影儿罚抄了几百遍，对于礼法纲常你可比我这个当二哥的还熟

记于心，怎么如今变得这么快？"

莫逸风听他这么一说，脸色微微尴尬，转眸看向若影，却见她轻哼一声后甩开他的手扬眉道："二哥不说我倒还真是把这事给忘了，三爷说得对，妾身理该遵从礼法，不该在这众目睽睽之下有这些逾越礼法的行为，以后也有劳三爷及时提醒妾身，否则妾身记性不好，怕是要像方才那样给忘了。"

说完，她还故意与他保持了一尺的距离，并且静立在一旁。

莫逸谨见她反应倒是极快，看着莫逸风瞪了他一眼，随后又尴尬的神色，忍不住扑哧笑出了声。

"三爷请。"就在莫逸风神色急剧变化之时，若影还做了一个请的姿势，惹得莫逸谨更是笑意更甚，惹完事情后他便轻快地朝宴席而去，坐到了属于他的位子上。

莫逸风无奈，看了看若影，只得朝莫逸谨身旁的位子走去，转身见若影站在他身后，他示意她坐在他身边，可是若影却故意看向莫逸谨身旁的位子，莫逸风骤然瞪大了眼眸。

若影见莫逸风如此，也不再逗他，上前拉住他的手笑问："你想让我坐哪儿？"

莫逸风无奈地一笑，将她拉到左侧的位子坐下，而莫逸风右侧的莫逸谨，唯有长长叹息一声，撑着下巴望着他们两人浓情蜜意的模样心里泛着酸意。

宴席尚未开始，宾客陆陆续续到场，萧贝月因女主人的身份而带着一众人招待着前来祝寿的所有人，可以看得出来她今日因为施了胭脂而看起来红光满面，但从她的眼神中和不经意的垂眸，依旧能感觉到她的心并没有她的脸看起来那么喜悦。

"永王妃好像不是很高兴。"若影看向莫逸风道。

"许是招呼宾客累了。"莫逸风抿唇淡然一笑，见她依旧担忧地看向萧贝月，他抬手拿了块糕点送到她唇边，"饿了就先吃些点心。"

若影张嘴咬了一口，并从他手中接过糕点。

莫逸谨看了看不远处的萧贝月叹息了一声后道："自己的夫君在府上打造了一个金屋，准备留给自己心尖上的女子，作为妻子又岂会好受？"

"金屋？"若影难以置信地咽下一口糕点看向莫逸谨压低着嗓音问，"四爷怎会这么大胆？若是在府上打造金屋，岂不是会被人怀疑要谋朝篡位？毕竟金屋只有帝王才可以筑造的不是吗？即使别人不往那方面想，也会被人认为是挥金如土，作为帝王之子不体恤民间疾苦。"

莫逸谨没想到她一个女儿家竟然知道得这么多，原本只是随口一提，现在被若影这么一说，倒是不知道该如何解释了。

"二哥。"莫逸风低唤了他一声，示意他莫要多言，转而看向若影后笑言，"二哥只是打了个比方，因为听说四弟前段时间在修葺一间屋子，就误以为是要留给谁的，不过是猜测罢了，当不得真。"

第48章 其心可诛之 | 267

莫逸谨干笑一声后继而说道："是啊是啊。"

"二哥三哥。"就在这时，萧贝月走上前，脸上依旧带着勉强的笑容，让人看着有些心疼。

她与莫逸谨和莫逸风笑着寒暄了几句后，便转身又往另一桌去了，若影觉得她谈吐得体，为人谦和，可是却配了一个永远都不会爱上她的男人，实在是可惜了。

没过一会儿宴席就开始了，而莫逸萧坐上主位后便和众人举杯致谢，可是他的目光却时不时落向入口处。

若影好奇一问："他这是在等谁？"

莫逸风淡淡勾了勾唇角，而莫逸谨却是轻哧了一声。

若影不明所以，但也没有多问，反正要来的人她也没必要心急知道，不来的人她也没兴趣知道。

而就在众人畅饮之时，莫逸萧突然起身朝入口处而去，正在畅食畅饮的各大臣都没有在意，而一直无心在宴席上的若影却注意到了他的举动，可是让她没想到的是，他一直在翘首盼望的人竟然是……柳毓璃。

转头看向原坐在莫逸萧身旁的萧贝月，她的眸色果然一痛，片刻后才恢复如常，随后笑着与众人说了几句后便起身来到了莫逸萧身侧，而莫逸萧竟然还让萧贝月给柳毓璃安排上座。

柳毓璃转眸看了莫逸风的方向一眼，不知道她对莫逸萧说了些什么，莫逸萧脸色一变，却仍是点头答应了。

若影原本心里就有不祥的预感，可是当柳毓璃果真来到他们一桌时，她不由自主地朝莫逸风看去，谁料柳毓璃竟是坐到了她身侧。

"侧王妃不介意吧？"柳毓璃明知故问。

若影轻笑："若是我说介意，柳姑娘会识趣地离开吗？"

柳毓璃没想到若影会当着众人的面给她难堪，全然不顾及她这个三王府侧王妃的身份，转眸看向一桌上的人，顿时尴尬丛生，不过脸上的情绪倒是转变得极快，看了看若影后轻笑道："想不到侧王妃这般风趣，今日是四爷的生辰，这里可是永王府，而且我还是四爷请来的贵宾呢。"

"哦？"若影扬眉一笑，"想不到柳姑娘和四爷的关系这般匪浅，也难怪连永王妃都要亲自接待，倒是不知柳姑娘为何不与永王妃同桌？也好在永王妃忙不过来时柳姑娘作为妹妹可以搭把手。"

柳毓璃指尖一紧，不由得看了莫逸风一眼，见他对若影欺负她这件事情竟然充耳不闻，顿时脸色苍白，深吸了一口气后挤出一抹笑道："永王妃虽好，但是我更想和侧王妃做一对好姐妹。"

虽然她压低着声音凑到若影跟前说了这句话，可是这一桌上的人都是功力深厚之人，自然将她的话尽数听了进去。

她的话顾名思义，就是要嫁给莫逸风，而莫逸风在听到她这么说时也是脸色微微一沉，但是他并没有多与柳毓璃费唇舌，只是揽了揽若影示意她转过身，随后将菜夹到她碗中嘱咐道："方才还说饿了，怎么菜上来反倒不吃了？"

若影因为莫逸风没有反驳而气恼，沉默即是默认，虽然她相信他现在已经放下了柳毓璃，可是和他曾经的旧情人同桌共食，总觉得不是滋味，不由得冷声道："不想吃，怕又被人算计下毒。"

柳毓璃闻言目光一闪，略带担忧地看向莫逸风，所幸他并没有想许多，可是莫逸风接下来的言词与举动却让柳毓璃心里很不舒服。

"那一会儿回去再吃。"莫逸风并没有逼她不要耍性子，反而自己也放下了筷子。

若影看了看他，心情一下子明朗了，咬唇一笑，瞥了他一眼后道："可是我现在又想吃了。"

莫逸谨见状不由得调侃："都说女人心海底针，果真如此，不过你这转变是不是太快了点？"

若影轻哼一声道："因为我突然想到，有你们在这儿某些歹人也不敢对我动手动脚不是？想要对我做些什么，自然是要趁你们不在的时候。"

她所指的歹人自然是柳毓璃，可是她故意针对柳毓璃的话却让莫逸风和莫逸谨想到了她身上所中的冰蚊针一事，一时间心里跟着难受起来，只希望他们的这次行动能有所结果，她以后都不会再受冰蚊针的折磨。

在莫逸谨的沉默中，莫逸风拿起筷子夹了菜送到她唇边，没有任何言语。

柳毓璃看着莫逸风对若影如此宠溺，心里堵得很，紧咬着牙指尖深深刺入掌心。

莫逸谨望着他们二人郁闷地撑着脑袋看着，见二人相视一笑，他没好气地对着莫逸风道："三弟，人家也要……"

莫逸风转头之时，莫逸谨竟是张大了嘴等着他喂。

莫逸风睨了他一眼，竟是没有理会，转头又看向若影，气得莫逸谨抓起酒杯灌了一口酒，却被烈酒呛得直咳嗽。若影见状忍不住笑开，见莫逸谨满眼的泪水，她却是笑得更欢。

因为是莫逸萧的生辰，所以头戏是他点的，听着上面咿咿呀呀唱着，若影就感觉好似催眠曲，一开始只顾着吃，可是酒足饭饱之后望着台上的戏子你一句我一句唱得起劲，莫逸风也不知去了何处，若影迷迷糊糊地看了一会儿，慢慢阖上眼眸垂头竟是打起了瞌睡，突然一晃，身子朝旁边一倒，落入了刚好赶回来的莫逸风的怀中。

柳毓璃回头之时正值莫逸风将她揽入怀中，他垂眸望着她的神色，是她从未见过的柔情似水。

"睡着了？"莫逸谨越过莫逸风问道。

莫逸风笑着低应了一声："她能静坐到现在算是不易了。"

柳毓璃闻言看向沉睡中的若影笑言："侧王妃果然还像个孩子，幸亏皇上不在，否则三爷就难以向皇上交代了。"

在酒宴中打瞌睡实在是有失身份，然而柳毓璃的话说得虽是在理，但是她却并没有带着一丝庆幸，而是掩藏不住的嘲讽和对莫逸风的提醒，这让莫逸风脸色微沉，伸手紧拥着若影垂眸看着她，转而却是轻笑一声道："的确像个孩子，不会动算计人的心思，在这尔虞我诈的世上实属难得。"

柳毓璃闻言脸色一变，莫逸风的指桑骂槐她并不是听不懂，可是她从来在他心里都是善真纯良的女子，此时此刻却在他的心里成了尔虞我诈之人，究竟是他变了还是她变了？

莫逸风俯身将若影抱起，转身对莫逸谨道："二哥，我先带影儿回去。"

莫逸谨犹豫了一下后道，"不如先让永王妃安排影儿在客房睡着。"

"我不放心。"莫逸风一口拒绝。

"可是……"莫逸谨还想要劝说些什么，突然听得有人一声奏报："皇上驾到。"

所有人顿时噤了声，就连台上的锣鼓声都戛然而止，见一袭便服的玄帝竟是亲自前来为莫逸萧庆祝生辰，众人惊愕的同时纷纷跪地山呼万岁。

莫逸萧亦是没想到玄帝会亲自前来，急忙上前跪迎。

若影被莫逸风抱着坐在地上，蹙了蹙眉睁开双眸，见到的便是如此壮观的一幕，顿时心头一怔，在莫逸风的相扶下，茫然地跪在他一旁，以为没有引起众人注意，却依旧被玄帝看在眼里。

不过玄帝倒是没有多言，扬手示意众人平身，神色依旧是一如往常的深不可测。

众人起身后陪着玄帝又看了一会儿戏，见玄帝看得投入，众人也都不敢离席，当然，此时此刻除了若影之外应该没有人会放弃这个巴结莫逸萧的机会。

若影因为方才小睡了一会儿，所以此时此刻除了无趣之外根本没了睡意，转眸看向莫逸风和莫逸谨，见他们无意间似乎在眼神交流，于是又垂眸玩着自己的手指。

"想回去？"

头顶处突然飘来一句话，若影茫然抬眸望去，见莫逸风正望着她，才知他方才是在与她说话。

"可以吗？"若影看了看玄帝后低问。

若是玄帝没有前来时离开倒还说得过去，可是如今玄帝在场，她却要离开，难免会惹人非议。

莫逸风却是淡淡一笑点了点头，未等若影开口，他转身走向玄帝躬身说了几句，玄帝

的脸上似乎划过一道不悦之色，若影担心玄帝会降罪于莫逸风，便立即起身走了过去。

"父皇。"她上前轻唤了玄帝一声，虽然不知道玄帝为何会突然讨厌她，但是她知道她惹不起，莫逸风也惹不起，所以即使心中不愿意也只得赔着笑，"请父皇恕罪，儿臣是这几日身子抱恙，所以有些困乏，父皇喜欢听戏，那儿臣就陪父皇一起听戏。"

"你身子如何了？老三如今就你一个侧妃，你可要好好照顾好自己的身子，方能给老三绵延子嗣。"玄帝淡笑着嘱咐，可是每一句话都刺进若影心底，不惜揭开她的伤疤。

莫逸风对他的话很是不满，拧了拧眉上前正欲开口，若影却莞尔一笑抢先开了口："父皇说得是，儿臣谨记。"

莫逸风错愕地看向若影，知道她心里是难受的，可是她却依旧强颜欢笑地面对玄帝，其中最大的原因就是为了他，这个感知让莫逸风心里很是难受。

她总是在为他承受着一切，可是他却让她一伤再伤。

玄帝淡淡地望着戏台，没说答应他们回去，也没说不答应他们回去，就在若影猜度着他究竟心中盘算着什么之时，玄帝却是从椅子上站起了身，转身看了看若影笑言："你们年轻人不喜欢听戏也情有可原。"只见他转眸环顾了四周，又道，"朕看老四这府邸修葺得倒是别致，朕也没有好好去看过，不如就趁今日游赏一番。"

"可是父皇……"莫逸风伸手拉住若影上前开口，却被玄帝突然打断了话："影儿有没有兴趣陪朕一起游赏永王府？"

若影微愣地望着玄帝，不知道他今天是唱的哪一出，可是她知道自己根本不能拒绝，所以紧了紧莫逸风的手后说道："这是儿臣的荣幸。"

当莫逸萧知道玄帝要游赏永王府时，顿时吓得面如土色，毕竟有些地方是不能让别人去的，包括玄帝。可是如今玄帝已经开了口，他也无力阻拦，只得强颜欢笑陪同着去了。

众臣在玄帝决定要游赏永王府之时便识趣地都离开了，只留下了一众皇子与家眷，但仍是浩浩荡荡的一群人，极有气势。

若影跟随在莫逸风身旁，随着一众人的脚步慢慢地走着，抬眸看向走在前方的莫逸萧和玄帝，见他二人说说笑笑倒一如往常，只是每一次莫逸萧在附笑过后便会心思沉沉，还时不时地朝某处望去。

若影顺着他的视线望过去，也没见有什么异常。而注意到这一点的也并非她一人，此时此刻，玄帝也随之看似不经意地朝那一处望去，莫逸风和莫逸谨相视一笑，随后只静静地跟随了过去。

"父皇。"见玄帝正欲朝他新修葺的金屋而去，莫逸萧心头一慌，急忙挡住了玄帝的视线，见玄帝紧紧地凝视着他，他讪讪一笑道："父皇这边请。"

玄帝看了看他所示的方向，又看了看相反的方向，轻笑一声道："朕更想去那一处看看。"

说完，未等莫逸萧阻止，已经带着人前往。

莫逸萧一咬牙，只得跟了上去。

"鸾凤阁？"玄帝站在新修葺的阁楼外望着匾额低语了一句后转眸看向莫逸萧，目光幽深，看得人直发怵。

若影尚不知玄帝为何会有此反应，莫逸萧望着匾额脸色顿时惨白，急忙上前道："请父皇恕罪，这个匾额不是儿臣命人放上去的，一定是工匠弄错了，儿臣立即命人换了匾额。"

玄帝未作声，只是径直走了进去。

"有什么不对吗？"若影转眸看向莫逸风问道。

莫逸风微动了唇瓣低声言道："只有皇后才能用鸾凤二字。"

若影恍然大悟，也难怪玄帝会如此恼怒，原来莫逸萧竟是犯了如此大的错误。只是莫逸萧说是工匠弄错了？当真是如此吗？即使再有心要当皇帝，也不至于在这个节骨眼就开始做这方面的打算不是吗？

但是玄帝的神色不像是相信了莫逸萧的话，也不像是不相信莫逸萧的话，总而言之依旧是让人捉摸不定，但是有一点可以肯定，他没有像以前那样袒护莫逸萧了。

玄帝在这鸾凤阁中逗留了许久，也不知是他当真喜欢这个阁楼还是另有其因，只见他看过楼下之后竟是朝着阁楼而去，没有玄帝的旨意，众人留在原地没有上去，只知道玄帝下楼之后脸色异常难看，众人皆不知方才在阁楼上究竟发生了何事，只见莫逸萧慌忙地跟上玄帝不停地解释。

"父皇，儿臣真的不知道为何会这样，那些漆料都是柳大人亲自选定的，不会有问题，一定是在施工中被人动了手脚，父皇，请一定要相信儿臣。"

"哦？柳蔚亲自选定的？"玄帝目光一眯，当下便命人召了柳蔚前来永王府。

因为玄帝的一时震怒，众人被留在了前厅，只是在一个时辰后，柳蔚青白着脸色满头是汗地恭送玄帝回宫，而莫逸萧更是觉得百口莫辩。

回府的马车上，若影依旧满腹疑云，她自知不应该多理这些朝政之事，更知道此事定是不简单，但心中仍是抵不住的好奇，见莫逸风心情大好，她忍不住问道："那鸾凤阁不简单吧？到底有何玄机？为什么父皇见过之后就很生气地离开了？"

莫逸风转眸看着她轻笑："知道鸾凤阁有玄机，看来你也不笨。"

若影原是脸上一喜，突然发现他是拐着弯在说她平日里愚钝，顿时一恼，但未等她针对他方才的话算账，他已解了谜题："首先鸾凤二字只能用于当朝皇后，所以四弟用这两个字给阁楼命名已犯了大忌，而阁楼上一个东南窗可以直接望见皇宫，隐喻着对皇宫的觊觎，而那漆料因为近日里阳光的照射而发出金色反光，会让人站在栏杆前如被金光所笼罩，就好像拥有至高权威睥睨天下。即使父皇再疼惜四弟，也不会允许他觊觎他的皇位。"

"小小一个阁楼竟然会有此玄机。"若影听得目瞪口呆,只是想了想之后仍有一事不明,"莫逸萧虽然有时候说话做事比较鲁莽,但也不至于傻到让自己新建的阁楼遭人话柄,而且那些漆料是柳蔚送去永王府的,柳蔚又想要攀莫逸萧这门亲,也不可能会害莫逸萧才对,那么那些会因为阳光照射几日后散发金光的漆料又是哪里来的呢?"

"分析得倒是头头是道。"莫逸风笑着赞叹,却没有再说下去。

若影拧眉疑惑地思索着,突然脑海中一个念头一闪而过,转眸错愕地望向莫逸风问道:"难道是你和二哥搞的鬼?"

莫逸风打量了她一番后一声轻笑:"算是,不过也要多亏了四弟及时建筑阁楼才行。"

"他怎么会突然想到建筑阁楼,难不成也是你的主意?但是他怎么会听呢?"若影太想知道答案,见莫逸风愿意说,便继续问了下去。

"他能在我府上安插眼线,我自然也能在他身边安插亲信。"若没有发生若影这件事,他根本不想对自己的兄弟赶尽杀绝,可是莫逸萧触犯了他的底线,所以他也就没了顾忌。

"若只是这些,父皇应该也不会如此动怒不是吗?因为匾额可以说是凑巧,或者说是无心之失,漆料可以说是有人栽赃,而且这些可能性在一个受宠的王爷身上也极有可能发生不是吗?"

"如果在父皇所站的位置处柱子上写着'天下'二字呢?"

"啊?"若影满是错愕,"你怎么能确定父皇会站在那个地方,而柱子上的字难道是四爷的笔迹?若是被四爷首先发现了,岂不是会毁尸灭迹?"

莫逸风勾唇一笑:"父皇若是置身于这样的环境下自然会细细观察每一处,而父皇所站的位置是离皇宫最近的距离,在那个地方的柱子上刻上字,定会引起父皇注意。那些字又是今日才刻上去的,又怎会被四弟发现?至于笔迹……他能仿造我的笔迹约你出去害你被劫持,我自然也能仿造他的笔迹让他自食恶果。"

若影听得震惊不已,没想到平日里不动声色的莫逸风做起事来是如此计划周密,又能一击即中,根本不让莫逸萧有喘息的机会。

"不过父皇为何会突然要游赏永王府?难道只是因为像父皇说的没有好好游赏过永王府的关系?可是也不见父皇去游赏别的王府不是吗?若是父皇不去游赏,岂不是什么都不会发现?"

"这几日父皇知晓了四弟背着他去东西二营笼络将臣,自然已经心生不满,若是再有人对父皇说四弟在府上建了暗藏玄机的阁楼,父皇自然会命人前去探个究竟,若是探子回报说确有其事,父皇因为从小宠溺四弟,也不会当下降罪,定会亲自看个究竟。"

若影张了张嘴,再也说不出话来,总觉得一切的一切都在莫逸风的掌控之中,就连她以为他根本没有放在心上之事他都铭记于心,比如仿冒他的笔迹约她出去让她自投罗网一事。

有些事情他不说，她以为他不在意，原来却是他都放在心上。

之后的几日似乎并不平静，莫逸萧突然被禁足在永王府，由于莫逸萧并不承认一切都是他所为，说是有人栽赃陷害，可是玄帝并没有再给他机会，在找不到任何证据之时他将在永王府静思己过。

永王府中的鸾凤阁被连夜拆除，第二天已经成了一片废墟，让人看着唏嘘不已。

一直备受恩宠的莫逸萧都被玄帝苛责，当天登门祝贺的几位官员都惶恐不安，却找不到可以依靠之人，太子一向有心疏于朝政，众人自然不会去自讨没趣，而莫逸风和莫逸谨等人又是和莫逸萧对立的，那些老臣又如何瞬间倒戈？

或许那些官员等待着莫逸萧翻身的机会，所以一直都没有来三王府拜访，也省却了一些没必要的麻烦。

虽是如此，偶尔还是会有一些官员偷偷前来送礼，意图十分明显，却被若影一一婉拒，虽然她不懂朝政，但也知道这样的礼她收不得，虽然莫逸风没有提醒她该怎么做，但是她所做的却是莫逸风心中所想。

但是事情并非就这样平静地过去了。

桐妃的生辰日，玄帝竟是让人请了莫逸风和若影前去，虽然即使他不召见他们也会前去贺寿，可是通过玄帝这么一说，倒是让莫逸风和若影心头揣测连连。

到了景仁宫，莫逸风和若影双双送上了贺礼，而莫逸谨也先一步到了，让他们没想到的是，玄帝竟然也比他们早到了一步。今日一桌上只有玄帝、莫逸风、莫逸谨、若影、桐妃、阚静柔六人，不但没有铺张，反而有些过简了，但是桐妃并不在意，反而心情很是愉悦，或许女人都是如此，只要夫君在侧，儿女绕膝，便已足矣。

宴席间，玄帝时不时地会朝若影望去，若影不知道他在打量些什么，所以只是尴尬地冲他笑了笑。

阚静柔看了看玄帝的目光，唇角轻扬，转眸对若影莞尔一笑道："我记得侧王妃戴在耳朵上的那个叫白水晶耳钉？"

若影转眸淡淡看了她一眼，弯了弯唇角："是。"

她并不想跟阚静柔多说些什么，所以只是淡淡回了一个字。

阚静柔端详了片刻后道："这么精致的东西甚是少见，可惜那义方县只有这一对，否则我也想去买了。"

若影笑而不语。

一直不动声色的玄帝闻言眸色微微一沉，可是片刻后却是沉声一笑道："不如让朕也瞧瞧。"

若影一怔，转眸看了看莫逸风，只见莫逸风也是一脸茫然。但是玄帝已经开了口，她

也不好当场拒绝，伸手摘下了那对白水晶耳钉呈了上去。

玄帝淡笑着伸手接过，可是当他看清楚那对白水晶耳钉之时，霎时间沉了脸色。

"父皇，是不是有何不妥？"若影望着玄帝的脸色心头一缩，难掩惧意。

"你说这对白水晶耳钉是在义方县买的？"玄帝问道。

"回父皇，是在义方县买的。"原本若影还想要说得更具体些，可是在玄帝面前她知道言多必失，所以她便没有说其实这个白水晶耳钉原本就是她所有，只是因为遗失在幽情谷，后来被苏幻儿无意间发现，而后辗转卖给了义方县的首饰店。

玄帝听了她的回答之后垂眸看着那对耳钉沉思良久，就在众人静待他的后话之时，他却笑着将耳钉还给了若影，随后又若无其事地与众人饮起酒来。

入夜，御轩宫

冯德轻轻地推开了寝殿的门走了进去，又见玄帝醉倒在桌上，忍不住轻叹了一声。

"皇上，奴才给您取了醒酒茶过来，喝过之后奴才扶皇上早些就寝吧，否则明日醒来又该头疼了。"毕竟是从小伺候玄帝的人，所以说话的语气恭敬中也带着浓浓的关切，更不似一般的奴才那般疏离。

玄帝缓缓从桌上直起身子，从朦胧的视线中看清了冯德的面容，随之低低笑起，带着一抹自嘲："想朕这么多儿子，却没一个是真正关心朕的，他们只惦记着朕的皇位，倒是你……只有你……才真的关心朕的身子……"

冯德送上醒酒茶后躬身安慰道："皇上别这么说，诸位皇子和王爷心里都是有皇上的。"

"有朕？"玄帝冷冷一笑，"有朕就不会动那些歪心思。"

"皇上……"

"天下朝阳，朝阳天下。日出东方照透天下二字，其心已明，其心可诛！"

玄帝恨恨地说着，可是冯德却听得云里雾里，什么天下，什么东方，但是他知道此刻他的心是沉的，是恨的。

玄帝从椅子上站起身，摇摇晃晃地走向龙榻，冯德急忙上前扶住，却被他伸手推开，口中呢喃道："朕一直以为老三母子居心不良，一个将朕骗得团团转，一个从小便想着弑兄夺位，可是到头来朕亲眼看着容妃没有一丝抵抗地喝下了毒酒，而老三今日还口口声声替老四说话，根本就没有一丝落井下石之心。是朕糊涂了吗？还是他们一个个都太会演戏了？"

冯德张了张嘴，不知道该如何说才好，看了看那一碗醒酒茶，低声道："皇上还是早些歇着吧，否则桐妃娘娘又该心疼皇上了，前几日被桐妃娘娘知道皇上夜夜饮酒，就一直站在御轩宫外等着奴才出去告知皇上是否无恙，还让奴才多劝着点，饮酒伤身。"

第48章 其心可诛之 | 275

"桐妃……"玄帝目光一闪，"她今夜也在？"

"是啊皇上，桐妃娘娘都是等奴才出去了，知道皇上睡下了才会离开，否则娘娘也会寝食难安。"冯德一边扶着玄帝躺下一边说道。

玄帝沉默片刻，终是没有再说什么，扬了扬手示意他下去。

十日后

莫逸风和莫逸谨正教着若影下棋，正在兴头上，玄帝突然召莫逸风进宫，若影心头一慌，担心出了什么事，而莫逸风却让他放心，并且让莫逸谨注意着莫逸萧的一举一动。

虽然近日来莫逸萧不出永王府半步，但是他们知道他不会这么甘心就此罢手，而今日玄帝又突然召见他，定然是出了什么事，所以他不得不防。

御书房

莫逸风静坐在一旁等着玄帝批完奏折，脸上虽是平静，可是心中还是怀揣着一丝忐忑。

最终，玄帝阖上了最后一份奏折后屏退了所有人，起身走下台阶，莫逸风随之从位子上站起身。

"知道朕找你来所为何事吗？"玄帝微眯了目光问道。

"儿臣不知。"莫逸风低垂眉眼回道。

玄帝紧紧凝视了他片刻，终是开口道："其实在十一年前，瑶华宫起火之夜，你的侧王妃若影也在宫中是不是？"

莫逸风心头一紧，抬眸看向玄帝之时难掩眼底的错愕："父皇……"理了理思绪，他讪讪一笑，"那个时候影儿不过是个孩子，又并非宦官儿女，如何能进得了宫，父皇为何会有此一问？"

"是吗？进不了宫？她那个杀人犯的母亲都能进宫，又如何不能将她带入宫中？朕只是在好奇，她是如何出宫的？当初帮她脱身的人又是谁？"

"父皇……"

"看来她还是留不得了，包括当初帮她脱身之人，一个不能留。"玄帝的眼眸中划过一道阴霾。

"父皇，影儿没有做错什么，父皇不能因为上一代的恩怨牵扯到影儿身上。"莫逸风不惜顶撞玄帝，极力护着若影周全。

"上一代恩怨？"玄帝目光一寒，"若是上一代恩怨，那么那对白水晶耳钉是怎么回事？那是朕当初赏赐给婉公主的，却辗转到了她手上。"

"那是因为……"莫逸风心头猛然一紧，刚要开口，却被玄帝怒声制止。

第49章　当初杀错人

"别跟朕说是在义方县所买，朕已经让人查清楚了，虽然后来的确是老二在义方县买下给了她，可是一开始就是她从小戴着的，只是后来被长春院的苏幻儿无意间拾到了，随后她去义方县时拿来变卖换取了盘缠，而她所拾到的地方正是你与她相遇的地方，据朕了解，若影自己也承认了是她所遗失的。可是这一对白水晶耳钉普天之下只有一对，若不是她当初伙同她那杀人犯母亲抢夺了婉公主之物，又如何会从小戴着？"

莫逸风脸色一白："父皇，这只是您的猜测。"

"猜测？朕让人查了整整十天，证据确凿，至于当初是谁护送她出的宫门，朕也一定会让人查个仔细，只要被朕查出来是谁背叛了朕，朕就将他满门抄斩。"玄帝咬牙切齿地挤出一句话，震得莫逸风身子一个趔趄。

莫逸风没想到一副首饰会牵扯到婉公主之死，虽然玄帝的说法只是猜测，可是那对耳钉是若影所属是事实，就连若影自己也这么说过，玄帝又派人查得彻底，他根本无从辩驳，更何况那一夜若影的确出现在了皇宫内。

"父皇，或许是当初影儿的母亲拾到了给了影儿也说不定。"他不愿意说是若影的母亲抢夺所得，因为这样对若影的处境十分不利。

玄帝却震怒道："当初朕赐给婉儿，婉儿视她如珍宝，从来不许旁人动一下！"

一提到婉公主，玄帝的眸色渐渐猩红。

莫逸风只感觉身子骤然一寒，指尖深深嵌入掌心，指关节森森泛白。

御书房内陷入死一般的寂静。

"父皇。"莫逸风紧抿了双唇扑通一声跪倒在地，"求父皇放过影儿。"

玄帝神色闪过一丝错愕，只见他双膝跪地低眉垂手，虽然看不清他的神色，可是玄帝从未见过莫逸风会为了一个人会做出如此行为。

"起来。"玄帝躬身将他从地上扶起，凝视着他的面容，"你竟然为了一个女人跪地求朕。"

"她是儿臣之妻。"

"她只是你的妾，别忘了，当初是你让她做了你的妾。"

莫逸风眸色一痛："儿臣现在想请父皇下旨……"

"朕明日稍后下旨给你和柳尚书千金柳毓璃赐婚，你也该有个正妃了。"玄帝知道他想要说些什么，所以并没有给他说下去的机会，"别让朕改变心意。"

莫逸风脸色一变，再也不敢说什么，他知道若是玄帝改变心意，若影必死无疑。

见莫逸风沉默，玄帝轻叹一声："老三，你大哥无心朝政，你二哥又是那样的性子，众多皇子之中你是最出类拔萃的，别让朕失望。"

莫逸风紧紧地攥着拳，蹙眉未语。

"知道朕为何会如此善待柳蔚吗？"玄帝站在他跟前问道。

莫逸风抬眸看他，薄唇抿成了一条线。他没有开口，只是等着他后面的话。

玄帝蹙眉紧拧着他，第一次对莫逸风说着心底话："若是当初没有柳蔚，朕也坐不上这皇位，所以你务必要善待他女儿，虽然柳毓璃有时候是任性了些，可是朕相信她会是一个很好的贤内助，毕竟是兵部尚书之女，是大家闺秀，相信不会让你失望。"

莫逸风知道玄帝特意提及兵部尚书的真正用意，而他若想要坐稳这个皇位，也必定要靠柳蔚的帮衬，除非他能压倒柳蔚扶新官上任，可是若没个一年半载怕是难事，更何况柳蔚为官多年，又岂会轻易被人所取代？他的门生遍布整个朝野，此时此刻他别无选择，更何况还系了若影一条命。

只是玄帝会在这么短的时间内改变心意选择他当储君还是出乎他的意料，他以为还会再过一段时日。

离开了御书房，莫逸风心头有些沉重，明日就要接旨择日迎娶柳毓璃，也不知若影会如何，而他又该如何解释？

一如往常，当年瑶华宫被纵火一事他是绝对不能告诉若影的，他不想唤回她痛失生母的记忆，看着自己的亲人死在自己眼前的痛他承受过，所以他不愿再让她承受。

曾记得他躲在母妃的宫殿角落中，看着自己的母妃仰头饮下毒酒，临死都是满眼的绝望，那种痛他至今都还记得。

当初将若影接回府中之时，大夫说她是受惊过度而丧失了记忆，后来虽然寻回了记忆，可是似乎对儿时的那一夜忘得一干二净，或许就是那样的痛让她尘封了所有的记忆。

看着莫逸风离开的背影，冯德走进了御书房，看了看玄帝后终是没有开口说些什么。

"皇上。"他轻唤了失神的玄帝一声，终是有些担忧。

玄帝摆了摆手："朕没事。"转身走向御书房外，他看着莫逸风远离的背影问道，"你

相信那个苏幻儿的话吗?"

冯德看了看玄帝的脸色,低声回道:"回皇上,奴才信,因为她没有欺骗的必要,更不会将自己拉下水去。"

玄帝闻言点了点头。

当初找到苏幻儿之时他想要问个究竟,而苏幻儿原本是不愿意说的,得知他是帝王之后便细细地说明了白水晶耳钉的由来,没有一丝隐瞒,而就在他们临走之时,苏幻儿突然告知他关于容妃是否青楼女子的真相,宁愿冒着欺君之罪也要为一个不相干的容妃洗脱罪名。

他知道苏幻儿没有欺骗他的必要,因为她大可以不说,只是他听了她所言之后便转身离开了长春院,仰头看向天,心一下子空了。

当初容妃被指证出身青楼,他知道这个消息时的确是恼了,他最恨的就是欺骗,所以当时他当真是恨不得将她打入冷宫,可是那个时候他并没有那么做,他只是将她禁足在寝宫。

虽然当时他并没有因此而责难她,可是如今知道了她当初是被人陷害了,心里难免会沉痛,他甚至怀疑当初习嫔母女之死是有人故意栽赃陷害容妃。

所以后来他派人再去调查十一年前的纵火案,果然发现了种种容妃不在场的证明和未曾与宫外人接触的证明,虽然没有找到真正的幕后黑手,至少可以证明容妃是无辜的。

而之所以他现在才查出真相,主要是因为当时习嫔母女突然被活活烧死,他当场就将恶人一剑毙命,而后审问容妃时她竟然只是一味地苦笑,不为自己辩解半句,就连当时饮下毒酒之前她都没有说要见他,只是命人转告他,让他善待莫逸风。

他虽是一个皇帝,也是一个凡人,当时他恨透了她,既然她一心求死,他便随她去,心里虽是不忍,可她终究杀了习嫔,连他的女儿都没有放过,那么她又有什么资格让他善待她的儿子?

莫逸风长得太像容妃,所以每当看见莫逸风他便想到当时容妃雇人杀了婉公主后还要让他善待莫逸风,也正因为如此,他便一直冷落莫逸风,无论他多么出色,他都没有重视他半分,他要让死去的容妃看看她一心杀死习嫔母女的下场。

可是现在,他发现一切都是阴谋,而容妃不过是被人当做了替罪羔羊,这一刻,他的心五味杂陈。若不是那对白水晶耳钉,若不是苏幻儿的一席话,他还不会想到让人重查十一年前的纵火案,更不会知道容妃蒙受了冤屈。

但是他又是天子,如何能对众人说他当初杀错了人?所以现在他只能将一切弥补给莫逸风,而且莫逸风也的确是帝王之才,无论从哪方面看,他都比任何人优秀。

只是他现在有了软肋,一个人若是有了软肋,就是成功路上的绊脚石,更何况这个软肋还是当初害死习嫔母女的杀人犯的女儿,他如何能让她存在于这世上?

但是他现在不能立即除了她，因为莫逸风。不过要想让她离开或丧命，他有的是办法。

莫逸风刚回到府上，若影便已经等在了门口，见他回来，等不及他下马便立刻迎了上去。

"没事吧？父皇有没有为难你？"也难怪若影会担心，毕竟如今莫逸萧已经被禁足在永王府，她怕玄帝会迁怒于他。

莫逸风下了马之后看着她满是担忧的神色，心头猛然一缩，伸手将她揽入怀中，却不知道该如何对她说接下来要发生的事情。

若影因为他的举动更为担忧，靠在他的胸前低声开口问他："究竟发生了何事？"

"影儿，不管以后发生什么事，都不要生气，一定要相信我。"他知道他这句话是苛求了，可是他无可奈何，他根本没得选择。

若影不知道他究竟是怎么了，细细想来，猜测是玄帝又质疑了他，于是重重地点了点头莞尔一笑："嗯，我相信你。"

"真的？"他一瞬不瞬地凝视着她再一次寻求答案。

若影再次笑着应声："是，我一定会相信你，所以你不要因为父皇的话而难过了。"

莫逸风心头一刺，却再也说不出一句话来。

翌日，若影醒来之时发现莫逸风没有去上朝，虽然他早就醒了，可是他却依旧躺在床上，而他的目光始终落在她的脸上。

"今天不用去上朝吗？"低哑的嗓音带着一丝慵懒，也带着让他心安的熟稔，只是看着她纯真的神色，他心头始终忐忑不安。

"不用。"他没有说过多的话，只是将她拥入怀中紧紧地揽着她。

若影心头疑惑不已，今日并非是休朝日，他怎会突然不去上朝了？而且现在莫逸萧被禁足，应该说是他的一个好机会不是吗？

伸手探上他的额头低声问道："不舒服吗？"

莫逸风眸色渐痛，拉下她的手执于手中，嗓音带着低哑的醇厚却十分悦耳："没有，就是想陪你躺一会儿。"

若影不明状况地痴痴一笑："今天是太阳打西边出来了吗？"

莫逸风淡淡弯了弯唇，抬手轻轻地摩挲着她的容颜，指尖移至耳边之时突然指尖一顿，摸了摸她的耳垂感觉到上面的耳洞后低声问道："那副白水晶耳钉……真的是你当初遗落在幽情谷的吗？"

若影抬眸凝视了他片刻，点头道："这还有假？那可是我戴了好久的，除了洗澡睡

觉，就一直戴着。"

"是吗？"莫逸风眸色一黯，又问道，"那么……是哪儿来的？"

"那是……"若影刚要说"那是二哥送的啊"，可是话到嘴边又咽了下去。想了想，她随便编了个谎言，"那是我娘留给我的，也不知道她从哪里来的。"

其实她只知道这是她从小戴着的，就是还没有记起究竟从何而来，可是能让她从小都戴着的，不是她母亲传给她的还能有什么原因？

莫逸风心里虽然已经有了答案，可是当若影亲自说出口时他还是忍不住心头一紧。

"你还记得你娘为何去世的吗？抑或她送你这对耳钉时说了什么？"他心头抱着一丝侥幸。

若影微闪目光摇了摇头："那时候那么小，我哪里记得，早就忘了，我只记得从小就被养在香林后山下，其他的我什么都不记得。"

自从那一次和秦万成详谈过后，她知道她不能让任何人知道是他将她养大的，否则对任何人都不利，特别是秦夫人，因为她还没有弄清楚自己母亲和秦万成是何关系，她到底是不是秦万成的私生女。虽然当时秦万成说是帮故人照顾女儿，只承认是她义父，并不承认是她的亲生父亲，可是她心里还是觉得有哪里不对劲。

见莫逸风脸色不太好，她咬唇想了想，无论对谁隐瞒，她都不想隐瞒他，所以终是将这件事情说出了口："其实……我记得是秦铭的父亲秦万成将我养大的，但是他似乎有难言之隐，所以我不想让任何人知道。"

莫逸风微微一怔，反问道："难道你就没有怀疑过他是你的父亲？"

其实对于秦万成抚养若影一事他早就一清二楚，只是若影今日能将自己记得的事情说与他听，他还是有些惊讶。

若影闻言却是笑了笑："他说不是那就不是了。如果他是我的亲生父亲，可是他不承认这件事情，我想他一定有难言之隐，更何况他已经将我养到这么大，而后因为我失忆了才失去了联系，所以他早已尽到了父亲的责任。如果他当真不是我的亲生父亲，他能照顾我这么多年，也实属不易，所以无论是与不是，我都应该感激他不是吗？"

莫逸风一瞬不瞬地凝视着她，再一次忍不住心疼起来。

一直到午膳过后莫逸风都陪着若影，这让若影很是纳闷，若换成平日里，他哪里会这般得空？总觉得他今日怪怪的。

秋千高高飞上半空，又迅速落下，玩了好一阵子之后她心底的疑惑越来越重。当秋千放慢了速度，她脚尖从秋千落地，转头看向站在她一旁的莫逸风问道："莫逸风，你是不是有什么事情瞒着我？或者做了什么对不起我的事情？"

原是一句玩笑话，却让莫逸风脸色一变。

若影的笑容僵在嘴角，缓缓从秋千上站起身，在他离一步之遥站定："到底……发生了什么事？"

莫逸风负手立于她面前紧紧地凝视着她，眉心一直蹙着，身后的指尖早已攥紧了拳头。

时辰应该差不多了……

"三爷，侧王妃，圣旨到了，让三爷侧王妃前去接旨。"就在这时，周福匆匆跑了过来，这时辰果然是吉时。

"圣旨？"若影满腹疑云地望着莫逸风，却见他脸上毫无错愕的神色，仿若这一切他都已知晓。

随着莫逸风一同来到前厅，宣旨公公早已候着，众人也都已跪地迎接圣旨，见莫逸风和若影前来，并跪在圣旨面前，他则缓缓打开圣旨开始宣读：

"奉天承运，皇帝诏曰：

兵部尚书柳蔚之女柳毓璃贤淑大方、温良敦厚、品貌出众，且与朕之三子莫逸风自小青梅竹马，堪称天造地设，乃之良配。为成佳人之美，特将柳毓璃许配三王爷莫逸风为王妃。一切礼仪交由礼部操办，七日后完婚。布告中外，咸使闻之。

钦此！"

一道圣旨，使得若影面色瞬间苍白，瞬间跪坐在地。

七日后完婚？自小青梅竹马堪称天造地设？

转眸看向莫逸风，只见他挺直了背脊静静地听完了圣旨所述的内容，却丝毫没有动容。她以为他至少会说句话，她以为他至少会问宣旨公公为何玄帝会突然赐婚，可是事实证明又是她愚钝了。

只见莫逸风伸出双手举过头顶，竟是毫无怨言地接下了玄帝的圣旨，一句话都没有辩驳。

送走了宣旨公公，若影已经浑身无力，她不相信这一切都是真的，她宁愿莫逸风是有苦衷的。

"为什么会这样？告诉我为什么？"她以为她会很理智地问出口，可是话一出口她才发现自己的声音都在颤抖。

周福急忙带着众人离开了，整个院落只剩下她和莫逸风两人。

莫逸风紧了紧赐婚圣旨，伸手想要去碰触她，她却退后一步躲开了他的指尖。

"影儿，有些事情不是你想的那样，你只需相信我。"他终是上前一步扣住了她的手臂，只想让她知道他不是有心要伤她。

若影闻言奋力地甩开他的手，眼泪止不住地夺眶而出："相信你？赐婚圣旨都在你手上了，你还要让我相信你什么？我也想是父皇强行要赐婚的，你并不知情，并不乐意，可

是我不傻，你刚才接旨的时候连一丝犹豫都没有，一点惊讶都没有，你让我怎么相信你是被逼的？"

见莫逸风抿唇不语，若影缓缓抬手拭去了脸上的泪，低眸自嘲地一笑："瞧我，真是没记性，你是王爷，喜欢谁想娶谁又有谁能干涉？我本来就是妾，你早晚都要娶正妻的不是吗？是我糊涂了。更何况你喜欢她我是知道的，你放不下她我也是知道的，只是……你有没有一刻替我想过？哪怕只是一下，你有没有替我想过？"

明知道柳毓璃伤了她一次又一次，可是他竟然还要娶她，他的心里究竟有多么放不下她？

"有！只是……"莫逸风想要开口解释，可是那些解释在圣旨面前又是如此的苍白。

"有吗？可是为什么你还要娶她？你到底有多爱她？既然这么爱，为什么又要给我放下她的假象？在我以为你心里只有我的时候又要享齐人之福？"她踉跄着脚步转身走向月影阁，这一刻她感觉自己的心像被一只无形的手狠狠地撕扯着，痛得她不敢再往下想。

"影儿！"莫逸风紧走了两步追上她拽住她的手臂，"事情不是你想的那样。"

若影转眸凝视着他，很想从他眸色中找到答案，可是她终究是看不透他。心里乱作一团，却怎么都找不到一丝头绪。伸手将他的手拨开，转身朝月影阁疾步而去。

望着她仓皇的背影，莫逸风的目光渐渐暗淡，指尖缓缓收紧，深深刺入掌心，手臂的青筋清晰可见。

而后的几天若影并没有说任何话，只是每一天都在思忖着，简直像是变了一个人，就连莫逸风前来时她亦是视而不见，只是每到无人之时便会悄悄落泪。

莫逸谨前来看望过她，她却避而不见。

离莫逸风娶柳毓璃过门还有三天，若影在院中之时无意间听到红玉说莫逸风在试穿喜服，一瞬间胸口涌上一股酸涩，却又堵得她几乎喘不过气来。

这几天她想了许多，想起了他曾经的行为，想起了他曾经的话，想起了他后来对她的变化，想起了玄帝对她说的话，想起了柳毓璃和阚静柔对她说的话……

有些事情她必须要问个清楚明白，就算是自我蒙蔽也好，她始终不相信莫逸风会那样对她，她宁愿相信他是有苦衷的。

更何况上一次她因为柳毓璃和莫逸萧而没了孩子，她说过那是最后一次机会，他也答应过她不会再伤她，他亲口答应的话……

雅歆轩

当若影来到门口之时正巧碰到莫逸风将身上的喜服脱了下来，应该是对喜服不太满意，因为他的脸上有些不耐烦。当莫逸风看见若影前来之时先是一怔，而后屏退了所有人，并让宫中的绣娘将喜服也带走了。

"找我有事？"他有些惊讶，亦是心头一喜。

这几天她对他始终置之不理，今天她却亲自来找他，难免让他喜出望外。

"是，我找你有事。"她的视线从绣娘的背影上缓缓收回，抬眸看向莫逸风，蹙眉开口。

"什么事？"他伸手拉住她问。

若影不着痕迹地避开他的拉扯，走到房间内环顾了四周，也不知道在想些什么。就在莫逸风的担忧中，她转眸看向他问道："我来是要问你几个问题，几个困扰我许久的问题。"

"什么？"不知为何，看着她平静的情绪，他心里更是惶恐不安。

沉默片刻，若影深吸了一口气。有些事情总是要面对，有些真相她必须要知晓，哪怕要离开，她也要走得明明白白。

"第一个问题，当初你为什么会把我带回三王府？难道只是看我可怜？但是世上可怜之人不计其数，你为何会将我带回三王府？"

莫逸风脸色微微一变，才第一个问题就已经让他难以回答。

这个问题柳毓璃也问过他，他心里的答案只有一个，可是这个答案又如何能对她言说？

见他沉默不语，若影又道："既然这么难回答，那不如我换个方式问，当初是不是因为柳毓璃与你分离，你因为想要报复她，所以才把我带回三王府的？"

"不是。"莫逸风急忙否认。

若影知道他刚才的回答没有骗她，所以又问道："那么你当初是不是因为我笑起来的样子像柳毓璃，你看见我会想到她才把我带回王府的？"

莫逸风再次沉默。

若影苦涩一笑，这个答案早就在她心里，却是没想到当真如此，原来她从一开始就是柳毓璃的替身。

原本是无需再问下去了，可是她始终不甘心，不愿承认前面所想到的结果。

"第二个问题，我相信你是喜欢我的，可是，你喜欢我什么呢？"她抬眸看他，目光殷殷。

若是他反过来问她这个问题，她只有一个答案：心之所向。

她根本没办法阻止自己的心为他而悸动，她根本没办法阻止自己去喜欢他，只一眼，她便无法再割舍，所以她会包容他的一切，她会原谅他的不得已，可是他不能越过她的底线。

孩子虽然没有了，可是她还是给了他机会，她说过，那是最后一次，哪怕他当时一心

想要救柳毓璃，她也原谅了他那一次。可是他不能一次又一次地利用她对他的信任，她对他的情，不能因为她深爱着他而肆意地践踏她。

"我……"莫逸风支吾着不知道该如何开口。

他到底喜欢她什么呢？连他自己都说不出个所以然来。

若影紧了紧指尖苍白着脸色又问："第三个问题，你是从什么时候开始喜欢我的？"她不相信他从一开始就把她当作柳毓璃的替身，直到现在还是。

莫逸风一瞬不瞬地凝视着她，细细地想着她的话。

他一直以为是因为她是曾经的那个小女孩才喜欢她的，可是后来发现不是，因为当初在以为柳毓璃是那个小女孩时他就已经对她动了心，可是到底是什么时候开始的？他连自己都不知道。

"这些问题都很难回答吗？那么最后一个问题，你只要回答我最后一个问题。"若影颤抖着唇角望着他，若是前面的几个问题他都无法回答，那么只要回答了最后一个问题，她就相信他没有过想享齐人之福的念头，"当初父皇准备给你我赐婚时是不是让我做王妃，而你……请求父皇空出正妃之位让我做了侧王妃？"

莫逸风闻言脸色瞬间苍白："谁告诉你的？"

知道这件事情的除了玄帝、他、莫逸谨、桐妃和阚静柔外就没有旁人了，而这几个人一定不会告诉她这些，除非……

思及此，他目光一寒。

"原来是真的……原来她说的是真的，我一直以为她只是为了达到自己的目的而挑唆，原来一切都是我一厢情愿地在相信你。"她突然失声笑起，觉得自己可笑至极。

就在若影欲走出雅歆轩之时，莫逸风突然从后将她抱住："影儿，当时的确是……我请求父皇，可是我后来后悔了，是我当时没有搞清楚状况，我向你保证，这一次并非是我向父皇请旨赐婚的，真的不是。"

若影没有挣扎，脸上却满是痛苦的神色。

"那你告诉我，为什么父皇会无端地替你和柳毓璃指婚？"她没有回头，只是努力平静着自己的情绪缓缓问着。

莫逸风扳过她的身子凝视着她回道："是前几日父皇得知了当年母妃被人说是出身青楼的真相，一切都是被栽赃陷害，所以父皇也对当年习嫔母女被人烧死在瑶华宫中的幕后黑手产生了怀疑，我不知道父皇有没有怀疑到德妃的身上，可是我知道父皇一定相信了母妃是无辜的，所以才会有此一举。"

"你说父皇终于要替母妃洗冤了？"虽然与容妃从未见过面，可是一个人被自己的丈夫冤枉而饮下毒酒命丧九泉，终是让人唏嘘和难受的。

莫逸风摇了摇头："我不知道父皇是不是准备替母妃洗冤，我只知道父皇现在应该是相信了母妃是清白的。"

毕竟事情过去了十多年，一个女人对于帝王来说根本不算什么，更何况时到今日他也不知道玄帝有没有珍惜过他的母妃。

若影抬眸看着莫逸风，知道他不会拿自己的母亲来欺骗，可是一想到即将入门的柳毓璃，她止不住地心头寒凉："那你呢？终于得到了柳毓璃，终于让她成为三王妃应该是完成了当年的心愿是吗？撇开她是兵部尚书的女儿这个身份，她也是你十多年的青梅竹马，你终于如愿了是吗？"

"我说过，那是以前，后来从未想过。"他紧紧地扣着她的双肩只想让她相信他所说的一切。

"那我再问你最后一次，你是不是早就知道了父皇要给你和柳毓璃赐婚？你明知道她曾经是如何伤我的，为何你还要娶她？你说！"她只想知道真相，不想再活得不明不白。

"我是早就知道了，没有提前告诉你是因为……我不知道该怎么跟你说，至于娶她的原因……"他言语一滞，不知道该如何开口。

若影一瞬不瞬地凝视着他，可终究没有等到自己想要的答案。心一点点地失去温度，就连指尖都阵阵冰凉。

她苦涩地勾了勾唇，转身抬眸望了望湛蓝的天，微启朱唇："初春，真是个娶亲的好日子，恭喜三爷。"

一直以来她所坚守的，终是在他毫不犹豫地接下那道圣旨之下瞬间坍塌。或许老天也在提醒她，有些事情根本不是她该坚持的，毕竟他一开始就不是属于她的，强求的终究不是自己的，只是她一直以为是她的而已。

两位绣娘离开三王府时心里也是浓浓的委屈，一踏出三王府坐上马车就忍不住埋怨起来。

"三爷究竟想要怎样？一会儿说这个不好，一会儿说那里不合适，明明已经很合身了，可总是会挑出各种问题，而且我也是第一次见三爷这般挑剔，更是没见过他会为难我们下人。"

另一位绣娘摇了摇头无奈地道："难道你没有看出来三爷根本不是在挑剔喜服？"

"那为何……"

"他是因为娶柳尚书的千金而心生不满，所以才将气撒在了喜服上。"

"众人皆知得到了柳千金就等同于得到了天下兵权，三爷为何会心生不满？而且三爷从小就和柳千金青梅竹马，即使后来不喜欢了，看在这天下兵权的分上也该欣然接受才是。"

"难道你没有看出来侧王妃过来时三爷的反应？"

那位绣娘先是一怔,而后忍不住掩嘴一笑:"想不到三爷如此惧怕侧王妃,也不知道那侧王妃除了相貌出众之外还有何本事,竟然能让一向不贪恋美色的三爷如此小心翼翼。"

"即使再强的男人,也终究逃不过一个情字。"

很快就迎来了吉日,三王府内外早已张灯结彩炮竹声连连。

由于这一次莫逸风迎娶的是兵部尚书的女儿,所以各部大臣都纷纷前来道喜,贺礼更是堆积如山,小厮忙不迭地来回奔走,丫鬟们更是忙得不可开交。

若影轻轻地倚在不被人发现的角落里,看着如此热闹的景象脸色苍白如纸。

"紫秋,你说我当日与三爷成亲之时有这么热闹吗?"若影悠悠开口,听不出任何喜怒。

"侧王妃……"紫秋转眸看向若影,却不知该如何安慰。

那里是一片喜气,这里是凄清自知,即使是作为旁观者都为此刻的若影而难受起来。

她当时是作为侧王妃被迎娶入门,虽是像正室一般从正门而入,但毕竟因为没有家世而少了许多前来道贺的宾客,自然比不得今日。

若影浅浅勾了勾唇,即使紫秋不说她也知道她根本无法跟柳毓璃相比,一个是兵部尚书的女儿,一个是身份不明的孤女,如何相提并论?

从始至终她都没有看见莫逸风,也不知道他此刻在忙些什么,只是,见与不见又有什么区别?她又舍不得什么?

她要的是两人携手,白首齐眉。如果柳毓璃是他想要的,那么只有她放手了。

一袭白衣一晃,紫秋心头一惊,刚要行礼,却被他伸手示意退下。

"这里风大,怎么不在屋里呆着,一会儿又该得风寒了。"一声熟悉的关切声惹得若影心头一撞,瞬间朦胧了视线。感觉到肩头一重,她并没有回头,只是轻轻抬手拨开了肩上的披风,转身朝月影阁走去。

"影儿。"莫逸风紧走两步站在她面前,伸手紧紧将她拥入怀中。

若影这才发现他现在连喜服都没有换上,而这个时候他应该要出门去柳府迎亲了。

她始终没有开口,只是站在那里任凭他紧紧抱着她。其实她也想要这最后的拥抱,想要最后闻一闻他身上的味道,想要最后感受他的心跳,想要最后听听他的声音。爱一个人自己就会变得无比卑微,她便是如此,只是她的卑微也该到尽头了。

若影缓缓抬起手轻轻环于他腰间,感觉到莫逸风的背脊一瞬间僵硬,她浅浅勾唇,抬眸对上他的视线,果然看见他担忧的目光。

她轻轻踮起脚尖覆上他的唇,而后又缓缓阖上了双眸,触到了他唇畔的冰凉,却又在感觉到他的主动时又放开了他。

"再不去可要误了吉时了。"她强颜欢笑心却一点点撕裂。

莫逸风难以置信地望着她，却怎么都看不透她在想些什么。

"三爷。"周福原本不想打扰他们二人，可是眼看着吉时就要过了，不得已只好上前开了口。

莫逸风最后将唇落在若影的额头，良久终是放开了她。

"不可胡思乱想知道吗？"他扣着她双肩柔声道。

若影莞尔一笑："嗯。"

看着他离开的背影，若影的眸色渐渐黯淡。

他始终都没有告诉她娶柳毓璃的原因，她想或许这是他最后的一丝仁慈，怕她难以接受他是因为始终放不下柳毓璃而做出的决定。

莫逸风跨上马后却仍是心思沉沉，秦铭不由得问道："爷，怎么了？"

"我总觉得影儿有些不对劲。"从他方才见到她时她的反应还是一如往常，可是后来她却变了态度，他当然不会认为是她想通了，但是他始终都猜不透她究竟想着什么。

秦铭转眸看了看门口，终是未见若影的身影，以为她会大吵大闹，可是她却异常平静，这的确让人为之担忧。

不过接触的时间长了之后他也发觉，她越是心里愤怒越是表现得平静，似乎与旁人相悖。

"若是爷不放心侧王妃，属下命人好生看着。"秦铭道。

莫逸风转眸看向迎亲队，这一来一回也确实会耗费一些时辰，心里也着实忐忑不安，所以也就点了头。

永王府

莫逸萧坐在花园中听着不远处传来的锣鼓声，心再也无法平静下来。

她终于如愿嫁给了莫逸风，他也按照当初的约定将她让了出去，虽然这一切并非是出于他直接的关系，可是至少他也为她做了许多违背自己心意之事。

可是为何此刻的心会那么痛，恨不得将其挖出胸口？

他终是比不上莫逸风，终是比不上他。

鸾凤阁一事一定是莫逸风搞的鬼，虽然他没有确切的证据，可是他知道一定是他。在他看来莫逸风并不像表面上那么与世无争，在暗处他究竟隐藏了多少势力，就连他都难以预计，所以这么多年来他最防的就是他。

可是，莫逸风究竟有着怎样的能耐，竟然能在他的眼皮子底下不但换了匾额还让那些漆料变了颜色？一夕之间一个阁楼竟然变得如此金碧辉煌，而且还在朝阳之处印上了天下二字，不但如此，就连笔迹都是他的。

即使将来他当真做了皇帝，莫逸风也会是他最大的隐患。

不过这个假设看来已经不可能了，如今他如同阶下之囚，而莫逸风却已经如愿娶了柳毓璃，坐拥天下兵权。

"四爷，今日天气凉，小心别冻着。"萧贝月拿披风轻轻地披在莫逸萧的肩头。

莫逸萧微蹙了眉心看了看肩上的披风，又抬眸看向她。

从始至终她都没有埋怨过一句，更是没有因为他被禁足而像他其他妾室那样惶恐不安，而是一如既往地照顾着他的饮食起居，每日嘘寒问暖关怀备至。

只是他这几日心烦气躁，所以根本没有将她放在眼里，特别是今日听到那迎亲的锣鼓声，他更是气恼地将披风挥落在地上沉声斥了她一句："走开。"

萧贝月背脊一僵，缓缓拾起了地上的披风递给一旁的侍婢，随后从侍婢的手中接过一壶酒和酒杯后放置在大理石桌上，在他的蹙眉微愕中柔声道："今日天气凉，若是四爷不想回房去就喝些酒暖暖身子。"

莫逸萧缓缓接过她斟满酒的酒杯，望着杯中的倒影微微出神。今日是柳毓璃的出嫁之日，他自然知道萧贝月是为了让他解除心中的烦闷与伤痛才让他饮酒，否则依平日里她就算被斥责多少回都会劝他少饮酒，过量饮酒伤身。

见他不说话，萧贝月以为他是在嫌她碍事，于是福了福身子后欲退下，谁知在她转身之际手臂却突然被他扣住。

"陪我喝酒。"莫逸萧仰头饮下了一杯酒后将酒杯重重置在桌上。

"妾身……"萧贝月欲言又止，片刻后从侍女手中接过酒杯，抬手给两人斟上了酒。

"喝。"莫逸萧端起酒杯凝视着杯身，始终都没有看她一眼。

第50章 无心爱良夜

萧贝月刚举起杯子,他又仰首饮尽了杯中酒。她蹙了蹙眉,一咬牙亦是仰首将杯中酒饮尽。

"第一次知道本王的王妃有如此好酒量。"莫逸萧低低一笑,在萧贝月伸手之际先一步拿起了酒壶,不但给自己斟满了酒也给她再次斟上,"再来。"

萧贝月脸色渐渐泛红,感觉胸口像有火在燃烧,但是见他有了兴致,便也不敢扫了他的兴,于是又将杯中的酒饮得一干二净,只是头脑一下子晕乎起来。

酒过三巡,萧贝月终是醉意朦胧,趴在桌上不省人事。

"既然不会饮酒,又何必勉强自己?"莫逸萧望着醉倒的萧贝月低低一语,随后对伸手的侍婢吩咐道,"扶王妃回房。"

"是。"两个侍婢上前一人一边扶起萧贝月,怎奈她已经烂醉如泥,脚步根本不受控制,而两个侍婢又年纪尚小,没有那么大的力气,所以即使两个人都没有能耐将萧贝月好好地扶去房间。

莫逸萧抿了抿唇,终是上前拽住萧贝月的一只手臂,随后推开侍婢将她往身前一带,伸手揽住她的腰后俯身将她打横抱起。

只听她咕哝了一句不知道什么话,而后便靠在他胸前不再言语。他垂眸望着她的容颜,印象中他是第一次抱她,印象中他从未像现在这般仔仔细细地看她。

只见她娥眉轻蹙双颊绯红,唇瓣不点而朱,脸上未施粉黛却肤如凝脂剔透无瑕,可是她所散发的却是超乎她年纪的成熟气息。

他将她一路抱向房间,引来府中下人们的错愕张望,直到他将她放置在床上,她都未曾醒来,看来是醉得不轻。

唤了侍婢进来后给她更衣,并且让她们去煮了醒酒茶,等她醒来后喝下,也免得因为

醉酒而头痛。

待侍婢们全都出去后，他转眸看了看她，薄唇抿成了一条线，伸手将帐幔放下，随后转身准备离开。

"四爷，究竟我要怎么做你才能喜欢我？"萧贝月的一句话使得莫逸萧顿住了脚步，眸中闪过一道惊愕之色，身子瞬间僵硬。犹豫了片刻，终是轻轻打开帐幔朝内望去，却见她依旧沉睡着，原来方才只是梦呓。

"我真的很喜欢你，你知不知道……"

莫逸萧怔怔地望着她，若不是亲眼听到亲眼看到，他根本不相信这样的话会出自她之口。

她说她喜欢他？只是基于男女之情，并无政治之因。

虽然他不知道她究竟喜欢他什么，毕竟这么多年来他对她算不上好也算不上坏，他更是从未对她用过心，可是此时此刻听到她这么说，他终是心里产生了悸动，一种难以言喻之感油然而生。

抬手抚向她的眉眼，她虽然没有倾城之貌，却也长得较为出众，更何况还是一国公主，有着良好的出身，若是他心里没有柳毓璃，或许她还能让他上心，可是世上没有如果，就算她当真爱上了他，也只能怪她爱错了人。他此生恐怕都无法给她所想要的，而现在，恐怕连他原本可以给她的荣华富贵都难以给予了。

指尖微微一颤，他缓缓收回了手，却在收回之时被她突然扣住。他以为她醒了，却发现她只是又咕哝了一句，随后又沉沉睡去，只是眼角缓缓流淌下了一行清泪。

他本是有着七情六欲的凡人，看到这样的景象又是他的王妃，如何不会动容？

或许是因为她无意间的诉说衷肠，或许是她的眼泪，或许是想到了她以前对他的种种，第一次，他情不自禁地俯首覆上了她的唇。

莫逸谨在三王府中徘徊了许久，终是没有去找若影，在这个节骨眼，他也怕若影会惹下话柄，毕竟今日宾客较多，来来往往无不注意着她的一举一动。

原本他对玄帝突然改变心意有些想不透，可是莫逸风却似乎早已料到了莫逸萧会有今日，但并不是因为鸾凤阁一事。

玄帝是聪明人，到最后一定会看出永王府中鸾凤阁并非莫逸萧所为，因为没有人会沉不住气到做那样的事情，只是玄帝知道他真正想要揭露的并非是莫逸萧的野心，而是想要告诉他，谁才是真正的储君人选，谁才能让朝阳国繁荣昌盛。

作为帝王，不会愚昧到将一个国家交给一个无力抵抗外敌之人，只是这一次这么快让他改变心意还是多亏了苏幻儿道出真相。若是由他将苏幻儿带到玄帝跟前，效果定会适得其反。

只是他千算万算，终是没有算到玄帝会让他娶了柳毓璃。

莫逸谨不懂，莫逸风为何会答应娶了柳毓璃，因为即使没有柳毓璃，那兵权早晚都会到他们手上，只是需要一些时日而已，可是他一旦娶了柳毓璃，若影定会伤透了心。

他坐在东园中，望着尽头处的月影阁，心里忐忑不安。

莫逸风迎亲至半路，转眸望向永王府的方向，对秦铭道："请帖送去永王府了吗？"

"早就送去了。"秦铭回道，犹豫了片刻，又道，"只是现在四爷在禁足，虽然皇上特许他今日可以去给爷道贺，但他心里定然是不痛快的，属下想……四爷今日想必是不会出席喜宴的。"

莫逸风拧了拧眉心，目光一闪，又道："你亲自去请他出席喜宴，就说本王有事找他。"

秦铭微微一愣，随之点头应声后掉转了马头。

柳毓璃坐在花轿内见前方停了下来，微微不安，正当她心头疑惑之时，迎亲队又缓缓前行，她生怕有什么变故，对一旁问道："春兰，方才发生了何事？"

春兰看了看前方忙回道："奴婢也不知道，只是看见秦护卫掉转了马头好像朝永王府的方向去了。"

柳毓璃闻言心头一紧，暗暗嘀咕了一句："去永王府做什么？"

但是好在迎亲队又朝着三王府前去，所以她心里的忐忑也缓缓减轻了不少。

跟随着宫中派来的宫仪嬷嬷，柳毓璃从上轿到下轿，从进王府门到三拜，她不敢有丝毫怠慢，直到她被送入洞房，她嘴角的笑意更是浓了几分。

她总算是嫁给他了，她总算嫁给了自己想嫁的人，从今以后，她总算能将那个女人踩在脚底下了。

一想到这些，她就忍不住地喜上心头。

莫逸风虽然没有看到她的表情，却能知道她此刻的心情，应该是极其痛快的吧？

可是此时此刻，他却想到了他与若影的洞房花烛夜，若不是因为她，他也不会误会若影，更不会因为误会而伤了她，尽管后来她原谅了他，可是他却依旧难掩愧疚之心。

柳毓璃见他坐在她身侧不语，心里喜悦与忐忑夹杂，感觉一阵阵心如鹿撞。

可就在这时，门外突然响起了秦铭的声音："爷，四爷到了。"

"知道了。"莫逸风应声后便站起了身。

"逸风哥哥。"柳毓璃急急开口，却又下意识地因着自己的身份改了口，"三爷。"

莫逸风蹙眉转身淡淡开口："已经入了门，又何必急于一时？"

柳毓璃闻言脸色一白，看似一句宽慰的话，可是在她听来却羞辱至极。听着房门打开又被关上的声响，她的心随之一颤，脸色惨白如霜。

莫逸风让人将莫逸萧带去了书房，房中生了炉火，带走了初春的寒凉，只是房中的两人皆是神色冷如寒冬腊月，前来奉茶的丫鬟放下茶杯后吓得立即退了出去。

"找我来究竟所为何事？难不成是要跟我说你终于得逞了？"莫逸萧端起茶杯凉凉一句，虽当下处于下风，可是看起来依旧孤傲不可一世。

莫逸风轻睨了他一眼，淡淡一笑："四弟觉得三哥需要做那些无谓之事吗？"

莫逸萧背脊一僵。

他的确从来不需要跟别人证明什么，却将所有的事情都掌控于手心，往年的与世无争，不过是为了当下对他的一击即中。他这次的确是输了，可是没到最后一刻，他也不会认输。

"那你来找我做什么？如今我等同阶下之囚，可没有厚礼奉上。"莫逸萧缓缓将茶盏置于桌上，起身准备要离开，却因莫逸风的沉沉一笑而顿住了脚步。

"四弟怎会没有厚礼。"莫逸风缓缓起身走到莫逸萧跟前，见他没有想起什么，他便开口提醒他，"冰蚊针的解药。"

莫逸萧紧紧地凝视着他，方想起若影此时中了冰蚊针，虽然山兰谷的温泉水和莫逸风命人找来的药能缓解病发时的疼痛，可终究是治标不治本，只是他没有想到莫逸风会忍到今日才向他讨要解药。

不过转瞬一想，若是在之前莫逸风开口向他要解药，他自然是不会给的，即使给，他也会与莫逸风谈交换条件，不过他凭什么认为此刻他会将解药双手奉上？

"你都把我的女人抢走了，我凭什么给你？"莫逸萧冷冷盯着他。

原本他想要对莫逸风说柳毓璃已经与他有了夫妻之实，可是他终究不忍心，因为如此一来，她在三王府的日子怕是不好过了。

莫逸风双手负于身后勾唇一笑："就凭你喜欢的女人如今在我手上。"

他知道莫逸萧性子孤傲，此时此刻他只有这样一个筹码。

当初玄帝拿若影的命威胁他娶柳毓璃时，他想要拿出那块免死金牌。往昔他征战有功玄帝赏赐了他一块免死金牌，而莫逸萧则得了封号并且获赐了府邸，当时他心里是不痛快的，一块免死金牌怎比得上帝王的恩宠，一个封号就能抵十块免死金牌，却没想到凭它竟然能救若影一命。

可是他而后一想，却又没有拿出那块免死金牌，因为若影还中着冰蚊针，而解药只有莫逸萧才可能有，哪怕只有一线希望，他也不想放过，所以他只有娶了柳毓璃才能与莫逸萧谈交换条件。

莫逸萧闻言脸色骤然一变，咽不下心头的怒火一把拽着他的衣襟警告："她现在是你的妻子，你想对她做什么？"

莫逸风扣住他的手腕用力一甩，而后理了理衣襟道："你都说了，她现在是我的妻子，你说我对她做什么不可以？"

一句话，使得刚到书房的若影脚步一顿，背脊僵硬。方才听说莫逸萧来了，她担心他会找莫逸风麻烦，在房间呆了里许久始终不放心，所以她才赶了过来，却没想到却是听到

第50章 无心爱良夜 | 293

了莫逸风的这句话，还没圆房他就已经承认了柳毓璃是他的妻子。

莫逸萧气得身子微颤，刚要开口，余光看见门外的一个身影，努力压下心中的怒气，随后轻笑一声道："莫逸风，众人都说我无情，我发现最无情的就是你。"

"哦？"莫逸风微微扬了扬眉。

莫逸萧轻哼一声道："至少我心里只有一个人，而你，表面上对你的侧王妃宠爱备至，可是转眼又娶了自己的青梅竹马，你就不担心你的侧王妃会伤心难过吗？"

"这与你有何关系？"莫逸风转身走向案几，随意翻开了昨日拟好的奏折。

莫逸萧凝视了门外的身影一眼，冷冷一笑："我不过好奇，当初你以为毓璃是你儿时梦中的女孩就对毓璃呵护备至，后来你又认为那若影是那个小女孩而又对她呵护备至，你喜欢的究竟是谁？我相信毓璃与你十年的青梅竹马你对她必定是有感情的，只是那若影……难不成你先是将她当成了毓璃的替身，而后又将她当成了那小女孩儿的替身？想想她还真是可怜可悲。"

莫逸风重重合上奏折，转眸看向他不想与他绕开话题，走到他跟前冷声道："我对谁如何都与你无关，你到底给还是不给。"

若影抬手捂唇，眼泪簌簌落下，踉跄着脚步转身离开了书房，却发现整个身子都开始虚浮。

莫逸风，你怎么可以这么对我？

我为了你甘愿放弃了寻找回去的路，你却只给我留了一条死路。

我为了你甘愿不要正妻的名分，只想留在你的身边，因为相信你是被逼无奈，谁知却是你让玄帝将我从正妻之位拉下做了妾。

我为了你在临走之时仍不放心来看你，你却让我知道这么残忍的真相。

替身……替身……原来她从头到尾都只是一个替身而已。

走出书房院落，她抬眸望向天际，却发现天地都在旋转，身边人来人往，耳边熙熙攘攘，她只觉嘈杂，却听不到一切，看不清一切。

不知不觉脸上、身上滴滴答答落下水迹，再次抬眸，发现天突然下起了雨。

春雨绵绵，情意绵绵，他与柳毓璃才是天造地设的一对，她不过是一个替代品罢了，又有什么资格计较？

可是即使这般安慰自己，为何心依旧痛得快要窒息？

只听轰隆一声闷响，雨开始越下越大，而她已经分不清哪里才是她该走的路。

经过东园，她怔怔地坐到石凳上，任凭雨水将自己淋得湿透，可是身上再冷也比不过她现在的这颗心冷，原本千疮百孔，此时已经开始渗血。

见若影离开后，莫逸萧冷哼一声笑道："解药是有，可是我不会给你，谅你也不敢对毓璃怎样，毕竟她是父皇赐给你的王妃，还是兵部尚书的女儿，你能奈她何？"

莫逸风早知他会如此，倒也不慌不忙，缓步走到一旁坐下，淡淡端起茶杯饮了一口香茶，方言道："你说得没错，她是父皇赐婚，更是兵部尚书的女儿，不仅有着好的靠山，更是满身荣誉，只是如今她既然已经入了三王府，我就有的是办法让她身败名裂。"

莫逸萧先是脸色微变，而后却是笑着摇了摇头："你让她身败名裂，岂不是打自己的脸？毕竟她是你的王妃，是你的新妇。"

莫逸风淡笑着睨向他："不，我会让人打你的脸，让你与她一起身败名裂。"

莫逸萧嗖地瞪大了眸子阔步走到他跟前："你说什么？"

"你若是没做亏心事，又何必这般害怕？"莫逸风抬眸淡淡睨着他，依旧笑得云淡风轻。

莫逸萧张了张嘴，双唇微微颤抖，却始终说不出半句话来。

莫逸风缓缓起身与他四目相对，淡淡勾唇："奏折我都拟好了，到底要不要呈上就看你的表现了。"

莫逸萧心里明白，若是明日宫中来人拿不到有落红的喜帕，以后难以做人的可不是他莫逸风，而是柳毓璃，若是莫逸风再一道奏折呈上，柳毓璃必然会被冠上淫妇的罪名，柳蔚也会受牵连，而兵权仍是落在莫逸风的手上。

当初他并非没有想到这一点，所以他早就想好了对策，洞房之夜他会设计让莫逸风醉得不省人事，而后将有落红的喜帕与之调换，只是他没有想到自己会被禁足，所以一切的计划都没有办法兑现。如今莫逸风这般与他谈条件，就是吃准了他不会弃柳毓璃于不顾。

"考虑好了吗？"莫逸风淡淡开口问他，目光却凌厉如豹。

莫逸萧紧了紧指尖，双颊紧绷咬牙切齿："难道你就没有一点喜欢毓璃吗？难道你娶她只是为了她父亲手上的兵权？或是为了替那妖女拿解药？"

莫逸风没有回答，因为他根本不屑回答他的问题，只是他的目光始终一瞬不瞬地凝视着他，只要他的答复。

莫逸萧亦是紧紧凝视着他，也同时得到了答案。

"我的确有过两粒解药，一粒在我这里，一粒我给了毓璃。"莫逸萧深吸了一口气，终是做了妥协，"但是药不在我身上，明天我会派人送来。"

"不，最迟今夜。"莫逸风轻启薄唇凉凉一句。

他一刻都不能等了，想到十五将至，她很快又要被冰蚊针折磨，他便不能再等了。

莫逸萧凝视着他半晌，不知想到了什么，突然失笑起来："其实你我还真是相像。"

"哦？"莫逸风轻笑。

莫逸萧摇头笑言："原本父皇对我说时我还不信，如今倒真信了，父皇说，人一旦有了情，也就等于有了弱点，也就会无可奈何任人摆布。所以要想不被人利用，就要断情绝爱。不过我终究是没能逃过这七情六欲，所以才会任你摆布。"见莫逸风笑而不语，他冷冷勾了勾唇角低声道，"你也不会例外，只不过如今我不如你风光，所以你才能摆布我，

第50章 无心爱良夜 | 295

若是有朝一日我能翻身，你也会因为你的那根软肋而任人摆布。"

说完，他转身朝着门口而去，打开门的同时他头也不回地丢下一句话："一个时辰内，我会亲自把药送来。"

看着莫逸萧在雨中离开的背影，莫逸风嘴角的笑意渐渐敛去。

人一旦有了情，也就等于有了弱点，也就会无可奈何任人摆布？

他的父皇果然是只老狐狸，懂得如何利用人的弱点，更是一眼能看破对方的弱点究竟为何。

而因为他平日里隐藏得极好，更是故意放出了许多风声，所以玄帝以为他根本无心坐那张龙椅，也就利用了他的软肋让她娶了柳毓璃。不但是因为柳蔚对他有恩，更是因为他现在知道谁才能做这江山的掌舵人。

只是玄帝不知道的是，他后来答应娶柳毓璃的真正意图是什么。

因为下雨，众宾客都在前厅内等待开席，而下人们因为忙着传菜，所以没有人发现如今在东园淋雨脸色苍白的若影。

"侧王妃，奴婢找了您好久，您怎么在这里啊？"紫秋的一声惊呼打破了此时的宁静。她慌忙上前为其撑伞，可是她早已从头到脚都淋得透湿，紫秋忍不住又是念叨起来，"侧王妃快随奴婢进屋去换衣衫，瞧都湿透了，若是得了风寒三爷该责罚奴婢了，侧王妃是怎么了，下这么大的雨竟然也不知道躲雨，难道您忘了上次因为淋雨而高烧不退喝苦药的事了吗？还是快些进屋，奴婢让厨房煮些姜茶。"

若影被紫秋扶起身后愣愣地望着她，紫秋本还想絮絮叨叨地说个没完，可是见她站在原地这般一瞬不瞬地望着她，倒是被她看得不自在起来。

"侧王妃……发生了何事？"直觉告诉她，方才她一定是碰到了什么事，或者想起了什么事，又或者是因为今日是莫逸风娶妻之日，她心里难受，所以才在这里寻个清净，只是突然下起了雨，她一时想得出神才忘了回去。

若影看着她关切的神色，鼻尖一酸，顾不得此刻衣衫湿透便朝紫秋扑了上去紧紧地将她拥住。

"紫秋，谢谢你，谢谢你一直陪着我。"她哽咽地说着，眼泪再一次滑落。

在整个王府，或许只有紫秋才是真正心疼她的人，此生有这么一个体己的人，是她的福分，只是她们的主仆之情要就此做个了断了。

"侧王妃……"紫秋因为若影的反应而为之一惊，"别难过了，咱们先换衣服好不好？身子是自己的，可要好好照顾着，否则咱们拿什么去和那姓柳的斗？以后的日子还长着，无论如何，奴婢都会帮着侧王妃的。"

斗？

若影苦涩一笑，只可惜她连斗的力气都没有了。

自从中了冰蚊针，若影的身子较之往常羸弱许多，所以淋雨之后她便开始发起了高烧，莫逸风立即命人冒雨请了大夫，也顾不得宴席中的宾客，一直守在若影身侧，直到大夫说因为受了凉又得了风寒，只要服用几服汤药便可痊愈，他这才想到了前厅中的宾客，于是吩咐秦铭让莫逸谨代为陪同宾客饮酒。

宾客得知此事皆是一阵唏嘘，没想到一个毫无身份的侧王妃在三王府的地位竟然能高过身为兵部尚书之女的正王妃，也幸亏此时柳蔚正在自己府上办酒席，否则定然觉得脸上无光，也绝不会这般轻易放过莫逸风。

而此事也很快传到了柳毓璃的耳朵里，结果可想而知，柳毓璃气恼得扯下了红盖头一把摔在地上。

"王妃息怒。"春兰急忙拾起了地上的红盖头小心翼翼地站在她身侧劝慰，"王妃还是将红盖头戴上吧，若是三爷知道了会生气的，那若影再有本事也不过是侧妃，将来王妃有的是时间让她懂得规矩。"

柳毓璃气得身子发颤："懂规矩？三爷都没让她学规矩我又能奈她何？一个女人要的就是男人的宠爱，只要有了男人的宠爱，她就算上房揭瓦都没人敢说一句。"

"三爷只是因为她病了才过去的，一会儿三爷就会过来了，毕竟今夜才是三爷和王妃的新婚夜不是吗？"春兰战战兢兢地说道。

柳毓璃走到门口透过那一层薄纱望向窗外，除了扰人心神的雨，哪里有莫逸风的身影。

"那妖女分明就是故意的！趁着我与三爷的新婚夜，她就让自己淋病了博取三爷的同情，说不定这是她早就计划好的，妖女！"她咬牙切齿地望着窗外声声咒骂，恨不得现在就去将若影撕碎了。

春兰看着柳毓璃因为愤怒而扭曲的容颜，吓得再也不敢多说一句。

月影阁
莫逸风望着躺在床上双颊因为生病而绯红的若影心始终紧紧揪着。

明明心里难受，她却对他强颜欢笑，明明中了冰蚊针，却因为怕他担心和自责而隐瞒着，明明渴望自由，却宁愿陪他待在这个了无生趣的王府中。

他亏欠了她许多，却始终找不到偿还的方式，而这一次总算替她拿到了解药，她却又将自己弄得这般狼狈，若不是他准备去东园散心，也不会发现被紫秋扶着东倒西歪的她。

伸手将她的手执起包裹在手心，心再次阵阵抽搐。

她不想让任何人看见她真正的情绪，却总是选择这种自伤的方式。

紫秋煎好药之后立即送了过来，莫逸风将她扶起后亲自给她喂药，谁知她刚喝完药，就猛地呕吐起来。紫秋吓得忘了动弹，只是怔怔地望着被吐了一身的莫逸风。

　　"去打盆水。"他没有紫秋预想的恼怒，而是低声吩咐着，仿若怕将她惊醒一般。

　　"是。"紫秋应声后急忙转身走了出去，又很快端着一盆温水跑了进来，将锦巾拧干后跪在地上准备给莫逸风擦拭他身上的喜服，毕竟这套喜服是不能换下的。

　　谁知她刚伸手过去，莫逸风便立即将锦巾接了过去，轻轻给她顺了顺背脊后用锦巾替她擦拭着嘴角，并且吩咐紫秋端来温水让她漱口。

　　若影病得迷迷糊糊，只知道有人吩咐她做什么她便做什么，而后便感觉身子软软地被放在床上并盖上了被子。

　　安置好若影后，莫逸风伸手擦了擦衣摆上的污迹，并且命人清理了地上的秽物。

　　对于眼前的莫逸风，紫秋疑惑丛生，却始终不敢多言。

　　"三爷，时辰到了。"门外响起了喜娘的声音，最终还是到了莫逸风与柳毓璃去洞房的良辰。

　　莫逸风转眸看了看沉睡中的若影，轻叹一声后吩咐紫秋好生照顾着她，随后走出了月影阁。

　　听到房门再次被关上的那一刻，若影的睫毛微微一颤，却依旧轻阖双眸。

　　时间一点点流逝，房中寂静无声，因为若影素来不喜欢紫秋在她睡着的时候近身伺候，所以此时此刻房中只有她一人。

　　她努力支撑起身子从床上坐起，头依旧昏昏沉沉，因为之前吐得厉害，此时此刻几乎已经没有力气下床。可是她只有趁今天这个机会才能离开，所以她根本没得选择。

　　晕眩之中，她跟跟跄跄地披上外衣走到衣柜前，可是她发现在这里根本没有属于她的东西，身上穿戴的都是莫逸风给予的。但是此时此刻她已经顾不得许多，收拾了几件衣服，带上了几张银票将包裹扎紧。

　　正当她整理一下准备离府之时，门外突然响起了微微急促的脚步声。若影心头一急，立刻跑到床边脱了鞋和外衣躺了回去。

　　门吱呀一声被打开，一阵熟悉的气息扑鼻而来。

　　若影心头猛然一撞，不敢相信他会在洞房之夜回来。若不是从小训练有素，她定然会忍不住哭出声来。

　　"影儿。"莫逸风轻轻地唤了她一声，见她没有反应，便从桌上拿来一杯温水并将她从床上扶起。

　　正当她心头疑惑之时，口中突然被他塞入了一粒药丸。她不知道究竟是什么药，但是她已经毫不畏惧，即使是死又如何？

　　感觉到杯沿抵在她唇上，有温水缓缓灌入她口中，她和着温水将药吞了下去，可是嗓

子却干疼得要命，忍不住剧烈咳嗽起来。

莫逸风放下茶杯轻轻给她顺着气，也不知是因为心里委屈还是因为身体不适，她一边咳嗽一边眼泪流了下来。

"没事的，好好休息一晚，明天就好了。"他的唇抵在她的额头沉声宽慰。

若影心头暗笑，的确没事，到了明天，一切都会好了。

浑浑噩噩中，只听门外又一次响起了人声，她已经分不清是谁，只知道莫逸风将她放下去后帮她盖好被子，随后走出了房门便再也没有回来。

明明说好了放下一切，可是她还是不争气地低低哭出了声。

亥时

若影已经梳妆扮成了丫鬟的模样，原本想要拿包袱，可是又怕会惹人怀疑，所以她干脆只拿了几张银票，随后在烛光摇曳中，她将那封信放在了烛台边，最后看了看这间她住了一年多的房间，转身离开了月影阁。

因为今日是大喜之日，每个人都忙碌了一天，直到不久前大家才歇下，所以她一路上都十分顺利，顺着抄手游廊来到大门口，门丁将其拦了下来，或许是老天都在助她，今日下雨，天色灰暗，所以借着未落的灯火他们只看到一个丫鬟打着伞欲出门，根本不知道眼前的人就是三王府的侧王妃。

"这么晚了要去哪儿？"门丁打着哈欠问道。

若影低着头道："侧王妃服了药之后又开始发起了高烧，所以三爷让我再去请大夫前来瞧瞧。"

两个门丁闻言面面相觑，而后打开了门让她走了出去。

若影刚踏出府门，他们二人忽而轻笑着议论起来。

"三爷都把兵部尚书千金娶到手了，竟然还对侧王妃这般上心，而且今日还是三爷和王妃的洞房之夜，三爷果然是三爷，这个时候都能把两边也摆平了。"

"可不是嘛！若是我有两个娇妻，也不知道该怎么办才好。"

"所以说咱们没有那个命，也只有羡慕咱们三爷的份。"

听着他们一人一句地议论着，若影的心里苦涩连连。

他们说得没错，莫逸风的确是有那个本事，否则她方才也不会因为自己生病莫逸风关怀备至而心生不舍，所幸她最终还是做了决定，以后他也不必再费那心思，他可以一心一意地对待他爱了十年的人。

雨淅淅沥沥地打在她的油纸伞上发出叮叮咚咚的声响，可是每一下都似乎敲击在她的心头，痛得她不能呼吸。

此时大街上空无一人，她一个人犹如幽魂一般游荡着，这天下之大竟然没有一个她的容身之处，因而她只想走得越远越好，远离他的世界。

莫逸风回到新房之中时难掩心情的烦闷，方才听秦铭说玄帝派了人前来给他们守夜，要到明日拿到了喜帕之后才离开。玄帝终究不相信他是心甘情愿娶了柳毓璃，方才他待在月影阁之事也一定早已传到了他的耳朵里。

不过这样也好，至少他不会认为一切的一切都是他蓄意而为之，玄帝越是认为他无心于帝位，就越是对他有利。

可是坐在新房之中，莫逸风始终不放心月影阁中的若影，因为她方才的反应太过反常，刚才他在门外之时明明看见一个人影一闪而过。

即使没有进去他也分辨得出那是她，她的身形他再熟悉不过，当他进入房间时，看见那双凌乱的鞋，还有那件原先整齐地摆在衣架上，后来被随意甩在衣架上的外衣，他便能肯定她并没有睡着，只是她不想睁开眼看见他罢了。

也不知道她服用了那粒解药之后会如何，此时此刻她又是否已经安然入睡，很快又要到十五，也不知她的毒性是否真的能解。

"三爷。"柳毓璃见莫逸风一直坐在屏风后的桌前，神色恍惚也不知道在想些什么，忍着心头的怒气走到他跟前，"天色不早，妾身伺候三爷早些就寝。"

莫逸风拧了拧眉为自己斟了一杯茶，淡声道："你先睡吧。"

言语中不带任何一丝情绪，但是从他清淡的态度上她也知道他并不想与她过洞房花烛之夜。

柳毓璃心头一紧，脸色白了白，虽然此刻她也不想与他有夫妻之实，毕竟自己已非完璧之身，在他这般清醒之下必定会被知晓真相，但是当他的态度摆在眼前，她的胸口还是忍不住怒火上蹿。

她原本以为他今日会喝得酩酊大醉，谁知道那女人今夜明摆着与她对着干，竟是故意将自己弄病了，而后将他从她身边三番两次夺走。

这样的奇耻大辱她怎能忍受？

见莫逸风没有要就寝的意思，她莞尔一笑从一旁取来一壶酒和两个酒杯道："既然三爷还不想就寝，那妾身就陪三爷喝几杯，等到乏了再去床上歇着。"

莫逸风闻言转眸凝视着她，虽是不言不语，却好似将她看了个通透。

柳毓璃心虚地目光微闪，努力掩去那些许的不自在斟满了两杯酒，一杯递到莫逸风面前，一杯拿在自己手中道："妾身敬三爷，恭喜三爷。"

"恭喜什么？"莫逸风抬起酒杯笑问，笑容不达眼底。

柳毓璃心头一颤，随之从容淡笑："恭喜三爷也恭喜妾身，十年的感情终成眷属。"

"十年感情？"莫逸风端起酒杯凝视着杯面轻笑，"本王的十年感情似乎是错付的。"

柳毓璃再如何从容，听到他这番言语亦是难掩手中一颤。

轻轻放下酒杯后拿起锦帕拭去手背上洒落的酒液，沉默片刻苦涩一笑："三爷认为是

错付,可是对于我而言,的确是付出了十多年的感情,我爹是兵部尚书,想要娶我之人不计其数,前来提亲之人更是络绎不绝,可是我只想嫁给三爷。"她微微一顿,见莫逸风将杯中酒一饮而尽,便又为其斟满,随之又道,"无论以前发生过什么,毕竟已经是过去的事情,从现在开始你我已成夫妻,所以我会珍惜这段夫妻的情分。"

莫逸风抿唇不语,双眸望向窗外,听着淅淅沥沥的雨声,眸色深远。

柳毓璃见他没有饮酒但也没有要离开的意思,心中纳闷之时也是松了一口气,只要他不踏出这个房门,她便能免于成为整个三王府的笑话。

就在她庆幸之时,莫逸风突然转眸紧紧绞着她的目光。

"三爷……"柳毓璃不知道他意欲何为,但是终究是心底害怕。

莫逸风勾唇一笑:"今日是你我良辰,当真是不能虚度了。"

柳毓璃闻言双颊绯红,心狂跳不止,虽然没有想明白为何他会突然改变了主意,但是紧张的情绪贯穿了她整个身子。可是,当她随着莫逸风来到床前之时,突然脸色一变顿住了脚步。

抬眸看向莫逸风,他始终神清气爽,没有一丝醉意。

这怎么可能?她方才明明已经在他的酒杯上涂了紫星草,他怎么没有像上次那样醉去?

"怎么了?莫非是身子不适?"他似笑非笑负手凝视着她。

柳毓璃青白着脸色望着她,讪讪一笑:"妾身……没有身子不适。"

她颤抖着双手摸到衣襟处,却是怎么都不敢将衣服脱去,若是让他发现她早非完璧之身,定然会将她弃如敝屣。思及此,她恨透了莫逸萧,不但没有帮上她的忙,还夺走了她的完璧之身,导致她今夜进退两难。

莫逸风一声轻笑后上前道:"既然没有身子不适,那王妃就别害羞了,春宵一刻值千金,莫要虚度良辰吉时。"他见她依旧支吾着没有动作,便又道,"王妃既然羞于宽衣,那便让本王替王妃效劳。"

话说着,他突然伸手过去,吓得她惊呼一声跌坐在床上。

莫逸风勾唇一笑淡淡转眸扫向门口,见门外的两个宫中派来的嬷嬷窃窃私语了几句,而后悄悄离开了。转眸见柳毓璃惊慌失措地紧咬着唇拽着衣襟不肯放手,他缓缓敛去了嘴角的笑容。

"看来你如今是不愿意嫁给本王的。"他轻启薄唇冷冷一语,惊得柳毓璃蓦地起身拽住莫逸风:"三爷,不是的,我从来只想嫁给三爷,只是……只是妾身今日身子略有不适,所以不能侍奉三爷,还请三爷恕罪。"

为今之计她只有用缓兵之策,哪怕今日没有与他燕好,而来日方长,她就不信不能设计让他误以为是他破了她的完璧之身,若是今日与他燕好,那么她就当真再也没有以后了。

莫逸风冷冷凝视着她,突然扬手将她甩开,她再次重重摔在床上,眼泪决堤而下,而她心里更是慌乱不堪,就怕他从今以后都不来她房中。

她从床上坐起,泪眼横秋地望着他满脸的委屈:"三爷,妾身真的是身子不便,过几日一定会加倍侍奉三爷,求三爷不要生毓璃的气。"

看着她一身喜服哭着求他,他的脑海中突然闪过那一夜,他误以为若影为了逃离他身边,先欣喜地接下圣旨,而后又趁乱逃走,他一时怒火蒙蔽了理智,竟是将她伤得体无完肤。

这一刻,他恨不得将她千刀万剐,可是他知道还不是时候。

转身正要离开,柳毓璃再次将他拉住并提醒道:"三爷,今夜三爷若是出了这个房门,妾身以后如何做人?更何况皇上已经命人看着,只要有个风吹草动连累的可是整个三王府。"

"那依王妃的意思又该如何?"莫逸风不疾不徐地问她。

柳毓璃话语一滞,张了张嘴,终是无法说出口。

莫逸风低声轻叹:"也罢,王妃刚到三王府,虽然是洞房花烛夜,但是你身子不便本王也不能强求。本想着去侧王妃那儿,但正如王妃所言,这以后王妃该是难以做人了。"柳毓璃刚心头一松,却又听他言道,"你先睡下,我不出这个门便是。"

"三爷不睡吗?"柳毓璃红着脸低声问。

本想着趁他熟睡之时她再用那药,再在他醒来之前将喜帕染上一滴血,谁料他竟然没有要与她同床共寝的意思。

莫逸风看了看她低声一叹:"本王也想,只可惜美人在怀却不能碰,不是在考验本王的能耐?王妃还真是高估了本王。至于那块喜帕……本王会处置。"

柳毓璃面色一红,再也说不出任何话来。

子时

柳毓璃已经熟睡,莫逸风坐在桌前端详手中的同心结许久,终是将其藏于袖中。平日里他都佩戴在身上,可是今日为了防止旁人对若影有所议论,所以才没有佩戴在腰间。

抬眸望向门口,听得外面再无动静,想来守夜的人也已经睡了,于是他从椅子上站起后转身来到床边。

月夜中,莫逸风顺着回廊避开巡夜的护卫来到月影阁,见房中仍是亮着烛火,他悬着的心终是缓缓落下。

也不知从何时起,她在他心里竟然已经这般重要,娶妻纳妾对一个王爷来说乃再正常不过之事,他却一直担忧着她,因为她今日实在太过反常,让他不得不多想。

门外没有人,想来又是她体恤下人将他们全都遣了下去安置了。

他径直推开了房门,见帐幔仍是落下的,里面似乎没有任何动静,想来她已经睡下了。

淡淡勾起唇角放轻了脚步走了过去,可是,当他打开帐幔的那一刻,他整颗心又提了上来,哪怕是视线所到之处均没有看见她的身影,他依旧还是环顾了整张床,甚至将被子

用力掀起。直到确定她确实不在床上，他方转身走到房间中央里里外外地检查了一遍。

他以为她只是听到了他过来所以就躲起来了不愿见他，谁知四处都没有她的身影。

"来人。"他终于忍不住大喝一声。

睡在内阁的紫秋闻声披了外衣就跑了出来，见莫逸风突然出现在此，惊愕的同时立即行了个礼："三爷。"

"侧王妃呢？"莫逸风绷着脸怒问。

被他一吼，紫秋的睡意顿时全无，怔怔地望向床榻道："侧王妃早就睡下了。"

见莫逸风神色不对，她心中不祥的预感汹涌而上，跟跄着脚步忙跑到床榻边，打开帐幔一看，发现根本没有若影的身影，这下可把她吓坏了："怎么会……侧王妃明明是睡在床上的，怎么突然不见了？"

莫逸风再也不敢耽搁，立即走出房门命人在府中四处寻找。

"三爷。"就在他欲带人四处搜寻之时，紫秋发现了烛台边的书信，看字迹分明就是若影所写。

莫逸风慌乱地回到房中打开书信，看着泪迹斑斑的信笺，指尖不着痕迹地一颤。

这信笺不是别的，正是休书，虽然她极力模仿了他的笔迹，可是他还是能看出这是她亲自所书写的：

莫氏若影，有夫莫逸风，因其终日善妒、口多言、并此生无所出，故立此休书休之，此后各自婚嫁，永无争执。恐后无凭，自愿立此文约为照。立约人：莫逸风，玄帝二十一年。

最后还有他的印章和落款。

这一刻，他眸色禁不住猩红，身子骤然一晃。

就如他所预料的，她没有表面看起来的那么坚强，她还是忍痛离开了他，明明心里难过，却还是在他面前强颜欢笑，为的只是不让他有所怀疑，而后逃离这个让她不愿接受的现实。

他苍白着脸色转身紧紧攥着这一纸"休书"，正欲出门去寻她，谁知在他转身时袖内突然掉落出她亲手编织送予他的同心结，这一刻，他的心疼痛不堪。

他以为自己会像以前那么愤怒地将她抓回来，可是这一次，他却只是转身打开灯罩，随后将"休书"点燃。看着手上的火光，直到指尖被烫痛，他才将最后一丝灰烬撒在空中，仿若这张休书从未有过。

没有他的允许，她休想离开，没有他的允许，谁也不能将她从他身边夺走。

雨夜下，莫逸风带上了三王府所有的侍卫穿梭在大街小巷，就连那些隐卫都尽数出动，而他怕马走得急，他查得不够细，所以便下了马一处处地去寻，顾不得身上已被雨水淋得透湿，他凌乱的脚步出现在了每一个她可能藏身的角落，却怎么都找不到她的踪迹。

雨越下越大，莫逸风终是红了眼眶。

影儿，不管你去了哪里，哪怕是掘地三尺，我也终会将你寻回，只许你做我的妻。

番外

雨势越来越大，打在脸上发出噼里啪啦的响声，就好似有无数双手在掌掴，火辣辣的疼，雨水冲击着双眼，刺痛不堪，让人难以睁开去辨别方向。

莫逸风紧绷着面容眯眯凝视着四周，心好似被一双无形的手抓着，窒息感越来越强烈。

影儿，不要离开我，请再给我一点时间。

"爷，不如您先回府吧，属下继续去找，说不定侧王妃根本就躲在府上某一处。"秦铭的声音伴着雨声传入莫逸风的耳朵。

莫逸风紧绷着面容没有开口，只是又继续朝前寻找，不敢遗漏任何一个角落。

就在这时，远处传来阵阵脚步声，由远及近来了几十人，待秦铭看清来者何人时，顿时面色黑沉不堪。

"下官见过三爷。"来人是柳蔚的亲信，也是他的义子柳崖。

莫逸风紧抿双唇收回视线正要转身，柳崖立即将他唤住："三爷，义父知道三爷心系侧王妃的安危，所以特命属下前来帮衬三爷，只是今日是您和三王妃的新婚夜，所以这寻人之事还是交给属下吧，雨这么大，若是三爷因此惹了风寒，王妃会担心的，义父也会责备属下没有劝阻三爷。"

"滚。"莫逸风紧攥着拳低声斥了一句。

柳崖听得不是太仔细，疑惑地抬眸凝视着莫逸风，岂料下一刻就被莫逸风大吼了一句："滚开！"

秦铭亦是惊得浑身一颤，转眸看向柳崖，他虽然愣了一下，可是并没有大惊失色，而是沉了沉气后抱拳躬身退在了一旁，视线朝某个地方瞟了一眼，虽是转瞬之间，却被秦铭看在眼里。

果不其然，柳蔚不知道从何处冒了出来，身边还带着另外两名亲信，走到莫逸风跟前后抿了抿唇，虽然已经是莫逸风的岳父，却还是对莫逸风抱拳躬身一礼，而后言道："三爷，您该回去了，毓璃还在王府等着三爷回去呢。"

莫逸风指尖骤然一紧，手臂上青筋毕露，浑身骤寒，然而他却只是紧绷着面容并未大吼，而是目光凌厉径直越过他朝前走去。

秦铭凝视了柳蔚一眼，黑夜中，他仍能看见柳蔚面部抽搐了一下，眸色中透着一抹杀戮之气。

待莫逸风一行人离开后，柳崖走到柳蔚身侧，黝黑的双眸看不清一丝情愫。

"小畜生！"柳蔚紧咬着牙根从齿缝中蹦出一句话。

柳崖心头一颤，立即朝莫逸风的方向望过去，幸亏雨势较大，所以并未被莫逸风发现，否则也不知道会发生什么事情。

不过而后一想，若是莫逸风当真要发怒，也不会在方才隐忍而去。

他是强大的，能忍人所不能忍，而现在看似大权在握前途一片光明的柳蔚怕是将来不是莫逸风的对手。

"你很欣赏他？"

柳蔚的声音伴着雨声低沉传来骤然拉回了柳崖的思绪。

"没有，义父。"柳崖恭恭敬敬地站在他面前道。

"哼！"柳蔚低哼一声，"最好别让我知道你存有背叛之心，否则……"

未等柳蔚警告，柳崖急忙言道："义父，儿子永远都不会背叛义父，当初若不是义父收留，儿子早已死在乱刀之下，又哪有儿子的今天？"

"你知道就好。"柳蔚话说完，便欲拂袖而去，却在转身之际突然想起了什么，再次提醒道，"你继续找，城内找不到往城外找，若是找到了，立即将她杀了。"

柳崖垂首抱拳："是，儿子谨记。"

看着柳蔚离开，柳崖方挺直了腰杆，看着他离开的方向抿了抿唇，而后带着人朝城外找了过去。

若影颤抖着身子走在没有行人的路上，离三王府越来越远，转身看去，发现三王府已远到她分不清究竟是在哪个方向。

再次转身之时，双眸一片朦胧，感觉有温热滑下，却又在一瞬间被雨水冲刷，分不清脸上的是泪还是雨，只知道心口撕裂地疼着。

她知道这一切都不能怪莫逸风，他有他的重担，不能只顾儿女私情，可是她有她的底线，无论是这辈子、下辈子、下下辈子，她都做不到与人共侍一夫。

她的坚守，是时候放手了。

莫逸风，希望我们此生无缘来生再见。此生若是再相见，她不能保证自己会放过他。

心里一遍又一遍说着狠话，却发现痛的是自己的心。

抬手擦干脸上的雨水，即使擦之不尽，她亦想要看清楚前面的路，跪着也要将其走完。

黑暗处，一个小护卫看着朝城门外跌跌撞撞走去的身影惊道："大哥，这好像是侧王妃。"

柳崖立即抬手命其噤声，眸光扫了四周一眼，发现其余的护卫都在朝别处搜寻，便对小护卫道："是吗？我看着不像，想必侧王妃还在城内，不如你我再回头找找。"

"可是这明明就是……"小护卫见柳崖不相信他，显然有些急了，不过下一刻，柳崖朝他凝视了一眼，他愣怔片刻后立刻会意，再次看了看不远处的娇小身影后小声笑言，"大哥宅心仁厚，小弟明白。"

柳崖看着若影离开的背影，眸色深远。

若是让柳蔚的人知晓了若影的行踪，她怕是难以活过今夜，若是他们去告知莫逸风，他们二人便难以活过今夜，因为柳蔚也绝不是省油的灯。

新房门口，柳毓璃的双眸紧紧凝视着前方，牙根咬得面部轮廓清晰，眸色中透着浓浓的戾气，指甲深深嵌入掌心。

"三爷还没回来？"明知道答案，可是她终究还是不甘心。

春兰怯生生地偷望了她一眼，而后小心翼翼道："奴婢再去府门口看看，说不定三爷回来了。"

"既然你觉得回来了，又何必去府门口看？"柳毓璃压低着声线怒斥。

春兰惊得浑身一颤，立刻道："是是是！奴婢去看看三爷是不是正在走过来见王妃，奴婢去恭迎三爷。"

柳毓璃再次紧了紧牙根，满脸阴郁地看着春兰，直到她娇小的身影离开了视线。

紫秋从外面回来时已经全身湿透，她怎么都不敢相信她的主子就这么离开了，可若是要离开，为何不带上她？她们主仆二人不是说好了永远都不分开的吗？

没有一个人会像若影对她那么好，从未把她当奴才，什么心事都会向她诉说，亲得就跟姐妹一般。可是今夜若影竟然就这么离开了，她怎么找都无法找到。

一开始她心里有埋怨，可是后来她明白若影的感受，像她那般心高气傲又独特的女子，又如何能受得了这样的屈辱？若是正妃换成别人也就罢了，可偏偏是柳毓璃，那样将来的苦日子不难想象。

只是如果若影是有人照顾着离开她也就放心了，偏偏不是，或者是她也不确定是不

是。

"紫秋，下这么大的雨，做什么到处乱跑？"周福正在派人到处找寻若影，所以也顾不得别的奴才，看见紫秋这般狼狈地回来，不由得心里有些烦躁。

"周叔，侧王妃还没有回来吗？"紫秋顾不得周福恼怒的容颜，上前便开口相问。

"没有，你明知道侧王妃的性子，今夜也不知道看着侧王妃，现在府上的人都出去找了，你也别瞎折腾了，下这么大的雨别又淋病了，到时候可没人照顾你。"周福虽然训着紫秋，最终还是不忍看着她这般狼狈。

如今若影不见踪影，柳毓璃成了三王妃，紫秋又是若影的贴身奴婢，也不知道柳毓璃会怎么对待紫秋。今夜是柳毓璃的新婚夜，莫逸风又不管不顾地在外寻找，若是若影不回来，莫逸风不护着原先侍奉若影的那些奴才，说不定紫秋会成为柳毓璃发泄的对象。

紫秋知道周福是为她好，可是如今她又怎能安心地留在府上等待消息？若是她今夜能留个心……就算不能阻止，她也可以跟随主子离开，以后也能照顾着她。

"我再去找找。"紫秋颤抖着双唇失魂落魄地转身朝府门口而去。

"回来！"周福想要去阻拦，可是她已经跑得没了踪影。

紫秋跑到大街上，到处是三王府的人，可即使是这么多人在寻找若影的踪迹，她还是不放心，心里矛盾不堪。她希望他们能找到若影，又害怕被他们找到。若是若影再回到三王府，一定受不了那一份煎熬，因为府上有柳毓璃。所以她希望是她找到若影，这样一来，她就可以继续跟随若影这个主子了。

天色越来越暗，雨越下越大，她越寻越远，四周只听得雨声，却怎么也看不见那抹熟悉的身影。

"紫秋。"一道声音来自她身后，她转身望去，是秦铭，只见他疾步而来，看见她狼狈的模样微微拧了眉心，"做什么到处乱跑？别到时候侧王妃没有找到你也走丢了，这么晚了若是遇到了歹人怎么办？"

"遇到歹人？"紫秋心头一惊，"那侧王妃怎么办？她会不会遇到歹人了？我要去找她，我要去找她……"

秦铭见状急忙拽住她手臂："放心，我们会找到的，你先回去。"

"不，我不回去，都是因为我的粗心大意才把侧王妃伺候丢了，若是我能留个心，侧王妃就不会不见了，就算真的不见了，也一定会带上我的。"紫秋一边说着一边失声哭了起来，心里害怕极了。

秦铭看着她这般模样，心里也不是滋味，见她哭个不停，不由自主地上前将她揽进怀中安慰："别担心，会找到的。侧王妃离开跟你没有关系，你不必自责。"

紫秋哭着点了点头，此时秦铭的言语和温度无疑是她心中最大的安慰。

秦铭将身上的蓑衣披在紫秋身上，紫秋缓过神来后不由得愣忡了片刻，抬眸看着他，一阵暖意缓缓涌上心头。

"秦铭，侧王妃真的会没事吗？"紫秋哑声问。

"一定会没事的，侧王妃吉人自有天相。"秦铭道，见她冷得瑟瑟发抖，他微微拢了拢披在她身上的蓑衣道，"快回去吧，别到时候侧王妃回来了你却得了风寒，侧王妃那么疼惜你，定然会心疼的。"

一听秦铭这般说，紫秋更是泪如雨下，秦铭知道触及了她的伤心事，只得再次将她揽入怀中拍着她的背脊不停安慰。

紫秋觉得在秦铭怀中特别的安心，即使在这寒冷的雨夜中，她颤抖的心也被他逐渐抚平。可是，就在这时，她感觉秦铭的手臂突然一僵，待她抬眸看向他时，只见他错愕地看向她身后。

"怎么了？"紫秋疑惑地朝身后看去，当看见那一抹即使在黑夜中也俏丽夺目的身影时，脸上骤然褪去了血色。

苏幻儿？大雨磅礴三更半夜，她为何会出现在这里？

秦铭缓缓放开紫秋后朝苏幻儿走了过去，原本感觉到暖意的紫秋一瞬间周身骤寒。

"你怎么在这儿？"秦铭略显局促地问苏幻儿。

苏幻儿的眸光淡淡扫了紫秋一眼，伸手将伞递过去一些为他遮雨，而后柔声笑言："就许你们在这儿不许我在这儿了？"

秦铭转眸看了看紫秋，支吾道："不、不是，是因为……"

"是因为你们的侧王妃不见了，所以你们双双出来相寻？"苏幻儿这般说着，嘴角笑容依旧。

秦铭刚点了点头，又发现她说的话哪里不对劲，看着她浅笑的双眸，他急忙解释道："不是的，是因为刚才……"

苏幻儿掩唇轻笑而后轻叹一声道："瞧你紧张的，我又没说你什么，你们的主子不见了，就算一起出来寻找也是理所应当的，更何况紫秋还是侧王妃的贴身丫鬟，与侧王妃的感情更胜于你们，侧王妃失踪，紫秋比你们都难过，而你正好看见了安慰也是情理之中的。"

秦铭听着苏幻儿的话，心口不停地撞击着。

不知道为何，每一次看见她总有一种不一样的感觉。

紫秋原本想要走上前，可是这一刻她是怎么都跨不出一步，秦铭的眼神看得她心头像被针扎锥刺，再也无法冷静地在此处逗留片刻。提了提身上的蓑衣，原来幸福可以来得那么快也可以走得那么快。

柳毓璃坐在房中整夜未合眼，一直等到雨停放晴，清晨的第一缕光线照入房间也没有等来莫逸风，这无疑是无形地在掌掴她的脸。

柳毓璃梳妆过后走出房间，整颗心都紧紧地缩着，眼底尽是恨意，当周围的奴才们一个个用异样的眸光朝她看来时，她感觉无地自容。活至今日，昨夜是她最难堪的一夜，而从今天起，她要面对的会比昨夜的难堪更甚。

顺着游廊朝府门口走去，一路上她仍是难以相信莫逸风会在那个野丫头离开后找了一夜，至今未归。一个无父无母无身份无教养的野丫头，竟然能让他如此对待，而她，究竟哪里比不上她？

就在这时，莫逸风从外面匆匆赶来，神色疲惫，身上无一干处，他的状态狠狠刺痛了她的眼。

"三爷。"柳毓璃纵有万般委屈，也努力强忍着没有发作，紧攥指尖朝莫逸风款款行一礼，抬眸之际面色担忧地问道，"可有找到妹妹？"

莫逸风原本以为若影只是发脾气失踪一夜，今早也该回来了，毕竟她没有任何去处不是吗？所以他抱着侥幸的心态回府相寻，没想到她还是没有回来，而柳毓璃的一句"妹妹"更是刺痛了莫逸风的心，若不是他如今还无力抗旨，若不是他急着想要得到冰蚊针的解药冰魄丸，若影也不至于负气离开，或者说，她选择了"成全"。

"影儿从未有过姐姐。"莫逸风的一句话惹得柳毓璃心头一刺，却听见他又道，"以前没有，以后也不会有。"

当莫逸风的身影再次消失在府门口，柳毓璃整个身子一晃，险些没有站稳。

他怎么可以这么对她？他怎么可以？

柳府

软轿落地之时炮竹声还在继续，府门口站满了所有奴才，恭恭敬敬地排成了两排，可是当他们看见只有柳毓璃走出软轿，四周都没有莫逸风身影时，柳蔚的脸色骤然一变。

"三爷人呢？"柳蔚走到柳毓璃跟前低声问。

柳毓璃原本就感觉难堪，听柳蔚这么一问，脸上更是一阵红一阵白，拧了拧眉低垂了眉眼，恨意犹如熊熊烈火不停地燃烧着。

秦铭走上前躬身一礼后说道："柳大人，还是进去说吧。"

虽然柳毓璃难堪对他来说大快人心，可是今日毕竟是三王府的王妃三朝归门之日，这般僵持在柳府门口最终落人口实的还是三王府，所以莫逸风虽然没有亲自前来，还是派他替代陪同。

来到前厅，柳蔚屏退了所有有意无意交头接耳的奴才，并且勒令谁都不准嚼舌根，否则绝不轻饶，众人也知道柳蔚的性子，所以心里纵使有再多疑惑，都不敢在当前猜测些什么，纷纷退了下去。

"秦铭，三爷给了什么说法？"柳蔚的语气显然不善。三朝回门都能耽误，分明是不把他放在眼里。"

秦铭微微抿唇静默了片刻，而后道："柳大人也知道，侧王妃如今不知身在何处，三爷焦急万分，只因分身乏术，故而命秦铭代劳陪同王妃回门。"

"代劳？"柳蔚闻言大怒，"三朝回门都能让一个奴才代劳，是不是将来孕育子嗣他都要让他人代劳？"

"爹！"柳毓璃蓦地起身唤了一声，看了看柳蔚又看了看秦铭，一瞬间羞恼不堪，噙着眼泪转身朝自己闺房而去。

柳蔚自知方才言语不当，无形中伤到了自己的宝贝女儿，可是他当真是气不过，他柳蔚在莫逸风眼里是不是无足轻重？他的女儿以后在三王府是不是无立足之地了？

看着自己女儿羞愧离去，柳蔚恼怒不堪，转眸看向秦铭大吼："秦铭！你回去让三爷给本官一个交代。"

秦铭原本因为此时也甚是为难，可是一听柳蔚这般大言不惭，顿时心中不快，眉心一拧冷声道："不知道柳大人是想要三爷如何给您交代？"

柳蔚牙根一紧："难道他想就这么算了？毓璃是本官的掌上明珠，本官连骂一句都舍不得，可是她刚嫁去三王府就受了如此大的委屈，本官绝对会追究到底。"

"哦？那柳大人是要如何追究到底？"比起刚踏入柳府的尴尬与不知所措，此时的秦铭显得坦然许多。柳蔚的嚣张跋扈他并未放在眼里。

柳蔚看着秦铭这般态度，更是气恼万分："本官立即上奏皇上……"

"上奏皇上？上奏什么？"秦铭只觉得好笑，"柳大人莫非要弹劾自己的女婿？三爷在朝野失利对柳大人来说可是一点好处都没有，或者说柳大人想要让自己的女儿另抱琵琶别嫁郎？成婚三日就要改嫁，对于女子而言可不是什么好事，即使柳大人当真如愿将女儿嫁给自己中意的女婿四爷，柳小姐以后的日子可好不到哪里去。"

"你……"柳蔚闻言脸色青白交加，正要反驳，倒是听秦铭又开了口："柳小姐乃堂堂兵部尚书千金，若是当真能改嫁给四爷，却只能成为小妾，就算当真有幸得到皇上应允，也不过是个侧王妃，终生不可能为正妃，想必柳小姐也因为考虑到这点才如此执意嫁给三爷不是吗？更何况，女人嫁入夫家便被冷落，若是传扬出去，怕是柳大人的颜面也要扫地了。"

"你们不要欺人太甚！"纵然秦铭说的是事实，可是柳蔚又怎愿意善罢甘休？

秦铭终日跟随莫逸风出入沙场和战场，又如何会惧怕柳蔚这样的官员？见他方才对莫逸风不敬，他便也不想再忍让下去，免得旁人以为三王府的人都是孬种。

"柳大人，三王府的人从来不会欺人，只不过给柳大人一个忠告，三爷垮了就是三王府垮了，三王府垮了柳小姐也就是如今的三王妃也会跟着一起垮，到时候三王妃想要改嫁四爷，一向重视四爷的皇上想来不会让一个使得三王府垮了的女人去祸害最受宠的儿子，所以大人还是祈祷老天保佑三爷，除非柳大人想要让自己的女儿一起陪葬。"

秦铭说完这些话，见柳毓颤抖着身子说不出半句话来，便没有再逗留，他的任务已经完成，该是时候去交差了。

柳毓璃在房间里哭了许久都没有办法停歇，直到房门被人从外打开，她才抽泣着抬眸，见是自己的父亲，眼泪更是决堤而下。

她想要开口说些什么，最终委屈地趴在桌上再次嚎啕大哭起来。

"好了，别哭了，早知今日何必当初，你不听爹的话执意嫁给三爷，如今终是自食苦果了。"柳蔚长叹一声。

"爹你不帮女儿还说风凉话。"柳毓璃抬起赤红的双眸埋怨起来。

"你要让爹如何帮你？如今你已经嫁给了三爷，再要改嫁是万万不能了。"柳蔚亦是沉痛不堪，他就这么一个女儿，让他如何忍下这口气，怪只怪这个女儿太不争气，好好的莫逸萧不嫁偏要嫁给莫逸风。

柳毓璃闻言心头猛地一颤："可是女儿和三爷并未……"话到此处，她欲言又止，如此羞人之言如何让她说得出口。

柳蔚原本心头沉痛，一听她这么说，先是一怔，而后错愕地看向柳毓璃，心如明镜。

可是即使知道又如何？如今事情已成定局，就算是死，她也只能是莫逸风的人。

"毓璃，不要再任性了，如今只有你收起自己的性子好好伺候三爷，方能留住他的心，更何况他的侧王妃已经失踪，只要你肯用心，三爷当初这么喜欢你，一定还会对你一如当初，至于其他的，你就别想了。"柳蔚说完，颤抖着指尖站起身。

"爹！"柳毓璃面色苍白地叫住柳蔚，"真的没有别的办法了吗？"

柳蔚阖眸深吸了一口气，最终摇了摇头踏出了房门。

柳毓璃失魂落魄地跌坐在凳子上，怎么都不敢相信她当初的坚持换来的是这样的结局。

永王府

萧贝月正坐在庭院内做着衣衫，不为自己，只为了肚子里的孩子。看着肚子一天一天长大，她原本该是喜悦的，可是她无法否认此时此刻自己的心在隐隐作痛。

不过事到如今怨不得任何人，这是她的选择。

当初莫逸萧跟他说得很明白，她肚子里的孩子即使出生了，他也不会因为这个孩子而改变什么，哪怕是个儿子，她也别想母凭子贵。话虽然说得刻薄无情，可是不得不承认莫逸萧是专一的，只不过是对柳毓璃。

她不能怪他，比起府上的其他女人，她算是幸运的，因为她怀上了他的孩子，而他不管是因为她的身份还是因为对她身后的人的顾虑，他终究还是没有狠心强行将孩子剥夺。

瞧她就是这般没有出息，她一个长公主沦落到这般田地，居然还在庆幸没有发生更加恶劣的事情。

"王妃,还是让奴婢来吧。"小丫鬟看着萧贝月这般不辞辛劳地做着衣衫,作为一个奴才也实在看不下去了,照理说王妃怀了子嗣,王爷就该多来相陪,可是她们的四爷却只知道往外跑,虽然大家不敢明着说,可是心里都明白莫逸萧的心里究竟是谁。虽然心里为她们的王妃叫屈,但是作为奴婢又能做什么呢?

"没关系,我来吧,反正闲着也是闲着。更何况等孩子出生后,看着孩子穿着这些衣衫,我心里也踏实。"萧贝月莞尔一笑,她不能给孩子更多东西,唯独为她缝制更多衣衫,若是哪天她在永王府无立足之地,她的孩子也不会没件好衣裳。

小丫鬟不知道萧贝月心中所想,只知道看着这样的萧贝月,心里难过得很。

萧贝月一边缝制着衣衫一边回想着那日的景象,心有余悸。

"这个药你喝也得喝,不喝也得喝,别以为你能母凭子贵。"莫逸萧看着萧贝月满脸厌恶的神色。

萧贝月惊愕地看着他,没想到她在他眼中竟是那样的女人,她想要解释,可是一切解释都显得那般苍白无力,此时此刻她只想保住这个孩子。

孩子是无辜的,前段时间的心惊胆战就是害怕今日景象的发生,但是纸包不住火,他终究还是知道了。

"四爷,求你,让妾身留下这个孩子。"萧贝月双眸赤红凝视着他。

莫逸萧不耐烦地一声怒吼:"喝!"

萧贝月一瞬不瞬地凝视着他,却是越看越陌生,这还是她初见时的四爷吗?当初的他是那般儒雅,对她相敬如宾,可是现在的他就仿若是一个恶魔,正要将她一点点地吞噬。

见莫逸萧没有心软的迹象,萧贝月感觉浑身都在颤抖,这一刻她害怕极了,仿佛这个孩子也在跟着她的心缩成了一团。

"四爷!妾身没有求过四爷什么,只求留下这个孩子,一日夫妻百日恩,求四爷给妾身一个当母亲的机会。若是没了这个孩子,妾身活在这世上还有什么意义?"

她不惜放下长公主的尊严,妻子的尊严,也顾不得若是被人知晓后会嘲笑的可能,竟是跪在他面前求他让她留下这个孩子。

"起来!你求也没用。"莫逸萧冷声一言,不夹杂一丝夫妻之情。

萧贝月只感觉头皮发麻,一瞬间忘了呼吸。

这就是她爱的男人啊!她究竟爱的是怎样一个男人?

萧贝月缓缓站起身,紧了紧指尖,脸色苍白如霜,却毅然抬起头看着莫逸萧,眼底带着与生俱来的倔强和坚定:"四爷,我是北国长公主,更是和亲而来,不管四爷是因为不喜欢妾身也好,或是为了某些原因也罢,若是四爷今日强行让妾身不要这个孩子,到时妾身定然不会为四爷圆谎。"

莫逸萧脸色一变:"你威胁我?"

萧贝月深吸了一口气："妾身不敢，只是听说过些时日，北国派来的使者就要到了。"

虽然她也只是道听途说，并没有确切的依据，毕竟她极少踏出府门，偶尔出去一下也是很快便回来了，府中的事管家都打理得井井有条，所以她也极少过问，导致她对于许多事情都不甚了解，不过眼下的情况让她不得不鼓起勇气说出这一句并没有确切依据的话，只要能留住这个孩子。

她一瞬不瞬地凝视着他，记忆中唯独今日她敢与他四目相接这么久，神色坚定目光犀利，就连莫逸萧都被看得闪烁了眼神。

其实她心里是极为害怕的，毕竟这里是朝阳国的国土，可是她没有选择，只能孤注一掷。

就在她以为自己的坚持仍然换不回他的一丝一毫怜惜时，他突然低哼一声拂袖而去，衣角带起的风冷得她浑身一颤，好半晌她都没有回过神来。

莫逸萧离开后，萧贝月整个人都瘫坐在地上，刚才的一瞬间她害怕极了，她仿若能感觉到这个孩子也在跟着她颤抖。

"孩子，就算娘亲付出自己性命也会将你留下。"连命都可以不要，尊严还算得了什么？

坐在地上好一会儿，她才缓缓从地上爬起来，耳边却全是莫逸萧讽刺的话语。

倘若莫逸萧当真是那般想她的，那么他是小瞧她了。

母凭子贵？

难道她没有富贵过吗？在北国，她是一国长公主，享受着父母疼惜百姓爱戴，为了北国的黎民百姓，她才自愿代替妹妹远嫁而来，所以她根本不需要母凭子贵。

她可以不要这个孩子，这个属于她和莫逸萧的孩子，可是作为一个母亲，她一定要护好自己的孩子，因为她相信缘分，而她实在太想要一个孩子陪伴她左右，哪怕以后莫逸萧将她这个人忘却，有孩子绕膝她也心满意足了。

坐在凳子上看着他离开的方向，她的心渐渐沉入谷底。

女人终究是女人，表面的坚强不过是为了掩饰内心的脆弱。

怀孕前三个月是危险期，萧贝月以为莫逸萧定然会为难她，毕竟他是那般厌恶这个孩子，可是出乎她意料的是，他并没有如她想的那般做，他甚至连她的园子都没有踏入过。

"王妃，这是大夫开的保胎药，趁热喝了吧。"

萧贝月正坐在院子内思绪缥缈时，旁边的小丫鬟呈上了一碗热腾腾的药。

"放着吧。"此时此刻，她哪里还有心思喝药。

虽然府上的奴才们都没有说什么，可是她心里清楚，一个王妃怀了王爷的子嗣，却成了最不受待见之人，如今的她怕是早成了一个大笑话。

深吸了一口气敛回思绪，抬手抚了抚尚未隆起的小腹，唇角轻扬，这是她的选择不是吗？

小丫鬟看着她的动作急忙道："王妃，就算为了孩子也要把药喝了啊，王妃好不容易才留下的孩子，可不能有任何闪失了。"

番外 | 313

萧贝月心头一颤。

　　小丫头说得对，她好不容易才留下的孩子，怎能有任何闪失？

　　她端起药碗看着黑漆漆的药，闻着刺鼻的药味眉心都未皱一下，当黑苦的药从嗓子眼滑下，她只感觉心在淌泪，彻骨的寒意一涌而上。

　　小丫鬟看着她把药喝了，这才松了口气，只是当她看见园子门口处那一道身影时，整个人僵硬不堪。

　　"怎么了？"萧贝月转头看向她轻问。

　　小丫鬟身子一颤，急忙道："没、没什么。"

　　萧贝月虽是心头疑惑，可是她已经无心顾及旁人，她既然说没什么，萧贝月也就没有多问，轻轻阖眸躺在摇椅上休憩。

　　小丫鬟看了看她，而后拿着碗轻轻地朝外走去，看着空空的药碗，心里忐忑不安。

　　"喝了吗？"莫逸萧的声音自小丫鬟的头顶划过，冰冷至极。

　　小丫鬟吓得身子一颤，差点打碎了手中的药碗，她不敢抬头，立即跪在地上道："回四爷，王妃已经把药喝了。"

　　自她说了这句话后，莫逸萧站在她面前良久，却始终没有开口更是没有离开。小丫鬟吓得忘了呼吸，只觉心脏不停地撞击着胸膛，快要从嗓子眼跳出来一般。额头沁满了汗水，一颗颗自脸上滑落。

　　不知道莫逸萧在想什么，也不知道过了多久，莫逸萧终于转身离开了。小丫鬟颤抖着双腿站起身，脚步虚浮。

　　她刚要松口气，却见萧贝月不知何时站在了她身侧，她不由得惊呼了一声："王妃。"

　　"四爷为难你了？"萧贝月的声音中不乏担忧。

　　"没、没有，四爷只是关心王妃，问奴婢王妃有没有喝安胎药。"小丫鬟战战兢兢道。

　　"关心？"萧贝月轻笑，而后却又恢复了往日的淡然，转眸对小丫鬟言道，"若是下次四爷当真为难你，一定要告诉我，就算我如今不受待见，也定然不会让我的人受委屈。"

　　小丫鬟感激得连连点头："谢王妃。"

　　看着萧贝月回房，垂眸看向空空的药碗，她心里百味杂陈，幸亏她没有按照四爷的指示去做，否则就埋没了自己的良知。

　　萧贝月的陪嫁宫女香草从外采办回来，看见小丫鬟站在那里不知所措又心虚的模样很是好奇，不由得上前问道："怎么回事？"

　　小丫鬟一听是香草的声音，吓得药碗砸在地上。这里的奴才都怕极了香草，虽然萧贝月看起来唯唯诺诺的模样，但是香草却是又机灵又野蛮，对主子十分忠诚，对手下管教得也很严，若是有人有半句对萧贝月不敬的话，她对那些人绝不手软。

　　"你这么怕做什么？做了什么心虚的事情？"香草目光一寒，拧眉瞪着她。

"没、没有,奴婢没有……"小丫鬟颤抖着肩膀低垂着头,小心翼翼地朝萧贝月卧房的方向望去。

"别看了,就算王妃来了你也别想说谎,说,到底怎么回事?"香草冷声问。

小丫鬟战战兢兢地开了口:"香草姐,事情是这样的……"

当香草回到萧贝月的身边的时候萧贝月刚醒来,睡眼惺忪却不失慵懒之美,香草却一脸心事,脸上尽是忧心忡忡的神色。见萧贝月起身,她急忙将茶水搁置在桌上而后上前扶住她。

"怎么了?"萧贝月坐在床沿抬眸看向香草,声音带着些许沙哑。

香草勉强笑了笑低声道:"奴婢先前在采办时与老板发生了些争执,现在心里仍是郁结难纾。"

萧贝月浅浅勾唇语带温柔:"是吗?那先前怎么还听到你训人的声音?"

香草一怔,以为她听到了什么,不过看萧贝月的神色又不像,便言道:"是不是奴婢吵到王妃了?奴婢下次会注意的,只是方才小丫头不懂事,竟然将药碗给打翻了,奴婢便训了她几句。"

萧贝月低低一叹:"既然你也知道她不懂事,以后就多担待点,那孩子看着倒是实诚,以后多教教她照顾着些。"

香草松了口气,点了点头应声,将茶杯呈给萧贝月后语带醋意:"王妃怎偏帮起别人来了,奴婢可要吃醋了。"

萧贝月被香草的一句话逗乐了:"你这鬼灵精,我都把这园子里的奴才都交给你管理了,整个永王府的奴才哪个不对你毕恭毕敬的,还吃什么干醋?"

香草接过茶杯后笑得弯了眉眼:"那还不是大家给王妃面子,奴婢也不过是狐假虎威罢了。"

萧贝月动作微滞,而后不着痕迹地浅浅勾唇:"陪我出去一趟,在府里呆久了闷得慌。"

香草看了看她,莞尔一笑:"是,奴婢替王妃梳妆更衣。"

萧贝月点了点头坐在梳妆台前,看上去十分平静。

香草看着镜中的萧贝月心里难受得很,她永远都不会知道,莫逸萧今日居然让小丫鬟将安胎药换成了堕胎药,而小丫鬟于心不忍,最终又将堕胎药换成了安胎药。

三王府

周福在莫逸风的书房门口徘徊了好久,始终不敢开口叫莫逸风。这都好几个月过去了,始终没有侧王妃的下落,府中上上下下的人都过得战战兢兢,甚至觉得原本热闹的王府一下子变得死气沉沉。而莫逸风除了上朝就是四处寻找若影的下落,回来便把自己关在书房或月影阁,而后便久久都不会出门。

"周叔,什么事啊?"紫秋走上前问了一声,想了想,惊喜道,"是不是有侧王妃的消息了？"

周福刚要开口，门吱呀一声被打开了，两人尚未反应过来，便见莫逸风冲出书房激动得拽着周福急问："有消息了？在哪里？"

"三爷，三爷！"周福吓得语无伦次，"没、没有。"

"没有？"莫逸风指尖一紧，"你说没有？"

紫秋吓得急忙上前解释："三爷，刚才奴婢是问周叔是不是有侧王妃的消息了。"

莫逸风愣怔了好半晌，这才慢慢放开周福，周福吓得差点瘫软在地。

"何事？"莫逸风转身之际冷声开口。

周福从惊吓中回过神来后道："是、是皇上派人传来口谕，说永王府喜得郡主，请三爷携眷入宫参加喜宴。"

莫逸风深吸了一口气，脸色阴沉不堪。

正当周福和紫秋以为莫逸风要发怒之时，秦铭急匆匆赶了过来，满脸喜悦之色地叫道："爷！爷！"

莫逸风拧眉转身，已经没了方才误听的激动澎湃。

秦铭跑到莫逸风跟前激动道："爷！有消息了！"

"真的？"莫逸风愣怔了好半晌，这才吐出两个字，心却是猛烈地撞击着。

"是！有消息了，爷您看！"秦铭伸手将攥紧的五指缓缓打开，一对白水晶耳钉赫然出现在眼前。

莫逸风感觉全身的神经都绷紧了，颤抖着指尖接过那对耳钉，激动得说不出话来。

这是她的，这是她一直戴着的，这是不是表示她就在附近？她回来了！

"你在哪里找到的？"莫逸风的声音都有了变化，犹如一石激起千层浪。

"就在城外的一个树林，今日阳光明媚，将这耳钉折射出了五彩之光，属下这才发现了它。"秦铭欣喜不已。

"快！快带本王去！"莫逸风的话音刚落，整个人已疾步离开，这哪里是让秦铭带他过去找，仿若他已经感应到了她的所在位置一般。

"三爷，皇上的口谕……"周福想要赶过去提醒他，却被紫秋拉住了："这个时候三爷哪里会入宫？"

周福顿住脚步，心里虽然担忧皇上会降罪，但是紫秋的话也是事实。

紫秋看着莫逸风离开的身影，嘴角扬起了一抹弧度。

侧王妃，你安然无恙奴婢就放心了。

莫逸风一跨上马背就疾驰而去，这一刻他感觉心都快要从嗓子眼跳出来了，那一股欣喜伴着心痛一拥而上。

影儿，当初是你来找我抚平了我的伤，如今换我去找你治愈你的心。